潇潇翠色和烟老

上

七页禾 著

浙江工商大学出版社
ZHEJIANG GONGSHANG UNIVERSITY PRESS
·杭州

图书在版编目(CIP)数据

潇潇翠色和烟老 ：上、下 / 七页禾著. — 杭州 ：
浙江工商大学出版社，2019.9
ISBN 978-7-5178-3293 5

Ⅰ. ①潇… Ⅱ. ①七… Ⅲ. ①长篇小说－中国－当代
Ⅳ. ①I247.5

中国版本图书馆 CIP 数据核字(2019)第 129479 号

潇潇翠色和烟老(全二册)

XIAOXIAO CUISE HE YAN LAO (QUAN ER CE)

七页禾 著

出 品 人	鲍观明
策划编辑	沈 娴
特约编辑	高堰阳
责任编辑	沈 娴
封面设计	林朦朦
封面插图	郑思佳
封面题字	沈建荣
责任校对	刘 颖
责任印制	包建辉
出版发行	浙江工商大学出版社 (杭州市教工路 198 号 邮政编码 310012) (E-mail:zjgsupress@163.com) (网址:http://www.zjgsupress.com) 电话:0571-88904980,88831806(传真)
排 版	杭州朝曦图文设计有限公司
印 刷	杭州高腾印务有限公司
开 本	880mm×1230mm 1/32
印 张	14.125
字 数	329 千
版 印 次	2019 年 9 月第 1 版 2019 年 9 月第 1 次印刷
书 号	ISBN 978-7-5178-3293-5
定 价	68.00 元(全二册)

浙江工商大学出版社营销部邮购电话 0571-88904970

目　录

上

下

第一章 张甄柳胡

当雷峰塔的梦魇将千年的孽缘拦腰斩断之时，我尚且听清风吟唱，迎修竹、闻梵音起舞。西子湖畔，烟雨如酒、美人如玉——我依然闭目合眸，心寒如冰。

白素贞携她的恩、她的情、她的爱、她的恨翩跹坠入凡尘，她留给我的只有一句刮骨钢刀般的话：

忘字心中绕，前缘尽勾销。

为这十个字，我与她反目。

但还没来得及用剑刺穿她的喉咙，她已被一个和尚、一座塔、一个男人击溃。那场惊天的红雨，冲毁了她千年生生不息的执着与守望，也了却了她脆弱而无辜的女人心。我割断了那个名唤许仙的男人的喉咙，将他推入恶浪之中。因为，我固执地认为，他是她的，生死相随。

许仙与白素贞都死了。双双落入水中，或许一个会化作江河里的砂石，一个会变成深海淤泥里的水藻——这便成就了一段无果却绝艳的传奇。

他们都说，情若无花不结果。

而我——，依然蜷缩在阴暗的角落，吐着金色的蛇信，喷一朵漆黑的雾瘴。莲花步调，轻盈如蝶，寂寥如烟花——怆然转身，刻骨的苍凉爬上眉梢，染白了发际鬓角。

不知不觉间，我老了。

给自己七天时间。

用七天七夜忘记一切。

珠钗宝钿明月簪，做最时兴的打扮，努力做一个快乐的凡人，哪怕薄情寡义也罢。

遁入凡间，我心无旁骛地穿行在蜿蜒如蛇的古巷深处。一弯新月，一束桃花。古巷幽幽，月色溶溶，花香淡淡。我从未发现，人间竟有这般美好。早知如此，我宁愿终日游荡于此，徘徊、沉醉、流连，享受生老病死的轮回。

为了满足自己在瞬间萌生的“宁愿”，我心生一计，决定留在此地。

闯入我眼帘的是一家小小的药铺，它就那么安静地卧在巷口，不张扬，不跋扈，沉着而乖巧，让我心生怜意。

就是它了！

接下来，我便在这家药铺做捣药的伙计。

其乐融融，洋洋自得。

那尘封在记忆深处的法力——妖精的本能，渐渐蒙上了灰。

年华在药杵敲击的沉闷声中挪动步伐，仿佛老人蹒跚前行，时而彳亍，时而蹀躞，慢悠悠，悠悠慢。

我爱极了这份慵懒的清闲。脱下青衫，着一件空荡荡的男裳，绾一头微耸的云发，洒脱、自在。

药铺的老板娘是一个风华绝代的女人，蛇一般纤细的腰肢，雪一样晶莹的肌肤，吐一口气也会让众生狂跃——是谓颠倒众生。

“小哥，当归二两，石菖蒲二两，龟板三两！”老板娘欢喜地招呼着，踩着盈盈小碎步，扭着柳条小蛮腰。

其实，她早已看穿我是女儿身，且清楚我是杵药的伙计，但却不知为何总是叫我“小哥”，还总是要我帮忙抓药。

我不得不停下手边的活儿，抹一把实际上根本不存在的汗，吭哧吭哧地跑上前，麻利地抓齐药材，不需抬头我就能感到无数嫉妒的眼光齐刷刷射向我那张并不绝色的脸。老板娘的追慕者总是用轻蔑而又嫉恨的眼神打量我这细皮嫩肉、身形单薄的小哥，不用说，他们在吃醋，还是莫名其妙、酸溜溜地飞传着醋意。

嘿嘿！我的坏心肠被勾起来了。每当老板娘“器重”我的时候，我便格外卖力地为她张罗。看着她笑靥如花，再看那些痴心汉龇牙咧嘴的窘态，我便心花怒放。

“小哥，打烊喽！”老板娘冲我一眨眼，甜甜一笑。

我如领圣旨，将店门狠狠关上，把那群或痴或傻的男人拒之门外。然后，她照例拿出珍藏的女儿红邀我痛饮。

老板娘在等人。据她所说，她等的那个人是男人中的男人，英俊不凡、超凡出世、温情脉脉，是人上人。

也不知是否是她一厢情愿的想象，也许所谓的“人上人”只是她凭空捏造的。

但是她屡屡一本正经地告诉我——她的的确确在等那个人——我不得不相信了。

“小哥，从未见你着女装呢。”她微醺，星目乜斜，媚态横生。

她对我最常说的就是这句话。她似乎很想看我做女人的模样，许是担心我比她漂亮吧。

“你打哪儿来？有关你的事，就像那坛尘封的酒，越是不说，随着年代的久远越是香醇。”她用葱管般的手指碰碰我的脸颊，忽而幽幽叹口气。

这时，窗外飘来一阵箫声。有一位执着的弄箫男子夜夜守候于药店外，每日此时，都为她吹奏。这个男人，大概是真心爱她的吧。

我淡淡笑了，把目光投向窗外。

“别管他。小哥，你为何从不开口说话？我知，你并非哑巴。”饮啜一口酒，她像是在戏谑。

是吗？我从不开口说话？我自己竟然忘了。

从何时开始，我不再言语了？从一来到这人世间？从白素贞死后？从来到此地？……该死，我忘了，全都忘了。

我这狼心狗肺的……不，是蛇心蛇肺的妖精。

“你是在可怜屋外那吹箫人？不然，送壶酒给他？暖心暖肺的酒……哈……”她伏在桌上，笑得很快乐，眼泪都出来了。

她从未对任何一个男人有此般举动，送壶酒给他……莫非，她终于被他感动了？

助人为快乐之本，何况是帮助一个绝世美人。

酒稳稳当当地落在男人手中。

我第一次看清这位夜夜守候于此的男人，他并不丑。

他诚惶诚恐地接过酒，向我作个揖。他做一副书生打扮，但我却在他的眼角眉梢看出了几丝玩世不恭。

“小生姓张，家住白云镇，还请小哥代为通传。”他像出身书香世家，彬彬有礼地搭话。

我冷冷地打量着他，像判官问审。他见我默不出声，塞给我一锭银子。

有钱能使蛇推磨。

我点点头，贼笑起来，一溜烟跑上楼。

老板娘已经醉得不省人事。她脸色酡红，仿佛一朵秋海棠。千金难买美人一醉，我会心一笑，替她盖上锦衾。

楼下的箫声复起。

老板娘，倘若你中意楼下那个，那我便帮你这遭，也算报你知遇之恩吧。

蒙灰的法术在那一晚复苏，我在一瞬之间完成了一个变身的把戏。

幻作老板娘的模样，我的心扑通扑通直跳，因为她太美了。

美得让妖精也嫉妒。

美得让那个男人晕眩。

我爱极了这个玩笑、这场儿戏。

“小生……小生姓甄，黑水镇人氏。”他张皇失措，仿佛遇上了千年仇寇。他那单薄的身子差点儿倒下，幸亏我及时扶住了他。

怎么改姓甄了？刚才不是姓张吗？我心里纳闷儿，狐疑地望了这位兄台一眼，原本我是想用冷冰冰的眼光慑住他，岂料身子不是自个儿的，这么一看，竟成了媚眼如丝！那位兄台的羞赧样告诉我：这“媚眼”的后果不是一般的严重。

管他姓张姓甄，我已然爱上了这种游移不定的相互欺骗。无论如何，此时此刻我恋上了黑夜的感觉，像在古洞竹林修炼的感觉——那时披着蛇皮，无须伪装，让自己陶醉于安全感；而这个时候，戴着一层又一层的人皮面具，虚伪复虚伪，竟也归返了些许真实，即便是不彻底的真实，但也令我有了久违的感动。

看起来我的想法荒唐而复杂，实际上简单得只剩下两个字：

儿戏。

他愈是惊慌，我愈是开心。那情形像极了一只妖怪掳掠民男，烧开一锅水，预备着把民男剥皮抽筋剔骨，然后细嚼慢咽。

“小……小姐，你与在下一位故人十分相像……在下冒昧夜夜于此吹奏，实为履行我与故人之约，冒犯之处恳请小姐海涵。”张甄兄台诚惶诚恐地作揖赔不是，实在是憨态可掬。

哦，原来是望梅止渴、缅怀旧人。痴情的人？我笑，转过身去，自始至终一句话也没说。

“小生姓柳，青山镇人氏，这厢有礼了。”张甄柳兄台又一个鞠躬，让我受宠若惊。他的脸蛋削尖，乍一看，透着几丝凌厉的冷气，眼睛小而明亮，闪耀着精光。挺拔的鼻子宣告着桀骜不驯，薄似刀片的嘴唇亦流露出坚毅，甚至是玩世不恭的气息。这位仁兄的面相与他的举止相去甚远，令我怀疑自己的相面之术因多年未用而倒退了。

我依然面不改色地看着他——别以为你更换姓氏就可以不用被剥皮抽筋。他拿起箫管，吹奏起来，箫声悲怆，但美得刻骨。我感觉自己似乎要死在这箫声中，因为一阵又一阵揪心的痛。

这痛来得莫名其妙。

“你究竟叫什么？”我用自己的声音问道。这句发问竟成了这么多年来我说的第一句话，着实不容易。因此，声音略显沙哑。

他的眼中闪出一点狡黠的光，转瞬即逝。

“小生姓胡，清平镇人氏。”张甄柳胡兄台冲我一笑，邪气逼人。刚才那个温文尔雅、畏畏缩缩的书生眨眼间变成了一个深谙世事的情圣。

你就装吧！我已能确定这个男人不是真心爱着老板娘的，那么，就不用与他纠缠下去，毕竟一条蛇纠缠一个凡人这样的事也只有白素贞干得出。人类视我们为异类，恨不能将我们砍剁蒸煮以泄心头之火；我们也瞧不起人类，但由于比人类多了几样防身的法宝便受无数天规地条束缚。衡量一下，竟是我们吃亏：人若杀妖，那是替天行道、功德无量；妖若杀人，便是残害生灵、天诛地灭。

男人走了。

在走之前，趁着我思想混乱，趁着老板娘的肉身僵硬，他吻了不知是我的还是老板娘的额头。这么一来，他破了我的法术。

我仓皇闪到暗处，狼狈得像一条落荒野犬。真是蛇落平阳被人欺！

男人走了，消失得干干净净，仿佛刚才发生的一切都是我酒后做的一场梦。想来想去，我只能得出一个结论：这个男人不简单。

也罢，也罢，算他跑得快，否则他必将成为泡酒的材料。

老板娘醒来时做的第一件事是睁开她美艳不可方物的眼睛。

“小哥，我喝多了，害你在这儿陪了一宿。”她轻轻拍着伏在床沿装睡的我，温柔如水地说道。

我泰然自若地紧闭双眼。不知出于什么目的，我安于装睡。

或者不只是装睡，而是习惯了伪装。化作人形，掩饰蛇的本性；变作女人，试图装婀娜、扮娇艳；而女扮男装，则是要掩盖女性的自卑吗？这些虚伪的举止已经将我变得庸俗可鄙。

“其实，我要等的那个人……”她那柔比弱水的指尖擦过我的面颊，话在半路折住，像抛往空中的玉珠达至最顶端便往下坠。为何人类说话总爱拐个弯、抹个角？长期处于这样的环境中，恐怕也将沾染此般恶习。为了免被波及，我从不开口说话。但昨夜，却对着一个不知是什么人的人说了一句不像话的话：“你究竟叫什么？”话一出口，我便后悔不迭，这话问得俗气不堪，仿佛嫖客调戏青楼里的姑娘：“你究竟值多少？”

不折不扣地，我堕落成一个凡俗的市侩。用凡人的思维想凡人的事，用凡人的心揣度凡人的意。此时此刻，我在猜测有关那位吹箫人的一切——修行不够的我无法推算出他的前世今生，这点让我无比窝火。

他……他的鼻子蛮有特点，是一种介乎鹰钩和塌鼻梁之间的完美形状，雕塑般冰冷而真实。他的眼睛幽邃而深沉，仿佛秋夜高悬于银天的星子。他的嘴唇微微扬成漂亮的弧线，恰到好处地牵动着脸际的表情。他那张瘦削的脸似乎用冰山上万年的冰石雕琢而成，俊朗得让我这妖精也自叹弗如……他、他、他，满脑子都是他！对了，就是他害我险些原形毕露，因此，我憎恶这个人。是的，憎恶他。

“爱就要爱得浓烈，恨就要恨得彻骨，生就要生得洒脱，死就要死得悲壮。”老板娘好似看出我在装睡，又好像在喃喃自语。她的话，就像一道闪电，直劈我的天灵盖。

忘字心中绕，前缘尽勾销。

白素贞的话蓦地在我脑海复活，响尾蛇般叫嚣。仿佛有万千奔腾的野马践踏我的心脉，天旋地转，五内俱焚！

我依稀看见，巨浪滔天、淫雨倾盆、雷峰矗立、水漫金山！

白素贞以六甲之身强施法术，上演了一出惊天地、泣鬼神的救夫戏……她汗如雨下，泪垂作瀑！她死的时候，我用手中三尺青锋挑断了许仙的喉咙……一直想要忘却的场景，竟然又重现眼前！这段亦真亦幻的记忆如梦魇般让我寒意横生！

“你究竟在等谁？”我狂啸着翻身而起，妖类的本性在寂寥许久后突然爆发，连我自己也被吓得打了个冷战。

老板娘沉静一笑，从头上拔下三枚金针，于我面前一晃：“前世、今生、来世，三生三世、生生世世，我都在等一个人，他不姓张，不姓甄，不姓柳，也不姓胡……”

她如何知道张甄柳胡？莫非，她知晓一切？包括我假扮她的样子，包括我的身世来由？她是谁？

“他姓许，名仙。”她一字一顿地念出这样的话，然后，凄然一笑，背转身去，那份悲凉只有她自己能体味。

“许仙”这个名字自始至终刻在我的脑海里，但它和“白素贞”这三个字一样，已然成为组成我残缺记忆的一个零件。除了知道许仙和白素贞是夫妻，许仙和白素贞是我的亲人，许仙和白素贞死了之外，我对这两个名字已经没有其他回忆。

而现在站在我面前的这个女人告诉我她在等许仙，我甚至怀疑她就是白素贞，这个想法才迸出，我便开始嘲笑自己：白素贞死了，元神俱灭，彻底消失了，这世界何来第二个白素贞？

她不是白素贞。

“许仙送给我这第一枚金针的时候说：‘你之于我，就像轻嗅一朵香水百合，芳沁骨髓，甜极，淡极，真实极。’”她捏着一根金针，冷冷地看定我，用兀自陶醉的口吻宣布着许仙对她说的绵绵情话。

毋庸置疑，这女人是许仙的情人，是他背着白素贞在外栽种的野百合。亏我一直天真地以为许仙就是白素贞的，永远留有白素贞的烙印。呵，原来，他还有一位“芳沁骨髓”的百合娘子在为他默默绽吐芳华。

“许仙给我这第二枚金针的时候说：‘她之于我，就像观赏一朵怒放的罂粟，开到荼靡，盛极，艳极，绝望极。’”她手捏金针，继续说。

白素贞啊白素贞，别人是芬芳香甜的百合花，你却是“开到荼靡”的毒罂粟！如果你尚活着，是否会一如既往地大度，一笑置之？

“还有这第三根，当时，许仙说了一句绝情的话：‘忘字心中绕，前缘尽勾销。’”她的眼神凄迷而怅惘，睫毛如染上霜花，不一会儿，泪水狂涌若泉。

“我只知道许仙他会来找我的，他答应要陪我三生三世。小哥，你说，是吗？”她突然收住眼泪，冲我做了一个最妩媚的表情。

她知道许仙已经死了吗？许仙是被我杀死的，我敢于承担这一荼毒生灵的后果。

她的执着眼光令我想起当年白素贞痴痴地望着断桥上那位风度翩翩的书生时说的话：“就是他了，我前世的恩人，今生的情人！”说得亦是这般斩钉截铁。

早已习惯把许仙和白素贞联系在一起，这种习惯让我忽略了许仙也是一个个体，他不属于任何人，即使他那么爱白素贞，他也不属于白素贞，何况他也未见得有多爱白素贞。

“许仙已经死了，是我杀的。”我想做一名合格的、敢做敢当的妖怪，有话就直截了当地说，绝不吞吞吐吐、掩掩藏藏。

她秀目圆睁，瞪了我许久，一脸诧异。她不相信，还是她在逃避这个事实？得知自己一直等待的人居然死了，那该是一种悲伤至极点的感觉吧？

“你真的什么都忘了？”她如同目睹一场最荒诞的闹剧，忍不住笑出声来。那笑声凄厉而恐怖，如猫头鹰的啼叫。这样的声音从一个如花似玉的女人口中发出，简直比杀了我还要让我难受。

“你要报仇就来吧。”因为她根本不是我的对手，所以我可以信心十足地说这句话。人和妖的决斗，人是占不到什么直接的便宜的。动真格的时候，妖精的能力足够让凡人死无葬身之地。

她却不再发话，走出房间。当我以为她是因惧怕而出逃的时候，她却回来了，手中拿着一个小瓷瓶。这女人哪来这么多道具？

“这是‘七日’。它能让你在七天七夜记起所有的事。”老板娘把药瓶递到我手中，她的手指凉得像山中的泉水。

只需七日，便可记起所有的事？但是，我还有什么事情需要记起？都说记忆是痛苦的根源，我又何必自找苦吃？在人间一家小药铺里，安安静静做一个哑巴伙计，快快乐乐地生活，有何不好？为何要对过去的恩恩怨怨刨根问底呢？白素贞亦说了：忘字心中绕，前缘尽勾销。

就让前缘一笔勾销吧。

我没有服用那瓶“七日”。我向老板娘淡淡一笑，虽然她是白素贞的情敌，但我依然可以与她和睦相处，或许是因为她太美，我对美好的事物总是抱有病态的期许和依恋，不舍得将美打破。

但老板娘已然对我摊牌，她知道我的身世，知道我是一条青蛇。我再也不能像从前那样寄居于此，做个为她捣药、抓药的小哥。

所以，我走。

第二章 七日

人间三月。鹅黄的天空欺压着奶白的云朵，这种可笑的景致刺激着我的眼睛。走在这种暧昧的天穹下，只觉得神形恍惚。四周仿佛有人在不断地叫唤我——小青！小青！……像是素贞的声音，又像是老板娘的声音，似乎还夹杂着许仙的声音，甚至还有陌生人的声音——这些或生或熟的呼唤声令我不寒而栗。

忘字心中绕，前缘尽勾销！

“青！”

的的确确有人在叫我。在离我十步之遥的巷口站着一个年轻男人。不是别人，却是那位张甄柳胡兄台。他向风而立，美得像神仙一般。也许是经不住美好事物的诱惑，我朝他笑了。他也知道我的名字，知道我的身世吗？他刚才那么清清楚楚地叫了我的名字：青。

原以为隐藏得天衣无缝，其实却暴露在大庭广众之下。全世界都以为我失忆，我却以为全世界的人都失忆。谁又牵制得了谁？难道我们生来就要被记忆这莫名其妙的东西牵制？我不信这个邪！

“你以前认识我？”我不自然地问他话，舌头有些舒展不开。

他走至我面前，二话不说，将我紧紧抱住，仿佛要囚禁一只随时出逃的鸟。

“前世、今生、来世，三生三世、生生世世，我都认得你。”他轻轻说着这样煽情的话，我像个白痴一样睁大了眼睛四处游看，仿佛事不关己、高高挂起。这莫名其妙的人原本只是一个长相俊俏的陌生男人，但不知为何，当他紧抱着我的时候，我有流泪的欲望。我拼命睁大了眼睛想要撑住夺眶的泪水，绝对绝对绝对不能在这个陌生人面前哭！

事与愿违，眼泪还是不争气地淌过脸颊，滴落在他的衣衫上。蛇的泪不会比人类的泪低贱，至少，它也是滚烫的。

在泪水决堤的瞬间，我在心中已经做出了一个决定。我预感自己将因为这个决定而付出沉痛的代价，但是，我已然决定——有飞蛾扑火的冲动和决绝。

或者，眼泪让我清醒了。

我施展了一个隐身遁形之术，穿过他的身体，消失在他面前。

“七日”。

水红色的汁液莹莹然闪耀着光华。比水浓，比血淡。

老板娘静静地看着我，颇带讥诮地说：“怎么又反悔了？蛇可真是善变的动物！”

她摆出一副冷漠的样子看我喝下那瓶药水，她装作漠不关心，实际上我已看出她的迫不及待。她一直想要我喝下那东西，她自始至终想要我回忆起从前。或许在她看来，失去记忆的人都是残缺不齐的，她希望我能变得更完整，也许，这是她对我的好吧。人啊，这虚伪的动物！

药入喉咙，流进体内，在某个时段，我犹如缓缓绽放的花儿，释放出蓄积已久的芳香。羽化的轻盈、沉沦的坠感、混乱的晕眩在一时之间以排山倒海之势重击我的心壁。我终于疲惫不堪地倒下，以一条蛇最原始的姿势——

在倒下的那刻，张甄柳胡冷不防地窜进我的脑海。

事已至此，我不得不承认，他英俊得无法无天。

他说我们早已相识。我就想看看是如何相识，想看看前世的他是否还像今生这样英俊。如果，按照人间的常理来推断，那么——

事已至此，我不得不承认，我已经爱上了他。

用七天七夜回忆起一切。

第一日。

西湖三月，春雨如酒，绿柳如烟。白素贞和许仙邂逅于断桥。素贞春心荡漾，许仙呆若木鸡——多少年之后，想起这样的相逢，实在是一种幸福。

素贞命我把伞递给许仙，我说："许相公，一路走好。"

他便一路走好，一直走向素贞，走进了她的心。

人蛇相恋的序幕便是如此了。

"执子之手，与子偕老。此乃小生最大的心愿。"许仙赤胆忠心地对素贞灌输迷魂汤。

"青啊，姐姐能与许官人长相厮守，就是最大的幸福。"素贞柔声细语，脸上挂着凡人才有的笑容。

…………

第一日，没有关于张甄柳胡的记忆。这让我痛心疾首。

第二日。

我记起自己用剑指着素贞，只因为她说了一句话："忘字心中绕，前缘尽勾销。"

可是我无法回忆起她要我忘却谁。

素贞轻而易举地击败我，并将一个"忘"字打入我的心中。我忘不了她几欲喷火的双眼，她那视我如仇寇的眼神——我懂，这只是她装出来的冷漠，但的的确确、确确实实，是她抹去了我的记忆，是她让我忘却了可能是我生命中最珍贵的东西。

"不要重蹈我的覆辙，世间男子只会让你承受生不如死的痛……"在一个风雨交加的夜，她无力地抱住我，泪流满面。如今想来，定是她知晓了许仙的负情和不忠。她在感情上受了伤，担心我也因此陷入痛苦。她想帮助我逃过几世的情劫，于是，要我忘却。纵使我不愿忘却，她也强迫我忘却，她残忍地把我的记忆剥得千疮百孔。她的苦心，在我眼里成了专制，这种专制剥夺了我此生最大的快乐。

"姐姐，我会永远陪着你的。"当时的我傻傻地拍着她的脊背，试图安抚她那已经碎成粉末的心。

后来，我一直在想，如果当时我用剑刺穿了她的脊梁，或者她用法力摧毁了我的元神，那么，不就什么痛苦、什么怨恨都没了吗？

第三日。

空白。

第四日。

还是空白。

我开始变得烦躁不安，摔毁房间中所有的东西，无休止地吃苍蝇、扑蚊子，并且不断怀疑“七日”的药效。老板娘一声不吭地收拾我造成的残局，贤惠得像我的妻子。她是无辜的，素贞也是无辜的，感情上的对对错错、纠纠缠缠让人窒息。我一方面厌恶自己重拾的记忆，一方面又期待着有新的、更加美好的回忆出现，这份矛盾，令我愁肠百结。

第五日。

白素贞一步步跪上金山寺。她试图感动那个叫法海的僧侣。和尚不放人。许仙在佛堂中手舞足蹈地呼救。素贞身怀六甲，为了救一个负心的男人不惜触动天条，水漫金山。而我，像一只没头的苍蝇，穿梭在佛堂中，寻找许仙的踪影。

“苦海无边，回头是岸。”法海用普度众生的姿态教诲我。

素贞在强行作法后分娩，她的骨肉被法海抱走……浊浪滔天，电闪雷鸣。她随着她的汗水和泪水一并溶进水里，再也不分彼此。

“妖孽就是妖孽!”和尚冷冷地盯着逐渐没入水中的素贞，用坚如钢刀的声音道。

许仙跪在地上，他哭喊着素贞的名字。然后，我趁他回头之际，一剑杀了他。

结束了……不是吗?

第六日。

为何还是没有关于张甄柳胡的记忆？看来，白素贞对我施的法术，连“七日”也破解不了。那个男人在我的记忆深处一片空白，也许将一直空白下去……

我又一次看见巨浪滔天、淫雨倾盆、雷峰矗立、水漫金山！

产后的素贞虚弱地倚在我肩膀上，她喝住了我——她不允许我杀害她的丈夫、她孩子的亲爹。剑，在她如火的目光中熔化。

到头来，我没有杀死许仙?!

雷峰塔向她压来——我终于记起来了：她最后的法术是将另一个“忘”字打入我的心脉，她不要我为她报仇，她要我忘记这场噩梦！

那么，她没有死。只是被镇于雷峰塔。

那么，许仙也没有死。只是不知所终。

这一场荒诞的闹剧啊！

第七日。

…………

我已经没有回忆的气力。

老板娘帮我擦拭那柄许久未用的青锋宝剑，她猜到我要去劈塔救素贞。这么善解人意、温柔体贴的人间女子，我若是男人，也会为之动心。

羡慕许仙有这样两个极品女人。

“小哥，若是有一天你碰见许仙，告诉他，我会一直等他。”老板娘把剑交给我，沉静一笑。

“你，叫什么名字?”认识她这么久，我一直不知道她姓甚名甚，实在惭愧。

“白素贞。”她诡谲一笑，也不知是戏谑还是认真的。我已经不想去猜测，冲她一点头，走出了药铺。

如我所愿，张甄柳胡守候在同一个地点，朝我微笑。

我没有和他说任何话。

有些话是无论如何都说不出口的，比如——

即使没有回忆，即使忘了从前，我也依然爱你。

我发现，自己已经变成一个真正的凡人，此时此刻，挂在我眼角眉梢的笑意，一定和凡间女子的一样，一样温柔，一样妩媚，一样让男人忘不了。

我转过身，抚摸着我那把快要生锈的宝剑，悲从中来。记得当年，我就是用它指着素贞的喉咙，也是用它与素贞并肩力战法海。那时候，它还是一位锋芒毕露的勇士，还是一个血气方刚的少年；它会粘在我的手掌请求我鼓起战斗的勇气，它会倚靠在我的肩膀抚慰我失意的心……

而如今宝剑已老，很多事情也已被岁月抛尽，我能做的只有牢牢抓住所剩无几的记忆。可惜的是，这所剩无几的记忆中，没有关于张甄柳胡的。

我记起了关于白素贞和许仙的一切，却记不起真正属于我自己的东西。难道，我注定只是他们的陪衬？

…………

“有些事情只能一个人去面对，比如爱情，比如责任，比如生命。”张甄柳胡淡定地笑着对我说出了这样的话。这话让我的剑、我的心战栗不止。我只知道，我此刻最大的责任就是救出白素贞，在我的生命里白素贞永远占有不可取代的地位，至于爱情……残缺的记忆只允许让我捕风捉影地纠缠一些细枝末节。

爱情？我似乎把它忘了，忘了……再难想起。

他的目光让我的脊背如受针扎，我深吸一口气，提起剑，直向雷峰塔。

…………

很多很多年以前，我在竹林中扭动蛇肢，迎风起舞。蛇皮随风蜕落，鳞片撒落在翠竹之间，金光闪闪。在蜕变成人形的一刹那，我看见一个抚箫男子，静立于阳光下，衣袂飘飘，神采飞扬。他幽幽笑着，嘴角漾成一道完美的弧线，天下无双……从那一刻起，我便爱上了他。为了能与他结一段尘缘，我于佛前求了五百年。

很多很多年以后，许仙与老板娘平静而幸福地生活在一起。他们过着男耕女织的日子，相濡以沫、举案齐眉。

许仙对她说，素贞之于我，就像观赏一朵怒放的罂粟，开到荼靡，盛极，艳极，绝望极。

许仙对她说，你之于我，就像轻嗅一朵香水百合，芳沁骨髓，甜极，淡极，真实极。

很多很多年以前，一个月圆之夜，我舒展开蜷缩已久的身躯，睡意蒙眬地睁开了眼。

旁边，蜷着一条白色的影子。她有柔软的身体和铿亮的牙，是蛇类中的尤物。

她问，你是谁？

我答，小青。

小青？她笑了，多么俗气的一个名字！

很多很多年以后，张甄柳胡对我说：青之于我，就像观赏隔岸的刀光剑影，舞至化境，乱极，险极，蛊惑极。

很多很多年以前，我穿一袭淡青色的裙裳，走在西子湖畔，那时风轻云淡，那时没有白素贞，那时没有许仙，那时没有张甄柳胡，那时只有我一个人。

很多很多年以后，素贞的孩子长大了，他从来只会叫“青姨”，不叫娘亲，也不喊爹爹。因为他从来不知道他原本是有亲娘和亲爹的。

很多很多年以前，素贞撂下一句伤人不见血的话：忘字心中绕，前缘尽勾销。她用残忍的方式断送了我几世的情缘。

很多很多年以后，我带着素贞和许仙的儿子去拜祭素贞。在她的坟墓上，我发现了一束白色的菊花。也许是许仙来过。

我告诉那个孩子，这里葬的是你的母亲。

孩子揶揄，哦，母亲。

我再告诉他，这束花是你父亲送的。

孩子轻轻一笑，哦，父亲。

——我从来不曾想过，一个小孩能够笑得此般沧桑，像是经历了几辈子的风霜。

很多很多年以前，白蛇与许仙相恋，白蛇水漫金山、触犯天条，被镇于雷峰塔底。青蛇义斩雷峰，试图营救白蛇。白蛇不愿连累青蛇，自行了断，魂断西湖。

小青，你知道吗？雷峰塔是永远关不住我的，谁都没有权力限制谁的自由。

小青，你还在恨我吗？你的记忆……我现在全部还给你。

——素贞，我不再需要记忆了，我只要你好好地活着。

很多很多年以后，一个男人与我擦肩而过——他的鼻子蛮有特点，是一种介乎鹰钩和塌鼻梁之间的完美形状，雕塑般冰冷而真实。他的眼睛幽邃而深沉，仿佛秋夜高悬于银天的星子。他的嘴唇微微扬成漂亮的弧线，恰到好处地牵动着脸际的表情。他那张瘦削的脸似乎用冰山上万年的冰石雕琢而成……

我看着他，微微笑了。

他漠然地投来一瞥。

——这一次，是他忘了我。

第三章 | 续缘

自那日别后，我再次遇见他，已是人间几百年。

这一次，是他忘了我。

莫名的怨气在我心中升起——缘何他可以忘得如此彻底，我却忘得不干不净？他的眼角眉梢挂着千年浪荡，如不羁的风。

“小姐，你的发簪。”他俯身捡起我的发簪，笑得一脸浮躁。

时至今日，他已转世几轮？身为不合格的妖精，我依然推算不出他的轮回往生。唯一能确定的，他就是那个张甄柳胡，他就是那个在我幻作人形之时蓦地出现的吹箫男子。

“啧，快看！是张公子！”

人群中忽然起了些骚动，我回头望去，只见一群青楼女子倚在红楼上朝我身边这位张公子招手媚笑。

原来是脂粉堆里的风流客。

我的心微微一颤，撇过脸，不想多说一个字。

猝不及防地，他拉住我的手臂，将那发簪往我发际一插，然后露出一抹不知是轻浮还是友善的笑。再然后，他冲那群烟花女子挥手示意，大步流星地朝风尘之所走去。

的的确确，他忘了我。

何以我却忘不了他？

“青姨，你在想什么？”许仙与白素贞的孩子轻轻问我。

这个长身鹤立的少年已经五百岁了，可他依然年轻。人与妖精的孩子，拥有长生不老的天赋。可惜，他的妖精血统不纯正，因此他学不了妖精最纯正的法术。

“若凡，如果青姨走了，你一个人会觉得孤单吗？”我觉得自己有点莫名其妙，为什么会问这样的问题。

若凡的眉头微微皱着，沉默了片刻，突然从我的身后抱住我，带着撒娇的口气说：“青姨果真舍得离开若凡的话，那么青姨就不是青姨了。”

他温热的鼻息吐在我的脸上，像春天的风。

“除非青姨有了最‘爱’的人，不然我绝对不会让你离开我。”他依然孩子气地撒娇，他知道，在这个天地间，我最疼的、最爱的除了他，不会有其他人。

我抚摩着他光洁如玉的脸颊，笑了笑。

“如果你碰到了最爱的人呢？”我轻声笑着，把话抛给他。

他不加犹豫地回答：“我当然不会离开最爱的人。”

说得那么肯定，仿佛他已经碰上了。

“青姨，去找他吧，我知道你睡不着，”他忽然狡猾地笑道，“你已经遇见你最爱的人了，不是吗？”

忘字心中绕，前缘尽勾销。

这句话蓦地闪现，我的手心一阵冰凉——当初素贞要我忘却，现在她的儿子却要我去面对。这真是一个天大的讽刺。

不过，我还是听从了若凡的话，也听从了自己内心深处的渴望。

青色的长衫飘舞若蝶，凌空蹈虚的惬意与洒脱令我回归了妖精的本能。我知道自己此刻的容颜绝对可以用闭月羞花来形容，只是，我没有把握，这种容颜是否能让他看上眼。那个徘徊在女人堆里的男人，也许只是把我当作庸脂俗粉中的一个，无足轻重。

我在那所华丽的宅府前现身，穿过那厚实的墙壁——凡人没有能耐看见我的踪影，能看见我的，就不是凡人。

喝住我的就不是个普通人。

张甄柳胡，他绝对不是一个普通人。

满身酒气、香粉气的他一把拉住我，抱住我不放。

难道……他还记得我？

“小蝶，我就知道……你不会丢下我……”他喃喃地叫着另外一个女人的名字，这让我终于清醒：他忘记了我，心中根本没有我的存在。

别这么不知羞耻自取其辱了！我暗暗骂着自己。

他把头伏在我的肩上，灼热的气息令我迷失了方向。我们以这种暧昧的姿势僵持着，直到终于有人提着灯笼走近，恭恭敬敬地喊了声“少爷”。来人把我当成他们家少爷的红颜知己或者是哪个烟花柳巷里的姑娘，他忙不迭将这位喝得不知今夕何年的少爷搀扶进了房。

我理直气壮地尾随其后，一点儿也不知名节贞烈。这便是做蛇的好处，用不着假扮贤淑。

“这位姑娘，多谢你将少爷送回府，那个……天色不早了，小的叫人送姑娘回家吧。”一位管家模样的男人意味深长地看了我一眼，发放了逐客令。

我回头望了一眼烂醉如泥的张甄柳胡，脚却似钉在地上，生了根，一步也挪不开。他口口声声念叨着“小蝶、小蝶”，小蝶是谁？一个抢占了他的心的女人？我幽幽地叹息，挤出一丝类似沧桑的笑意。

管家派了个小厮送我离开，才要走，我的衣袖却被扯住。满脸酡颜的张甄柳胡竟然起身拉住了我：“不要走，不许……走!”他的蛮横让下人措手不及。

我无可奈何地停住，继续忍受他把我当作另外一个女人。

“这个……少爷从不留女眷在府里过夜，如果姑娘留下，我怕明日少爷清醒后，会责怪小的……”管家的脸色平静得泛不起一点涟漪，逐客令下得决绝如是。

我抽出衣袖，我识相地走出门。岂料那个酒鬼跌撞着跑出来，抱住我，说了一句让我痉挛的话：“前世、今生、来世，三生三世、生生世世，我都认得你。”

他发酒疯似的温柔，瓦解了我最初的戒心。他的确很温柔，只是这份温柔不是给我的。前世、来生，也许他认得我，不过今世……

“你确定，你认得我？”微微翘起嘴角，我轻笑。

他含糊不清的回答让我仅存的那点希望落空。

“我当然……当然认得你……小蝶，小蝶……”

小蝶，她是怎样的女子？她何以如此得你的心？

“姑娘，请问贵府在何处？小人送您回去。”小厮拎着灯笼，毕恭毕敬。

“青云巷白记兵器坊，”我留下一句话，“不劳相送，我自己回去。”

子时二刻，一条青影飞腾于夜空，如光如电。那是我啊，我将尘封的法术一一展现，我想提醒自己是妖的事实，而且是一只道行肤浅的妖精——连他的前世都无法推算。

小蝶、小蝶……这个名字摧残着我的思想，炼狱般痛苦。我忽然明白素贞的苦心，原来忘却才是最好的解脱。白素贞即便是集美丽、聪慧、贤良于一身，但她还是输给了一个平凡的女人。她千算万算却算不穿纷繁无章的缘分。更何况，区区一个我呢。

“你回来了。”许若凡站在门前冷冷地看着我，仿佛看一个陌生人。

我笑笑，想从他身边走过，可是他却拦住门，眼神漠然。

“怎么了？怕青姨不回来了？”我拍拍他的肩膀，宠溺地扯了扯他的脸蛋。

他仍然不动声色地盯着我，他有一张和他父亲一样俊朗清秀的脸，也有着从他母亲那里继承而来的优雅和神秘，更有一种因缺乏父母疼爱而产生的冷酷与偏执。

我拉着他的胳膊，要他回房休息，他却固执地一动不动。

“若凡，你这是——”

我的话还没说完，他就已经搡开我，独自走了。

清晨的阳光吐露着迷离的光，我像一条蠕虫伸个懒腰，起身下床。奇怪的是，不见若凡在院中练剑。难道他还没起床吗？此时已是日上中天，向来勤快的他今日如何不见踪迹？

忽然看见他悻悻地朝这边走来。

“青姨，外面有客。”他对我不冷不热地说着。

我惊讶地看着他乌黑的眼圈，道：“怎么了，昨夜不曾睡好？”

他摇头回答：“青姨，要是没什么事，我出去一趟，李老板那批货到了。”

因有客人，我也不便和他多说。

这“白记兵器坊”是我和若凡在人间的立足之地。

原本想着像素贞、许仙那样开个药铺，不过若凡偏偏不爱闻那股子药味，他喜欢舞刀弄枪，我们就开了家兵器坊。卖的兵器也只是再平凡不过的东西，偶尔才会有些江湖人士来，通常都是生意冷清。不知道今日是什么稀客光临。

当看见客人的时候，我的心“咯噔”一声响。

“在下张诘斌，听闻青云巷有家白记兵器坊，很是好奇，便过来看看。”他浅浅的笑容沉着而迷人，比起昨晚酩酊大醉的那个他，判若两人。

他叫张诘斌，而我宁愿叫他张甄柳胡。

“张公子请随便看看，挑几样顺眼的玩意儿回去赏玩。”我尽量装出不认识他。

他认认真真地欣赏起兵器，时而皱眉，时而微笑，完全忽视了我的存在。他在一把名曰“蝶舞”的匕首前驻足，发语道：“这个，多少钱？”

“一百两。”我胡乱地开了个价。蝶舞，蝶舞，他还是惦念着那个小蝶。

他落落大方地甩下一张银票，冲我笑笑。当我以为他要走的时候，他却走至我身旁，在我耳边低声说：“我认得你！”

“我不是小蝶。”我笑了笑，从他身旁移步。

“听管家说，昨晚有位年轻貌美的女子送我归府，原来是你。”他的笑容隐藏不住轻佻，但纵然是这种轻佻的笑容，也让我激动得窒息。

“那又如何?”我故意用冷冷的腔调与他说话。

他笑道：“如此说来，他们说的全是实话了。”

实话？他们说什么了？我一惊，脸不觉绯红。

“他们说，我把你当成小蝶了。”他面不改色地说着，忽而淡淡一笑，忽而又投来不经意的一瞥。他的一举一动都像在勾引，但实际上却不是。原因太简单了，他爱的那个人叫小蝶。

“哦。小蝶大概是你的妻子或者情人吧?”我轻描淡写地发问，内心却装满了醋意。我发现自己越来越像人类，虚伪得一塌糊涂。

“她是我的未婚妻。”他的回答很诚恳，诚恳地伤害了我。

“既然是未婚妻，何必思念得如此惨烈，难道说她移情别恋了不成?”我的刀子嘴向来遭素贞责备。时隔多年，我还是改不了这个坏习惯。

他满不在乎地笑了笑，点头说：“你怎么什么都知道?”

“我可以帮你让她重回你怀抱，你信不信?”不知出于什么心理，我这么说。

他爽朗一笑，不置可否。

“只要把这味药让她服下，她的心就只属于你一个。”我拿出一个瓶子，在他眼前晃了晃。这世间有没有这种药我不知道，但可以肯定的是，我手里的药绝对没有那么神奇的功效，我也不知自己是出于什么目的这么做。

也许是试探，试探他究竟有多爱那个女人。

我果然是蛇蝎心肠。

“这么神奇？”他笑了笑，“只要喝下这药，就会爱上给他喝药的那个人？”

我点点头，把药递给他。他果然是极度地爱那个小蝶，爱到了病急乱投医的地步。

他离开后，我狠狠地踢翻了一屋子的桌椅摆设。

若凡平静地收拾着满屋狼藉，最后走到我身旁，说：“如果我像我母亲那样，将‘忘’字打入你的记忆，你可会快乐一点？”

“你有那个能耐吗？”我懒散地歪着，恢复了十足的蛇性。

他阴森森地笑，他的笑让我意识到他的身体里涌动着一半的蛇血。

还没来得及往下想，他已经紧紧地搂住我的颈项，他的唇已经贴上我的唇，他的湿润的舌头已然伸进我的口中，翻搅缠绵。

原来这个白痴笨拙到想用情欲来使我忘却感情。

我笑着将他推开，说了句“谢谢”。

他茫然地望着我，更加茫然地说了句“不客气”。

那一日，是张甄柳胡成亲的日子。

当然不是我的那瓶药起了作用，至于究竟为何，我也无暇去管，最大的事实在于，他要成亲，娶的人名叫小蝶。

若凡再一次亲吻我，他生涩而热烈的吻让我暂时忘记了痛。不过，当我意识到他不是在安慰我的时候，我震惊无比。

他因情欲而涨红的双眼几乎要将我吞噬，我再怎么荒诞，也不会和自己结拜姐姐的儿子做那种荒唐事。我告诉他，时候不早了，打烊吧。

“青姨，我……”他似乎在撒娇，又似乎在哀求。

“既然你叫我一声青姨，那就听我的，别孩子气了。”我有些慌张地从他身边走过，那份修炼了千年的从容不迫，竟然在一个孩子面前丢失。

他垂下头，冷峻的眉宇间流露出掩饰不住的失落。

“或者我们回峨眉山?”他突然提议，“像从前那样，每日无忧无虑，可好?”

“不好。”我轻轻地笑，“今年除夕，是你母亲的元神脱离地狱之日，我必须在此守候。如果你母亲的元神出狱时被破坏，那么，她将永远不能转世投胎。”

他终于无话可说。

白素贞，我那可怜的姐姐葬身于雷峰塔之战，其元神陷入地狱，过五百年才得以脱身。如今，她已功亏一篑，无法名列仙班，只能世世代代做一个凡人。就如许仙一样。

守护白素贞的元神，这是我此次来凡间的原因。

或许那位张甄柳胡只是一个过客，一个配角。不是吗?

——我为自己的解释拍案叫绝。

若凡突然冷笑一声，说出了足以让白素贞起死回生的话：“我喜欢你，青。”

他淡定的固执是别样的刀剑，杀我于无形。

一手将他养大，一手传他法术，如今他长大了，却对我说，他喜欢我。这算不算……乱伦呢?

“叫我青姨。”他的固执是淡定的，我的固执是激烈的。

“称呼重要吗?”若凡苦笑着，再一次说，“我喜欢你，青。看见你为别人伤心，我很难过。就让他娶别人去吧，你——由我来娶。”

你——由我来娶。

这么煽情的话，也只有从许若凡的口中说出才显得平静。

“你还太年轻……”我像是在自言自语。

“你也不老。更何况，你看起来比我年轻。”他也像在自言自语。

“我是你的长辈……”

“你只是我母亲的结义姊妹。”

两个人各顾各地自言自语。

终于，我忍受不了这种极端暧昧、极端不正常的气氛。

“如果，我拒绝了你，你会如何？”我的嗓子有些沙哑，也许是惊骇过度。

他愣住，过了半晌，露出一个真正的男人的微笑：“你依然是我的青姨。”

我点头，遁走。

张府是一片红色。不知今夜大婚的他会不会喝到酩酊？想必不会吧，他千娇百媚的妻子正等着他。

他终于忘记我了。

眼泪滴下的时刻，我才发现自己站在了他的新房内，隐身法很好地保护着我。我也如愿地看清了那位小蝶的模样，那是一种恬静而乖巧的美，在红烛的辉映下，显得益发娇憨甜美。

随着门“吱”的一声，张甄柳胡进来了。他温柔的目光洒向他的新娘，由于我站在她旁边，便产生了一个错觉，以为他的温柔是给我的。

“小蝶……”他柔声呼唤着，小心翼翼地坐到新娘身边。

新娘娇羞一笑，撇过脸去。

“害什么羞呢？”他坏笑着，略带邪气，欺身搂住了她。

红绡帐内，没有一丝温柔是属于我的。

不想听他们耳鬓斯磨卿卿我我，我识趣地离开。

寂静的深巷只有几条孤魂在游荡，妖与鬼互不相扰，见面也只是点头而过。我蹲在一个角落，不想回有若凡的家，也不想回没有张甄柳胡的峨眉山。

“你无家可归？”一个孤魂前来搭讪。

我摇头：“只求一静。”

“哈哈，小姑娘，我劝你啊，离开这个地方，你有所不知啊，最近此处群魔聚集，都说要等一个魂魄从冥界出来。我看你啊，还是快点离开，免得惹祸上身！”他很善意地提醒。

素贞的元神被如此多的鬼怪觊觎，那是因为只要得到了她的元神，便可增加五千年的修行。

他见我平静的模样，便又说：“这里还住着一位高人，专捉鬼怪，我的一个兄弟就被抓走了！你也得小心！”

“高人？”我惊讶，这里还有高人？是得道高僧还是崂山道士？

“你真不知？”他比我还惊讶，“这一带群魔聚集，凡人却能住得安稳，没有高人维护根本不可能嘛！”

我一怔，的确，这里一定有高人。这个高人是敌是友？

“那你可知这位高人是谁？”我正色道。

他摇头说不知。

“虽然我不知道这高人是谁啊……但我可知道张府公子新过门的妻子不是个普通人！”他说，“他那个妻子啊，其实是——”

“是什么？”我一惊，失了方寸。

“花妖！”

不可能！我见过她，如果是同类的话，那我不至于没有感觉。除非……除非有什么异常干扰了我的判断！

如果她真是妖精的话，那张甄柳胡岂非有危险？我没有把握所有的妖怪都像我这般善待人类。

我火速返回张府，还没来得及潜入洞房查看，却听身后有人说话——

“看来，姑娘很喜欢深夜造访。”

是他？他现在不是应该在洞房里吗？为什么……

“原来，你还没死。”我揶揄，然后尴尬地转身就跑。

我自信自己的脚步比风还快，不过当我喘气的时候，却发现他已经站在了我的前面。迎风而立，衣袂翻飞，美得入骨。

“你的小蝴蝶呢？”我幸灾乐祸地笑起来，因为我已经能够断定他不是个凡人。

他似乎不生气，道：“假如你不潜入洞房捣乱，她就不会跑了。”

“她跑了？难道我隐身她也能看见？她真是花妖？”我不知是惊讶，还是欣喜，总之有些失态。

他不吭声。

“难为你爱一个花妖爱得死去活来。”我假意叹了口气，“那个，早知就不用浪费我的药了……”

他从怀中掏出那瓶药，在我眼前晃了晃，嘴角微微上扬，似乎在挑衅。

“不吃就算了，还给我！”我伸手就要夺下那药瓶。

出人意料地，他拧开瓶盖，将药水全数倒进口中。

呆呆地，我呆呆地看着，不知道他究竟想怎样。

“现在，我是不是就爱上你了？”他像在嘲笑，又像在苦笑。他的心思难以捕捉。

原来是在自暴自弃。花妖走了，他想忘却，就愚蠢地采用这种下三烂的伎俩自欺欺人。

我怎能为了一已之私而欺骗他？

“药是假的，我不该骗你。我也不该吓跑她，对不起。”郑重地向这个我喜欢的男人道歉，我装作一脸无辜。

“药是假的吗？”他笑得云淡风轻，“可为什么我还是爱你？”

这句话传到我的耳朵里，传到我的心里，不过电光石火的短短一瞬间，我却感觉恍惚过了一千年。

“难为我爱一个蛇妖爱得死去活来。”他叹气的声音如同三月里带着花香的春风，吹拂着我内心的柔软。

“是吗？那小蝶呢？你的未婚妻呢？”我清醒过来，才发现种种可疑之处。

“她是我养的一株蝴蝶兰，修炼成精后，屡伤人命，如今，我不得不收服她，在这之前，她请求做我的妻子，我同意了。事情就是如此。”他娓娓道来。

“莫非你就是传说中的‘高人’？”说这话的时候，我窃喜不已，同时也在揣度，他的道行究竟有多深，居然可以干扰我识别妖怪的本能。

顿了顿，我鼓足勇气问道：“你认得我吗？”

已经做好了再一次失望的准备。

谁知，他却拉起我的右手，摊开我的掌心，随着他的手指移过我的手掌，只见我的掌心赫然出现了一个红色的“卍”。

何以我从来不知有此标记？

“赖不掉的，这是我在你身上做的标志，”他轻笑，“前世、今生、来世，三生三世、生生世世，我都认得你。”

“我……我不是小蝶。”一激动，不知说什么好，只觉得他是认错人了。

他抱着我，笑道："你当然不是别人，你是小青。很庆幸，这一世你还认得我。"

我知道自己很煞风景，但我还是不肯原谅他之前对我的欺骗，什么小蝶，什么未婚妻，原来只是用来骗我的幌子，只是用来惩罚我曾经将他忘却。而实际上，我依然忘记了关于他的所有，只记得那个张甄柳胡。而他却说，张甄柳胡只是一个片段，一个插曲，只是我们情劫的一世而已。

"你究竟是谁？"我不由得追问。

他不回答。眉头一颤。

好吧，不管你是谁，我都叫你张甄柳胡。

"行了，你早点回家吧，许若凡都快急疯了。"他像个长辈一样拍拍我的脑袋。

"你呢？"我终于沦落为一个无知的小女人。

他嘿嘿一笑："自然是把小蝶抓回来。别说我没提醒你，切莫残害生灵，否则我饶不了你。"

末了，他于我的额前印上一记吻。

一道紫光闪过，他便销声匿迹。

第四章 | 十三世

全世界都在向我昭示着甜蜜的开端，我也在向全世界昭示甜蜜的心情，屡次在兵器坊中痴痴地笑起来，让若凡惊骇不已。

我们谁也不提那晚的事，他依然尊称我“青姨”，我依然疼他。毕竟我们五百年的亲情不是简简单单就会没了的。

张甄柳胡有时会到白记兵器坊来坐坐，我们有时也会去集市逛，就像红尘中万千恩爱的男男女女，拥有着须臾的小幸福。走在他的右边，我们像平凡人一样为可爱的小饰品而欢喜，为拥挤的人群而抱怨。我终于明白为何素贞会只羡鸳鸯不羡仙了。

夜里，我会陪他游荡在大街小巷，看他凌厉敏捷地降妖伏魔。他的道行之深简直出乎我的意料。我一度怀疑他来自天界，而他只是摇头。

若凡用冷淡而坦然的目光扫视着兵器坊中那位俊逸不凡的男

子，眼角眉梢流露出一丝隐约可见的挑衅。我沏了一壶上好的碧螺春，端至张甄柳胡面前，却发觉脸庞滚烫。

“你善用何种兵器？”若凡问道。

张甄柳胡随手拿起一根九节鞭，端详片刻，道：“这里的兵器并不适合我。”

我亦从未见他使用过兵器，好奇之心顿起。

“莫非你从不用兵器？”我脱口而出，“杀人于无形？”

他若有所思地看着我，眼中闪烁着异样的光。

“喏，这把‘清伤剑’不错，不嫌弃的话就收下吧。”我递给他，同时也发现他接剑的动作并不娴熟，看来他不擅使剑。

他挑起眉，笑了笑，手掌抚上剑身，霎时，剑身上多出一个“卍”，如经利器雕琢。

若凡结结实实吃了一惊，看来他低估了张甄柳胡。

“离除夕近了，这里益发不太平，你们需多加小心。”张甄柳胡淡淡地说着，眼睛瞥往门外，但见他右手一挥，登时紫光一闪，一道血影，一声凄厉。

“白天也敢出来？”他呵斥着蜷缩在角落里的恶鬼。

恶鬼支支吾吾地求饶，终是逃过一劫。

“这抓鬼的本事着实厉害，请问阁下师出何派？”若凡饶有兴致地打听。

我亦想知道他从何而来，师出何派，可惜他始终不肯透露分毫，我也始终回忆不起分毫。

一个谜一样的男人。

但快乐的时光却总是糊涂的时光。我记得的只是一个张甄柳胡，只是最初变化成人形的刹那他抚箫的模样。似乎错过了千年，似乎忘却了最关键、最精彩的部分，包括他的名字。多少有些不甘心。

模糊的爱恋，不完全的记忆，拼凑着他与我的点点滴滴。

一日，我于花市遇见了那个叫小蝶的花妖。她的头上裹着一块淡紫色的布，混迹于人群。为了躲避主人的追寻，她过着不见天日的生活。

她抬眼之际，看见了我，她的眼神写满了怨怼与惊惶——唯恐我将其捉拿——立马转身躲开。

明摆着，张甄柳胡放了她一条生路。

不知何故，我竟然横生醋意。

毕竟，我对他的了解太肤浅，也许还比不过小蝶。

就在那一瞬间，一个念头流星般闪过脑际。

记忆，不是非得依靠自己去回忆，也可以借助别人的力量。

我并非一条有城府的蛇，最多只能说是有想法。

我的想法便是，从小蝶那里打听有关他的事。

追上小蝶并拦下她，不是件易事。她的功力竟似不在我之下。

最后，是她现身相见——这于我而言，着实丢脸。

“小蝶姑娘，小青冒昧求见，实乃有事相询，唐突之处，还请包涵。”我也学得文绉绉的，实是沾染了人间恶习。

她防备的表情一直挂在脸上，但听了我的话后，勉强挤出一丝笑，也许她是发现了我的道行不如她，便不那么惧怕了。

“请说。”她颇有涵养地说道。

“你放心，我绝对不会透露你的行踪，我……只是想向你打听有关张甄……张诘斌的事。”提到他，我的舌头不自然地打卷。

她瞧了我颇久，突然笑了：“你是说主人？你想知道他的什么事?”

他要杀她，她却丝毫不怨恨，可见她有多爱他。

“什么事?”我寻思着，竟也不知从何问起，脑子里一片混乱。

“我在主人身边待了一千年，一千年之内的事呢，我知道一些，以前的事，我就不知了。”她提到一千年时，满脸欣喜，仿佛在炫耀她与他相伴时间之久远，交情之深厚。

我更加茫然，不知从第几百年开始问，也不知问得了他的这一千年又能如何。

“他真正的名字是?”我挑了一个似乎最愚蠢的问题。

“这一千年内，主人转世了十三次，每次的名字都不同。至于他真正的名字小蝶也不清楚。”她如是说。

“他转世十三次?”我惊讶，“看他修行已臻化境，为何还未跳出轮回之苦?”

小蝶也睁大双眼，恍然道：“是啊！为什么?”

“打扰二位雅兴了。”忽听四下声如洪钟，不见人影，只闻其音。

不一会儿，张甄柳胡出现在我们面前。一袭青袍，风曳长袖，飘逸如仙。

“主人!”小蝶扑通跪倒在地，她的身子因惊慌而微微颤抖。

他看了我一眼，嘴角上扬，似笑非笑。

“小蝶，我已违反天规放你生路，你好自为之。”他不怒自威。

小蝶几乎带着哭腔请求：“求主人不要抛弃小蝶，小蝶想一直服侍主人……求主人不要抛弃小蝶……呜呜……”

我听犹怜。

“天命难违，当日你为一己之私偷取冥界宝物，又伤及无辜，如今冥王已下令缉你归案，念在主仆一场，我已设法将此事压下，倘若你执迷不悟，那休怪我无情。”他的语气淡如止水，但内容却利比尖刀。

她愣在当场，心知事情已成定局。如果再纠缠下去，性命也难保。看得出她是个聪明的妖精，听了这番话后，一声不吭地向他磕了三个头，然后，遁形离去。

随着她的离去，我感到自己的危机。身旁不远处的那个男人用异常诡异的目光盯着我，顿时，我全身上下寒毛竖立。

人类不是说，三十六计，走为上计吗？

走！

当机立断地做出这个决定，呼啦一转身，不料还没使将一个飞天遁地之术，就被某人逮了个正着。

“躲我？”他邪气十足的笑容几乎要磨碎我的心肺。

保持着这样的姿态：我的半个身子已然隐去，他的右手按在我的左肩。

“喂，你也太绝了吧！跟了你一千年的忠心耿耿的仆人，你就一脚把人踢开？”我甩开他的手，胡乱发起莫须有的脾气。

他似乎看穿了我的心虚，但又不点透，只是笑道：“绝的人不该是我吧？是谁在背后偷偷摸摸打听别人的名字呢？”

我冷哼一声，算是漠视他。

他的手臂从我的背后环来，他的气息温柔地包围着我。这让我产生了一种幻觉：他生生世世都是我的。

“青，”他低声耳语，“如果下辈子我还在尘世，你可会记得我？”

我沉吟片刻，道：“你下辈子不用在尘世，我们都不是凡人，可以超脱轮回，所以，我们可以真正做到天长地久。”

天长地久，一个暧昧而绝对的词语。

很长一段时间，他都在沉默。

“为何要经历十三次轮回？”我又一次好奇。

“没有为什么，”他抚摩着我的头发，气息轻轻搔着我的耳根，“我很珍惜有你的每一世，尤其是这一世。因为，你终于认得我。”

他的话似乎包含着无限苍凉。

“好了，回去吧。以后少来荒郊野岭，这里不甚太平。”他沉着笃定的声音给了我最大的宠溺。

尽管我口里嘟囔着，实际内心已然暖作一片春阳。

忘字心中绕，前缘尽勾销。

——素贞啊素贞，有些事怎么能够忘得了？

我们回去的时候，天开始飘雪。

我才意识到冬天早就到了。每年冬天，我都卧在温暖的洞穴高枕而眠，而今年，我不睡。我怎能让这年华虚度，我怎能留他一人而自己独眠？但无论如何，一条不冬眠的蛇也的确怪异。

所以，我犯困，慵懒地眯缝着眼。他停住，背起我，慢慢地，稳稳当当地走。上天可以看见，在人间一个飘雪的黄昏，一位卓尔不群的男子背着一条青蛇漫步在长街古巷。上天许是震惊了，一串沉闷的冬雷滚过我们头顶。

日子平缓地流淌，亦如墙角的蜘蛛有条不紊地织网，亦如河里的鱼儿理所当然地吐出水泡。当若凡把最后一片记事竹签从柜子中取出，我才恍然：明日即除夕。

除夕之夜，地狱之门大开，白素贞的元神即将释放。

而周遭的一切都在起着骇人的变化。居住在这个小镇的人也发觉了一些异常。比如说，枯死的树木一夜之间全开花了，又在一夜之间凋零；对面的药铺昨日还在布店的左边，今日却到了右边，擦眼一看，却又在左边；大白天在街上走路，会莫名其妙地迷路，又莫名地找到了路；一到晚上总能听见窗外有奇怪的呼喊声……一时间，人心惶惶。人们都尽量减少外出的次数，如此一来，我这兵器坊的生意就更不好做了。

身为妖精，我自然能够看见游荡在街头的形形色色的妖魔鬼怪。他们削尖了脑袋，等待素贞元神的出现，一个个摩拳擦掌，准备大显神通。

白素贞，修炼千年的蛇精。因水漫金山触犯天条被法海镇于雷峰塔下。青蛇斩断雷峰塔欲救白蛇，白蛇不愿拖累青蛇，自散功力，宁入无间地狱赎罪受苦。

“小青，你知道吗？雷峰塔永远关不住我的。谁都没有权力限制谁的自由。”五百年前素贞如是说。

时隔五百年，白素贞的元神终于获释，得以转世为人。

五百年。她在地狱。我在竹林。

无音无信。

我很想知道，她出来后，最想见的是不是我。

“青姨，母亲她长什么样子？”若凡从来不问关于父亲母亲的问题，这是破天荒头一次。

但没等我回答，他却笑着继续说：“不用说，一定比你美。”

“她看见你，一定很开心。”我叹息一声，多少惆怅涌上心来。

他道："她最想见的人，恐怕是我父亲吧。"

许仙？这个人有多久没有出现在我的生活中。算来，他也已经转世六七轮了，他如今在哪里？我是否要去找寻他的踪迹？可是即使找到了他，他也把前尘往事忘得干干净净，相见还不如不见。白素贞爱上凡人，这实在是一件没头没脑的辛苦事。

可是，我生来就是一条热心肠的又有无数想法的蛇。生来如此。从来如此。

"看好家！"我冲若凡说了一句简短的话，然后奔出门。

可以想象身后若凡惊愕的神情。

若凡，假如你见过你的母亲，假如你和她相处过一天，那么你也会像我一样，甘愿为她疯狂——心甘情愿。

雪大如席。

寒风夹杂着漫天的雪花，迷离了我的眼。墨黑的长发卷着北风的味道，与雪纠缠不清。雪之精灵调皮地游窜在我的颈项，似亲密无间，似心怀不轨。

"你去往何处？"雪之精灵问我。

她亲吻着我的睫毛，轻盈，冰凉，如鹅毛掠过弱水三千。

"冥界。"我的眉轻轻扬起，坚定而决绝。

擅闯冥界者，难逃天谴，这个道理通行六界，千古不变。我不是不懂。

只是我想向冥王打听一件事——此生此世，许仙投胎何地。

虽然我无比嫉妒，但我清楚，白素贞第一个想见的定然是许仙。负心也罢，痴心也罢，最念念不忘的，最难舍难断的，还是那个男人。

"不要重蹈我的覆辙，世间男子只会让你承受生不如死的痛……”

——五百多年前，为了一个世间男子，她肝肠寸断。

时隔五百年，然后呢？

我亦想知道，一条蛇和一个人的感情能够承载多少时间。

当我持剑立于冥界通关大门时，被看守拦下。我报上家门和来意，如我所料，看守不放行。

既然来了，我也没打算以理服人。拔剑，挑衅。预备斗个天昏地暗三百回合。

小鬼们摆开阵势，不敢疏忽。

冥界青色的鬼火明灭闪烁，游荡悬移，不时飘到鼻尖，荡至眉睫。气氛诡谲。没有尽头的黄泉路蜿蜒委蛇，指向不定的时空。

无风。静寂。

剑光如水，目光如火。

我从来不是个恋战的妖精，但有时候只能仰仗兵器说话。

“住手！”

——随着一声喝止，战役提前收场。

但见一位黑衣鬼使手持令牌，前来传达冥王的旨意。

“冥王念在青蛇并无恶意，便不追究其擅闯冥界之罪。冥王有旨，冥界重地，闲杂人等一律不得入内，来者青蛇有何事宜，可告之本座，本座将代为通传。”

“多谢大使，”我上前行礼，也不啰嗦，直截了当地挑明来意，“小青只想知道，五百年前钱塘人士许仙此生此世投胎何地？”

鬼使似乎早已料知我的来意，他交给我一张字条，道：“回去吧，切莫再乱闯冥界！”

事态发展居然如此顺利，这是我始料未及的。

摊开字条，上面赫然写着，灵云镇十步街程家长子。

五百年的时间，于我类而言，不长；于人类而言，已是沧海桑田、时过境迁。

转世投胎前的那碗孟婆汤早已洗净许仙前世记忆，他断然忘却了前世的情，这样的许仙，白素贞还爱吗？

我很想知道，半份爱情有多强的生命力。

从冥界回到人间，仿佛从黑夜回到白昼。

人间依旧在飘雪，任虚伪的雪花掩盖万千污浊。

回头寻思，不得不惊讶事情怎的如此顺利，而那冥王又怎生得知我的来意？

莫非，有谁暗中相助？谁又有如此大的颜面，让冥界也敬畏？在世间我也没什么朋友，除了张甄柳胡。如果真的是他，那么他到底是何身份？他刻意隐瞒身份，究竟出于什么居心？

…………

一想到他，我的脑袋几欲炸裂。我想喝酒，像寄居在药铺为老板娘捣药时那样，打烊后喝上一盅女儿红，沉醉一宿，忘却一宿。

那时，老板娘曾经用如丝媚眼望着我，然后问：“你打哪儿来？有关你的事，就像那坛尘封的酒，愈是不说，随着年代的久远愈是香醇。”

如今，我是否也要用如丝媚眼摄住他，然后问：“你打哪儿来？有关你的事，就像那坛尘封的酒，愈是不说，随着年代的久远愈是香醇。”

那时，老板娘还曾坚定如斯地宣告："前世、今生、来世，三生三世、生生世世，我都在等一个人，他不姓张，不姓甄，不姓柳，也不姓胡。他姓许，名仙。"

如今，我是否也要向张甄柳胡坚定如斯地承诺："前世、今生、来世，三生三世、生生世世，我都在等一个人，他姓张，姓甄，姓柳，也姓胡。"

思绪翩飞，心乱如麻。

第五章 出狱

“你回来了。”若凡倚在门楣，口中吐着白气。

是的，我回来了。看着因一直在雪地里等我归来而冻得满脸通红的若凡，我的心一暖。他是一个十足体贴而有原则的男人。像他母亲那样执着，像他父亲那样儒雅。

他拉着我走到火炉边，轻轻拨下我发间的雪花，然后捂着我粘满冰雪的双手。他的双手温暖有力，加之他夏日阳光般的微笑，我不由得醉了。

许若凡，你又何苦在我神志混乱的时候迷惑我？

当我的意识开始清醒的时候，猛然发现我在他的怀中，唇舌相勾，颈项相蹭。他的吻极端而猛烈，把我逼到墙角。他痴迷的样子像贪恋花香的蜜蜂，像渴望穹庐的苍鹰。

他是许若凡。

不是我希望的那个“他”。

突然，唇际的湿热退去，他僵在原地，缓缓地转身。顺着他转身的方向看去，我终于看清那个站在门外雪地中的来访者，霎时间我的嘴唇一片冰凉，全身的血液直往天灵盖奔涌。

张甄柳胡。

那个我希望的“他”却在我不希望的时候出现。

雪下得更紧。但雪花还没来得及接触他的身体，就已经融化——他的修行已然登峰造极。此时的他紧闭双唇，眉宇间没了以往的笑意。我杵在原地，不知说什么。这种时候，说什么都是矫饰。

“在下不请自来，还请两位包涵。”他很得体地笑了笑，好歹也算打破了尴尬的僵局。

“你……来有事吗?”在他面前我总是找不到方向，这次就更加错乱了。

他看着局促不安的我，又看看始终一言不发的若凡，忽而朗声大笑，末了，他的手一挥，手中即刻多了一件白色披风。

“没什么，天凉了，给你带了件披风，本想给你个惊喜——”他的声音低沉，话尾被吞进肚中，算是给了我下台的机会。

他把披风交到我手中，然后转身即遁。

该死！我狠狠地骂自己。接下来，没有多想，也没敢多想，拿起披风便追将出去。

不知追出多远，后来，雪停了。

琉璃世界。梅花颤巍巍地伸出一树猩红，它尽管冰肌傲骨，但还是不禁于风中战栗。梅花也怕冷。

正如妖精也怕寂寞。

他是不是再也不想看见我，再也不会理睬我，就这样一刀两断、不了了之?

可是，他怎么可以不见我，怎么可以不理我，怎么可以就这样一刀两断、不了了之！

“张甄柳胡，你出来呀！”我在空旷的雪地里咆哮。

没人答应。

再喊，还是没人答应。

直到喉咙沙哑，终于把土地惊动出来。

“姑娘啊，你不要喊啦！小心把妖怪引来！”他咋咋呼呼地道。

“土地公公，我不是故意的，您可知张甄柳胡，不对，您可知张诘斌在何处？”我压下一肚子急火怒火，轻言轻语道。

“张公子啊？他刚从这边经过，现在应该是在前方的竹林降伏一只大妖怪。”土地捋捋花白胡子，慢条斯理地说，“我劝姑娘暂时别去打扰，以免为妖怪所伤。”

他妖怪长，妖怪短的，说得我心里十分不舒服，好歹我也是妖嘛。出于同类的友情，我不得不懊丧，为何张甄柳胡是个抓妖的！

“他怎么成天捉妖……”我小声嘀咕。

土地这老头儿耳朵十足尖，话给他听去了，他又道：“好在张公子有一身降妖除魔的好本领，否则这方百姓就要遭殃了。原本此地安定太平，但自从六界传出今岁除夕白蛇之元神将从冥界释出，唉，天下可就大乱了！群魔云集，害得老夫食不香寝不安，唯恐哪朝为妖魔所胁，干出伤天害理之事。幸得张公子，老夫这才勉强松了口气。”

“有那么夸张？我怎生没见几个妖魔？”这是实话，虽然听说群魔云集，但实际上，我也未得以亲眼看到。

“哼哼，”土地轻蔑地笑了几声，“倘若不是张公子在这方圆百里布下法障，阻挡许多道行不够的妖魔进入，这方土地早就被妖怪瓜分了。也不知哪里来的造化，老夫看守的这区区小地竟然蒙上仙眷顾……”

难道说，他转世轮回为的是降妖除魔、造福苍生？

“土地公公，您可知张公子何以学得一身好法术？”我问。

土地摇头道：“小神只不过区区土地，六界玄机我可参不透。”

说完，他遁入地中。

为大雪覆盖的竹林偶尔有鸟儿惊起的声音，我跑进竹林，猛然发现雪已齐膝。听得一声震天长啸，登时见一团烈焰腾至半空。倏忽，一条矫捷的身影从林中飞出，以迅雷不及掩耳之势截住烈焰去路。

“小心！”眼看烈焰将要点燃他的衣衫，我惊道。

他于空中翻旋，掌凝眉心，蓦地妙施法术，将缚妖绳利落一抛，绳若蛇舞，不偏不倚套住烈焰，他手劲顺势一紧，真气喷薄而出，以排山倒海之势将妖孽降伏。

我看到也只不过须臾，但手心已经出了一层薄汗。

惊魂未甫的我看着他一步一步朝这边走来，一瞬间，我又有了逃跑的念头。怎生是好？如何向他解释？他会不会厌恶我，他会不会很冷淡，他……

不远处的他突然跪在地上，低垂着头——我惊讶地发现雪地上一抹殷红的血！

所谓关心则乱。我蹲在他身旁，惊恐得说不出一个字。

他受伤了。我下意识地用舌头替他舔净唇际的血渍，他浅浅笑了，用复杂的眼光看着我，我脸红如霞。

“你把披风穿上，冷。”他忘了自己有伤在身，却只顾我的冷暖。

那件精致的白色披风搭在我的手臂上，安静如处子。

“你的伤势……”

“不打紧，”他笑着移开我，慢慢起身，为我披上披风，“刚才那是最后一只道行深的妖怪，明日你可以放心地护送白素贞的元神转世。”

什么？他知道我来人间的目的？他也知道素贞？他会不会是为了我，才降妖除魔？

“冥界的事……也是你帮我的？”我的舌头哆嗦了一下，牙齿不自主地咯吱咯吱地响，并非冷，是激动。

不等他承认或者狡辩，我已经紧紧地抱住他。

他沉默着，轻轻拍着我的后背。

“请原谅我……我和若凡只是……”只是什么呢？不管怎样，都是我自己不好。在那一刻，我感受到了从未有过的恐惧，我害怕因此遭他嫌恶。

“说实话，说不生气那是骗你的，”他温热的气息喷在我的耳根，“但是无论怎样，都是我不好，我不该三天两头无影无踪，没有好好陪你……”

我一咧嘴，笑成一朵花。

“困吗？”走着走着，他关心地问道。

“一点都不困。”蛇性难改，说不困自然是骗他的。我可不愿让一个受伤的人背我，何况这个人还是我最在乎的。

他似乎看透了我的心，笑着弯下腰，让我靠在他的背上，我推脱不过，只好由他背着。他的脚步依然稳当，我伏在他宽阔的背上，安心地合目养神。

“嗯，你缘何受伤了呢……那妖怪真有那般厉害？”我懒懒地问。

“你说呢?”他笑着，把我往上颠了颠。

“我可不知……难道你的法力不中用啦?”

他突然停住，回过头来，郑重其事地对我说：“因为适才我在吃醋，导致心法大乱，才让那厮有机可乘。”

“嘻嘻，有人吃醋了吗……”与他没说两句话，我困得上下眼皮打架，贴着他的脖子打盹，差点没把口水流到他的衣裳上。

有时候我会猜想，他缘何喜欢上一条贪睡的蛇。

除夕。幽深的小巷。巷口一株老槐，于风雪中安静地挺立，树枝随风轻舞。

我倚仗青锋长剑凌空飞渡——身旁是若凡，身后是追兵。

那夜，正是一年一岁除夕夜。六界皆知，千年蛇妖白素贞的元神就要被放出冥界了。

人间即将迎来新的一年，素贞也将迎来她的新生。她要在这个小镇转世为人，从此生生世世陷入轮回的泥淖。

“青姨，还有三个时辰。”若凡沉静的声音敲打着我的耳鼓。

“后面的追兵呢?”我看了看空旷的原野，竟然不见一兵一卒。

“被人挡住了。”他淡淡道。

我心中一热，这个时候，除了张甄柳胡，再无他人能帮我们。

“好的，”我把被风吹乱的头发撩到耳后，“现在你去灵云镇十步街五号程家把程家长子带过来。速去速回。”

若凡一点头，施展法术离去。

记得五百年前，是我为白素贞和许仙牵的红线；五百年后，我若能看到他们一家三口于此团聚，这将是我莫大的欣慰。

那天，始终不见张甄柳胡的身影，但我能感觉他就在我身边，只是不肯现身相见。

我盘膝而坐，向天祈祷发愿：

愿白素贞平安转世。

愿白素贞一家得以团聚。

…………

忽闻一阵檀香扑鼻，抬头一看，南海观音大士于空中显身。

我跪倒在地，双手合十。

观音云：“青蛇，当初汝与白蛇为一己之私祸害黎民，终于难逃天谴，几经劫难。今日白蛇终于脱离地狱之苦，得以转世为人。白蛇曾广种善果，济世救人，功德无量，如多加修行，必可跳出轮回，重新得道。汝为白蛇抚养幼子，且汝之忠义亦为众生表率，故而本座特意前来度化，愿收汝为座前听法弟子，不知汝可愿意？”

能成为观音座前听法弟子，这是何等的荣耀。可是，他呢，他在人间，我在天上，我们如何相见，如何天长，如何地久？

凄然一笑，我道：“多谢大士，只是小青佛缘浅薄，恐怕难以消受此等福气。”

观音摇头道：“南无阿弥陀佛，善哉善哉！尔曹贪恋红尘，执着如是，如何得了？”

大士居然说“如何得了”？这种话不是只有执着的凡人才会说吗？我惊讶地抬头，却发现观世音菩萨已经离去。

“青，你太傻了。”耳边忽然响起张甄柳胡的声音，不见其影，只闻其音。

我笑了，大声喊道：“只羡鸳鸯不羡仙！”

白素贞为了许仙将千年修行毁于一旦，我也可以为了张甄柳胡如此。

时刻，终于来临。冥界大门开启，鬼使携着素贞的元神走出大门。

时间恰好，若凡带着许仙的转世赶到。

五百年的地狱之苦让素贞形销骨立，她手上的镣铐叮当作响，她的脸庞苍白清瘦。但是她的一颦一顾，依然有着颠倒众生的魅力。

在我心中，白素贞，她是天地间最美的女人。

不是蛇，而是女人。

“小青!”她嘶哑的声音蓦地响起。她第一个叫的是我的名字！我上前，想拉住她一叙五百年不见的思念。可是，我的手指从她身形穿透——差点忘了，她此刻是鬼魂，没有实体，只是一股灵气。

“快……”我忙叫若凡过来，“见过你母亲。”

若凡跪倒在素贞脚下，素贞让他起身，细细端详着他，眼泪慢慢滑落。

“娘，儿不孝……让您受苦了……”一向坚忍的若凡泣不成声。

“不，是娘不好!”素贞痛苦的表情令我几乎要窒息身亡。

“姐姐，”我试图打破悲伤，笑着说，“若凡很听话，你放心。”

她点点头，道：“谢谢你，小青。姐姐欠你的，几生几世都还不清。”

我不好意思地摇头。重逢之时，竟然不知说什么好。

“那位是——”她的脸色突然僵住，“相公?”

“对，许仙转世几轮，此生姓程……但是，他还记得你！”我拼命地把那个男人往她面前推。

男人畏畏缩缩地站在她面前，结结巴巴地说：“娘……娘子，别来无恙？”

——他不敢不说，只要他不说，我就咯吱拧断他的小细脖子。

素贞愣愣地看着“许仙”，痴痴地叫了一声“相公”。

我和若凡会心一笑。

“姐姐，你转世为人以后呢，我和若凡，会常去看你的，我们也会带许官人去——”我的话还未说完，就被素贞打断了。

“小青，谢谢你！”她莞尔一笑，“前尘已不再，今日你们带了他来，他也不再是当初那个许仙，他也不会记得曾经有个娘子叫白素贞。小青，有你这样的姐妹，是我的福气。”

看着“许仙”呆滞的脸，她撇过脸——我知道，她在流泪。

她耗尽了所有，只为争得一夕妖凡的姻缘，可事到如今，却什么都没了。

“忘字心中绕，前缘尽勾销。”素贞的手停留在“许仙”脸颊，凄然道，“许仙，你我缘尽于此。”

她背转身去，在鬼使的押解下，从我们身边走过。

“青啊，姐姐能与许官人长相厮守，就是最大的幸福。”

——素贞的声音穿越五百年的风霜雨雪，侵蚀着我的心灵。

许仙曾说：“素贞之于我，就像观赏一朵怒放的罂粟，开到荼靡，盛极，艳极，绝望极。”

——绝望，是新生的起点。

若凡坐在窗边，长袍曳地，沉静宛如坐化的佛像。我微眯着眼，直起身子，伸了个懒腰。昨夜发了一夜噩梦，不曾睡好，一大早很是疲惫。揉揉眼睛，放眼窗外：雪已停，院落里几株玉兰披上一层簇新的白纱，瑟瑟地立着。阳光初露端倪，规规矩矩地铺了一地，看来，是个雪后初霁的好天气。

“我想回去。”若凡冷不丁迸出一句话，他的眼光迷离而散漫，像在看我，又似乎在看窗外。

“回竹林吗？”我打了个哈欠，嗫嚅道，“为什么突然想回去？”

峨眉山清风洞畔的竹林是我与素贞的家，亦是我和许若凡居住了五百年的地方。对那片竹林的眷恋，是发自内心，无可替代的感情。只是，现在人间有了值得我留恋的东西。

“为什么？”他没有看我，独自向着窗外道，“你可以在人间待上一年、十年、一百年，但是你能永远待下去吗？他于人间轮回几生几世，你便陪他几生几世？”

他的话噎住我的心。的确，我能在人间耗上多久？一年、十年、一百年，还是千年、万年、一亿年？

“他并非凡人，完全可以跳出轮回，他为何不这么做呢？他为何不替你想想呢！”他的情绪陡然激动，一把抓住我的手，“你看你现在食不知味、寝不能寐，你到底想怎样？”

我到底想怎样？食不知味、寝不能寐？这话从何说起？即使我吃得少一点了，睡得少一点了，可是这和张甄柳胡没有什么必然的关联吧？

“你母亲降生在一户书香世家，主人姓李，是远近闻名的大善人……”我岔开话题，但自己也发觉自己无聊透顶。

实在忍受不了这种虚伪的掩饰，我冲若凡道：“倘若你真的想回竹林，那就去吧，好好修炼，来日修成正果，也算替你父母，替青姨争了脸。”

他幽邃的眼眸盯着我良久，然后撇过头去，把目光锁定窗外某个角落，只留给我一个侧影。一整天，他都静静地坐在窗边，任长发披散于肩头，任衣摆垂在地上。以坐化的姿势，以沉默的语气，留给我一个背影。

次日，不见若凡。

我知道，他走了。

我也整日坐在窗边，面对空荡荡的白记兵器坊，怅然若失。

许若凡，他是五百年前我从金山寺“拜”来的。

如果没有记错的话，五百年前，雷峰塔倒，素贞葬于浊浪之下。她临终托孤，我又岂能坐视不理？她与许仙的儿子被法海收留于金山古寺，但寺庙的佛光让我不得接近。

素贞的遗愿绝对不能辜负。何况，我又如何舍得让她的骨肉常伴青灯古佛，过了无生趣的生活？

我跪在佛寺之外，雷打不动，磕足了一千个响头，直到晕厥。

醒后，我发现自己已在清风洞内，身旁躺着个粉妆玉琢的婴儿。那时，我觉得自己做的一切都是值得的。

那时，定是上天好生，大发慈悲，放了我一条生路。

从此，素贞的孩子便与我朝夕相伴。我叫他“若凡”，看若凡人，实则不是。若凡还在襁褓中的时候就已经学会像蛇那样吐出舌头露出两颗新长的小尖牙。稍微长大后，他学我一样扭动腰身捕蚊子、捉苍蝇。可是我总觉得有地方不对，但又想不出不妥之处。直到有一天，他横卧在地上扭动着身子委蛇向前时，我才恍然：他不该是这样，他的躯体里流着一半人类的血。素贞一定不希望她和许仙的孩子依然难脱蛇性，她一直喜欢做个凡人。于是，我再也不许若凡学我捉蚊子，或者匍匐前行，我要把他培养成一个真真正正的人。

其实我根本没有信心，我自己尚且不是凡人，又怎能把他教导成人样？

不过，他毕竟拥有凡人的血缘，对人情世故触类旁通。

他有着蛇的敏锐与冷厉，也有着人的多情与圆通。

但是，他的兽性与人性是否矛盾得厉害，令他承受着无论是蛇还是人都难以想象的巨大痛苦？也许他想像蛇一样卧地前行，但体内的人性却不允许他如此；也许他想如人类一般圆融地沟通，但他骨子里的蛇性却让他踌躇难定。

“青姨，我的脑袋里总有两个声音，一个叫我往左，一个叫我往右，我到底应该往哪边？”他曾经这样问我。

“那你就往前吧。”我的一句玩笑话罢了，但他却听信了。自那以后，他一直往前，一直往前，不曾退缩。

他是条合格的蛇，也是个优秀的人。

…………

我还沉浸于回忆中，突然听见一声清脆的女音——

“请问，有人在吗？”

看来是有客人光临兵器坊了。我下意识地想喊若凡，平日里都是他照应生意，但今日，却不见他的身影，落得我孤单一个人。

来者是一位年轻女子。举止得体，落落大方，像是大家闺秀。但奇怪的是，身边没有跟一个丫鬟。

“小姐您需要什么？”我道。

她扫视着兵器店，踱着步子，端着姿态道：“你们这家店铺，我全买下了。”

“哦？”我不禁冷笑，“小姐可也太自信了，你出多少价？”

她傲慢地瞟了一眼满屋子的兵器，然后从怀里取出一个水晶瓶子，搁在桌上：“用这个，换你的店铺。”

“这是什么？”我感觉自己遇到了一个怪人。

“怪人”嘿嘿嘿三声笑，转身背对着我，朗声道：“这是‘一日’。能让你在一日之内找回你失去的记忆。”

我不由一笑，想起当年老板娘拿着一瓶药水说：“这是‘七日’。它能让你在七天七夜记起所有的事。”

但是“七日”并没有让我彻底地找回所有的记忆。

眼前的这位“怪人”又是从何处而来，她从何处得来“一日”？她何以得知我需要找回记忆？她来此究竟何为……我发现，我的生活越来越像一个谜。

她的眼神几乎是咄咄逼人的，几乎要把我的灵魂吸走。有一瞬间，我以为她是老板娘；有一瞬间，我以为她是素贞。

“如何？”她摇了摇瓶子，露出蛊惑人心的笑容。

我倒吸一口凉气，道：“成交。”

这句“成交”说得掷地有声。

“何苦呢？”耳边听得一个熟悉的声音。

回头，果然是他——张甄柳胡。

他的目光在女人身上停留片刻，而后脸色明显起了波澜。倏忽间经历了从惊奇到愠怒，再到平静的过程。

“别来无恙啊，三——”女人冲他笑道，笑容并无恶意。

三？三什么？我刚要发问，他却打断女人的话：“你这又是何苦？”

女人不怀好意地看了我一眼，鼻子里挤出一声“哼”。

她是谁？难道是……张甄柳胡的老情人？

“你们认识？”我像个被人耍弄的猴子，辨不清真相。

“只要你喝下这瓶药，就知道我是谁了。”女人诡异一笑。

他却摇头，用几近恳求的眼神告诉我，不要碰那瓶药水。

“怎么，”女人冲他挑衅，“做了亏心事，不敢让她知道？”

他的脸霎时间变得惨白，嘴唇微微动了动，却找不出一个反驳的理由。

“你做过什么亏心事？”我的反应有些呆滞。

“……”他的嘴唇动了动，却没有声音。

“你可知白蛇究竟因何而死？”女人又是一个勾魂的笑，“你为何不替她报仇？那是因为你忘记了。你可知你爱的人和我是什么关系？你可知他的前世是谁？其实，你都知道，只是你忘记了。”

“你的前世是谁？”我最后一次问他这个我已经问过无数遍的问题。

“……”他的嘴唇动了动，却依然没有声音。

“喝下它，你就明白了。”女人把药瓶递到我手里。

“你说，我该不该喝？”我问他。

他反诘：“你想不想喝？”

女人看我，他也看我，我看手中那瓶叫“一日”的药水。

事实证明，他的回答太敷衍，而我的决定太鲁莽。

一仰脖子，药水下肚。

他的双眼痛苦地合上，转过身去。

“这是为了你好。”我在恍惚间听见女人对张甄柳胡说了这样的话，然后离去。

腹内翻江倒海，无数的影像如山洪暴发般撞击着我的头脑——张甄柳胡在我眼前一晃，朦胧中，仿佛看见他紧锁的双眉，听见他深深的叹息。

“你这又是何苦?”他的话充满了无可奈何的感伤。

忘字心中绕，前缘尽勾销。

——晕厥的那一瞬，我的耳边又回荡起这句话，它如梦魇，它如诅咒，它纠缠了我千百年。

第六章 ｜ 一日

“一日”。

忘不了西湖的柳、断桥的雪以及八十四骨情深的红伞。

那些绝不仅仅属于白素贞和许仙。

我依稀记得他的样子，翩然的衣袂，微笑时翘起的嘴角，还有颈上的玉佛珠。他不是凡人，是有着千年道行的僧侣。他是和一般和尚不同的僧人，至少我这么认为。可素贞不认为，她用近乎命令的口吻说“不行”。“不行”？我的兽性不能咽下这种“命令”。

烟柳四月，幽深的古巷不寒不热地飘着雨丝。素贞的白衣纠结着许仙的臂膀，他们眉眼缠绵，暧昧得让我感觉好笑。

素贞对我回眸一笑：“小青，你闭眼数七下，奇迹就来了。”

我知道，她想摆脱我，与许仙去游西湖。其实，我也想摆脱他们，去做自己想做的事。我装模作样地闭眼数数，一、二、三……六、七——睁眼。

一个白衣人出现在五步之遥。不是素贞，是一个和尚，一个非凡的和尚。他看出我不是人类。我也看出他不是一个正经的和尚，因为正经的和尚不会盯着一个女人看那么久。也许我错了。他看的不是一个女人，而是一只蛇妖。他已经取出法器——玉佛珠，我自知难逃，但仍是拔腿逃窜。

那个时候，我只有区区五百岁，跑不过和尚在意料之中。

在西湖附近一片青翠的竹林里，以蛇独有的柔韧，我瘫倒在地。他俯下身，在我额前轻轻一吻。我呆呆地望定他，那是一张光华漫溢的年轻的脸，双眼如夜空般深邃，剑眉间透着一种复杂的神色。他的眼神告诉我，他不是和尚。

我试图从他眼皮底下逃走，他并未阻拦，只微微笑了笑。但我不想这么离开，素贞说过，一个男人吻了你，你就必须跟着他。我用手缠住他的衣袖，但他却像风似的，一眨眼不见了。

妖精动了凡心，就不再是妖精了。我坚信素贞已不是妖，而是人。那我算什么？妖？人？还是人妖？

素贞对我与那个男人的相遇了如指掌。她用难得的恶狠狠的表情说："不想活你就去找他！"

她明明知道这种威胁对我起不了一点作用，但她还是做了，她一定被我气疯了。我说："我不会放走竹林的和尚，尽管和尚的一切我一无所知。"

素贞似乎有话要说，但又咽了下去，只用一种哀愁的眼神瞅着我。我很久很久没有看见这种眼神，好像世界末日来临似的。我肆无忌惮地狂笑，露出寒光闪闪的尖牙。她叹了一声，径自走了。我也终于有一个冠冕堂皇的理由，离开了她和许仙的家。那种突如其来的自由让我相信天地间的一切。

我回到那片竹林，满怀憧憬地住下。每天夜里都在竹子上刻下一个“佛”字：也许我的俗念玷污了佛的圣洁，但我执意如此，即使天诛地灭。

那儿的竹子长得亭亭玉立，温婉而有节操，龙吟细细，凤尾森森，很是一番景致。我想象着那个男人再一次出现的情景，直到素贞站在我面前。

“回去吧，这里不属于你。”素贞沉静如冰。她的鬓发翻飞，像一条游动的细蛇。还有，她的目光依然是哀愁，那种足以让我喘不过气来的哀愁！

“我在等人。”我亦那么冰冷。其实，我根本不是存心如此。她对我的好，我懂。只是我的兽性不能容忍被呵护、被关爱的温柔。如此不知好歹的我，把素贞伤得很深。

素贞忽然压低嗓子，轻轻抚着我的头发，柔声道：“他不会来了。”

我似乎应该问她“为什么？你如何得知?”，但是我没有。我心里清清楚楚，素贞的话一定有她的道理，她不是信口胡说的蛇妖。但那次，她错了。她算不准我的缘分。谁也休想算准。

“忘字心中绕，前缘尽勾销。”她吐字清晰，语调冷硬。

我浑身冒火，举起手中的剑，剑尖指向她，无比淡定地说了一个字：“滚!”

她走了。回到了许仙身边。只有那个男人才能让她变得像一只温顺的猫。她能为他收敛兽性，为他改变宿习，我也能为竹林的和尚改变。她离开后，竹林的和尚于一道紫光中出现。

我愣了片刻。静静地，他一言不发地站着。忽然之间，我有一种想与他说话的冲动。问他的名字吗？不。说我等他很久了？

不。要么谈谈佛理？还是……犹豫。犹豫着。

“大师，你……”我本想说“你喜欢竹吗?”，但话未出口，他便转身离去，匆忙如斯。我的骄傲不容许自己就这么眼睁睁地看他走开，于是喊道：“站住!”他没有回头，健步如飞。

想走？没那么容易！我怒气冲冲地紧跟不放。他始终没有回头看我一眼，仿佛我只是一个从未谋面的陌生人。他的冷漠令我寒心，原以为世上的男子都如许仙一般恭谦有礼，不料，这和尚如此不近人情！天哪，我已经把自己看成人了！但我关心的是，他当不当我是个人，一个女人。

他在前面蓦地止住，右手当空一挥，但听一声惨叫，一只鹰怪坠下天来，为他所擒。我有些心惊胆战，唯恐哪一天也落得这般下场。但也顾不了那么许多，我任性地要与他搭话。

“和尚，你没看出我是妖怪？不然，你收了我啊!”什么叫“色胆包天”，我想，这就是了。

他微笑着走近，看了我一眼，又要走。再不能放走他！我用手死死地扯住他的衣袖，像一个孩子。他的道行在我，甚至素贞之上，他要走，我是如何也留不住。但他迟疑了片刻，终于张口道：“人间还好吧?”

他这么问我，仿佛前世我们早已谋面，仿佛我们有过什么约定。我无言以对。以区区五百年的修行，我推算不出我们的前世。他似乎看出了我的迷惑，却不点破，只在我额前留下一记吻，和上次一样。好像这是早已约定好的——但我着实无法回忆我们的过去。

他走后，我厚着颜面去找素贞。她不肯告诉我那和尚的过去。

我咆哮着，索性露了原形——在极端愤怒的情况下，难保不这样。

素贞不理睬我，关上门睡了。

蛇算不如天算。许仙碰见了最本真的那个我，他吓晕了。我闯的祸，总是素贞替我弥补，这是做姐姐的悲哀。所以，我永远不想当姐姐，即使素贞骂我蛇性难改或者烂泥巴糊不上墙。

而这次，如何也不能袖手旁观，那昏死的人是我姐姐的宝物，是她不能没有的东西。这我懂，真的懂。于是我和素贞千方百计地救活了他。而他却开始察觉一些事实，并逐渐疏远我们。素贞变得像个小女人，殷勤得让我那颗心揪起来疼。她学人那样流泪，却不让许仙看到，更不告诉我为什么。她爱许仙，这谁都知道。许仙爱不爱她，只有天知道。

“小青，你应该走自己的路。”素贞歪在床上，懒懒地道。我以为她在戏谑，只当没听见，用放肆的笑声回答她莫名其妙的话。

末了，我道：“许仙人呢？”

素贞起身，拂拂衣袖，沉默。

难堪的沉默。

难堪？

走廊里传来许仙与一个女人的笑声。那是一个真正意义上的女人。印象中，她有蛇一般的身段，雪一般的肌肤，当然，还有人类特有的“人情味”。那个女人会抚弄一些诸如琴、箫之类的东西。声音成天回荡在“保和堂”内。素贞一定恨她。对于素贞，那种美妙之音也许是她流泪的药引。她常抚着心口，我一直猜测那乐声是否有杀人于无形的法力，把素贞的心脉震伤。

那个有“人情味”的女人是邻街药铺的女主人。她时常来

“保和堂”采购药材，或与许仙切磋医术。一来二往，也便熟了。熟到一定程度，就深入了，深入到一定程度，就勾搭上了，勾搭到一定程度，据说，就相爱了。

一天夜里。许仙披着风雨闯进屋来。他跪在素贞面前，苦苦哀求道：“放了我吧！放了我吧！”他已经知道了我们的身份。

其实，他最想说的是，放了我们吧。

放了他和那个女人。

剑在手。只要我的手一动，他的人头就会滚落在素贞的裙边。可惜，素贞她是天下最善良的妖。她什么也没说，只点点头，然后离开。确切一点，是化作一道白光消失。她带走这里的一切，亭台楼榭、池溪花草……

许仙茫然地立于废墟深处，清癯的脸愈发显得苍白。我能感受到他内心深处的留恋，甚至有难言的苦楚——慢着，我发现了一件东西，是眼泪，一个男人的眼泪。我疑惑并惶恐，猛然意识到他是爱素贞的。但彼此相爱的人，为何要分开？他爱素贞，为何又要沾染别的女人？

同时爱两个人，是否没有必然的冲突？

…………

素贞用蛇的感应召唤我，我不得不离开这里去找她。以后也许还会有更多的“许仙”，但素贞只有一个。我得陪着她。

素贞翻滚在草丛里，喃喃自语。她竟然呕吐，一脸的酸苦。

“不要重蹈我的覆辙，世间男子只会让你承受生不如死的痛……”

她的泪泉水般狂涌。我不愿再伤她的心，顺从地点点头。她聪慧如斯，怎会看不出我在敷衍？

“姐姐，我会永远陪着你的。”我轻拍着她的后背，道，“我们回去吧，去真正属于我们的地方……”

是的，回到真正属于我们的地方，回到我们出生的地方，我们相依为命的地方——峨眉山清风洞。

她道：“回去？恐怕由不得我了。自从你遇上竹林的和尚，我就知道，我的大限到了。你懂吗？我的大限到了！”

我的心猛然下沉——竹林的和尚？那个与我有前生之约的和尚？不停地回忆，不住地否定，我脸白若纸，惨白惨白。我感觉到前生的我与他一定有过刻骨铭心的纠葛，刻骨到用今生今世来偿还。可我还是不知道，究竟发生过什么，又将会发生什么。天啊，我只是一只区区五百岁的蛇妖！

我渴望素贞把他的一切告诉我。她却不停地呕吐。突然她乜斜着眼冲我道：“我有了他的骨肉。”

其实我并没有惊讶，但仍表现得惊讶。冲动如我，我决定押了那个负心人来。素贞拦不住我，因为她压根儿不想拦。

还是那堆废墟。

远远看去，许仙独自坐在月光下，像一片剪影。我忽然可怜起这个男人来。一个人要对他曾经爱过的人负心，那需要多么大的勇气。可是无论如何，这个负心人负的是素贞——我唯一的姐姐。

“许仙，姐姐要见你。”我用平静而低沉的声调道。自认为以前的我学不会这种深沉，但天晓得，那次不学就会了。

许仙不发话，冷冷地坐着。我冲上前，重复了一遍。他仍没有反应。他装蒜！而我很想看看一个男人得知自己做了父亲的反应，于是，我把实情告诉了他。他的眼中淌出几滴泪水，但依然不动。我的脾气告诉自己：不揍他，他永远是个龟孙子。恶狠狠地，我掴了他一个耳光，他的方帽甩将出去。那一刻——我从来没有那样惊讶过——他的头是彻彻底底的干净，一丝颜色也没有，像……竹林的和尚！许仙他把头发剪断？这算什么！

我一度失色。原来天底下有如此绝情的人，负心也罢，偏还挖尽心思推掉自己的责任；推卸也罢，偏又想出种种冠冕堂皇的理由。许仙这厮，让我们蛇的颜面往哪儿搁！我饶不了他！

实际上，我束手无策，无策到只有用“死”来解决。杀人之于我，只在挥袖间。许仙岿然不动。他装得越坦然，心里越慌张！

剑凉如冰。提剑的刹那，蓦然想到素贞。我惊讶自己的心什么时候变得如此善良，善良到杀一个人还思前顾后。

他固执地盘坐着，月光把他的秃头映得丑陋不堪。他甚至掏出了佛珠，念起“南无阿弥陀佛”！我猛然想到竹林的和尚。他打坐时也这样吗？我的心开始动摇，手开始颤抖，全身淌着冷汗，眼前一片模糊。无限的疑问和恐惧袭上心头，我开始怀疑人间的爱与恨，善与恶。亏我曾那么天真地以为所有的事情都有一个衡量的标准，直到那时，我才发现，做一条蛇要比做一个人好上千百倍。至少，做蛇时可以大胆地做自己，而做人却常常受人左右而有违心之举。可素贞她偏偏喜欢做人。

我下不了手。剑落地的声音异常清脆。我跪下，欲哭不能。许仙这厮，触动了我最孱弱的七寸！

当我抬头时，许仙已经不见了。竹林的和尚站在我面前。或许许仙根本就没有出现过。也许我眼花，也许是和尚的障眼法，我已无力分辨。

竹林的和尚狠心地不动声色道："白蛇大限已到，你好自为之。"

"闭嘴！许仙人呢！"我恨道。

他双眉紧蹙，双手合十，道："斩断万千烦恼丝，未尝不是一桩快事。"

我按捺不住，冲上前，怒道："是你挑唆他出家？你拆散了他们？为什么?!"

他露出惊诧的表情，忽又摇摇头："不是。"

话毕，他于我额前一吻，随即消失在夜色里，干脆得似乎从没出现过。

只剩下我一个人。从废墟到竹林，从竹林到草丛，只剩下我一个人。许仙没了。竹林的和尚没了。甚至素贞也没了。从那个时候起，我学会了真正意义上的悲哀。我自认为，到那时为止，我已经完成了从蛇到人的过渡。因为我确定我爱上了他——那个道行深厚的僧人，那个吻了我三下的男人，那个害了素贞一世的恶人。

再一次遇见素贞，她的肚子已略略凸起，一种很美的臃肿。她像人间所有快做母亲的女人一样，安娴慈爱。为此，我颇有些感动。

她的状态不好，倦怠着与我聊天。

"我就要完了。"素贞低着头，抚着腹部，淡淡笑着。

我似乎有必要问个清楚，但终究没说一个字。

素贞翻了一个身，换了种姿势躺着，依旧淡淡地笑，一脸的漠然。我看得出，那是极端绝望后对这个人间的敷衍。她在敷衍。但敷衍的对象不是别人，却是自己。这种只有人类才有的痼疾在她身上发生了。这始料不及的悲哀！

“你爱过吗？”她冷不防地问我。她在明知故问。也许人在失意之时所说的话，就这么奇怪。

我不知要不要回答，但当我想回答时，她又说了——

“你爱过，而且深深地爱过……你和他的那段情，是缘分，是天意，也预兆了我和许仙的悲剧。”她换了一个表情，似麻木，似哀愁，似怨恨。

我装作什么也没听见，下定了决心对这个疯女人不理不睬。可是我的心不由自主地痉挛，像被灌了雄黄酒。

“不信？”她木然地笑笑，“我也不信。”

“你曾经不让我靠近他。”我似在埋怨。

素贞的嘴角向上扬起，形成一道深刻的弧线，明明在笑，可她的泪扑簌簌滑落脸颊。那是什么样的暧昧表情？

“是，我自私。他是我的克星，我岂能看他拆散我和许仙？我恨他，亦恨你。听见了吗，我恨你们！你去找他吧，我和你——本不相容！”她狠狠地道。

好吧。本不相容。我的姐姐，我的好姐姐如是说。一句“本不相容”，把我们五百年的交情一笔勾销，多么利落和干脆！我佩服她的当机立断，原来绝交是一桩痛快的交易，寥寥几个字就能轻巧地达成。我和她就这么完了？一句“本不相容”，让我从头到尾凉得战栗，冷得抽搐。

她遁形离去。我坐在地上，万千感慨充斥于心，纠作一团，扯不断，理还乱。我不知自己的前生是什么，也不了解我和他的纠葛。我忘了，我早忘了，老天却苦苦相逼，不让我忘得干净，只让我留下点点记忆的残渣，生生世世折磨我。一个人想忘不得，想忆不得，夹在糊涂之中，半醒半醉着，那是最最痛苦的事。偏偏我，遇上了。

金山寺。

我远远地望着他，看他的袈裟随风飞舞。事到如今，我终于知道他叫“法海”。他发觉了我的存在，却对我视而不见。

他笔直地挺立。袈裟。佛珠。禅杖。金钵。

白素贞来了。她挺着个大肚子上了金山。我怕她吃亏，仓促间忘了我们是绝交的。可她还记得，推开我的手，她弯下腰，膝着地，一步一步，跪着挪动，一阶一阶地跪——她跪着上金山！我愕然。一个负心人值得她这样？抑或根本就没有“值得”与“不值得”之说？她边跪边求，其情之深，令我浑身战栗。

他冷笑。

她哀求。

我矛盾。

素贞忍将不下，我也忍将不下。他决意要降伏素贞，这是他替天行道的使命，还是他嫉妒别人好姻缘的幌子？我在内心诅咒他，那种滋味太让我酸楚。我在选择，素贞和他。

随着素贞一声暴喝，他们终究斗起了法。我兀自立着，无心观战。

“小青，你闭眼数七下，奇迹就来了。”

——也许这只是素贞的无心戏谑，却着了冥冥中的天意。谁都没有掐算，谁都不能掐算，奇迹就这么自然而然地来了。

“人间还好吧？”

——苦执了多少年，你要度化我吗？那渡我的船呢，桨呢？苦海无边，你把渡船让给我，自己跳下去吗？还是把苦水留给素贞，你去得道？我呢，我又算什么？前世之事，我不能再忆；来生之事，我不能推测。我和你的宿缘就此了断了吗？

…………

我的双腿已被水淹没。金山寺众僧四处奔逃，哭声震天。素贞不惜千年道行，为一个负心人，水漫金山。

眼前一片茫茫。而他沉着如是。

“苦海无边，回头是岸。”他朗声道。

“放许仙出来！”她护着肚子，声嘶力竭。我扶着她靠在一棵树上。她推开我的手，狠狠地斥道：“走！”她极力显示出暴戾和恼怒，但她的虚弱甚至软弱如何也掩饰不了。

她喘息着，小心翼翼地护着腹部，苦笑道：“小青喜欢的人，竟然是白素贞的仇人。”

“姐姐，你不用再说……”我回头瞪了一眼施法救水的和尚，又向素贞道，“请你把‘忘’字打入我的心脉，我要忘却这个不义之徒！”

她震惊地看定我。

忘字心中绕，前缘尽勾销。

当“忘”字穿过我的心脉，我浑身的血液开始逆行。等到回过神来，才发现素贞已经飞腾于空中，与那和尚斗得难分难解。

我提剑卷入恶战。

天降红雨，涂炭生灵。

“法海，你个贼秃！快快把许仙交出来！”我大喝一声，持剑挡在素贞前面。

他冷漠不语，抛出一串玉佛珠——那法器凶悍无比，跳过我的剑花，直逼素贞——

佛珠破除了素贞的法障，将她冲出十丈之遥！我变得无限惶恐，伸手要去抓她——她亦伸出手来，那么急切与渴望，她不想死。我们双双跌落水中，我试图稳住元气大伤的素贞，可是那和尚不放过素贞，他把钱塘江的水铺天盖地地引来。

我们失了方寸。

“尔等水漫金山，触犯天条，该当何罪!”和尚怒斥。

欲加之罪，何患无辞?

素贞紧紧抓住我，道：“小青……不要为我报仇!”

开玩笑，此仇不报非君子!

我燃火的双眸让素贞不放心。她哀叹三声，苦笑二声，再次将“忘”字打入我心——忘却仇恨，切莫复仇。

素贞淡淡笑了，突然放开我的手，一下子被水冲出十多丈。我驾起云头，追将上去，岂料那和尚莲钵一抛——素贞如纸影般被吸了进去！但听天崩地裂一声响，雷峰塔一倾，素贞被压在塔底。

弹指间，白素贞就消失了。

我无力挽回，眼睁睁看着她消失。没有谁比我更能感受那种悔恨的滋味。“扑通”一声，我跪下。整个天地之于我，顿成茫茫。我什么也看不见，只有素贞的影子飘忽不定，似笑非笑……

第七章 梦幻泡影

再次醒来，我的记忆已然残缺不全。

我重返人间，来到一家药铺。在那里，认识了老板娘。后来我才知道，原来她就是许仙的情人。在那里，我也遇见了所谓的张甄柳胡，并且爱上了他。

忘字心中绕，前缘尽勾销。

素贞的法术不彻底，未能消弭我所有的记忆，这让我生不如死。

痴等许仙的老板娘，可怜我是条记忆残缺的蛇，便给了我一瓶“七日”。道是能让我在七天七夜之间回忆起所有的事。

老板娘的“七日”也并没有让我回忆起所有的事，而断断续续的记忆碎片再一次扎痛了我的心。我记得白素贞，记得许仙，但却不记得法海。看似清醒了，实则糊涂依旧。

至于劈塔救出素贞的经过，说白了就是一条青蛇倚仗一柄锈迹斑斑的剑，与一个坏人姻缘的和尚搏斗，青蛇斩断雷峰塔，白蛇重见天日。

素贞出塔的时候，第一件事就是询问她的孩子。她于塔中生产幼子，被法海抱走，已有一年。

她默默地打量着我，不住地说谢谢。她道："当日我水漫金山，铸下大错，恐怕逃难天谴……小青，你知道吗，雷峰塔是关不住我的，谁都没有权力限制谁的自由。"

我不住地点头，哽咽得说不出一个字。

"小青，你还在恨我吗？你的记忆……我现在全部还给你。"

"不用了……我不需要……只要有你在，我不需要。"我抱着她，泣不成声。

她理理纷乱的头发，猛然跪倒在我脚下："替我照顾孩子，大恩大德，素贞无以为报……"

她的倔强是柔和淡定的，我的倔强是暴躁恣睢的。

我们两个一旦决定的事，谁也拦不住。

她选择自毁修行，坠入无间地狱。

…………

接下来，我跪在金山寺前求法海放了素贞的孩子。

法海的身姿飘忽未定，像是一阵无形无影的风。我看不真切他的眉眼，远远只望见一袭白衣立于寺前。

我一步一跪往山上去，卑微懦弱得宛如人类。直到我看清他的脸——

他的鼻子蛮有特点，是一种介乎鹰钩和塌鼻梁之间的完美形状，雕塑般冰冷而真实。他的眼睛幽邃而深沉，仿佛秋夜高悬于银天的星子。他的嘴唇微微扬成漂亮的弧线，恰到好处地牵动着脸际的表情。他那张瘦削的脸似乎用冰山上万年的冰石雕琢而成，俊朗得让我这妖精也自叹弗如……

他居然是张甄柳胡！是不费吹灰之力让我重新沦陷的洪水猛兽！

张甄柳胡看着我，似乎想说些什么，一阵光闪过，他的白衣眨眼间换成了血红的袈裟。

他是法海！是害了白素贞一家的恶僧！

我起身仗剑，指向他的心脏。

他漠然垂首，捻动佛珠，念了一声“阿弥陀佛”。

火红袈裟化成祥云，慢慢舒展开来，云中婴儿睡得香甜。

我揉了揉眼睛，不可思议地看着那孩子，素贞的孩子——白白嫩嫩，好不可爱。这的的确确是人与妖的结晶，谁说人与妖本不相容？

怀捧稚子，我忍不住笑起来，似乎漂亮地赢了一仗。

至此，张甄柳胡或许以为我与他已然化干戈为玉帛，居然冲我淡淡笑了一笑。那笑容意义不明，差点粉碎我的防线。紧接着，他手中的佛珠隐隐泛着紫光，忽而闪烁，忽而寂灭。我看着那佛珠，记忆似乎又混沌了起来，身体也仿佛被抛入了一团迷雾中……

待我再睁开眼，我已置身于清风洞，身旁躺着一个白白嫩嫩的婴儿。

然后，于清风洞抚养孩子长大。

然后，沧海桑田五百年。

然后，为了保护素贞元神转世，我与许若凡重回人间。

然后，遇见了再世的张甄柳胡。

…………

“一日”。

这瓶药水让我找回了最残酷的记忆。

我能肯定，这次寻回的记忆绝非我所有的记忆。我也能肯定，法海就是张甄柳胡，张甄柳胡就是张诘斌。

事已至此，他糊弄了我五百年。

这个美丽得侵蚀到我骨髓深处的男人正用温柔的眼光看着我，见我醒了，柔声道：“饿了吗？我去拿些吃的。”

不知他是真的在意我的饥饱，还是刻意避开。

“不用了，谢谢。”我的声音不大，却很坚定。

“我——”

“我——”

两人同时开口说“我”。

“我终于知道你用什么兵器，”我抢过话，单刀直入道，“当然，也知道你的名字了。”直截了当向来是蛇的优良品质。

“是吗？”他木讷一笑，神情凄恻。

“但是，我的记忆中没有那位姑娘。”我意外地发现自己竟然可以这么心平气和地与害死白素贞的人说话。

他道：“她？你没有必要知道她是谁。”

“就像没有必要知道你是谁一样，是吗？”我终于忍不住讥笑起来，讥笑他，也讥笑自己。

他默然走近，抱住我。我表现出极端的厌烦，搡开他，说了一句话：“儿戏到此结束吧。”

“儿戏？”他苦笑。

“耍了我五百年不够，还想继续？”我从床上跳起来，径自冲向房门，疯了似的踢开门，骂道，“滚！”

他安静地站在门口，表情没有什么异样。

“还不滚！”我几乎要与他刀剑相向，但是他却用手挡住我的去路，没等我反应过来，他已经吻住我的唇，这个举动有违他向来的温文尔雅，他肆虐而霸道，像在索求，又似在挽留——下意识地，我狠命推开他，化作一缕青烟，溜了。

都说色是刮骨的钢刀，都说色是穿肠的毒药，一点也没错。

此时此刻，我的左眼右眼全是他的影子，纷纷扰扰，挥之不去。

恍恍惚惚，放步于大街小巷，看世人张罗当日营生，他们愚昧但却知足，他们前不能溯古，后不能先知，糊涂地经营着此生此世，这样才是快乐。他们的记忆顶多也就几十年，落得个身心轻松，是否因为这样，白素贞才一直想做个凡人？

忘字心中绕，前缘尽勾销。

——从中，我悟出大悲哀，也悟出大欢喜。

“姐姐，等等我！”一个小姑娘追着她的姐姐从我身边跑过。羊角辫随着她们的蹦跳颤颠颠地起伏摇曳。

银铃般爽朗清脆的欢笑声激荡着我的心扉。曾几何时，我和素贞也这么快活，我们柔韧的身躯环绕着，吃也一起，睡也一起，开心也一起，烦恼也一起。原以为我们生也一起，死也一起。可惜，任是几千年的道行也参不透六界往生，算不准轮回因果。

耳边忽地响起钟声，悠远仿若佛寺里的钟鼓。

“观自在菩萨，行深般若波罗蜜多时，照见五蕴皆空，度一切苦厄。舍利子：色不异空，空不异色；色即是空，空即是色……”

是谁在念经？但觉眼花缭乱、天昏地暗，经文犹如万千利箭射穿我的五脏六腑。

如当年素贞绝望的叹息，我知道，我就要完了。

我不住地揉着欲裂的头，跌撞着来到李家。

李家，素贞即投胎于此。

“是诸法空相，不生不灭、不垢不净、不增不减。是故空中无色，无受想行识，无眼耳鼻舌身意，无色声香味触法，无眼界乃至无意识界，无无明亦无无明尽，乃至无老死亦无老死尽，无苦集灭道，无智亦无得……”

耳畔念经的声音犹如魔咒摧毁我的意念，强忍着痛，我幻作烟雾潜入李家。

李夫人正逗着襁褓中的女婴，宠爱之情溢于言表。

“珍儿，乖，不哭，不哭！娘亲抱哦！”女婴清澈的眼眸看向我，仿佛要看穿我，突然她哇哇啼哭，慌得李夫人连忙又哄又抱。

她叫“珍”——我淡淡笑了。

多么俗气的一个名字。

我走近啼哭不止的她，在她脸颊上亲了亲——白素贞，再见。

“三世诸佛，依般若波罗蜜多，故得阿耨多罗三藐三菩提。故知般若波罗蜜多，是大神咒，是大明咒，是无上咒，是无等等咒，能除一切苦，真实不虚，故说般若波罗蜜多咒……”

念经之声愈来愈清晰，我几乎是爬着出了李家，因为全身已然酸软乏力，如为千斤枷锁所缚。我逃到山野丛林，翻滚，哀号，求饶，这是魂飞魄散的前兆。

如此持续了半日，诵经声终于消失。

我撑开眼睛，但见一个女子的身影，模糊不清，看不真切。

我使劲擦亮眼，这才识出，她正是当日以“一日”换走兵器坊的女人，那个与张甄柳胡有“关系”的女人。

她自然不是觊觎我的兵器坊。

“揭谛揭谛，波罗揭谛，波罗僧揭谛，菩提娑婆诃……”她诡谲一笑，口中喃喃，“这《般若波罗蜜心经》如何？你可悟得其中深奥？”

原来是她在整我！

“你到底是谁？”我自知不是她的对手，但也不甘不战而败。

她冷傲道：“小小蛇精，也配问姑娘我的名号吗？”

“呸！我与你无冤无仇，你这算什么意思！”我不是条善于隐忍的蛇，从来不是。

“没什么意思，”她依然张扬跋扈，“也就是替天行道，收了你这妖孽。”

果然是和法海有关系的，张口闭口就是降妖除魔。

好蛇不吃眼前亏。

我自然不会傻到用鸡蛋碰石头，瞅准了时机，拔腿就跑。

可惜，还没跑出五丈远，喉咙却被一根九天蚕丝勒住。九天蚕丝我是认得的，因为当初素贞为救许仙擅闯阆苑，就是被九天蚕丝所擒。如此看来，这女子与天界有些瓜葛。

她得意地收紧了蚕丝，冷漠道：“现在有两条路由你选，一是无间地狱，一是出家修行。”

两条路，都是要我的小命。

“我不干！”说不干就不干。

咽喉上的蚕丝越勒越紧，我的眼睛翻白，再这样下去就要原形毕露。

“闹够了没有！”一声严厉的呵斥救我于危难之间。

女人不得以放了我，她冲来者吼道：“难道她害得你不够吗？”

我咳嗽了半天，终于缓过一口气，这才看清来者正是张甄柳胡。

他是张甄柳胡，也是法海。

事实让我无可奈何。

“没事吧？”他看着我，关切道，只是我分辨不清他的关切是真是假。

“与你无关。”我丢下一句冷话。

你要我怎么面对你？

“青蛇，你可看好了，”女人又道，“他就是害死白蛇的罪魁，你非但不复仇，反倒要和仇人纠缠不清？”

明明知道她的话是挑拨，但是她说的话的的确确是对的。

为何偏是他？为何他偏是法海？为何他又偏是张甄柳胡？

我抽出腰间的剑，指向他，下了最后通牒：“滚！不要让我再见到你，否则见一次杀一次！”

我太佩服自己的勇气，大有遇神杀神、遇鬼杀鬼的英雄气概。

“动手吧，做个了断。”他闭上眼，微仰着脖子等我动手。

这算什么！变相的威胁吗？你让我杀，我就杀给你看！

为仇恨红了眼，我的剑直刺而过，差一毫厘就要贯穿他的胸膛——却听一声“阿弥陀佛”，头顶上祥云缭绕，瑞光四现。

我眯着眼睛，才看清云端的圣相，原来是观音菩萨。

我向大士行跪拜礼，而张甄柳胡和那女子却只俯身合掌见礼。

“青蛇，切莫再造杀孽，以致无穷之罪，”观音大士道，“本座此次前来，只为点化汝等执着之辈，青蛇，你可愿随本座回潮音洞修行，以成正果？”

随观音而去，远离这是非人间，无忧无虑，无喜无惧，也倒逍遥，也算自在，更重要的是，不用面对张甄柳胡。

“谢菩萨恩典，弟子愿随菩萨而去。”我合掌，叩首。

观音颔首，取出羊脂玉净瓶，欲容我于其中。

我起身看了一眼张甄柳胡，但见他早已起身正立，紧抿双唇，神色凝重。

“为何要经历十三次轮回？”我最后一次问他。

“这并不重要。”他的回答依然含糊。

他的敷衍，我的冲动——命定的永不调和的矛盾。

我纵身跃起，化作青光一道，向那玉净瓶飞去。岂料刚近瓶口却被一股强大的力量拉回，我重重摔回地面。

他扶起我，眼神里竟似有万分关切。

“怎么回事？”那个傲慢的女人花容失色。

观音大士掐指一算，缄默许久，叹息云：“有果必有因，解铃还须系铃人。”

张甄柳胡朝观音稽首道：“大士，请恕弟子痴顽。”

女人一把扯住他的衣襟，近乎疯狂地怒道：“你又何必再执着下去！你们不会有结果！”

“我知道。”他拿开女人的手，转身看着我，眉头紧锁，满脸愁容。

这些神仙佛圣说的话，我一个字都听不懂。真可谓道不同不相为谋。

“天界告急，大家都在等你归去，万望三思！”猝不及防地，女人跪倒在他脚下。

见了鬼了，这傲慢的不可一世的女人，居然下跪求他？天界告急？告的什么急？等他回去？他很重要吗？他究竟，究竟是谁？

“阿弥陀佛，”观音道，“舍小爱而取大爱，是谓无量功德，善哉，善哉！”

连菩萨也在暗示他“归去”？归去哪里？张甄柳胡……你究竟是谁？你要弄我一只小小蛇妖干什么？你……

脑子里混作一团，突然，他的指尖在我眉心一点，刹那永恒——佛光寂灭，天地混沌，恩仇消泯，万般皆虚妄。仿佛延绵了几千几万年的等候终于修成正果，什么天理难容，难容也要容；什么在劫难逃，难逃也得逃。

逃？往何处逃呢？

蓦地清醒。

三千世界，万丈红尘，竟没有我与他的容身之处。

张甄柳胡向观音道：“当日弟子将无量封印打入她体内，故而方才大士不能将其带走，还望大士原谅。”

观音轻轻点头，淡然微笑。

“六妹，”他转身向那女子道，“多谢你一番好意，相烦先回，我随后就来。”

六妹？她是他妹妹？千般疑问涌上心头，但没谁肯替我解答。

他终于把目光停留在我脸上，嘴角扯起一丝笑。他摊开我的右手手掌，轻轻一抚，“卍”显现。

“我放了你。”他幽幽吐出一口气，如释千年重负。慢慢，我掌心的“卍”逐渐褪去，越来越淡，直至消失。字迹消失的那一刻，我感到手心一滴湿热，抬眼一看，不由呆住——一行泪自他眼中流出，滴入我的掌心，化作一枚鲜红的痣。

“送你一程吧。”他的手轻轻一抬——

我的身子如羽毛般轻飘飘，倏忽飞入观音大士的净瓶。

一切有为法，
如梦幻泡影，
如露亦如电，
应作如是观。

——耳边充斥着观音诵读经文的声音。我不明白什么意思，只隐约感觉，这诘语与素贞的话一样如利刃尖刀，伤我于无形。

忘字心中绕，前缘尽勾销。

第八章 | 三王子

普陀山潮音洞。

我终日沐浴佛光，任青烟紫岚游荡在指尖，企望修炼成一颗如水的心。偶尔，疲倦的眼睫会闪动，想学凡人挤出眼泪，但忧郁到极限反而难凝成所谓的泪。我唯一能做的，只是木讷地拨数佛珠，念一段《心经》。我不是人，也不是佛，而是蛇，一条在佛前听法的蛇。一条早已幻作人形的蛇。

我不是条听话的蛇，听法的时候，常常走神，观音大士看在眼里，只是不愿揭穿我罢了。

“青儿，你与善财前往阆苑一趟，将此信函交予天后娘娘，速去速回。”观音看我心不在焉，便给我一份差使。

我与善财领命赶赴阆苑。

一路上，善财显得忧心忡忡。我笑道：“神仙也有烦恼吗？还是你思凡啦？”

善财老气横秋地叹息：“你有所不知，天界将有一场大劫难，阿弥陀佛，善哉善哉！”

“什么大劫难？”我道。

“每隔一万年，魔界便会转生一名无量恶魔，他将带领群魔侵扰天界，如今距上一次仙魔大战已有整整一万年，此刻天界正加紧防范，准备迎战呢。”善财皱眉深思，“想来，师父派咱们送信，也是为了此事。”

我们俩说着说着，不觉已到阆苑。牡丹仙子带我们进入厅堂参见天后。

善财低着头，呈上信笺，毕恭毕敬地垂手而立。我偷偷看了看四周的环境：金碧辉煌、仙娥成群，好不气派。比起冷清的潮音洞，这里简直是洞天福地。看那琼浆玉液，泛着奇泽；看那仙果神花，沁着异香。天后正襟危坐，雍容华贵，她此刻正阅览观音的信函。

“启禀天后娘娘，七位公主到了。”一名仙子来报。

但听笑语盈盈，门外走进一行贵气逼人的仙女。我不敢细瞧，学善财一样乖乖地退到一边。

“参见母后！”众仙女齐齐行礼。

七位如花般娇艳的公主欢笑着跑到天后身边撒娇，好不得意。

“行了，你们先到后花园玩耍，休来烦我商量正事。”天后笑着遣开诸爱女。

她们正要离开，突然听得一声清脆软语——

“是你？”一位蓝衣仙女停下脚步，指着我，惊道。

我也被她惊住，我……我有什么地方不对吗？

“你不认识我？”蓝衣仙女摇着我的肩膀，表情古怪。

我迟疑地看着眼前这位美艳动人的仙女，不知她何以口出此言，我与她才第一次见面呀。

蓝衣仙女与天后低声交谈，她们的目光都锁定我，看得我浑身发毛——要知道，蛇哪来的毛呢。

“莫非——她饮了忘川之水？”蓝衣仙子道。

天后掐指一算，神色凝重，她细细打量着我，道：“你叫什么，打哪来？”

我恭敬地回话：“我叫小青，是观音大士座前弟子。”

“在此之前呢？”

“在这之前，小青是一条蛇，蒙观音大士不弃，小青得以留在大士座前听法，至今已有一千多年。”我答道。

“就这些？”蓝衣仙女似乎不信，露出惊疑的表情。

我点点头，回答是。

“三哥的苦白受了。”蓝衣仙女叹息一声，离开大殿。

天后道：“善财，回去告诉你家师父，事情已经办妥。”

善财礼毕，千恩万谢一通，拉起我就要告退。

天后却发话：“小青留下，善财独自回师门。”

善财向我使个眼色，提醒我见机行事。我一慌，跑出去要拉住他，他却走得飞快，眨眼间不见了人影，害我与一位匆匆进殿的来客撞个满怀。

“怎的这般冒失？”来客没有顾得上看我，径直往殿内走去，走了好几步，突然停住，转身看定我，他圆睁双目，仿佛遇见三头六臂的魔怪：“是你？”

这里的神仙缘何这般奇怪，明明是初次见面，却要装作早已认得我。我不耐烦地回顶那位衣着光鲜但举止怪异的神仙：“是我，怎样？”

他笑了笑，道：“不敢怎样。你不在普陀，跑这儿来做什么？”

居然还知道我来自普陀？这个神仙不简单哪！

“铤儿，”天后发话道，“你父王那边怎样了？”

“回禀母后，父王那边早已安排妥当，只等魔界之徒前来束手就擒。”他朗声道。

天后颔首道：“你受累了。”

“不敢，”他浅浅一笑，忽然把目光瞥向我，“母后，她如何在此？”

“南海观音来信托我将她留在身边调教，”天后道，“大士称，她实在不适合参悟佛理，便将其遣来由我管教。”

原来是师父不要我了——我心头一酸，呆了半晌。

“是三哥来了吗？”几位公主叫嚷着欢笑着跑出来，围在那位“铤儿”身旁。

“屈指算算，可有一千多年没见三哥呢，你才回来，却又忙着战事，今儿可得好好陪我们玩！”一位皂衣仙女拉着“铤儿”，兴高采烈。

“你们休得聒噪，”天后笑道，“也让你们三哥休息片刻，他累了。”

“他方才的确累，不过现在嘛……”蓝衣仙女咯咯笑道，瞥了一眼我。

“三哥，忘川之水的功效可是能让神仙也忘记前尘往事，而且永远不能恢复记忆。”红衣仙女道。

那位“铤儿”一直盯着我，害得我怀疑自己的发髻散了，或者脸上的妆花了，或者是衣服脏了。该死，阆苑里全是些怪仙，以后我该如何长留此地？

“小青，”那蓝衣仙女似乎很喜欢捉弄我，“我三哥要回去了，你送他一程。”

天宫里的神仙不是都有坐骑吗，为何要我送？我才来此地，也不熟悉路呀。

“怎么，你敢忤逆本公主的命令，还是你觉得三王子不如你尊贵?”那蓝衣仙女似乎和我有仇，说话总是针对我。

“三王子，请——”我满腹委屈地尾随那位三王子出了阆苑，才走几步，就被云头绊了一跤，幸亏三王子眼疾手快扶了我一把，好险，好险！他兀自笑着，挥手招来坐骑——七条神龙驾驭的车。

“三王子好走。”我朝他行礼作别。

他一点头，跃上车。神龙张牙舞爪腾云驾雾而去。

从此，我便在阆苑住下。

每日里随一群金童玉女游荡在阆苑，浇浇花，喂喂鱼，远远地看七位公主追打嬉闹。她们美得华丽而奢侈，她们是天宫里的明珠，为众仙宠着爱着，幸福无比。而我，只是一条为师父所弃的蛇，寄人篱下，毫无所托。

那位穿蓝衣的公主有时会刻意挑我的刺，比方说，挑剔我喂鱼的姿势，挑剔我的衣着，挑剔我说话的口气……慢慢地，我也习惯了，也许她只是闲得发慌，才与我为难，权当消遣罢了。我亦只好尽量避免与她碰面。

说到碰面，值得一提的是，那位三王子每次来阆苑，我都会莫名其妙地偶遇他。有时是在回廊，有时是在花园，有时甚至在我的住所附近。但他几乎不和我说话，矜傲冷漠地与我擦肩而过。

这日，我又在“云岩亭”里撞上了他，恭敬地叫了声“三王子”后，我便识趣地退下。因为这里的人都对三王子敬畏有加，我自然不敢造次。据说，他是天庭中斩妖除魔的第一好手，被天帝封为“无量战神”，纵横六界，所向披靡。而这次魔界即将来袭，他更是被指派为迎战的第一将帅。只是，我不明白的是，既然战事在即，他不在灵霄殿守着，隔三岔五地往阆苑跑干什么，难道战争已经结束了？

我很想知道这个问题，于是小心翼翼地问：“请问三王子……战争还未开始吗？”

对于我的突然发问，他好像有些惊讶，过了一会儿才说：“无量恶魔尚未出世，这场战役如今还打不起来。你……很关心吗？”

他说话的样子似乎有些淡淡的不安，但那种不安却猛然打动了我。我觉得他不像个神仙。

“那三王子可有时间陪陪几位公主了。”是啊，怪不得他老往阆苑跑呢。

他撇过头去笑，真是个吝啬鬼，连笑容都不舍得让我看到。

“她们人吵，还是四处走走比较安静，”他开始移步，走了不远，忽然止住脚步，回头对我道，“你陪我走一走吧。”

一刹那，我竟然有受宠若惊的感觉。

走在他的一侧，我万分、十万分、十万万分地小心，生怕呼吸一下，就把这份奇妙的氛围打破。

“还习惯这里吧？”他像是在对我说话。

“啊？”我一愣，“习惯？哦，挺好的。”

“是吗，”他淡淡笑道，“那就好。”

他反剪着手，先是慢慢走着，后来看见有一行仙子朝这儿过来，他便越走越快，逐渐与我拉开了距离，等我反应过来，他已经走远了。

为什么，我觉得他不像是神仙？

“小青!”牡丹仙子招呼我。

我收回眺望的目光，应了她一声。

“咦，你看见三王子了没?”她悄声问，“刚才听贝儿说，三王子到后花园来了，怎么不见了呢?”

“哦，他刚走。”

牡丹仙子笑道：“怎么就走了啊，我还想偷偷看看他呢!”

“看他？为什么要偷偷看?”我纳闷。

“没有为什么，就是喜欢看!”牡丹仙子娇羞一笑，四下环顾，确定并无其他仙子在场，这才俯在我耳畔轻言低语，“走，我带你去一个好地方!”

牡丹仙子乃天后身边最得力的侍女之一，贵为众花神之首，司掌人间天上花卉。她平素喜欢白色，白衣白裙，故而被众仙子戏称为“白牡丹”，简称“小白”。正好与我的名字十分搭调，小白、小青，似乎注定成为知己。

她把我带到一个地方——一个陡峭的悬崖边，崖边立着一棵老得不知年岁的铁树。

“这里是最靠近人间的地方，”她指了指悬崖下云雾升腾的深渊，道，“下面，就是人间。”

我好奇地往下望，但除了白色的云雾，什么也看不见。而她口中的人间是什么样子？为什么听来如此熟悉，却又搜寻不到一点有关它的记忆？

“喂，我经常偷偷跑来这里，谁都不知道……你千万别声张哦!”她突然谨慎地对我说。

我点点头，却想不明白，这样一个没趣的地方怎么值得她常常跑来。

牡丹似乎看出了我的心思，她笑了笑，拉着我坐在岩石上，然后道：“像我们这种小仙是看不见人间万象的，但是我听上仙们说，只要守在阆苑里离人间最近的‘无因崖’，一直等到崖边这棵铁树开花，就可以看见人间了。”

“所以你就在这等铁树开花？”我有些匪夷所思，没想到牡丹仙子是这么浪漫的一个神仙。她这种行为，莫非就是他们所说的“思凡”？

“不错，我期待人间盛景，更期待……人间温情。你知道吗，三王子是何等尊贵的上仙，据说他为了一个凡间女子甘愿坠入人间，承受了一千年的生死轮回。唉，可惜那女子却一再辜负他，让他伤心透顶。唉，如今魔界作乱，三王子不得不为大局着想，舍小爱而为大爱，重返天庭，实在可歌可泣，令我等钦佩。”她提到“三王子”的时候，双眼放光，满是憧憬。

“看不出，三王子有这么一段曲折的历程。”我淡淡地回应，心下思索，无怪那三王子总给人一种哀苦凄清的感觉，原来竟是因为情伤。

“我们这些小仙呢，将来可以到月老那里得到自己的姻缘，而像他们那样的上仙却只能为无限的责任所驱使，永远得不到自己的姻缘，”她叹息道，“月老那儿没有上仙的姻缘牌，他们将一直寂寞，一直孤单，直到天荒地老。”

不知怎的，心咯噔一声，凉得透彻。我仿佛看见三王子反剪着手独自踽踽行走于阆苑花园的小径，他脸上的漠然不折不扣地昭示着“寂寞”二字。他真的就注定一直寂寞下去，孤单下去，直到天荒地老？

“嘿，你别担心了！”牡丹莞尔一笑，“我们还是可以享受姻缘的，这是我们这些不成气候的小仙所享有的特权，要好好珍惜哦，你呀，将来配个俊俏的金童，也不错嘛！”

“那么你呢？”我问得很突兀。

她侧身指了指遥远处若隐若现的山脉，道：“看见了吗，那是月老峰。只要虔诚地求月老，他定会满足你的心愿。你要不要试试？”

我躺在草地上，摊开四肢，笑道：“好，那我就求月老保佑小白姐姐寻得如意仙郎，这个仙郎呢，最好是像三王子那样的……”

“呀，你这贫嘴贱舌的，胡说些什么呢！”她伪装的功夫不够高明，显见的欢喜却非得要用愤怒来掩饰。说实话，我比较看不得她这点。

“嘿！好一双思凡的小娃娃！”

忽然听得一声呵斥，我和牡丹吓得脸色煞白，回头一看，来者是一个落拓不羁的神仙，他做一身道士打扮，手里拿着拂尘，目光好不威严。

“吕上仙？”牡丹惊呼，跪倒在地。

孤陋寡闻的我不如牡丹见多识广，不知道什么铝上仙、铁下仙，但瞧着形势不对，也便乖乖下跪了。

“嘿嘿，贫道游历至此，没想到啊，竟然碰上这么一遭事，唉，唉，唉，不妙，不妙！”他摇头晃脑道，“你们两个小娃娃，打算怎么求我啊？”

这道士莫名其妙得可以，半路杀出来，不知是何居心，现在又要我们求他，也不知他葫芦里卖的什么药。

“你是谁，为何要求你？”我忍不住把心里憋着的话吐出来。

他打量了我一番，忽然仰天长笑。

“吃了人家的东西，转眼就不认账了？嘿嘿！”道士满嘴胡话，不知所以然。

牡丹不住地恳求他别把方才听到之事声张出去。

“这道士疯了，你快别求他了。”我轻声对她道。

她瞪了我一眼，继续恳求那疯道士。

道士笑道：“其实呢，贫道也不想为难你们，牡丹仙子你在天后跟前也算是得力的，有些话传出去不止你没脸，就连天后娘娘面子上也挂不住啊！我呢，向来好说话，就暂且放你们一马，不过，牡丹仙子，贫道得麻烦你——那个，那个，听说，阆苑千年一酿的极品花雕……”

“吕上仙，小婢明白，”牡丹笑道，“您要的花雕，明日一定送到，就放在这棵铁树下吧？”

“嗯，是个明白事理的小娃娃！嘿嘿，那贫道就先告辞啦。二位继续聊，不打扰了！”道士说着，一挥拂尘，但见金光一闪，他便遁形远去。

牡丹擦了把冷汗，惊魂未甫：“幸好，幸好！”

“怎么了？一个疯道士何以——”

“什么疯道士！”她狠狠地唾了我一口，“吕洞宾！他是吕洞宾，你居然不认识？你真的在天上待了一千年？真不敢相信，你连吕上仙都不认识……天哪，幸亏碰见的是他，否则你我可就惨了！”

“原来他是八仙之一的吕洞宾……也不过如此嘛，乘人之危，敲诈勒索。”我悻悻道。

她笑道：“喂，他算好的了，若是碰上不好说话的神仙，随便到天后面前告我俩一状，那我们就吃不了兜着走了！算了，我们先回去吧，找个机会，偷偷拿一壶花雕出来。”

“贪嘴的疯道士！”我没什么好气地诅咒了吕洞宾一句。

第九章 阆苑花雕

牡丹总是有办法，她略施小技便从酒窖看守那里搞来了一壶花雕。我们鬼头鬼脑地拥抱着笑了一番，然后，拎着酒往无因崖去。

才出前厅，听得身后一声娇呼——

“站住！”

回头一看，妈呀，竟是那位处处与我为难的蓝衣仙子！

“六公主！”牡丹慌忙向那仙子行礼。她拿酒壶的手偷偷地背在身后。

“急急忙忙，干什么去呢？”六公主依然那么傲慢，她的眼睛在我脸上扫视着，好像审查罪犯。

“没……没，我们奉命给天后娘娘送极品花雕。”牡丹的反应好快，只是她撒谎的功夫不算高，别说是唬六公主，连我也唬不了。

“哦？”六公主冷笑一声，“这可就奇怪了，方才母后已出发前往南极仙翁住处，怎的又让你们送酒？”

“是这样的，天后娘娘派奴婢将花雕带给南极仙翁品尝呢。”牡丹灵机一动。

不料，她的灵机一动并不奏效。六公主听了，脸色一寒，怒道：“大胆奴婢！胆敢假传懿旨，欺骗本公主！”

“牡丹不敢！”牡丹紧紧抱着那坛花雕，死撑到底。

“嘿嘿，本公主方才只是试探你们，母后根本就没有去南极仙翁处，没想到吧？”她的笑很美，但是美得没有善意。

我着实看不下去，道：“公主，这酒是我盗的，请降罪于我。”

六公主冷冷地看了我片刻，没有吭声。

“不，公主，是我偷的，请公主处罚牡丹！”牡丹犯傻似的，什么都和我争。

“哼，好大胆的奴婢！你们偷酒做什么？”六公主眉头一挑，开始发难。

支吾了半天，牡丹终于说出了个字：“喝。”

“对，喝！”我使劲点头，偷酒当然是用来喝的，谁喝那就是另外一回事了。

六公主不耐烦地看着我俩，最后道：“来呀，将这两个奴婢拿下，听候发落！”

天兵上前要来擒拿我们的时候，传来一阵笑声——

“哈哈，六妹要拿下谁呢？”三王子笑着从门外走来。

我的心突然跳得飞快，生怕被三王子看到窘态，而牡丹似乎也是如此，我们一同扭过身子，不让他看见我们的面孔。

“三哥，你可来得正巧，”六公主移步走近三王子，道，“这两个奴婢偷了御酒，还假传母后旨意，欺骗本公主，真是无法无天！你给看看，得怎么处罚她们？”

他开玩笑似的道："那就罚她们到我府上打一万年杂吧。"

六公主扑哧一声笑了："三哥，你就会耍贫嘴！"

三王子走到我们跟前，笑道："你们喜欢喝酒？"

"对，三王子也是吗？"牡丹笑得比牡丹还灿烂。

三王子略带猜疑的眼光恍如针尖，扎痛了我周身经脉。此刻，他微微垂下头，踱着步，似乎在寻思什么。

抬眼，偷偷看他那张冰雕玉砌般的脸——我终于明白为何牡丹会偷偷看他。原因太简单，也太肤浅不过了：他的脸简直就是造物主的杰作，惊艳绝伦，让我等不敢逼视，不忍亵渎。我难免动了杂念，小心窝里在想啊：如果，那张脸上挂着笑容，该有多美；再如果，那笑容是给我的，那该有多好……

我恨自己如此不知轻重，在此时此刻，不知保命，反倒胡思乱想……该死，那什么三王子不会是想着怎么把我们大卸八块吧，别忘了，他可是和那六公主一个鼻孔出气的。

出人意料地，三王子居然拿过牡丹手中的极品花雕，一仰头，豪饮。

末了，他道："不错，本王嗜酒如命。"

牡丹的嘴角得意地扬起，道："那三王子可要再饮一杯？"

"好啊。"他随和一笑，把原本僵持的气氛打破。

六公主瞪了牡丹一眼，拉过三王子，撒娇道："三哥，你不能这么由着她们胡来，母后知道了，肯定会生气的！"

他笑了笑，手搭在她肩膀上，道："咱们兄妹好久没聚了，择日不如撞日，今儿咱们好好喝几杯。"

"那个，谁，"他回头对牡丹道，"请替本王准备几坛极品花雕，今日我要与六公主喝个尽兴。"

牡丹竭力把头点得像小鸡啄米一般，尽情地与他眉来眼去。

而自始至终，他都没用正眼看我一下。不知怎的，我的心一阵空。肚子里逐渐胀大的自卑猛然压得我喘不过气来。

“好吧，看在三哥的面子上，我就不与你们计较，”六公主道，“你们还不快准备着伺宴！”

“不用了，牡丹留下就好，”他一挥手，像是对我说话，但却根本没看我一眼，“你下去吧……对了，本王今日心情不错，且赐你们花雕一坛。”

“谢三王子恩典，谢六公主恩典！”牡丹喜出望外，笑得胜似牡丹花。

看着他们三个离去，我愣住——难道我就那么惹他嫌？

无因崖。

我把酒搁在铁树下，悠悠吐了口气。

极目远眺，四周满是云，我确信自己再也找不着普陀山的方向。

远方徐徐飘来一朵云，我瞧着像是哪位疾行的神仙。

果不其然，云朵在崖边降落，走下一位鹤发童颜的仙人。

“嘿哟哟，小仙女，你独自一人跑来这里做什么？”仙翁道。

我头一次听别人喊我“仙女”，有些受宠若惊，其实，我知道自己只是一条卑微的蛇。

“这是什么？哈哈，好香，好香的酒！”仙翁捡起树底下的酒，乐不可支。

“上仙，这酒您不能喝！”我没弄清楚他究竟是何方神圣，也不管会不会得罪他，只是简单地想要制止他喝掉那坛酒。

“小仙女啊，莫声张！我就偷偷喝一口，一口就好！”他不容分说地要揭开酒盖。

“呔!”忽听一声呵斥,“好不知羞的老道!你怎的偷喝贫道的酒!”

眼前金光一闪,吕洞宾显身了。

“我道是谁呢,原来是吕老弟,怎么,你要和我争酒喝?”那仙翁嬉皮笑脸道。

“这酒分明就是贫道的,道兄不信,大可问问这位仙子。”吕洞宾把我拉出来。

我点点头,肯定酒是吕洞宾的。

仙翁却不干了,他哼了一声:“你们偷了阆苑的酒,我不告诉天后就是,但得分老夫几口!”

“唉,道兄,实不相瞒,贫道要这酒并非为满足口食之快,而是另有用途!”吕洞宾道。

“少跟我来这套!”仙翁道,“要么有酒一起喝,要么一拍两散,哼,到时候谁都喝不成!”

“快别!两位上仙,你们别争了,要是被天后娘娘知道,那我可就……”那我可就死得惨烈了,我忙不迭地请求他们歇战。

“要不,吕上仙,您就与仙翁共享——”

“不行!我说过了,这酒并非用来喝,而是另有他用。”吕洞宾回绝了我的提议。

“小气!”仙翁骂了一句,“你不给我喝,我偏要喝!”

两个神仙你一句我一句地吵起来,看得我又担心又好笑。

突然,他们不吵了,都把目光看向我。吓得我浑身一激灵。

“要不——”仙翁冲我笑道,“你再去……”

“对,这是个办法。麻烦仙子再跑一趟了!”吕洞宾也这么说。

什么破神仙,竟然联合起来欺负我区区一条蛇。

“不行，”我道，“若是天后知道了，我非被逐出阆苑不可。”

“好个懂事的小娃娃啊，不过你可知偷酒之罪和思凡之罪，孰轻孰重？”吕洞宾轻声在我耳边提醒，他这明摆着是要挟。

事已至此，我别无选择。

只是一想到，牡丹可以陪伴在三王子左右，言笑晏晏，而我却只能周旋于棘手的事端之间，心头不免有些隐隐作痛。

我亦承认自己气量狭小，不是一条厚道的蛇，更不是一个有修为的神仙。

“怎样？怎样？”老仙翁在我身旁转来转去，问个不休。

怎样、怎样，还能怎样？我没好气地说了句：“以后千万不要被谁揪住小辫子！哼！”

“好了，仙子快去快回吧，贫道有要事在身，太白金星兄，恕我不能相陪，贫道先行一步。”吕洞宾把大包袱丢给我，自己拿了酒兴冲冲地跑了。

那仙翁继续缠着我不放，又是软磨，又是硬泡，竟同幼童般无赖。我没有他策，只好答应下来，相约晚上到此地见面。

无精打采地回到阆苑大殿。穿过弯弯绕绕的回廊，走过花园交叉纵横的小路，再走过一个碧绿如玉的水池，终于回到我的住所。

正思索着如何搞到花雕，却听一声轻微的咳嗽。那咳嗽声似乎只是提醒我，他的存在。

我不怎么耐烦地转身往后看，却见三王子站在一棵绿得流光溢彩的树下，嘴角隐约挂着一丝笑。

张望四下，居然发现，好像只有我和他。那么，他的笑容是给我的吗？

“三王子，您如何会在这？”我太惊喜了，挑了句极度没水准的话作开场。

“你很爱喝酒？”原以为我自己已经很没头没脑了，没想到他竟也问了句没头没脑的话。

“哦，还好。”我支吾一句。也不知怎么得罪酒神爷爷了，怎么尽是酒啊酒的。

他听了，没有说话，反剪着手，就要离开。

“三王子！”我鼓足勇气叫了他一声。

他止住脚步，慢慢地回过头来，似乎很迟疑的样子。他的眉头微挑，算是在询问我有何事。

“请您赏赐奴婢一坛花雕。”我跪下，自己也知道自己厚颜无耻。

他皱起眉头，朝我走近，表情异常冷峻。我已经能想象出他严词拒绝的表情。

“对不起……算我没说过。”我把头压得低低的，几乎要碰到地面。

天色渐渐暗下，我心急如焚，但也无计可施。

算了，大不了一死。就算那老仙翁告诉了天后，就算吕洞宾将事情抖露，大不了也就一死，也省得日日操心了。

“起来说话。”过了好半天，他才说了这样一句话。

我站起来，正好迎上他的目光。那样澄净如水的眸子，那样英气逼人的容颜——我几欲窒息。

“时候不早了，奴婢还得去天后娘娘那……三王子，奴婢告退。”我向他深深鞠躬，慌忙推下。

没走几步，但听他冷笑的声音：“这就等不及想去偷酒给情郎？”

情什么？

情郎？

我差点没摔倒。这些个所谓的上仙，怎么都这么疯疯癫癫？

待我想争辩几句，却发现三王子已经不见了。来去如风的他，又怎会在意我的想法？他就像高高在上的太阳，可望而不可即。

那晚，牡丹一直在天后跟前侍候着，我没办法让她帮忙出主意。而看守酒窖的侍卫得到命令，严加防范，我便更没有机会得手。

悻悻地空手到了无因崖，静悄悄的崖边只有风起云涌的声音。

“道可道，非常道。酒可酒，非常酒啊！哈哈，好酒，好酒！”忽然听得痴言疯语，我警觉地四下搜寻，看见一个模样儿不算糟糕的道士坐在岩石上饮酒。

不是吕洞宾还能有谁。

他袒露胸襟，显得狂放不羁，时而对天长笑，时而沉吟不语。

难道神仙都有点不正常？

“多谢仙子的阆苑花雕！”他冲我一笑，“你可知，这花雕可救了数百凡人的性命呢。”

咦，难道他要这酒，是为了拯救苍生？

“唉，若非那老道缠着我，我也不会出那馊主意，让你再去偷酒。”他道，“近来，人间有个南方小村，村里的人全得了一种奇怪的病症，说来这病也是他们触怒神灵招致报应。依我看，这病只有用阆苑的极品花雕做药引，方才有救。好容易骗你们取来了酒，谁知偏偏遇见太白金星那老头，我可没工夫与他耽搁，天上一日，地上一年呐，再晚一点，人都死光了……”

“上仙，您以苍生为重，慈悲为怀，实在是得道高人。我……错怪你了。”我的优秀品格之一，就是能够勇于承认自己的错误。

“哈哈！休忙给我戴高帽子，还是算计算计如何应付那糟老头子吧！”他道。

“这悬崖下面真是人间？”我好奇一问。

他呵呵一笑：“不错，人间繁华尽在悬崖之下。”

“您可知些人间趣闻？”话一出口，我即觉自己太轻狂，思凡之罪可不是闹着玩的。

吕洞宾倒是爽快，他哈哈笑道：“天机不可泄露。”

“趣事么，也是有的，”他似乎看见我失望的表情，便打开了话匣子，“记得一次，我路经人间西湖，化身一个卖汤圆的，嘿嘿，无意中掉落两个汤圆，你猜怎么着，那汤圆竟被西湖底下修炼的两条蛇吞食了，乖乖，两条蛇吃了我那汤圆，可都增长了五百年的功力，后来幻作人形，跑到人间勾搭上了一个俊俏书生……”

“哟，吕老弟！怎的你又来了？”忽然听得一声叫喊，老仙翁来了。

偏偏在这节骨眼上来了。我还一心于人间趣闻，无暇理会那什么老仙翁。

吕洞宾招呼仙翁，两人寒暄一阵，话题又转到花雕酒上。

我恨自己是条木讷的蛇，没有牡丹的能言善辩。不过，好在我虽然愚笨，但有自知之明，我选择说实话。

“那酒啊，偷不来。”我如实汇报。

“他的就偷得来，我的就偷不来？”太白金星和我急了。

“话可不能这么说，太白金星兄！人家一个小仙子也不敢太造次，倘若被天后知道了，那可了不得！”吕洞宾插嘴道，“你若真想喝酒，自个儿找天后讨去呀！”

“说得轻巧！那阆苑花雕可是人人都讨得到的？”太白板起脸，摆出一副蛮横的架势，“哼，小仙子，你若不替老夫也搞一坛酒来，老夫可不会善罢甘休！”

摆明了是威胁，摆明了是要挟，摆明了倚老卖老，摆明了以大欺小。

可是我无可奈何。

吕洞宾道：“好不知羞的老头儿！你要再胡搅蛮缠下去，大家就一拍两散！”

“一拍两散！好，看谁怕谁！私自盗取阆苑圣酒，私自品尝阆苑圣酒，哼，看看你们谁逃得了！”太白的脸憋成紫红，大呼小叫起来。

我兀自平静地观战，仿佛事不关己，高高挂起。

直到另一个神仙的出现，我才彻底崩溃。

那个神仙根本不像神仙。他虽然头戴镶金冠，身披黄金甲，英武逼人，但是他眼角眉梢传递出一个讯息：他完全不似一个神仙。他的突然出现仿佛一块巨冰投进沸腾的水里，瞬间惊起滔天波澜，又让滚烫的水突然冷却至冰点。

他是三王子。

其实我也是听到吕洞宾和太白仙金星呼他为“三王子”后，才反应过来——站在我面前的，确是那个传说中纵横六界的无量战神。

他冷冷地扫视着两位神仙，过了片刻才道：“二位上仙，真巧，居然在这儿碰上了。”

太白金星作揖笑道："三王子有礼，小仙刚从青埂峰来，经过此地，竟巧遇吕兄，故而多停留了片刻。能在此得见三王子尊颜，实在有幸之至。"

"的确，"吕洞宾接茬道，"三王子忙着备战，平日里难得一见，今日一晤，足见缘分菲浅呐。"

我自然不敢怠慢，忙不迭叫了声"三王子"。

三王子根本没看我，劈头盖脸狠狠地扇了我一个耳光，扇得我眼冒金星，没站稳，往后一个趔趄——

吕洞宾扶住了我，淡淡道："仙子小心。"

"放肆！"三王子怒道，"本王教训奴婢，岂容你在这里插嘴！"

"三王子何必恼怒，您要怪罪只管怪罪我，是我唆使她去偷酒的。"吕洞宾依旧从容。

我的脸开始变得火辣辣的，但不知为何，却忍住泪水，倔强地与那个扇我耳光的人对峙，我知道，我并非怨他，也并非恨他。

难道，我就真的这么惹他嫌？

他没有将我瞧在眼里，我能够理解，我只是一条沾染了仙气的蛇，无权无势，无依无靠。可是吕洞宾乃八仙之一，三王子怎的也不给他几分颜面？

"怎么，你们还想继续把事情闹大？"他不耐烦地看着我们。

吕洞宾沉默不语，太白金星惊魂未甫，我痛得说不出话来。

日理万机的三王子如何得闲跑这里来了——我一直想不通。

无缘无故地打了我一耳光，这算什么——我一直想不透。

吕洞宾与太白金星瞅见他似有放行之意，便都如领圣谕，连忙拜谢告辞。我有点茫然，一回神，发现四处竟然只剩下我和三王子。

无因崖。

一株不开花的铁树。

“这里是离人间最近的地方。”他似在喃喃自语，偏生又让我听到。

怎么办，怎么办？他不是要将我就地正法，踹下崖去吧？没想到，这么一个万众景仰的王子居然如此心狠！

“我自己跳吧。”饱吸一口气，我要维护最后一点尊严。

他转身，疑惑地看着我，微微皱眉。

不用着急，我自然会跳的，让我最后看一眼这里的风景呀！我在心里嘀咕。

三、二、一——跳！

一双有力的手拦腰将我拉回。我缓过神来的时候，才发觉自己和他贴得那么近，可以清楚地感觉到他温热的鼻息，可以清晰地看见他绝美的脸庞。上天作证，那一刻，我小青的三魂丢了两魂，七魄没了六魄。

“干什么？”他紧紧地抓住我的腰，抓得我好疼。

“不是你让我跳的吗！”我气愤连连，这神仙，怎的出尔反尔？还挺能装蒜。

他慢慢松开手，冷哼一声：“现在你倒听我的话，是不是我叫你做什么你就做什么？”

你贵为王子，而且又抓住我的把柄，我敢不听你的话？

“三王子的吩咐，谁敢不听。”我嗫嚅。

他什么话也不说，只是笑，笑过以后，指着月老峰道：“月老门下，司掌天上人间姻缘，红线一牵，情定三生。只可惜，我等享受不了这种平凡。”

牡丹曾说他为了一个凡人坠入人间，不知是真是假。

“你可知，你的姻缘线与谁绑缚在一起？”他问我。

我摇头。此等天机，我怎知道。

“期待吗？”他又问。

我点头。此等大事，我怎不期待。

“不用再期待下去，”他忽然冷笑道，“你的姻缘线已被剪断，你没有希望了。”

我不信，鬼才信。

他从怀中取出一根红丝，于我眼前一晃：“你的红线已断。”

我不信，我不愿信。为什么我的红线会断，为什么我的姻缘要由一根莫名其妙的线来主宰！

“断了又如何？”此刻，我的眼睛一定愤怒得发红，“断了又如何！断了更加好，那么我就可以名正言顺地……”

乖乖，我在胡说些什么呢！幸好，幸好及时打住了。

“哦？”他挑起眉头，饶有兴致地问，“名正言顺地做什么？”

崖上的风太大，夜太深，我听不见理智的声音，看不见理智的面孔，情绪上来，千不该万不该说的话竟然就那么脱口而出：“姻缘线断了更好，那我就可以名正言顺地喜欢你！”

他的脸在夜色里沉寂，像一朵闭合的白莲。

我打了个战栗，尽量把自己装得胆大包天。

“这算什么呢……”他轻轻苦笑，“上天何苦这样折磨我。”

我心惊胆战地站在一旁，大气不敢出。我自是清楚，口不择言的后果只有一种：触犯天条，被贬下凡。

“滚。”一个字从他牙缝间迸出。

好吧，滚就滚。

高高在上的他，注定了高不可攀，不可亵渎。被他拒绝，应该不算很丢脸吧。

我提了一口气，趁他不注意，纵身跳下无因崖。

耳畔风声如雷，下坠的仓皇，解脱的潇洒，舍弃的心酸，万般感觉涌上心头。

青，青！

似乎有谁在叫唤我的名字。

昏天暗地，不知人间天上今夕何夕……

第十章 | 人间

“姑娘，醒醒，醒醒！”

讨厌，谁扰我清梦！

怎么下雨了？感觉脸上一阵湿，睁眼一看，竟看见一张长满褶子的脸，着实吓我一跳。

“哈，你醒啦？快，喝下这碗药汤！”从门外走进一个妇女，手里端着一碗药。

慢着，慢着，容我想一想。对了，我记得自己跳下无因崖……难道这里就是人间？

“这……这真的是人间？”我惊喜道。

那妇人笑道：“当然啊，小姑娘，幸好你碰见咱们家阿虎，否则啊，你晕在荒郊野地里，迟早给狼叼走！”

“多谢大娘！”我连忙道谢。

“嘿，不用客气，来，你先把这药喝了，这是我们家那口子特地给你熬的，快趁热喝了哈！”她指指身边满脸褶子的大叔，笑嘻嘻地说着。

我们家那口子？多么亲昵的称呼！这就是人间啊。

静静地打量着陌生的环境，没有紫竹林的清幽圣洁，也没有阆苑的富丽堂皇，这里简陋而破旧，充斥着淡淡的烟火气味。凡人夫妻间恩爱的小幸福触动了我内心的柔软，我打从心眼里喜欢上这种感觉，真的，我在一瞬间爱上了人间。

这时，门外走进一个身背木柴的年轻人，他放下柴火，冲屋里喊了声：“爹，娘！我回来了！”

“这是我们家阿虎，是他把你从野地里捡回来的。”大娘道。

我细看进屋来的少年，他长得浓眉大眼，肤色黝黑，冲我呵呵一笑：“姑娘，你醒了，你家在哪儿？我送你回家吧！不然，你家人要着急的！”

我家在哪？告诉他我是从阆苑上摔下来的？这绝对不成。

“我……我家……我家里人都死了，只剩下我一个人。”我撒谎的时候，还是眨了眼。

“好可怜的姑娘！”大娘摸着我的脑袋，无不心疼。

“姑娘，你叫什么名字？家里还有什么亲戚吗？”大叔问。

我早已怀着小鬼胎，尽量装得楚楚可怜，泪眼汪汪地道：“我叫小青，家住不远的小镇，我们家族在一场横祸中全……全死了……我现在无家可归，不知道该怎么办……”

初来人间，我的确是无家可归，不知道该怎么办。

“那你可知你们家族的死因？”大叔又问。

我摇摇头。因为我暂时编造不出理由了，因为我也不知道怎样可以使全家人一下死掉。

“哎呀！难道……难道姑娘的家人也是被——”阿虎大惊，

“姑娘能够得以幸存，实在是有福德!”

“为什么?”我疑惑道。

阿虎道：“姑娘你不知道？最近咱们这带出现一个嗜血魔头，专门夜里出来残害无辜百姓，唉，前天西村的阿牛也遭了祸……我估计姑娘的家人也是被那魔头给害了！哼，天杀的恶魔，总有一天，我阿虎要把它剁成肉酱，替所有被它害死的人报仇!”

“好了，阿虎，别尽吹牛了，还是好好照看你自己吧，晚上别出去，免得你娘操心!”大叔用恨铁不成钢的口吻数落阿虎。

“姑娘，既然你暂时没地方住，若不嫌弃就先在寒舍将就将就，等到你找到亲人再做打算，这样可好?”大叔道。

我感激地点点头，心里暗喜：总算达成心愿了。那么我在人间就有一处落脚之地啦。

“不过，咱们家穷，可养不起闲人哦!”大叔笑道，“你明天跟阿虎到镇上私塾去找点活做吧，怎么样?”

“我大哥阿生是私塾的先生，可有学问了!”阿虎得意道，“他平时不回家，住在镇上，明儿一早我带姑娘去他那里，你可以在私塾里帮忙。”

虽然不太懂得人间的规矩，但我还是三叩九拜地表示了我对这一家人的感激。我异常兴奋，因为我知道，全新的生活就要开始了。

阿虎告诉我这里是钱塘镇。附近有一个有名的湖泊，名曰“西湖”，还有一座有名的桥，名叫“断桥”。

这不，我正走在断桥上，桥上人来人往，挤得我歪歪倒倒、晕晕乎乎。桥上有卖泥人的、卖风筝的，还有卖糖果、糖葫芦的。我馋得发慌，盘算着买串糖葫芦。

忽听有人吆喝：“卖汤圆喽，卖汤圆喽！大汤圆两钱一碗，小汤圆四钱一碗！”

不知怎的，人们都笑话那卖汤圆的，笑归笑，他们又都拥向卖汤圆的，抢着买汤圆。不一会儿，汤圆似乎都卖光了，人也散了。我纳闷地走过去，看见卖汤圆的老倌儿笑眯眯地摇着蒲扇，悠然自得。

“还有汤圆吗？”我问。

“大汤圆卖光了，只剩小汤圆了。”老倌儿道。

“小汤圆为什么不好卖？”我疑惑不解。

老倌嘿嘿一笑：“谁说的！”

说完，他又开始吆喝：“卖汤圆咯，大汤圆五钱一碗，小汤圆两钱一碗！”

不一会儿，小汤圆也卖完了。

我赞叹道：“老人家，您可真厉害！”

他哈哈一笑，挑起扁担，就要离开。眼见着他健步如飞，我好奇这么个老人竟似身怀绝技。一不做二不休，我纵身跟上他。

老人越走越快，拨开人群，穿过闹市，到了一个偏僻的拐角才停下。他回头冲气喘吁吁的我一笑，道：“仙子，可别累坏了。”

我尚未回过神，他已现出真身——居然是吕洞宾！

“吕上仙，您……跑这儿来做什么？”

他不满地瞪了我一眼，道：“这里是人间，不用上仙长上仙短的……我来这自然是为造福这方百姓。我倒要问问你，你来这里做什么？”

“我？”我的脑袋飞速旋转着，又要编谎了，“是……是被三王子踹下来的，我偷盗圣酒，触怒了三王子，然后他大发雷霆，把我踢下来了。”

“果真?”他似乎不信，“他怎会把你踢下阆苑?别是你自己思凡，偷偷跑下来的吧?”

“怎么会呢!”我急道，“你这烂嘴的臭老头!不胡说八道会死啊!”在阆苑憋的气，在人间可要全数讨回。

“嘿嘿!我是老头?”他不悦道。

“你就是糟老头!不但是老头，而且是个又爱胡说八道，又爱多管闲事的坏老头!你这种神仙，简直就是天界的渣滓!哼!”我骂得很带劲，骂完了心情一片大好。

他哑然失笑：“小丫头，你可瞧仔细了，哪有这么年轻的老头!”

说完，但见他摇身一变，一个光鲜夺目的少年郎英气勃发地站在我面前。真不知这些神仙搞什么，仗着有些个法术，一会儿变和尚，一会儿变道士，真是不知羞。

“得意什么，区区法术，我也会啊!”我推开挡在我面前的神仙，想要离开。

“不瞒你说，这个是我的真身，”他眉开眼笑地对我说，“见过的可没几个神仙，小丫头，你三生有幸啊!”

我无奈地瞪了他一眼，哭笑不得。看看天色，已经日上中天。我突然想到还得回私塾，便向吕洞宾告辞。

他似乎不打算放我走，仍然尾随着我。这样一来，在世人眼中看到的就是，一名年轻男子跟着一个妙龄少女大街小巷地乱转。按照人间的规矩，这样似乎不合礼法。

“喂，你跟着我做什么!”我转身道。

他笑嘻嘻地凑上前，道：“我想看看你去哪儿玩，我也闷得慌，正好去解解闷。”

“我不是去玩!”我严肃道，“我是去干活，在人间谋生呢!”

“哦?”他兴致勃勃道，“怎么个谋生法?”

“这与你无关!”我不耐烦地说道，“别老缠着我！烦不烦啊你!”

他嘿嘿笑道：“我是放心不下，一条失忆的蛇如何叫人放心呢?”

“你说什么?”我一愣，刚想问个明白，他却不见了。

我匆匆赶到私塾，阿生正好遣散学生，放学了。我便张罗着摆整齐学生的桌椅，清扫课堂。忙完后，就随阿生吃午饭。阿生是个和善的先生，举手投足间自有一股儒雅的书生气，说起话来也是彬彬有礼，让人如沐春风。

“小青，晚上你就不用过来帮忙了，”阿生道，“最近这里不太平，据说有妖魔作怪，咱们还是谨慎一点，夜里切莫出门。”

我听了有些憋屈，哪方妖怪竟如此猖狂，真想见识见识。一面应承阿生，一面却已经打算找到那妖怪，为民除害。

是夜。

我施展法术，凌空游荡在空无一人的人间街道。转悠了一晚上，别说是妖怪了，连个鬼影也没遇上。

等到我要潜入阿虎家睡觉的时候，却在离阿虎家不远的地方碰见吕洞宾。他一直显现着他那年轻的“真身”，让我笑得说不出话来。

“怎么，笑什么?”他不解地问。

“你怎么还是这副模样？怎的不再变回你的道士模样?”我道。

他哼了一声：“什么模样还不是一样，只是具臭皮囊罢了。”

“别是你思凡了吧，想在人间找个娇俏娘子，吕上仙?”我讥讽他，算是报仇。有仇必报，这是我们蛇族的优良传统。

他摇头一笑，二话不说，拉起我就走。

到了一口废井边，他才停住。看看我，他神秘一笑。

“小丫头，快钻到我袖子里来！”他冲我道。

“为什么？”钻到他袖子里，我可不干。

“别问了，快点啊！”他催促着。我勉强缩小身子，进入他的衣袖。他的袖子上有个洞，可以透过那个洞看到外面。

“乖乖待着，别说话！”他轻声道。

过了约莫一炷香的时间，忽然听见废井里有动静。慢慢地，但见一道红色的光从井口冒出。轰然巨响，烟火中呈现出一个女人的轮廓。那女子定非凡人，非妖即魔。她一见着吕洞宾便狞笑道：“我最喜欢少年郎了，来，过来！”

吕洞宾将计就计，走近她。

她笑盈盈地把手搭上吕洞宾的肩膀，脸也凑过来。我打了个寒噤，那女子的确有些姿色，不过她怎能随便勾搭男子呢，如此轻浮，简直丢了我们妖魔的脸。

“贱人！”我忍不住骂道。

我这一叫，非但把那妖魔吓倒，连吕洞宾也被惊了一跳。妖魔条件反射地抓伤了吕洞宾，然后她跃出几步之远，警惕地环顾四下。吕洞宾轻声骂了我一句，随后亮出法器，与那妖魔宣战。

我在他袖子里颠来颠去，头昏脑涨。只听得耳边风声不断，呵斥声不绝，最后，也不知他收服了那妖魔没有。等一切都平静了，我喊他，他却不应。我从他袖中出来，却发现他已经晕在地上。

“好没用的神仙！”我道，“喂，快醒醒！快醒醒！”

我输了点真气给他，慢慢地，他总算苏醒。

“你没事吧？”我问。

“还好意思问，若不是你突然出声，我至于这样吗？”他没什么好气。

“喂，明明是你自己没用，别把责任往我头上推！”我道，“那样一只妖魔你都搞不定，还当什么神仙呢！”

“哼，”他不服气了，“那妖魔，那妖魔本身不厉害，只不过……她肚子里的孩子是个厉害角色。”

“嗯？她怀有身孕？”我惊道。

“对，”他微微叹道，“方才我差点将她降伏，不过没想到她身怀六甲，腹内一股强大的力量将我弹开，我醒来的时候，就在这里了。”

“这么神奇？”我道，“那她腹内的婴儿一定不简单……对了，难道她就是危害百姓的妖魔？”

“正是，”他点头，“我查过，这里被害的都是年轻男子，现在看来，这妖魔是吸取年轻男子的阳气用以安胎。”

“那也就是说，她在分娩前，还要继续害人？”我道，“不行，我们得尽快把她降伏了！”

他摇头叹道：“六界有令，身怀六甲者，虽犯杀孽，犹不能正法，得等到分娩后，才可将其降伏。”

“这是什么破命令，我要是想杀人，那就怀孕好了，这样就可以在天杀天，在地杀地，杀个痛快，是不是？”我愤愤道。

“嘿嘿，你这小丫头，脑袋里想什么呢！”

他从衣兜里掏出一丸药，吞服后，调息片刻，脸色才又恢复了红润。

他将我送回阿虎家，便又不知所终了。我想，神仙们喜欢独来独往，自在洒脱，好是好，但是他们不寂寞吗？

我一进阿虎家的门，就听见大娘的啜泣声。一种不祥的预感在我心里盘桓。一问，果然，阿虎到现在还没回来。

“小青，你总算回来了!”大娘抓住我的手哭着，“阿虎见你晚上还没回来，说什么都要去找你，可是他到现在还没回来！阿虎啊……”

“别哭了!”大叔被她哭得心烦，喝道，“哭什么啊，没事都给你哭出什么事来!”

阿虎去找我了？我一惊，不行，我得找他去。

我与大叔大娘说一声，便直奔那口枯井。

一个恐怖的场面呈现在我眼前——妖魔尖利的手指伸进阿虎的头颅，正在吸取他的阳气。阿虎痛苦地呻吟，发出撕心裂肺的叫喊。

我随手折了一根树枝，往妖魔后背刺去。妖魔受了一刺，尖叫着放开阿虎，改向我张牙舞爪地扑来。我一闪，躲过了她的爪子，顺便把昏厥的阿虎扔到稍远的地方。

“是你?”那妖魔突然惊道。

她认识我？可是，我怎么不认识她？难道她是同类，是妖界的？不对，假如是同类，那我应该有反应的。

“我是小蝶啊！青姑娘，你不认识我了?”

小蝶？我搜索着自己所有的记忆，得出一个结论：不认识。

“主人也在附近?”她似乎有些惶恐，倒退了几步。

“我不认识你，”我瞟了她一眼，“你也休想逃！今天，我就要替所有死在你手里的人报仇!”

“青姑娘!”她万分恳切道，“主人他可好？你见着他，一定要替小蝶向他请安……我，我对不起他……”

“休要废话!”我跃身而上，想与她大战几百回合。

“你不是我的对手，青姑娘，我不想与你为难……只求，只求你好好照顾主人……”她说话的声音有些哽咽。

疯子，她疯了。什么主人，什么小蝶，我怎么什么都听不懂！

忽然，她捂住肚子，脸部抽搐着，但见她双眼冒出血红的光，听得她一声暴喝：“滚开！挡我者死！”

“谁死还不一定呢！”我飞腾而出，蛇舞长空，一掌向她劈去。

她竟然不理会我，径直往阿虎扑去——她的指甲又扎进阿虎的头颅！我怒不可遏，反身向她击掌。乖乖，她居然一点反应没有，只顾吸取阳气。再这么下去，阿虎非得被她弄死了不可。

怎么办，怎么办？

我心急如焚，突然灵光一闪，从她身后一把抱住她的肚子，我想这里应该是她的弱点。果然，她停止了吸取阳气，僵硬地站在原地。

“孩子，你怎么了？你吃饱了吗？”她喃喃地问腹中的婴儿。

我的心跳得飞快，赶紧松开了手。

她狐疑地看着我，忽然莞尔一笑：“看来，我的孩子喜欢你，你靠近他，他似乎很高兴呢，换作是别人，早就没命了。”

“是吗？”我不知道这是荣幸还是不幸，“那我可否叫他不要再吸人阳气了？”

她一愣，道：“他已经吸了八十个男子的阳气，只要再吸一个人的阳气，就可以出世。所以，他必须得完成最后一步。”

她又指了指阿虎，道：“这是第八十一个，我的孩子只吸了他一半的阳气，还差半步，就可大功告成了。青姑娘，你何苦管这些凡人的死活，他们仇恨我们妖类，你又何必替他们说话？”

“不，他是我的救命恩人！”我道。

“哼，救命恩人？”她冷笑道，“他以为你是人类才救你，假如他知道你是妖精，看他会不会救你！你忘了吗，白蛇为了报恩，把自己的命都赔上了，可是呢，许仙还不是不领情！青姑娘，我们是同类，你不该帮着人类说话啊！”

白蛇，许仙……这两个名字似乎有些熟悉，但却想不起来在哪里听过。

“为什么非得吸足八十一人的阳气？”我不解，实在不解，这又是什么破规定。

她道：“这是我的孩子告诉我的，只有吸足九九八十一人的阳气，他才肯出世，否则，他就在我肚子里待一辈子，你想，我如何能怀着他一辈子呢！”

“他怎的如此歹毒！”我恨道，“孩子的父亲呢？”

“孩子没有父亲，”她抚摩着肚子，说道，“当日，我偷食冥界黑莲，本想增加修行，没想到却由此怀孕，不可思议吧？但我想这一定是上天赏赐给我的孩子，我一定要把他生下来……后来，肚内的孩子对我说，必须找够八十一个年轻男子给他吸阳气，他才能够顺利出生，我也是不得已才杀生……我自知造孽太深，等到孩子出世后，我的末日也到了，可我还是希望看到他出生，抱一抱他，看他笑，看他哭……”

母爱是没有错的。但是杀生却是错的。

事情到底错在哪里？

我糊涂了。

“孩子，你已经害了很多人了，不要再害人了，知道吗？”我蹲下，对着她腹内的孩子道，“你现在肯出来吗？你把你母亲折腾得好惨！”

“不行的，他说了，一定要吸够八十一个人——”她的话还没说完，却听腹内一声喊："我饿了！"

"好，好，娘这就去给你找东西吃！"她眼睛又闪现出一丝凶光，直逼晕厥的阿虎。

我跳起来，拦在她前面。

"我孩子饿了，他饿了！你没听见吗！"她发疯似的叫嚣着，一把搡开我，把手指重新插进阿虎的头颅。

我被她推倒在地，居然呕出一摊血！该死，我怎么变得这么窝囊了！挣扎着爬起来，不行，我得救阿虎！我得救他！

那女妖只顾自己的孩子，发狠地阻止我靠近。等阿虎断气的时候，我也血肉模糊了。

"我不会放过你的……"说完这句话，我就什么知觉都没了。

第十一章 黑莲转世

西湖柳，断桥雪，漫天的红伞。

雷峰夕照，钱塘浪起，剑光舞得冷艳。

“小青！小青！”一个如此熟悉却又如此陌生的声音在唤我。她向我娉婷走来，衣衫如雪，容颜如玉，袅袅娜娜，一路走来……

梦邪？真邪？

“人间还好吧？”又一团白色向我走近，细看，竟是个眉清目秀的和尚。他微微笑着，模样竟有几分像三王子。

真邪？梦邪？

…………

忽觉人中一阵剧痛，我大叫着醒过来。

“该死的妖精！我非把你——”恍惚中，我抓住那女妖的手，大声叫骂，不过，话突然卡在喉咙口，说不出来了。那是因为……那是因为坐在我身边的是三王子，而我抓的也正是他的手。

一时之间，我惊讶得忘记松手了。

他似笑非笑地看着我，道："非把我怎么？"

"啊！"我连忙甩开他的手，完了，完了，他一定会更加讨厌我的。我……为什么就不能做一条聪明的蛇呢！

"对不起，我……奴婢……我不是故意的……"唉，也不知认错有没有用，像他那种高高在上的神仙，如何会在乎我的道歉呢？

"没关系。"他看了看被抓红的手，皱眉道，"你胆子不小，竟然敢当着本王的面跳下无因崖！怎么，做神仙做腻了？"

这三王子好生健忘，他忘了是谁叫我滚的？他忘了是谁拒绝我的？他……他真是个没心没肺的可恶神仙！我越想气越不打一块出，冲动之下竟然一巴掌扇在他脸上。

几秒的寂静。

我算是豁出去了，大不了被打入地狱，死就死，有什么了不起！

他看定我，忽然笑道："这样，就算扯平了。"看样子，他是指他也曾打过我一耳光，现在我还他一巴掌，这样，就扯平了。

是吗，这样，就扯平了？

"扯不平！"我跳将起来，冲他叫道，"怎么扯平！我喜欢你，就算你拒绝我，就算你用天规来压我砸我，就算你拿地狱来吓我炼我，我还是喜欢，就是喜欢，怎么样！"

"够了！"他不耐烦地打断我的话，"这里是阆苑，你再大点声试试？"

阆苑？我又回到阆苑了？该死！我是怎么回来的？

"吕洞宾送你回来的。"他道。

"我要去人间，我要替阿虎报仇！"我像个没头的苍蝇，跌跌撞撞地往门外跑。

他在身后轻笑："你再走一步试试?"

威胁我?呸，我偏走给你看!

才走一步，他就从背后抱住我，像抱一把椅子或者抱一张古琴，将我扔回床榻。

"牡丹一会儿就来了，"他道，"我先走一步，别说我来过。"

"我偏说!"我与他犟上了。

他笑了，笑容很温暖，却涩涩的，似有几丝苦意。

"别再任性了，好吗?"他无奈地说着这样的话，难道他不知道，他说这样的话，像极了男女间耳鬓厮磨的情话。牡丹曾经说过，他为了一个凡间女子受尽轮回之苦，我多羡慕那个女子，至少她得到过他的心，可是……看样子，我是永远得不到了。

我躺着，眼泪静静地流淌。

我才不忍着，就让它流吧，流干了才好。

"青，"他擦干我的眼泪，煞有介事地说，"忘字心中绕，前缘尽勾销。"

好狠的话!好狠的心!好狠的破烂神仙!

我很诧异，为什么我会喜欢他。他冷漠，他自私，他不解风情，他道貌岸然故作君子，他千不好万不好……可是我就是喜欢他。怎么办，怎么办?

突然，听得门外有脚步声，我才要说什么，三王子就不见了。牡丹端了药汤走将进来，她道："小青，你可回来了，吓死我了!到底怎么回事?吕上仙现在还代你受罚呢!"

"什么?他代我受罚?"我惊愕。

"唉，我真被你们搞糊涂了!"她道，"吕上仙把你送回阆苑，当时你都奄奄一息了，天后说你私自下凡，要将你关入天牢，不过吕上仙说全是他拐骗你下去的，于是天后就罚他七日监禁之刑。小青，他为什么把你骗下凡间去？”

“这……这与他没有关系，是我自己要下去。”我道。

“人间好不好玩？”她笑着贴在我耳朵上说。

我点点头。

“可是你怎么一身伤呢？难道人间那么可怕？”她摇头道。

我不知道如何向她解释，只好说：“牡丹，我有点累了，先让我歇会儿吧。”

“嗯，对，你喝了药早点休息，估计明天天后要找你问话呢。”

所以，我必须在明天之前赶去人间，为阿虎报仇。等报了仇，再任由天后处置吧。

牡丹走后，我舒活舒活筋骨，偷偷打开门，糟糕，迎面就是两个天兵。

我连忙转身回屋，却见三王子端坐在椅子上饮茶。

“你怎么又回来了？”我道，“到时候惊动了天兵天将可别怪我影响了三王子您的名声！”

他哼了一声，道：“你休想溜出阆苑，这里的防守十分严密。”

我白了他一眼道：“谁说我要溜走？这么晚了，我可要睡了，三王子您请回吧。”

他笑了笑，轻声叹息：“可怜的阿虎，死得好惨，也没人为你报仇……”

“喂，你什么意思！”我有点火了，他明明就是哪壶不开提哪壶。

“没什么意思，”他喝了口茶，起身道，“我要前往人间一趟，可以带上一头两头坐骑，比如什么龙啊蛇啊的，我发现你蛮符合坐骑的条件，怎么，要不随本王走一遭?”

坐骑？坐骑？他把我当坐骑！

“谁符合坐骑的条件了！”我嗔道。

他笑道：“去还是不去?”

“去！”我挽住他的胳膊，笑嘻嘻地说，“你给我当坐骑！”

他抓着我，就那么一旋转，眼前一黑，我的心飞出嗓子眼，呼啦呼啦，呼呼啦啦，风声咆哮，光影交错。

“可以睁眼了。”耳畔响起一个不疾不徐的声音。

我睁开眼，发现自己已经站在了西子湖畔。

抬眼看他，发现他已经穿成凡人模样，正痴痴地看着西湖，专注而严肃。许是想起什么伤心事吧。

“三王子，您忙您的，不打扰您，我先走了。”我赶着去找那女妖，我可不想在他面前废话。因为我知道，无论我说什么，他心里还是不会认可我、喜欢我。

他笑吟吟地看着我，表情柔和得像水。我真觉得他不像个神仙，一点都不像。他的心也许早在一千年前随着某个女子一起死去。

我还争什么呢?

“你要去哪?”他拦下我，“哪有坐骑离开主人的?”

“呸！谁是你的坐骑！”这里可不是天上，我可不管什么天规，一把推开他，飞也似的跑了。

自不量力的我自然逃不出他的掌心。

“你怎生如此任性?”他追上我，拦住我的去路。

“那又如何?”我挑衅道，“你管得着吗！”

他嘿嘿笑着，转身道：“行，你继续任性吧，阿虎的仇也不用报了。”

“喂！”我跳到他面前，兴奋地抱住他，“你若肯出手的话，那一定成！”

上天做证，我根本没有邪念，只是表示兴奋之情，就那么抱了他一下而已，什么也没干呀，可他却如受针扎，慌忙挣开。

“脸红了哦！”我得意地讥笑他。可不是么，他居然脸红了。

他没有再理睬我，一挥袖，大步流星地往枯井方向去。我好生没趣，跟着他，一前一后，什么话都没说，直到抵达枯井。

他反剪双手，冲井口道：“妖孽，还不出来受死！”

不一会儿，一团浓烟处，女妖显身相见。

她挺着个大肚子，一见三王子，便扑倒在地，哭着道：“小蝶参见主人……小蝶该死，求主人饶命……”

什么，他是她主人？

“孩子出世后，就是你的末日，这点你应该明白。”他漠然道。

“我知道，就像当年白素贞一样，难逃一死。”她苦笑，“不过，能死在主人手里，我再无奢求。”

“抱歉，”他低声道，“这是我的使命。”

什么？他向她道歉？她……难道她就是他一直深爱的那人？凭直觉，我能感到这小蝶对他情深义重。

“就是她？”我忍不住问道，“就是她让你甘愿坠入人间承受轮回之苦？”

他们两个都看着我，露出疑惑的表情。

“对不起，算我没问。”吐了吐舌头，我自己都觉得自己特别招人烦。

多疑是蛇的天性呀，我怎么能不乱想呢。更何况，多疑无罪，乱想有价。

“她失忆了?”女妖最后得出一个破结论。

三王子不置可否。

“真的是她?”我还是忍不住问，我是真的想打探有关他的一切。尽管这样做有些不知廉耻，怪不得人类都骂我们妖精不要脸。

他瞪了我一眼，道:“休得妨碍我降妖!”

“主人，我为你难过……”女妖小蝶道，“因为你从来没有得到过一份完整的爱。”

在那一刻，他的目光黯淡下去。

“小蝶跟随您一千年，看着您在苦海中沉浮，十三世的轮回，十三世的等候，可是等到你与她相遇了，她呢，要么不记得你，要么只记得某个阶段的你。你的爱，一直都是残缺不全的，即使她也爱你，但是——”

“休得废话!”他一挥手，但听惊天动地一声巨响，一棵大树应声倒下。

“青姑娘，你可知道，为何你的记忆总是被消除吗?那是因为，你爱上了一个不该爱的男人，”她突然对我说这样的话，“但是你又好生幸运，有那么多人喜欢你、关心你，他们把你的记忆收回，其实，他们是怕你痛苦。忘却要比记忆幸福。”

“妖之将死，其言也恶吗?”他冷冷地甩出这样的话，“你再说一句试试?”

“你真的想知道主人究竟为谁忍受十三世的轮回吗?”她无所畏惧地朗声道，“他是为了一条蛇!那条蛇是天底下最笨的笨蛋!”

“啊!”她突然捂住肚子，叫唤一声。

看着她在地上翻滚，痛苦呻吟，我不知所措地站着，手心一片冰凉。

“青蛇，你——你是天底下最笨最笨的笨蛋！”她气喘吁吁，却还不忘骂我。

她的话是什么意思？谁是那条笨蛋蛇？而他竟然为了一条蛇……

还没理清思路，但见小蝶腹部绽开一个口子，一道血红的光焰刺眼地闪耀，不一会儿，红光寂灭，一朵黑莲徐徐升上半空，放射出万道黑焰。黑焰过后，黑莲绽放，莲心处坐着一个婴孩。婴孩转眼间便长成一个少年，他在一道血光中消逝。这时，天空中飘下一张字符，云：

黑莲转世，魔王诞生。混沌世界，唯我独尊。

三王子看过字条，皱眉道：“无量恶魔已经出世，魔界正式向天界宣战，我得立即返回天庭。”

小蝶昏倒在地，我居然又有点不忍心看她被降伏。

“喂，你醒醒！”我轻轻摇着她。

她睁开眼睛，看着我，忽然推开我：“笨蛋！”

“我送你一程吧。”他对着小蝶叹道。

“主人，请您照顾我的孩子，好吗？”这是她最后的恳求。

她甜甜笑着，亲眼看着她的主人把法器打入她的天灵盖。

“那根本不是你的孩子……”在她化为灰烬的时刻，他叹道，“他不过借你的躯体出世而已。”

“你是说，那个孩子就是无量恶魔？”我惊讶，这简直不可思议。

他一点头，道：“开战了……仙魔大战，你欢喜吗？”

“有什么好欢喜？”奇怪，战争又不是婚礼，我欢喜什么？

“如果世界在战争中毁灭，就不用被责任、使命驱使，就可以和所爱的人一起漫步西湖，看雷峰夕照了。”他像孩子似的笑起来，眉毛略略上扬，一副陶醉的模样。

“你所爱的人，她还在人间?”我小心翼翼地试探。

他看了我一眼，笑道：“小蝶说得没错，你就是个笨蛋。”

“雷峰夕照吗，我可以陪你看呀，”我缠着他，笑嘻嘻地说，“你也不亏嘛，再说了，我哪点比她差了?”摆明了我在勾引他。

他摇头一笑，挣开我的手：“你若还想待在人间，那么请自便吧，我先走一步。”

“怎的这般小气?”我道，“我还想再玩一下啊!”

他不再理睬我，径自走开。

“既然你为我忍受十三世轮回之苦，现在为何又放弃呢?”我不傻，我听懂了小蝶的话。虽然我也怀疑，我也不能确定，但是我知道她没有必要欺骗我。而吕洞宾也说过，我是条失忆的蛇。

他停住，转身，看定我，过了半晌，道：“你不懂。”

“你才不懂!”我向他叫嚣，“别老是端着你那神仙架子，别以为自己是救世主，别以为自己多么大公无私，你以为舍弃小爱顾大爱就很了不起是吗? 呸，那只是你懦弱的借口，是借口，是托词!”

他的嘴唇动了动，最后说了一个字：“滚。”

“我会把记忆找回来的，你给我等着!”我怒冲冲地说道。

“站住!”他喝令，“随我一起回阆苑!”

没等我拒绝，他就拉起我纵上云端，我一个趔趄，扑在他怀中。和以前一样，他像是被针扎一般猛地推开我。

我的心终于冷到冰点，看着他道貌岸然的样子，我呼吸越来越沉重。

“三王子，我们这是……这是去哪？”我发现云头并非往阆苑方向。

他闭目养神，缄默不语。

第十二章 私奔

天庭。灵霄殿。

沾了三王子的光，我有幸得见天帝的真颜。

满殿神仙麇集，好不庄严。我躲在三王子衣袖里，偷偷观看周遭的一切。

“儿臣启禀父王，无量恶魔已经出世，战事迫在眉睫。”三王子道。

天帝道：“方才托塔李天王已向孤禀明情况，铤儿，天兵天将任由你调遣，只求降伏恶魔，保我天庭周全。”

“儿臣遵命。”

“启禀天帝，”太上老君道，“西方如来佛祖送来一句诘语：‘莲生莲灭，缘起缘散’。”

太白金星道：“佛祖的话甚是深奥，我等参透不了，三王子，您可有高见？”

这时，有使者来报，道是阆苑天后驾临。我暗自叫声不妙，她如何来了？

“参见天帝！”天后的声音依旧那么威严，让我不寒而栗。

“天后驾临，可是有急事？”天帝道。

好好的夫妻俩，却要如此装腔作势，做神仙还真是累。

“哼，”天后道，“我倒要当着群仙的面问问，这淫乱天庭可要治什么罪？”

“回禀天后，淫乱天庭罪当被打下凡间，受永世轮回之苦。”太白金星道。

“是吗？”天后一声冷笑，“那么依照天规，吕洞宾调戏阆苑婢女，该如何处置啊？”

她的话引起众仙一阵骚动，大家纷纷交头接耳。吕洞宾调戏阆苑婢女？我实在不敢相信。

“天后，吕洞宾乃是上仙，这事可疏忽不得，需得查明事情真相，方可定夺。”天帝发话，“来啊，把吕洞宾带上来！”

不一会儿，吕洞宾被五花大绑地带进云霄殿。

他身后跟着牡丹仙子，顿时一个不祥的预感笼罩着我——莫非，他调戏的是牡丹？

果不其然，牡丹开始向天帝告状。道是她去给关在天牢的吕洞宾送饭，却反被吕洞宾轻薄调戏。

“吕洞宾缘何会在阆苑的天牢？”天帝问道。

乖乖，完了，我偷偷下凡的事也要被抖出来了。

天后刚要回答，却被三王子抢了话头——

“那是因为，”三王子沉着道，“吕上仙冲撞了母后，母后一怒之下将其暂时关押。”他向天后求救，请她帮忙圆谎。

天后自是心疼她的儿子，点点头，算是默认。幸好，幸好！

“那么，吕洞宾，你还有什么话说？”天帝道。

“嘿嘿，笑话，我吕洞宾岂是那种败类！天帝可别听信这小丫头片面之词，就轻易定我的罪。”吕洞宾丝毫不惧，坦然自若。

“天帝，您可得替奴婢做主！吕洞宾与阆苑一名仙子私奔在先，调戏奴婢在后，如此品行败坏者，倘若天帝姑息他，那么天庭就永无宁日了！”牡丹说得十分动情，说得我的心也寒了。什么叫“与阆苑一名仙子私奔在先”？她说的是我吗？

“哦？”天帝怒道，“和谁私奔？立刻将那私奔的仙子带上殿来！”

“不用找了，我就在这里！”我大叫一声，从三王子的衣袖中钻出来。

“三王子已经把我从人间捉回来了，你们爱怎么着就怎么着，推入人间也好，打下地狱也罢，我都没有异议。”我恶心透了这群神仙，一个个虚伪得不成样子，就连我以为是知己的牡丹到头来也出卖了我。

“大胆奴婢，竟然敢在灵霄殿上放肆！”天后斥道。

“你果真与吕洞宾私奔？”天帝如是问。

我冷笑：“没有。”

“天帝，吕洞宾为替她背负私自下凡的罪名，才被天后娘娘关进天牢。吕洞宾已经亲口承认了他们是私逃下凡的！”牡丹红口白牙地尽说谎话。

“你这小娃娃，怎么血口喷人？”吕洞宾无奈一笑。

天后在婢女中最疼的就属牡丹，她自然维护着牡丹：“的确，吕洞宾承认他与小青一道下凡。小青在人间受了重伤，也是他把小青送回阆苑医治。”

“如此看来，你们真是私奔了？”天帝冲吕洞宾道，“既然你和她私奔，为何又调戏牡丹仙子？”

“谁调戏她了？当时她来送饭，我问她小青姑娘的伤势怎样，她也不回答，却大呼小叫地说我调戏她。天帝，你给评评理，我活这么大岁数了，可还没见过这么阴损的仙子呢！”吕洞宾道。

众仙看着楚楚可怜、梨花带雨的牡丹仙子，心都向着她。而吕洞宾向来行事莽撞不羁，颠三倒四，众仙自然不太相信他。

太白金星正好借此报吕洞宾不肯与他分享阆苑花雕的仇，添油加醋地把他在无因崖上遇见我和吕洞宾偷饮圣酒的事情说了一通。什么月黑风高，什么孤男寡女，什么私相授受，句句都是置我们于死地的话。

人证物证确凿，我百口莫辩。

三王子走到太白金星身旁，冷笑道：“太白金星，据你所言，那么本王算什么？”

“三王子说笑了。”太白金星并没有反应过来，所有神仙都没有反应过来。大家议论纷纷，对着我和吕洞宾指手画脚。

“吕洞宾与阆苑婢女私奔之罪属实——”天后正当宣布我的罪行成立，却听三王子朗声道：

“她要私奔，也是跟我私奔，与旁人无干。”

“铤儿！”天后厉声道，“不要再执迷不悟！”

三王子不顾众仙奇异的目光，一把拉起我的手，凛然道：“她就是那条让我甘受十三世轮回的蛇，请你们不要玷污她的名声。”

他把我捧到云的高度，我怕下一秒他变了，我怕他突然放手，那么我就会摔下云端，粉身碎骨。

在众目睽睽之下，他牵着我的手倔强地站在灵霄殿上。我们两个都很倔强。

“混账!”天帝怒道，“你为一己之私置众生于不顾，你有何颜面面对天下苍生?”

三王子的脸罩上一层寒霜，他笑了笑，不做任何分辩。

众神仙似乎都明了，他们静立一方，看天帝审理家务事。我感到事情越来越严重，这么闹下去非得逼得三王子走上绝路。

“小青，你说!”天后把矛头指向我，“你说说看，你到底和谁私奔!”嘿嘿，我看出她的色厉内荏，她其实是在求我，求我放过她的儿子。

天帝也把目光转向我，他也期望我能给他一个满意的答复。众神仙也把注意力集中到我身上，他们急切地想知道事情的真相或者急切地想隐瞒事情的真相。

“天帝，事已至此，我就招了吧……”吕洞宾抢在我前头道，“不错，正是我与她私奔，此事不关他人，全是我的错。三王子与我交情匪浅，他为了救我，欺瞒天帝，还请天帝海涵，不要追究三王子的罪，尤其在当下，三王子乃神军首领，倘若处罚他，定然会使军心大动……臣请天帝三思!”

看着他跪下，我嘿嘿苦笑，看不出来啊，吕洞宾是个顾全大局的神仙。当然，我也是条顾全大局的蛇。三王子乃是六界无量战神，虽然我不清楚他究竟有多神勇，但却看得出天庭里的神仙把他看得异常宝贝。我如何忍心摧毁他们的宝贝呢!

我挣开他的手，走向吕洞宾。

灵霄殿上，我扶起吕洞宾，我俩宛如一对末路英雄。

吕洞宾轻声道:“抱歉，连累你了。”

“青!”我看不懂三王子脸上的表情，似忧郁似心疼，似怨恨似恳求，“跟我走。”

“三王子，您的好意我们心领了，可这是我和吕洞宾犯下的大错，您不必再为我们开脱。谢谢。”我的话坚决如铁。

他的嘴角微微颤动，忽然咧嘴一笑，那一笑震惊在场所有神仙。那是怎样一个笑啊！温柔，苦寒，深沉，隐晦……有谁了解他？他肩头背负的使命让他的笑容也变得复杂难懂，更无须提他的内心。

“既然你们两个都承认了，那么——”天帝也被他儿子的笑震撼，他稍稍一顿，“那么，就依照天规处置吧。”

太白金星开始背诵天规天条。

“……天规第一百九十条，上仙与普通仙人私奔，查证属实，判上仙自毁修行，打入凡间，轮回九世，判普通仙人打入凡间，轮回七世……天规第二百一十二条，上仙调戏天庭仙子，视情节轻重判处，情节严重者打入地狱，情节轻微者贬入凡间……”

轮回七世罢了，我对这个处罚并不惧怕。

我和吕洞宾被带到南天门前，天将得令，立即行刑。

俯身往下一望，好高，好高！

三王子站在我身边，他大概是想送我最后一程，就像送小蝶一样吧。

“吕上仙，你这是何苦？”他道。

吕洞宾笑而不语。

我冲三王子笑：“给吕上仙一个做英雄的机会呀，你靠边站点！”

我回头看了看云海中若隐若现的阆苑，想到牡丹，不由得悲从中来。我赶紧转过头，偷偷流了一行泪。

“启禀三王子，时辰到了，遵照天帝旨意，即刻行刑。”天将来催命也。

三王子看着我，笑了笑。

我也傻傻地笑。

“唯一的遗憾，就是没有找回属于我和你的记忆。再见了！”我飞快地扑到他怀里，然后又飞快地离开他的怀抱，甩下这么一句话。

“嘿嘿，”他笑道，“谁和你再见？”

我还没弄明白怎么回事，就看见负责行刑的几个天将倒在云褥里，一动不动。

“三王子，玩笑可开大了点！这——”吕洞宾正色道，“这私放犯人的罪名可不小。”

“你们在人间找个落脚的地方，先避避，这里的事宜交由我来处理。”三王子神色镇定，果然是见过大世面的神仙。

我飞快地点点头，扯起吕洞宾就跑，我知道，来日方长，以后与三王子见面的机会还多着呢，所以我才不要和他惺惺作态，来一个长亭送别。

青，跟我走。

——单凭他在灵霄殿上这句话，我就会死心塌地地听他安排，我就要使出妖精的本事生生世世纠缠他，我就能为他死了活活了死，轮回又轮回。

听说他是为我而受十三世轮回，可惜我却不记得与他在前世的点滴。他们说我饮了忘川之水，忘却前尘往事。如果真是如此，纵使翻遍万水千山，走到天涯海角，我都要寻找到一种解药，让我回忆起一切。

我与吕洞宾化身百姓，安身于人间小镇，混迹于人群，也甚是逍遥。吕洞宾喜欢拎着酒葫芦躺在小茅屋前畅饮。他的茅屋与我的房舍相隔一道篱笆。他常隔着一道篱笆与我说话，谈谈天气，谈谈天上人间的趣闻。

在他的指点下，我栽种了一些瓜果蔬菜，秋收时分便可品尝到自己的劳动果实。慢慢地，我有点习惯这种生活了。的确，我是条懒惰、安于现状的蛇。

吕洞宾给我讲述了一个关于白蛇与许仙的故事。白蛇曾受恩于凡人许仙，为报恩下凡与许仙结为夫妻。和尚法海为积功德，收服白蛇，将白蛇镇在雷峰塔底。白蛇为许仙生得一子，现在不知所终。

“白蛇名叫白素贞。”他看着我的眼睛，一脸严肃。

白素贞，多好听的名字，一听就知道是条美丽贤惠的蛇。

我笑，白蛇不枉此生。

“那么法海呢？”他眯起眼，问道。

“那个贼秃，坏人姻缘，实在可恶得紧！”我愤愤不平。

“哦，”他道，“事隔多年，你还是这么认为。”

我不明白他说什么，但却知道，那又是我失去的记忆的一部分。

“如何重拾我的记忆？”我迫切地想做一条完整的蛇，将原本属于我的记忆找回来。

“忘川之水，无药可解。”他叹息一声，仰头饮一口酒。

我苦笑。造化无良，天意弄人。

“如果你有兴趣，我可以告诉你我所知道的，”他歪头一笑，“反正现在你我成了邻居，整日也很悠闲，说说话，也算解闷吧。”

从那日起，吕洞宾开始讲述他“所知道的”：

上下四方为宇，宇分六合八荒，六界应天而生、各行其道。六界分天界、冥界、妖界、魔界、人界和精灵界。人界拥红尘为居。冥界、妖界、魔界十分动荡，精灵界不理世事，天界则以天帝玉皇为尊。天帝有一个妻子、三个儿子、七个女儿。其妻天后乃阆苑主人，管辖天庭内务。七位公主分别象征金、木、水、火、土、风、雷。大王子是如来尊者座前听法弟子，二王子常伴太乙真人身旁，三王子追随天帝左右，管辖天兵天将。

三王子一直是天帝面前最得力的助手，他骁勇善战，被册封为“无量战神”，而他的命运却在认识一条青蛇之后发生改变。

比较庸俗的，他们一见钟情。

一日，三王子回住所后，与往常一样疲倦。无意中，他往人间一瞥——看见一条青蛇于竹林迎风起舞，它尚未修成人形，舞得蛇肢乱晃，酣畅而无邪。三王子笑了，一天的疲劳就在一条蛇的狂舞中消散。从此，他时常往人间投去一瞥，看看那条青翠可爱的、会跳舞的小蛇。如是过了很久，他掐指一算，那青蛇也该修成人形了。于是他下凡一趟，守候在竹林，一边吹箫一边守候青蛇化成人形。终于，青蛇化作人形，第一眼看见的就是那个俊逸非凡的三王子。当时，青蛇赤裸身子，却丝毫不惧，质问三王子的来历。倒是三王子不好意思，仓皇回避。显见，他们都动了凡心。

他们贪恋红尘，终日游荡在人间，过着只羡鸳鸯不美仙的生活。后来，天后知道了，想尽法子拆散他们，天后强行将青蛇的记忆消除。青蛇忘却与三王子的一段缘分后，与白蛇相识，她们结为姐妹，一同修炼，希望有朝一日能够修成正果。

而此时，三王子已经向六界发愿：广积功德，广修善果，只为争得一世仙凡的姻缘。

从此，他便遁入人间，斩妖除魔，开始他的轮回之苦。

第一世。

降伏妖魔五百四十九只。但却没能与青蛇相遇。

第二世。

降伏妖魔六百零九只。与青蛇有一面之缘。当时青蛇与白蛇尚在深山老林中修炼。他化作一个捕蛇人，故意逮住白蛇，用以引起青蛇的注意，不料却被许仙的前世撞见，许仙的前世无意中“救”下白蛇，而青蛇却不知那位苦心的捕蛇人就是曾经的三王子。

第三世。

降伏妖魔六百一十二只。未能与青蛇相见。

第四世。

降伏妖魔六百五十二只。未能与青蛇相见。

第五世。

降伏妖魔五百二十只。青蛇与白蛇跑到西湖底下修炼，三王子则守在西湖边上吹了一世的箫。

第六世。

降伏妖魔六百四十八只。未能与青蛇相见。

第七世。

降伏妖魔五百只。此一世，白蛇于西湖遇见许仙，开始了人妖之恋。青蛇与三王子的转世法海相遇。后来，白蛇为负心郎许仙水漫金山，法海将其镇于雷峰塔。白蛇不愿青蛇为她报仇，将“忘”字打入青蛇心脉，模糊了青蛇的记忆。此后，青蛇在人间生活了一段时间，遇见自称“张甄柳胡”的三王子。随后，青蛇的记忆被一瓶名曰“七日”的药水唤醒，使之回忆起白蛇并未死，只是被镇于雷峰塔的事实。然后，青蛇斩断雷峰塔，救出白蛇，但白蛇心如死灰，选择一死。最后，青蛇跪求法海归还白蛇之子，法海遂了她的心愿，但消除了她的记忆，使她忘却张甄柳胡就是法海的事实。

第八世。

降伏妖魔六百零一只。青蛇回峨眉山抚养白蛇之子，三王子暗地保护了他们一世。

第九世。

降伏妖魔五百只。天帝下令，三王子不得长留峨眉山，打扰山上神灵清修。三王子只好云游四海，这一世未能与青蛇相见。

第十世。

降伏妖魔六百三十五只。未能与青蛇相见。

第十一世。

降伏妖魔五百七十一只。未能与青蛇相见。

第十二世。

降伏妖魔六百零八只。未能与青蛇相见。

第十三世。

降伏妖魔七百零二只。青蛇与白蛇之子为迎接白蛇元神出地狱而下凡。三王子终于与青蛇相遇，而青蛇记得他是当初的张甄柳胡。于是他们相恋。白蛇转世投胎，做了一个真正的凡人。而此时，一万年一生的无量恶魔即将转世，天庭告急，天帝之女六公主亲临凡尘，请三王子回归天庭。三王子放不下青蛇。六公主用奇药“一日”唤醒了青蛇那段被三王子抹去的记忆。青蛇回忆起张甄柳胡就是法海，遂与三王子反目。观世音菩萨收青蛇为座前听法弟子，并让青蛇饮下忘川之水。青蛇的记忆被彻底消除。三王子也重返天界，为迎战而奔劳。

…………

吕洞宾讲完这个故事，他兀自发了好久的呆。我看着若有所思的他，不知应该说什么做什么。我只是条失忆的蛇啊，一条被人牵制、被人随意摆弄的蛇，自己的爱情要由别人来掌控，自己的记忆要由别人来回忆。

做蛇做成这样，还不如死了算了。

“你明白了吗?”他回过神来，仰头喝了一口酒。

明白？我才不明白。凭什么我和三王子的事，要由别人来讲述，我才不干！要么，由我自己回忆，要么，由三王子亲口对我说。

“接下来我该怎么办?”我自言自语。

吕洞宾是个热心肠的神仙，他笑笑：“问问月老吧。”

这倒是个办法。听说，月老掌管天上人间姻缘，红线一牵，姻缘天定。三王子曾经说过，我的姻缘红线已经被剪断，我要向月老证实此事。

我是条行动派的蛇，说干就干，我立即前往月老峰，一刻也不想耽误。

吕洞宾婆婆妈妈，担心我独自行动会捅大娄子，说什么也要跟着我一同前往。

月老峰。

我们没有那么大的胆子，敢堂而皇之地走进月老殿。别忘了，我们现在是在逃难。我们偷偷摸摸地进了月老殿，靠脚尖滑行。不过，毕竟是在别人的地盘，一下子就被发现了。

“吕上仙、小青姑娘，二位既然来了，怎的不现身相见呢?”月老呵呵乐道。

我们只好乖乖出来了。

月老是个慈祥的老神仙。眉毛胡子花白，小眼睛眯作一条缝，有意思的是他的胡子上绑着一根红线。

“我们不请自来，多有打扰，还请月老海涵。”吕洞宾作揖赔罪。

“月老，我来是想请教您——”我急切地想知道事情的答案，也顾不得什么礼节了。

月老嘿嘿笑着，打断了我的话：“我知道，我知道……这个，你的姻缘嘛，我心中有数，你可以放心。”

“我可不放心，”我道，“自己的姻缘掌握在别人手中，怎么放得下心？”

吕洞宾笑笑，也不说话，把头转开。

“吕上仙，所谓‘当局者迷’，小青姑娘是被感情冲昏了头，你怎么也跟着起哄呢？快帮老夫劝劝她吧！”月老采取激将法，想拉拢吕洞宾。

“我劝过，她不听。”吕洞宾将计就计，和月老打起了太极。

“那你们也不该到这里来瞎闹呀，到时候天帝怪罪，可别说老夫不讲情面！”他见软的不行，就来硬的。

我亦知道事情的严重性，现在我们是逃犯，倘若因为我再次连累吕洞宾，那么于情于理我都该天诛地灭。

“得到答案，我自然会离开。月老，请您通融一下，请告诉我为什么我的姻缘红线断了。”我跪下，请求他。

月老摇头不语。

我决定长跪不起，直到他揭示答案。

吕洞宾笑道：“月老，你看，她就是条偏执的蛇。”

“你快点打发了她吧，”他又道，“这是我吕洞宾的生死之契，拿着，随便你怎么处置。麻烦给她一个答复吧。”

生死之契乃是一个神仙元神存在的根基，生死之契上记载着该神仙的第一世出生时辰、出生地点、法术要诀以及命穴。一旦被别人控制了生死之契，就会永世沦为掌握生死之契者的奴隶。

月老愣住，过了半晌才道："吕上仙这又是何苦？你这样可折杀小仙了！唉……青姑娘，你快请起罢……唉，罢了，罢了！你们……你们随我来吧！"

他把我们带到了一片栽满绿苗的原野。他指着一望无际的原野道："天上人间的姻缘都植根于此。这里的树苗，即每个人每个神仙的缘分之苗，有的茂盛，有的稀疏，有的健壮，有的枯萎……喏，你们可以看到，两个有缘的树苗之间用红线连接着，倘若他们有缘也有分的话，两株树苗就会开花、结果。而不同的苗开的花也不同，有的鲜艳，有的淡雅，有的硕大，有的渺小；不同的花结的果也不同，有的光鲜，有的暗淡，有的饱满，有的干瘪……"

的确如他所说，原野里的树苗开着形态各异的花朵，结着形形色色的果实。看上去，十分壮观。

"但是，你知道吗，"月老顿了顿，说，"情若无花不结果。"

情若无花不结果。

我愕然。

"你与三王子的情苗虽有红线相连，但几千年来却从未开过花——"他叹息道。

"所以，更不用说结果了。"我苦笑一声，替他补充道。

他点点头，继续道："他轮回至第十三世，终于心灰意冷，自己剪断了你们之间的红线。"

是三王子亲手剪断的？

不独我，连吕洞宾也惊呆。

"红线一断，姻缘不复，此系亘古不变的法则，谁也改变不得。"月老再添加了一句让我彻底死心的话。

“嘿，”吕洞宾笑道，“什么破规矩，你把红线再给接上，不就结了，这也算成人之美啊。”

月老嘿嘿一笑，面露狡猾的神色：“吕上仙，您就别顾着管别人的闲事，好好管着自己吧！”

“我？”他不屑一笑，“我乃天煞孤星，不劳月老您操心了。”

“嘿嘿，”月老笑道，“两位，若没别的事，请尽快离开吧，现在六界可都在找你们呢，这一次，天帝的家务事可闹大了。一方面，天后发令诛杀你们二位；另一方面，三王子拼了命地替你们开脱。天帝为此大伤脑筋，不过眼下仙魔大战在即，他也不敢大调兵将搜寻你们，而且，兵权掌握在三王子手里，所以，老夫大胆猜测，你们暂时不会有事。”

吕洞宾道：“看不出啊，月老非但是婚姻之神，还是个谋士，失敬，失敬！”

我不太关心他们的寒暄之辞，一心只想着三王子剪断红线之事实。他这么做，明摆着是要断绝这份缘。他是叫我知难而退，是叫我死心，是叫我滚开。

好呀，那么我滚。

第十三章 仙魔大战

“喂，青蛇，你不累吗?”吕洞宾跟在我后面，大声嚷着。

我慢下步伐，回头道：“累啊。不然你背着我走?”

可怜的我们害怕暴露行踪，不敢使用法术，只好像凡人一样采用两条腿走路。

他背起我，吃力地走在山间小路，四周全是丛林，静得恐怖。

“你说，人靠两条腿走路，怎么不会累死呢?”我不解。

“嘿，你外行了吧，”他笑道，“人类走远路，还可以骑马、乘车啊，就像神仙乘着坐骑出门，是一个道理。”

“哦，哦，哦，”我拍打着他的脑袋，窃笑不止，“对，还可以骑马!”

“再笑就把你扔进山沟里，我可不是三王子，由着你胡来!”

他恨得咬牙切齿。

他说得不错，他不是三王子，即使我们走得再近，我也不会喜欢上他。

“你说，我怎样才能恢复以前的记忆呢？”我问。

他摇头，回答不知道。

“总会有办法的。”我笑着鼓励自己。

他哼哧哼哧喘着粗气，道：“小祖宗，下来走吧，我累得不行了！”他把我丢在路边，坐在一边的石头上歇息。

拍拍裙角沾到的灰尘，我抬眼看了看天色，已是日暮时分，天空像起火了似的，一片通红。吕洞宾顺着我的眼光一直看过去，他的脸色在刹那间阴冷。

“怎么？”我惊道。

“开战了。”他一声低叹。

仙魔大战。一万年一生的魔界无量恶魔终究是起兵造反了。我倒是佩服这个无量恶魔，无论如何，反对天庭都需要胆大包天的勇气。

“所以神仙们都忙着打仗，没时间管我们啦！”我笑着说道。

他蹙眉道：“倘若魔界统治了六界，那么人间将变得如地狱般阴暗，你我也得不到什么好处。”

我不甚关心地点点头，悠悠道：“那么，到那个时候，我是否能回忆起所有的事呢？”

吕洞宾瞪着眼睛，不可思议道：“怎的有你这般自私的蛇？”

嘿嘿嘿嘿，自私？很是，很是。我不比你们这些个神仙高人，一个个胸怀天下，为生灵谋福，我的确自私，从头到尾只顾自己，没什么大觉悟。可是，那又怎样，我愿意，我高兴啊。

“你别忘了，我是蛇，是妖，没听说过吗，妖魔本是一家。”

我明白自己嘴硬，但就是想和他犟下去。

他哭笑不得，正待说什么，忽然听见一阵笑声。

我们警惕地回头望去，但见七个奇形怪状的神仙从天而降。

糟糕！难道是抓我们归案的？

“吕老弟！”一个拄着铁拐杖的神仙冲我们招手。

吕洞宾把我从石头上拉起，在我耳边说道：“这些是与我并称‘八仙’的其他七位。”

我紧张地扯着他的袖子，这样看起来仿佛我俩行为亲密。

“嘿，”八仙中唯一的女仙何仙姑盈盈走近，牵过我的手，“妹子，你可受苦了！”

我执拗地抓着吕洞宾的衣袖不放。大家都用怀疑的目光看着吕洞宾，使得吕洞宾十分尴尬。

“吕兄，”曹国舅正色道，“天界与魔界已经开战，八仙不能少了你，我们需得齐心协力共战魔族才是。”

“正是！”其他六仙应和道。

张果老又道：“吕老弟若是除魔立功，便可将功补过，天帝定会网开一面，赦免你们的罪过。”

罪过？我们有什么罪？我在心里冷笑。

七仙都眼巴巴地等着吕洞宾答应，而吕洞宾却不表态。

我知道他早就想参战，但不知为何他却迟迟不肯作答。

“各位兄弟，”他道，“容我想想吧，过几日再给你们答复。”

众仙无奈，只好点头，告辞。

他们走后，吕洞宾瞪着我恐吓道：“你要是再敢抓着我的袖子不放，就把你扔了去喂野狼！”

可不是，我还扯着人家的袖子呢。我故意暧昧地笑笑，整个身子都粘到他胳膊上，哼，扯一下袖子怎么了，又不是要你的命。

他无可奈何地拖着我继续赶路，一路上，我问他，为什么要拒绝他们。

“哦，我没有拒绝他们，只是等几天再和他们一起回去。”他淡淡一笑。

“为何等几天？”我不解。

“喂，你哪来那么多为何啊！”他被我问烦了，没什么好气。

我大叫一声，拦住他的去路：“嘿！你该不会是舍不得我吧！”

我承认，我的脸皮比一般的蛇要厚。

“这叫善始善终，你和我一道下凡，不把你安顿好，我走得也不踏实。”他一本正经地掩饰，可惜，雌性动物与生俱来的洞察力令我识破了他内心的秘密。

吕洞宾动了情，他不舍得离开我——事实就这么简单。

我笑得花枝乱颤。我小青何其有幸，蒙这位神仙关爱。只不过，是错爱罢了。

谁也不揭穿谁，就这么暧昧地混过去了。

“你说，牡丹为什么要陷害我们呢？”我又开始“为什么”了。

他负责答疑：“因为她嫉妒你。女人的嫉妒，是很可怕的。”

“她为什么要嫉妒我？”我对这个答复深表怀疑，像我这样的蛇，既不是美得羞花闭月，也没有什么蛇格魅力，牡丹为什么嫉妒我？

“我也只是猜测罢了。”他补充了一句。

“哦，那她为什么对你下毒手？不是她也嫉妒你吧？”我刨根究底的秉性注定了我是个麻烦。

他笑道："嗯，没准哦，她嫉妒我年轻貌美、法力高强吧。"

哈哈，他可真能扯淡。

"正经说，我先把你送回峨眉山，然后，我去参战。"他正经说。

"免了，脚长在我身上，我想去哪，自己会决定，不劳你操心了。"想啊，回峨眉山有什么意思，成天面对着一片野树林，哪有人间繁华地逍遥自在！

吕洞宾叹息道："是，脚长在你身上，我管不了。"

月亮已经悬挂银天，但是天空上如火的云彩却仍然在燃烧！我不是没看见他越来越阴沉的脸，也不是没看见他越来越紧皱的眉。

"我要跟你一道回天庭。"我浅浅笑，露出浅浅的酒窝。

他二话不说，拉起我的手臂，直接腾起云雾，向天庭飞去。

战鼓轰鸣，旌旗猎猎。自银河两分，一方是天兵天将，一方是魔界将卒。银河在两方如火的杀气下，战栗，呜咽。

"接下来，我们该如何？"远远地观望，我问道。

吕洞宾沉吟片刻，道："你乖乖待在这里，什么都别做，我过去。"

不容分说，使了个定身法，把我定在原地，然后他一溜烟消失了。

这算什么啊，他亲临战场，而我，负责隔岸观火？

动弹不得的我像块石雕，周身上下只有眼珠子可以动。

可以看见，远方的两边已经混战。血光四溅，原来迟迟不见褪去的火烧云是因为沾染了鲜血。红艳，凄艳，绝艳。美绝，哀绝，惨绝。

呐喊声，战鼓声，惨叫声，声声入耳，原来这就是战争。我的心被揪起，皱成一团。恨不能飞过去，用蛇的毒液模糊他们的眼睛、堵塞他们的耳朵，让他们看不见，让他们听不见，这样他们就可以安安静静，看我舞蹈，听我歌唱，消弭膨胀的欲望，平和霸道的戾气。战争平息，战火消逝，战争平息，战火消逝……

我还在祈祷，忽然看见一道红光直向我逼来，不得了！我想躲闪，可是动不了啊！红光越来越快，像把快刀直劈过来！我只好闭上眼，等死。

“果真是你。”耳畔一声男音，我吓得不敢睁眼。

我发誓，闭着眼我都能感到一阵浓重的血腥味和一股子寒凉的杀气。看来，来者是魔界的。

“恶魔，你要杀便杀，休得从我这知道什么!”一睁眼，我恶狠狠地骂道。

站在我面前的是个少年，高大俊俏，额头上有一道烈焰状的肉痕。裹着黑布，给人一种神秘莫测的感觉。奇怪的是，我竟然觉得，自己在哪里见过他，但仔细一想，却记不真切。

他的手在我肩膀上轻轻一拍，我竟然就行动自如了。

“随我回去吧，你本不属于这里。”他莫名其妙地说道。

我才要问个究竟，却听一声厉斥：“放开她!”

紫色光焰处，三王子的形容逐渐清晰，他身披战甲，瑞光四射，害我不敢逼视。不过，能确定的是，刚才那声是他喊的。

“我道是谁，”那黑袍少年冷笑道，“原来是无量战神，你可终于出动了。”

三王子没有应答，直接把我拉到身边。

“她是我的，你抢也无用。”那少年好大的口气！只见他森森一笑，弹指将一朵黑莲打入我体内。

登时，我的体内寒气横生，好不难受。三王子赶紧抓住我的手腕，将一个“卍”打入我的手心。一股热气冲进我身体，与先前那道寒气相互冲撞——顿时，我如被刀剑分割，一边冷得仿佛掉进冰窟，一边热得犹如置身火炉。

“我，我不行了！”我痛苦地抓狂，驾起云头，像匹发疯的马，横冲乱撞。

前面是战场，他们打得不可开交，斗法的斗法，动武的动武，血流成河。我捡起一把染血的剑，加入战争。但是我分不清敌我，见谁就杀，因为只有杀人，才能让我体内两道真气平静。

“喂！青蛇！你在做什么！”好像是吕洞宾在叫我！

我在做什么，我在做什么！手中的剑挑着一个头颅，全身上下全是血！杀，杀，杀！只有杀戮能减轻我的痛苦，我停不下来了！谁，救救我！我停不下来了！

三王子与那黑衣少年已经短兵相接，他们鞭长莫及，管不了我。

吕洞宾一面与魔界士兵纠缠，一面往我这边靠近。他以为我杀红了眼，敌我不分。而实际上，不是的！我的手像不受控制似的，见谁就想杀！

“吕洞宾，你离我远点！”我咆哮着，剑光一闪，血光一片，又一个倒霉的神仙葬身我的剑下。

“青！”三王子喊道，“左手握剑！”

我连忙换了左手，这才记起，三王子把“卍”打入了我的左手。终于停下来了，我看着满身的鲜血，余悸未消。幸好，终于停止了！可是，好景不长，我的右手居然与左手抢起剑来，我尖叫着，大声叫唤三王子。

他一分心，被那黑衣少年当胸击了一掌。他勉强站住，回头对我道："默念《心经》。"

"无量战神，告诉你老子，他应该退位让贤了！"那少年哈哈长笑，得意扬扬地道。

"孽障！休得胡言！"三王子扔出一串玉佛珠，佛珠变成巨龙向少年扑去。少年也不惊惧，一挥手，无数黑色莲花应运而生，莲花生莲花，莲花何其多！不过，那些黑莲一碰到佛珠，就变成白色，徐徐飘落。黑莲、白莲纠缠飘飞，铺天盖地，掀起六界惊叹！

"观自在菩萨，行深般若波罗蜜多时，照见五蕴皆空，度一切苦厄。舍利子：色不异空，空不异色；色即是空，空即是色……"我念叨着《心经》，心内却难以平静。

那少年似乎惧怕诵经声，狠狠地瞪了我一眼。而瞬间，他的法术被破，漫天的黑莲全部转化为白莲。

"假仁假义的神仙，你们以为把她的记忆抹去，就可以掩盖你们卑劣的行径吗？"少年嘿嘿嘿冷笑三声，化为一道血红的光，遁形而去。

三王子忍了许久，这才将含在喉咙口的血吐出。我惊吓连连，一把抱住他，眼泪扑簌落下。他迟疑了片刻，终是把我从他怀里移开。

他纵上云端，施法将银河以南魔界聚集之地与银河以北天界据守之地划开，一道无形无影之屏障隔开仙魔两界，只要谁一接近屏障，就会被巨大的力量弹开。

"这只是权宜之计，"他对众仙道，"这次，双方损伤均很严重……我们先回天庭商量对策吧。"

"三王子，您的伤势——"一名天将扶住摇摇欲倒的三王子，关切道。

他摇头，笑了笑，拍拍他手下几个将领的肩膀，说：“走吧！”

此刻，吕洞宾与七仙齐齐而立，听候三王子的调遣。三王子也冲他们一笑。

如此体贴的将帅，如此骁勇的战神，谁不愿跟随其鞍前马后呢？只是从头到尾，他都没有用正眼看我一下。我冷到麻木，只觉周身的血液凝固成冰，随便一敲，就碎成屑，心里却还一遍一遍地问：为什么，为什么他如此冷漠？

“三王子有旨，请小青姑娘速往峨眉山，潜心修炼，不得擅自离开，违令者斩！”一个使者带来了这样的旨意。

我接旨谢恩。但脚是长在我身上的，谁也休想限制我的双脚。

通往三王子住处的路像迷宫般难绕。我走了几步，就发现自己已经迷路。这下可糗大了。原本想在他住处门口悄悄等候他回来，不料却不识路。

我茫然地看着头顶上飞过的仙鹤，坐在一边，想着对策。时间跳跃得飞快，太阳滑进被窝，我更加无计可施，只求有一个两个神仙经过。可惜等了半天，一个鬼影都无。

“不冷吗？”

黑暗中他的声音就像一道光焰，瞬间将我全身上下温暖个遍。

我跳起来，扑到他怀里。我已然做好被他推开的准备，不过，幸运的是，这一次，他没有，反而紧紧地拖住我。

“你的胆子还真不小，不但抗旨，而且跑到天界最荒凉的地方来。”他的声音柔柔地撞击我的耳朵。

“何以你住在最荒凉的地方？”我问。

他没有回答，把我带到他的住所。偌大的宫殿，竟然空无一人。

我更加疑惑不解。他却笑道：“这算是父王对我逃下人间的处罚吧。不过，我喜欢清净。”

我惊讶得说不出话来，又听他说：“好了，房子你也参观了，没什么事，就请往峨眉山吧，好好修炼，将来修成正果，做一个逍遥的神仙。”

“想赶我走吗？”我的眼睛看定他，挑衅道。

“还是你希望我把你交给母后处置？”他冷笑。

我迎上他冷厉的眸子，一字一顿地道：“你给我听好，我喜欢你，想和你长相守，你可愿意？”

“不可能！”他无比烦躁地打断我的话。

“为什么不可能？”我咄咄逼人，“除非你不想，否则没有什么不可能。”

我知道，他是神仙，我是妖精，他高高在上，有一大堆使命责任，不像我游手好闲、无所事事。可是，假如真的相互喜欢，又有什么是不能克服的？除非，他不再爱我。

“你也给我听好了，”他道，“早在第十三世，我就已经剪断了你我的姻缘红线，红线一断，我心也死。从那时候开始，我决定放弃你……青蛇，你可听懂了？我早就已经放弃你。”

“半途而废，是吗？”我苦笑，“那我也告诉你，我不会修成正果的，因为我恶心透了你们这帮神仙。三王子，你给我听好了，我小青宁坠魔道，也不要做你们那什么狗屁神仙！”

他什么话也没说，一挥手，大门徐徐敞开——无言的逐客令。

他的忽冷忽热逼我走上了一条不归路。继续前行，还是半途而废，这个问题恶魔般纠缠着我。

“送你回峨眉山。”他一把拉起我的手臂，蛮横地把我带出他的处所。

峨眉山。

他把我扔到一个名为“清风洞”的洞口，然后向我告辞。正当他要走的时候，天边飘来一大朵七色云彩。他驻足片刻，但见那云彩缓缓降落。他忙拉着我闪开，躲在一旁。

从云头上走下七位娇媚的公主。阆苑七公主我怎会不认识。她们来这干什么？

“姐妹们，”为首的那位公主道，“我得到消息，青蛇的老家就在此地，咱们守在这里，一定能等到她。”

原来是来捕我归案的，我打了个寒战，看了一眼三王子。他的眉头一颤，压低声音道：“你在这待着，别出来。”

说完，他走出去，自然引起公主们一阵惊叫声。

“你们跑这来胡闹什么，快回阆苑去！”他的声音万分严厉。

“三哥哥，那你来这儿做什么？”一个娇滴滴的声音。

“我路经此地，正打算回去呢，你们和我一道回去吧。”没想到，他说起谎来，毫不含糊。

“三哥，实不相瞒，我们打算在此长留，直到等到青蛇出现。”

“她已转世为人，如何会来这里？”

“可是我们得到消息，她并没有转世，三哥，你就别再瞒我们了！其实，其实……”这位公主吞吞吐吐的。

我把脸贴在地上，竖起了耳朵听。

“其实，我们是想帮你找到她……三哥，我们都知道你和她的事，当初六妹不择手段将你请回天庭，她也很愧疚，现在，我们只想帮你们……”

难道她们的来意并非抓我？

“谢谢你们的好意，”他笑着，“只是没必要了，一切都成为过去。”

这算是他的正式拒绝吗？我起身看了看微微露白的天，很是，一切都成为过去了。

他说，红线已在几百年前被剪断，预示着我们的缘分消耗殆尽。

他说，红线由他亲手剪断，表明他主动放弃。

可惜，到现在为止，我还是没有找到一种神奇的药水，可以让我恢复记忆。但或者，现在没必要了，因为一切都成为过去。

我想，我不够爱他，因为事到如今，我也打算放弃。

就像当时于刹那间喜欢上那个神武的三王子一样，我的放弃也是电光石火般一瞬间。也许，我的固执是假，软弱是真；也许，我的爱是假，儿戏是真。

“那么，就让儿戏结束吧。”我没有听从他的命令乖乖地躲在后面，而是像一个真正的悲剧英雄，挺身而出。

他们都盯着我瞧，表情很搞笑。

“这话，很耳熟呢。”他轻轻笑着。

“青蛇，你怎么能这样！你知道吗，三哥因为你受了多少苦！”一位紫衣公主对我极端愤懑。

我冷笑，搞不清楚状况的是你们，现在是他要踢开我。

那位与我过不去的蓝衣公主道：“当初，他因为你背离天庭，宁愿下凡，十三世，青蛇，你可知十三世轮回有多苦吗？”

“我不记得。”我恨透了他们一个个用“苦”来威胁我，“请你们不要用过去的事来压我，既然当初把我的记忆消除了，现在又何必再说那些废话。”

蛇蝎心肠终于占了上风。蛇的报复心在所有生灵中，数一数二。

“他放弃，我也放弃，两不相欠，事情就到此为止。”我忍住泪水，依然强硬。我这是在维护仅剩的那点自尊，可是，她们都以为，是我背叛了他。

“你这水性杨花的毒蛇！”她们也终于忍不住骂道。

“难道，与吕洞宾的介入有关？”一位多事的公主忽然插嘴。

三王子的脸色突然变得阴沉，他仿佛在竭力隐忍，但是最终还是发火道：“胡扯！你们都给我滚回阆苑去！”

七位公主噤声。

我转身，不让他们看到我眼睛里亮晶晶的东西。

“青，我们走了，你多保重。”三王子站在我的身后，说这样的话。

“恭送三王子和七位公主！”我扭头，笑得嫣然，我看见他眼睛里闪烁的躲闪和惊讶，他一定想不到，我小青可以这么坚强。

要我哭，我偏笑给你看。

要我屈服，我偏造反给你们看。

第十四章 王妃

沦落人间，是别样的享受。用手遮住耀眼的阳光，翘首顾盼西湖绿柳如烟，美人如玉。人说，天上的太阳得了病，整日里泛着血红的光。

他们不知，那是仙魔大战冲天的杀气。

不知者，福气。

“小青，真的是你？”阿生站在私塾门口做惊讶状。他是个典型的白面书生，斯文秀气，与他死去的弟弟阿虎截然不同。

看到阿生，就想到阿虎。想到阿虎，就想到叫小蝶的妖精。想到小蝶，就想到她的主人。

联想的害处就在于此。

阿生请我入了私塾，奇怪的是，里面没有一个学生。空荡荡的房子，一如我空荡荡的灵魂。

“镇上德高望重的道长说，本月阴阳两界相冲，小孩子不要出门，私塾便没人来了。”他叹息道。

我笑笑，上头那帮仙魔打得不可开交，可也苦了下面的凡人。正想说些什么，却发觉屋外已经暗作一团漆黑。适才还是朗朗青天，倏忽间却繁星点点、夜色迷茫，这是什么道理？

“天又黑了，”阿生掌灯，摇头道，“阴阳相冲之月，白昼与黑夜紊乱无序，一会儿白天，一会儿黑夜，日日夜夜，不日不夜。”

“阿生，阿生！”门外急匆匆闯将进一个男子，他神色惊慌，一把拽住阿生，气喘吁吁。

阿生稳住他，问个究竟。

“你，你爹你娘，他们……他们被大石头砸死了！”

阿生惊愕难当，倒退几步。我扶住他，道：“快走，去看看！”

要不是考虑到他的承受能力，我早就拖着他飞了。

一路狂奔，终于到了阿生父母家所在的村落。但是，哪里有什么村庄，只见一块巨大的石头躺在一个巨大的洞里。石头黝黑发亮，煞是神奇。

“这块大石带着火焰从天而降，落到村里，整个村子都毁了……你爹娘也……”看热闹的人告诉阿生。

“此石乃从天而降，属神圣之物，尔等不可亵渎！”一名德高望重的老道长拨开人群呵斥道。

老道长发话，无人敢违逆，众人纷纷朝大石跪拜祈祷。

我尚自疑惑，悄悄离开人群，却看见吕洞宾站在离我不远的树阴下。他不是还在天上参战吗？

走近他，我闻到些许古怪的气息，仔细一闻，却又没了。

“吕上仙，你怎么来了？战争结束了？”在星光下，我给他一个明媚的笑容。

他微微笑着，伸手指指天空。我抬头一看，天！好壮观的流星雨！漫天的流星，仿若烟花齐放，为争片刻妖娆，宁守永生寂灭。

“战争尚未结束。”他耸肩道。

“你做了逃兵?”我开玩笑，但是玩笑不好笑。

他点头，道：“如你所见，每一颗流星都是逃兵。”

我不解地摇着头。

“神仙若是死了，会化作一尾流星划过天际。如果尚有未了的心愿，就会保存最后一口气，化为陨石，坠落人间。”他幽幽道。

“你是说——”我转身，指着那块从天而降的石头，震惊地说不出话来。

“我有一个心愿没有了结，所以，入不了极乐。”他微笑着道。

吕洞宾在胡说什么? 他的意思是……他的意思是……他已经战死?

“没想到我的到来，害死了一个村子的无辜百姓……”他低头叹一口气，又看了我一眼，道，“我不能在此地久留，有些话交代完，就走。”

我愣愣地看他的身体逐渐透明。

“青蛇，我郑重地问你，”他难得严肃一回，“你是否真的想重拾记忆?”

泪水在我眼眶里打转，我把头摇得猛烈。不要！我知道他又想为我牺牲。

“你们蛇总爱口是心非?”他哈哈笑着，“还是你怕连累我? 嘿嘿，不用担心，我也帮不了你，只是我获悉了一个秘密：饮用忘川之水者，唯有无量恶魔的血可解。这可是惊天大秘密，甚至连三王子都不知。”

“你如何得知的呢？”我不只是好奇。

他嘿嘿笑，却不作答。

“因为——我告诉了他。”

身后出现一道黑影，我的右手臂感到一阵骚动。

来者正是无量魔王。他曾把黑莲打入我的右臂，我怎会不认得他！

“主人！”吕洞宾跪下，向那恶魔朝拜。

魔王仰天长笑，他走近我，咄咄逼人：“战死的神仙化为流星，原本可以归入西方极乐世界，但是现在他的生死之契在我手中，他哪里都去不了，做鬼也只能跟着我。哈哈哈！你可知，他为何会落在我手中呢？嘿嘿，因为，他想得到无量恶魔的血。”

他的手肘淌着黑色的血，显见是负伤了。

“如何，你是否想要舔干我的血，然后回忆你和那什么无量战神的前缘？”他冷笑着，用快利如刀的眼神瞪着我，似乎要将我的灵魂吸走。但是，上天做证，他那张脸，我的确在哪里见过，熟悉得不能再熟，可就是想不起来，究竟什么时候见过。

“恶魔，放了吕洞宾！”我喝道。

他漠然道：“好啊。”

什么？他说好？我听错了吗？

“嫁给我，”他的嘴角勾起一丝笑，“嫁给我，就放了他。”

吕洞宾板着脸孔道：“青蛇，我警告你，不能答应。”

“为什么不能！”我怒道，“为什么每次都是你受苦，我在旁边看着！吕洞宾，去你的大英雄，我的事不用你管！你给我滚！”

“我嫁！”我恶狠狠地冲那无量魔王道，“只要你放了他！”

“礼成之后，一定放人。”他允诺。

“何苦呢？”吕洞宾冲我道，“任性也该有个节制！你嫁他，那么三王子呢？”

没等我说话，无量魔王已经给了吕洞宾一个耳光。

“你会记起以前的事，只要喝下我的血，”他冷笑着，“到时候，你会发现你深爱的三王子，原来是——你恨了几世的仇人。”

“是什么都和我没关系了，”我亦冷笑，“我根本不想寻回以前的记忆。”

那个三王子可以赶我走，我也可以赶他走。从我的记忆里把他彻底赶走，什么恩怨情仇，统统给我滚一边去。

“吕洞宾，听着，我并非为了你才嫁给他，我是为了我自己。我不想再被那些神仙控制，不想做他们的傀儡，不想由他们任意玩弄。我只想随便找个人嫁了，而他，是第一个向我求婚的人，”我平静地道，“所以，我嫁他。”

“我的确是第一个向你求婚的人，”无量魔王颔首笑道，“从前是，现在也是。”

从前？他跟我提从前？欺负我没有记忆吗！

“青，我对你的爱，绝对不会亚于任何人。”魔王俯在我的耳边，轻声道。

我紧蹙双眉，惶惑不安。

仙魔大战进入高潮。满天流星乱舞，红光闪耀。

而无量魔王在这个时候向六界发布婚讯。

我在魔王殿精心地打扮自己。丫鬟们送上红裳、红裙、红鞋、红袜、红盖头。我通通不要。我要做一个自我的新娘，不穿红不戴绿，着一袭洁白的衣裳，头戴青莲，自是袅娜，自是风流。不管嫁给谁，都要漂漂亮亮地嫁出去，机会难得，不要亏待自己。

“王妃，您好美。”丫鬟们向我献殷勤。

美则美矣，缺了灵魂。

魔王有令，于战场上举行婚礼。照他的话，他要带着我这个魔王妃鼓舞士气。也许，他是为了向三王子挑衅。

我没有异议。唯一的要求是放了吕洞宾。

他遵从了誓言，给吕洞宾自由。

吕洞宾如期归往西方极乐世界。临走时，他什么话都没留下，只是深深地看了我一眼，然后，化作老道士模样，手持拂尘，绝尘而去。他没有看到我穿白色新娘装的样子，很是可惜。

“王妃，大王来接您了。”丫鬟在一旁催促。

我整整裙裳，旋转一圈，转起一朵裙花。

丫鬟们格格笑着，簇拥着我出门去。

我的夫君高坐在马上，冲我温柔地微笑。他胸口的绷带仿佛变成一朵最美丽的花，而他的面孔也仿佛变成六界独一无二的三王子的样子。

“青，上来吧!”三王子向我伸手，接我上马。

我笑，艳如春花，灿若朝霞。纵身上马，贴着他的后背，闭目陶醉。我知道，他不是三王子。但是，我嫁的是三王子，而不是别的其他什么人。

仙魔云集的战场，黑压压一片。

“这是我的新娘!”无量魔王牵着我站在观战台。

群魔俱动，欢呼声惊天动地。

观战台上。我举目望向对岸云海，我知道，远方云海深处，有一位我所挚爱的神仙。

一道文书自银河那边缓缓飘来。无量魔王一挥手，文书展开，上面赫然写着：

最后一战，胜者为王，败为寇。

落款是：铤。

我才意识到，三王子名为“铤”。

“他不想把你让给我呢，”魔王朝我笑道，“好一个胜者为王，败为寇！”

“勇士们！最后的战役开始了！魔界将代替天界，统领六界！勇士们，给我杀出一条血路！”他震天的咆哮响彻云霄。

数不尽的魔冲向银河，最后的辉煌一战终于拉开序幕。骁勇的战士凭借冲动的热血以及捍卫自己利益的决心，走上了屠杀之路。他们不似得道的仙人，时不时手下留情，得饶且饶，他们才不管，只求杀得酣畅淋漓，尽情尽兴。

所谓道高一尺，魔高一丈。天界在魔界凶猛的攻势下，节节败退。魔界士兵已经攻过银河，志在必得的无量魔王狂傲地笑着，迫不及待地昭示六界：江山即将易主。

这时候，九天之上，花瓣狂舞，如雨雪纷飞。花雨过后，天界七位公主袅袅降落。她们于银河上空齐奏乐器，鼓舞士气。天兵天将为她们所感动，士气大振，越战越勇。

“青蛇，你正邪不分，无颜面对天下苍生！”她们使用千里传音，向我叫嚣。

奇了怪了，你们打仗关我什么事！正邪不分，更是从何说起？

“你与无量恶魔勾结，故意扰乱三王子的心神，青蛇，你好毒！”她们的弹奏声连同她们的话刺痛我的心。

我恨透了这些口口声声正义苍生的神仙，他们不但拆散了我和三王子，而且剥夺了我的记忆。他们的狠毒杀人于无形无迹，让人防不胜防。

“你这下作的蛇！三哥错看了你！”蓝衣公主的声音我自是熟稔于心。

忍无可忍，无须再忍。我冷冷地扫视着远处混战的士兵，侧身对无量魔王道：“让我助你一臂之力。”

没等他应允，我已然施展轻身功夫，直往银河。

“青！”身后的呼唤已经不能阻止我向前的坚定决心。

银河之上，七位公主奏响天音，乐声铿锵激昂，鼓舞着天界士兵冲锋陷阵。

银河之上，一条青蛇脚踩黑莲，把腰肢舞得欢畅。白衣翩然作蝶，青丝翻飞成瀑。

双方士兵把战鼓敲得震天响，仙不像仙，魔不似魔，他们眼中只有一个血红的字：杀。

在天杀天，在地杀地。

我亦舞得惨烈，任由身边杀气寒凉。

“无量魔王万岁！王妃千岁！”魔界兵将欢呼雀跃。

神仙也好，魔兵也罢，他们在我身边倒下，或化为流星闪过天际，或化为黑烟飘过九霄。鲜血飞溅如泉，染红了我白衣胜雪。

七位公主用仇恨的目光瞪着我，在她们眼中，我不但是害了她们三哥的狐狸精，还是与天界为敌的妖孽。仇恨，让所有人疯狂。可是，我不在乎。

既然生不能同襟，死不能同穴，那么就反目成仇吧。似乎有谁说过：爱就要爱得浓烈，恨就要恨得彻骨，生就要生得洒脱，死就要死得悲壮。

我舞得狂野，算是无声的挑衅。周围黑莲丛生，那是无量魔王制造的结界，给我一道保护。

“青蛇，不要以为本王降你不得！”那位神武的三王子终于怒不可遏了，他一声暴喝，挡在我面前。

恍如隔世。

泪水自我的眼窝淌出。他的眼中似乎只有仇恨的火花。什么十三世，什么我爱你，什么天荒地老，统统都在那一瞬间寂灭。只有刻骨的仇恨，只剩刻骨的仇恨。

杀机自他眉心升腾，我已经看见他手掌里应运而生的真气。他要灭我。

“新婚之喜，本不宜杀生，”无量魔王狂笑，“可是，本王喜欢！”

三王子冷笑一声，抛出玉佛珠，试图冲破魔王的结界。佛珠幻化成无数圣洁的白莲，与黑莲混杂，刹那间，惊天动地，电闪雷鸣。

“听好了，青，”三王子翻身把法器往空中一扔，无数兵器仿若电光，直逼无量魔王，“你要的记忆，我现在告诉你。”

魔王从口中吐出一面巨大的盾牌，将来袭兵器如数挡回。

“第一次见面，是在峨眉山！当日，我奉命降伏一条盘踞在山顶的大蟒，她是你的母亲。你的母亲哀求我放过你……恻隐之心一动，我放了你。”他微微仰头，看满天飘舞的莲花，黑的白的，沾染上鲜血，惨烈绝伦。

“我在天庭，看你长成，看你化成人形。在你化成人形的那日，你在竹林起舞，跳的舞和刚才一样……”他略一凝神，手心发出一道浑厚的真气，真气化为无形之屏障，拦住魔界大军继续前进的步伐。

“鬼使神差，我特意下凡与你相见。川蜀之地，峨眉竹林，我吹奏一曲《上邪》，你和箫而舞，神采飞扬，美到极致。”他淡然一笑，于怀中掏出一支箫管，薄唇吻箫，忘情而奏。

有一瞬，战场上所有将士停止厮杀，沉浸于箫声。

我茫然，身子却不由自主地随箫而舞。

冲杀声复起。

“那是个圈套，青。”无量魔王伏在我耳边，轻声道。声音虽轻，但却不容置疑。

“他是你几生几世的仇人。”魔王的话像咒语般侵蚀我的心灵防线。

血光一闪，不知道是谁的头颅滚落在我的脚下。流星一道，划过天际。

箫声戛然而止。我乱舞的身子终于停下。

“孽畜！”三王子呵斥一声，诛灭一名魔界士兵。

但见黑烟一绺，飘向云霄。

“当时我问你，你可知道我是谁。你说，前世、今生、来世，三生三世、生生世世，我都认得你……”三王子转身继续道，他用衣袖擦拭沾上鲜血的手，“前世、今生、来世，三生三世、生生世世，我都认得你——青蛇，这话是你说的，为这句话，我抛弃一切，只为与你争得一世情缘。”

七位公主愤然，她们齐声道：“三哥，你又何必再同她废话！”

三王子苦笑一声，道：“当初手下十万神兵跪在我脚下，求我不要离开天庭，我还是固执己见。六界有令，只有在人间降妖除魔，才能修来与你相见的缘分。我便向六界发愿，纵横人间，遇妖杀妖，遇魔除魔，以修来你我的福缘……可是，你没有遵守诺言，青蛇，你曾说过，前世、今生、来世，三生三世、生生世世，你都认得我……但是你却忘了我。”

我呆立在原地，脑子里一片空白，不能确定他是否在欺骗我，扰乱我的心，然后毫不费力地把我杀掉。

“十三世，于我而言，并不漫长，”他站在云端，看天界士兵越战越勇，“有你在的每一世，都很幸福，即使你忘却前尘，都很幸福！只可惜，因为白素贞，你与我反目……记得吗，忘字心中绕，前缘尽勾销！记得吗，你可记得白素贞？”

白素贞？这个名字就像一尾流星闪过我的脑际，灿烂过后，剩下一堆煞白的灰烬。由灰烬追溯过去，却是惨白。

忘、字、心、中、绕，前、缘、尽、勾、销。

——我的脑海镌刻了这十个字。

尚在迟疑，无量魔王一把拉住我，躲过飞射而来的三昧真火——不知是哪位神仙的坐骑，喷着烈焰，气势汹汹。

“天帝的气数已尽，尔等投降吧！”魔王纵身跃上云端，冷笑道。

他指着远方，但见东方天界一团漆黑，那黑色似乎还在膨胀，黑色压着黑色，集聚成一股巨大的气焰，向这边滚滚而来，势不可挡！

三王子的眉心凝成“川”字，惊变之下，仍镇定自若。他的嘴唇略略一动，勾起一丝苦笑。

“启禀三王子，无量恶魔带领群魔突袭我军大本营，我军已经，已经溃败……三王子，我们中了恶魔的奸计！”使者慌张地报告战况。

“是调虎离山吧。”三王子用淡淡的眼神淡淡地看我，仿佛看一个陌生人。

这一切关我的事吗？

虽然不关我的事，但我清楚自己已经百口莫辩。

无量魔王的影像已经在我身边消失，原来，他只是个假身，时间一到就会消失。他用不甚光彩的手段算计了神仙们，取得了他的胜利。可是，我呢？我算什么？他整盘棋局里一颗小小的棋子？我杵在原地，天界的男男女女都用仇恨的眼光撕裂我！不错，我是魔王妃，他们不恨我，恨谁？

七位公主已然恼羞成怒，她们持剑冲来，将我围了个水泄不通。

东方天顶的黑色已经扩散，魔界士兵的呐喊声、鸣金声已清晰可辨。连我都能感觉，魔界已经席卷天界，这场战争，魔界志在必得。

“卑鄙！”蓝衣公主一声暴喝，她的剑从我的肩胛骨穿过——有那么一瞬间，我看到一个白衣白裙的女子在冲我颔首微笑，美丽胜却一切神妃仙子。我不敢闭眼，生怕一闭眼，美好就变作丑陋。我知，越美丽的东西我越不可碰，命中注定如此。

蓄谋已久的血喷涌而出，那点血对于一条有修行的蛇而言，根本算不了什么。流点血，倒添几分美艳。

三王子背转身，指挥着他的战士抗争到底。他累到气喘吁吁，挥汗如雨。

而我，自然沦为人质。公主们用剑挟持我的颈项。她们试图说服自己，这条青蛇有做人质的潜能。

只有我自己清楚，无量魔王根本不屑我的生死，否则，他也不会把我引上这条路。

被卖的，何止三王子一个？

三王子回过头来，漠视我。他额前的发丝被汗水浸透，凌乱地拂过他冰冷的双眸。我不想看见他嫌恶的目光，便选择闭上眼。闭上眼，一切纷纷扰扰都烟消云散，与我无关。

…………

第十五章 | 沦陷

天庭沦陷。

诸仙被囚于魔王殿万劫池底，天帝、天后也不例外。万劫池底阴暗潮湿，不见天日。神仙们受制于强大的魔界结界，无法逃脱。

魔界欢天喜地，狂歌乱舞，足足庆功七日。

我身为魔王妃，而且又立下“汗马功劳”，为魔界帝王册封为“护国夫人”。

我着华丽得过分的衣裙走在万劫池底的回廊，湿气氤氲的狭路上只听得环佩叮当。丫鬟把着灯，小心翼翼地陪伴在侧。

天帝、天后、太上老君、太白金星、托塔李天王、二十八星宿等大神小仙都被困于牢狱，在魔界浊瘴的侵蚀下，护体仙气逐渐消退。道行深的还可支撑，道行浅的早已作白气而散。

我拿着《录仙簿》，将所囚神仙的名字一一勾上，漠然转身，忽听一声虚弱的叫唤："小青！"

一记苍白的眼神飘过，凄凉得仿佛可以掐出血来。我看清楚了，叫我的是阆苑仙子白牡丹。

"救我……"

她的嘴唇紫黑，周身的仙气一点一点地减淡。

那一瞬间，我记起的不是她在灵霄宝殿上污蔑我与吕洞宾的情景，却是我们一起去无因崖看人间，一起偷盗阆苑花雕。那些说不出是酸是甜的往事首先占据了我的心，让我无力追忆其他。

我淡定地看了她一眼，只那一眼，便动了恻隐之心。

把她从池底救出来已是次日黄昏时分。在我的恳求下，无量魔王将她赐予我做贴身丫鬟。

牡丹跪在一旁，低垂着头，恭敬地叫我"王妃"。

"王妃，请品尝三千年一开花、三千年一结果的仙人圣果……"牡丹端着果盘，殷勤万分，让我浑身不舒坦。

一个"三"字，让我立刻想到三王子。那时，他战败。他用最恶毒的温柔冲我微笑。那笑里仿佛包含了几千年、几万年错综复杂的恩怨纠葛——笑的刹那，辉煌而壮观，笑过了，一切便寂灭在清晨的薄雾里。

即使他恨我，也是有道理的。犹记当时，我被七位公主挟持，他做背水一战。

压抑的黑色弥漫了整个天空，黑莲狂舞，幻化为无数蛇蝎怪兽，与一群神仙纠缠不清。三王子紧皱的眉终于在大势已去的时刻松开，他冲所有英勇的天界战士道："誓死不降！"

然后，他牵起公主们的手，道："去吧，到西方极乐世界寻找如来佛祖!”

他拖着精疲力竭的躯壳，用尽最后的气力送她们一程。但见七道璀璨的星光冲破黑色的阴霾，直往西天。

我摸了摸被掐出血痕的脖子，低头看肩膀上鲜血如梅花点点。

他微仰着头，看漫天的黑莲飞舞，一丝苦笑蹿上他的嘴角，像是自嘲，像是自责。终于，他口中喷出一柱鲜血——他已经穷途末路。眼睁睁地看神兵天将一个个在他眼前倒下，血花染红了云朵，他亦深知：溃不成军啊。

“三王子!”我情不自禁地跑上去，搀住他。他身体的一半重量压在我身上，我一个趔趄，两人一同摔倒。

当我反应过来的时候，他的手已掐住我的脖子。他的脸上没有一丝感情，没有爱意，没有恨意，只是温柔地笑着，笑得我毛骨悚然，五内俱崩。

这时，无量魔王下令，焚烧天界！霎时，熊熊烈焰腾然跃起——火光映得天空恍如太上老君炼丹炉里的景象。

“我从来，都没有像现在这般轻松……”他的手逐渐松开，把目光瞥向远处。矗不知几千万落的宫殿，郁郁葱葱的树木，珍禽异兽，奇花异草……一切都将付之一炬。

“对不起，我不知道会是这样……我……我们逃吧，逃到一个谁也找不到的地方……”我几乎是哭着说出来的。

他凝望那片火海，凄然一笑，喃喃道：“青蛇，你听好了，我宁愿入无间地狱，也不想与你一起。”

不！不是这样的！这不是你的真心话！当初你还口口声声说，“如果世界在战争中毁灭，就不用被责任、使命驱使，就可以和所爱的人一起漫步西湖，看雷峰夕照了。”现在，你为何又说出这般绝情的话?

脚下忽然一阵震颤，只觉眼前天旋地转。滚滚云层处，无量魔王率领千军万马往这边逼近。天帝、天后等神仙被擒，由魔界将士押送。三王子跪倒，向天帝、天后请罪。

“铤儿，切莫自责，一切都是劫数，”天帝道，“劫数一过，自是云开见日。务必牢记佛祖之言，‘莲生莲灭，缘起缘散’。”

“哈哈哈!”无量魔王笑若癫狂，他指向三王子，轻蔑道：“什么无量战神，到头来只不过本王的手下败将!”

笑声一落，天界再次剧烈震动。远处大火愈燃愈旺，火苗舔舐着九重天境，随着天界的震颤不断跳动。我被强烈的颤动抛向天空，又结结实实地摔落。

“擎天柱就要被火烧毁，天要塌陷了!”太上老君用悲愤的语气道出了所有人都意识到的事实。

支撑天界八大角落的八根擎天柱在火光中摇摇欲坠，发出难听的崩裂声。

“无量战神，本王要与你单独一战！你敢是不敢?”无量魔王挑衅道。

三王子起身，风吹乱他的长发。

“我不会再上你的当。”他铁青着脸，坚定道。

惊天动地一声巨响，支撑东方天界的两根擎天柱在烈火中折断。天界东角塌陷，数不尽的火热浆液四处蔓延，流下天界——此刻人间定然生灵涂炭，苍生定然处于水深火热之中。

“恶魔，汝残害生灵，为六界不容，他日必将遭恶报。”天帝闭上双眼，叹道。

魔王没有理睬他，只是冲三王子叫嚣：“懦夫！不敢比吗?你为一个女人，不，是一条蛇，毁了整个天界，嘿嘿，你可是天上人间第一大情圣啊！哈，只可惜，你这情圣是个无能的懦夫！”

“你又何必说他，”天后潸然泪下，道，“为情痴的，何止他一个？”

“住口！”魔王转身冲天后发威，“老太婆，我如何会像你那不争气的儿子，为一个女人断送一切！我告诉你，她——只不过是我手里一颗小小棋子，给她名分地位，给她富贵荣华，只不过是利用她帮我达成目的！”

是的，我只不过是棋子罢了。好在，从头到尾，我也没有期望他对我有多真心。

嫁给他，只不过因为我想嫁人了。而凑巧，他向我求婚。

我利用他，他也利用我。现在我可以释然，谁都不欠谁。

天帝和天后相顾无言，他们用莫名哀伤的眼神看着三王子和无量魔王。谁说神仙没有感情？我的心亦为这两位天界最高资历的神仙颤抖。

“忘川之水，可以忘却一切……而忘却，当真可以解决问题吗？”天后面向天帝，感慨万千，“天帝，难道真的是我们错了？”

天帝沉默不语，唯有不住叹息。

此刻，又听几声巨响，南方天界的擎天柱也已崩塌。

无量魔王带着一干士兵斗志昂扬地狂笑大吼，气势汹汹地向三王子挑衅。

三王子的身边已经没有一名将士，唯有我站在离他五步之隔的云头。

他的眼睛眺望远天，火光中快要塌陷的天界左右摇晃。

他侧过身，脸上依然挂着淡淡的笑，他把紧皱的眉心舒展，他把压抑的声音放开，他怆然道：“看来，我始终舍不得你嫁给别人。”

“父王，母后，儿臣为一己私情，连累六界苍生，罪大当诛，请给儿臣一个赎罪机会！”他朗声道。

话一说完，他便盘膝而坐。突然之间，他周身发出万道紫焰，光焰如闪电般穿透长空，但见那光越来越强，化作无数紫龙朝远方火海扑去。不一会儿，紫龙与火龙纠作一团，其状惊天，其景动地！终于，火焰被压下去，紫光笼罩着整个天界，天界开始飘起雨丝。我兀自感受雨丝钻入颈项的微痒，回头间，却发现三王子不见了。

我震惊到哑然，茫然到不知所措。

塌陷的天顶慢慢上升，阳光冲破黑暗露出笑脸。

我呆呆地立在原地，不知过了多久，无量魔王在我面前显身。

“他……他到哪里去了？”我浑浑噩噩地问道。

一切完好，一切却又空荡荡的。天庭犹在，神仙却一个都不留。

天界正中央，一根巨大的擎天柱支撑起天空。巨柱周围，洒满了白色莲花，朵朵圣洁，朵朵绝艳。

我抱住柱子，泪下如瀑。这是他吗？他的身体为何如此冰凉，为何听不出他的心跳声，为何看不见他绝美的笑颜，为何听不到他温柔的言语……

“你的无量战神为救天下苍生，宁做一根擎天柱，”魔王的话，无不讥讽，“他始终还是舍不得你成为别人的新娘啊，如果这次他不是为你而战，那么他也不会败得这么惨。青，是你帮了我，我该好好谢你呢！”

“青，你别怪我狠，我也只不过是‘以彼之道，还施彼身’而已。”无量魔王如是说。

没有了他，随便怎样，都是一样。我抹干泪，露出一排洁白的牙齿，笑了。后来，无量魔王说，那是他见过的最灿烂的笑容。

魔王殿。

我是一人之下，万人之上的魔王妃。

吃的是珍馐佳肴，喝的是琼浆玉液。皱眉，可令三军恸哭；开颜，可让六界欢欣。

如今，魔界控制了世界，神仙和人类沦为魔界的奴隶。

无量魔王成了世界的主宰者。

人前的他，是高高在上的暗黑魔王；在我的面前，他偶尔会露出孩子气的一面，比如说，叫我把眼睛闭上，然后给我一个意外的惊喜。时而让梅花在春天开放，时而让天山雪莲在池子里妖娆。他爱我，带着几分尊重的心情。我也并不讨厌他，总是被他孩子气的一面所感动。

也只能是感动，其他的，我给不了他。蛇的心，和人的心一样，只有一颗，一旦被占据，其他的人便再进不来。我的心，以前曾被铤占得满满的，现在已经随着他的离去而沉寂成一块坚硬的装饰。

“青，这里是《录仙簿》的存放处，所有神仙的生死契以及自开天辟地以来所有神仙的事迹都记录在案，你替我看管。”一日，魔王突然把我领到一间密室，室内陈列着无数文献档案。

也许他怕我成日里无所事事，便给我创造阅读条件；也许他怕我温饱思淫欲，红杏或是绿杏出墙，因而给我一份差使。

没有三王子，我竟然活得很正常。笑也正常，哭也正常，一切正常。

只是偶尔抬眼看夜空的时候，鼻子会莫名地酸胀，偶尔也会流下几滴泪。但是，似乎没什么大不妥。

直到有一天，天界七公主突然出现在魔王殿的上空。当初，她们被三王子送往西方极乐世界，现在她们带了佛祖的旨意回来。

她们周身散发着菩提的芬芳，在佛光庇佑下，她们可以大胆地对魔界传达佛祖的旨意。

“佛祖命令你们，停止荼毒生灵，停止滥杀无辜，还人间光明。”

无量魔王冷笑道：“人间在我的统治下，民生安定，回去告诉释迦牟尼，不要以为只有佛法才可以普度众生，我也可以！”

“苦海无边，回头是岸。”她们并不愠怒，平和地说完，安静地离去。

忽然，为首的公主停下，转身对我一笑：“吕上仙向你问好，他说，他会在极乐世界为你祈福，希望你早日找回属于自己的记忆。”

我木然。

看起来，有很多人对我好，我似乎生活在别人的关爱下，应该满足了吧，可是却一点都快乐不起来。有很多好，我无福消受。有很多人，我等不到。有很多希望，命运把它们扑灭。有很多伤心，我把它们消弭。有很多爱，我给不了我爱的人。有很多情，我爱的人给不了我。

造化是命定的，任凭你金翅银翅，飞不出去就是飞不出去。

一行清泪自我的眼睛流下。

有一天，魔王问我，想不想找回记忆。我说，随便。

他勾起一抹无奈的笑，说，是不是他不在，什么都随便？

我缄默。

“我的血可以让你恢复记忆，我早就说过。可是，青，我舍不得让你恢复记忆。”他把头靠在我肩膀，像在撒娇。

“不知道该如何面对恢复记忆的你。”他继续撒娇。

“我自己也不知道该如何面对恢复记忆的我。”

他突然抬头，郑重地说：“不过，我更加不知道如何面对失去记忆的你。”

他猛地亲吻我，苦咸的液体流进我的咽喉。我知道，他咬破舌头，把血给我。吕洞宾曾说过，魔王的血可以恢复我的记忆。

“忘字心中绕，前缘尽勾销。”晕厥的那刻，我的脑际闪现出这句话。

“忘字心中绕，前缘尽勾销。”清醒的时候，我的脑际闪现的依然是这句话。

从头到尾，我是条残缺的蛇。

无量魔王默默地走到我身边，小心询问：“青，记起来了吗？”

我苦笑：“叫我青姨。”

他是谁？他是白素贞的儿子许若凡。一样的眉眼，一样的声音，隔了千年万年，依旧没有变。

“那已是前世，今世我是无量魔王，是世界的主宰，也是你的丈夫！”他否认自己的身世。

我不想与他争辩。提起一口气，纵身往天空去。

还等什么呢？我要告诉三王子，我的记忆，都找回来了。

他为救苍生，化为擎天柱，一个人独享寂寞。我要和他做伴，和他说话解闷，直到天塌地陷，直到天荒地老。

坐在云海中，放眼望去，满目疮痍。昔日繁华的天庭如今已不再，昔日在繁华处享尽富贵逍遥的神仙们如今已沦为阶下囚。不过这一切我都不甚关心，我在乎的，只是三王子。他不是说过，等到世界在战争中毁灭了，就与我一起去看雷峰夕照吗？

铤，你不日不夜地站着，不闷吗？

还记得初次相见，你幽幽笑着，嘴角漾成一道完美的弧线，天下无双。从那一刻起，我便爱上了你。为了能与你结一段尘缘，我于佛前求了五百年。

我说过，前世、今生、来世，三生三世、生生世世，我都认得你。

三王子也好，法海也好，张甄柳胡也好，张诘斌也好，我通通都爱，爱到没有原则，没有后退的余地。只是，我到现在才有机会把每一个你拼凑起来。

从今以后，你在我心中，是完整的你，是一个让我爱了几千年的你，不是三王子，不是法海，不是张甄柳胡，不是张诘斌。

…………

抱着巨大的柱子，我抽噎着，喃喃着，终于号啕。

“青蛇，无须伤悲，正所谓，莲生莲灭，缘起缘散。”佛祖忽然在云端显身，金光万丈的佛，让我不敢逼视，微微颤抖。

我哀求佛祖，解救三王子。

佛祖道：“时候一到，解救他的人自会出现。”

说得如此轻飘，仿佛受苦受难是一种消遣。我没有那么深的道行，只想与自己心爱的人在一起看朝阳、看落照，天塌下来，也不管。至于命运，太高深，太玄妙，我参不透，那就算了吧，只要能把自己那点小幸福牢牢抓住，就够了。不是吗？

“佛祖，请把这妖孽赶走。”三王子的声音突然响起。

我愣愣地听着缥缈得连风都不如的声音，耳朵被刺痛。

“滚。”三王子补充一句。

佛祖笑而不语，法手一点，擎天柱周围闪出一圈金光。登时，我被一股强大的力量弹开，来不及呻吟或者叫唤，已经被抛出几万里，摔在云端，周身一阵狠狠的痛。

第十六章 摄魄神珠

睁开眼，撞入我瞳孔的是一张让我激动到痉挛的脸，由模糊到清晰。

“三王子？”几乎是手忙脚乱地挣扎起身，揪住他的脸，捏着掐着，悲喜交加，一时间，失声痛哭。

三王子冷冷地笑了，推开我，兀自站起来，白色的长袍拖在地上，发出细碎的响声。

“你还是忘不了他。”三王子的脸如冰般融化，化成无量魔王的脸，化成许若凡的脸。

我结结实实地怒了。哪管眼泪还挂在脸上，扬起手，当机立断地给了他一个耳刮子。

“何苦？”他轻声叹息着，“不过一副臭皮囊，他的就那么好？”

我把手心仅剩的力气揉成拳头，捶向自己心口。

“若凡，放我走。”

“去哪？”

“去陪他。”

“……”

那一次，我的坚持并没有打动他。他将我封印在魔域，形同软禁。牡丹顺理成章地成了我与外界联系的桥梁。

她用那种神秘兮兮的好像当初在无因崖上的表情对我说：“想冲破封印，唯有一个法子。”

那一刻，我想到的却是当初她污蔑吕洞宾的场面。我知道自己的眼光带着蛇类惯有的猜忌，但是牡丹却镇定自若。我选择相信这份镇定。

“潜入冥河，偷取‘摄魄神珠’。”她的眼里流出的光，由黯淡转为冷淡。

如今我能依托的，只有她白牡丹。我找不到一丁点她会帮我的理由，但别无他法。

慧黠如她。她看穿了我的心思，因道：“别忘了，我也喜欢三王子。”

我点点头，想起往昔阆苑上情怀暗藏的白牡丹。她因爱生憎，害人不浅。而我自己又何尝不是呢？

“说吧，条件。”我叹息一声。

“你去让司掌姻缘的魔界管事将我和三王子的姻缘牌用红线绑在一起。”她巧笑倩兮。

我忽然想起白牡丹曾在无因崖上对我说过一席话：“我们这些小仙呢，将来可以到月老那里得到自己的姻缘，而像他们那样的上仙却只能为无限的责任所驱使，永远得不到自己的姻缘，月老那儿没有上仙的姻缘牌，他们将一直寂寞，一直孤单，直到天荒地老。”

“你曾说过上仙没有姻缘牌。”我不解道。

“月老那儿的确没有。上仙的姻缘牌都放置于‘上邪殿’内，如今天庭沦陷，上邪殿自然也归魔界掌控，只要王妃去找司事官员，他定会应允。”她乖巧地作揖行礼，笑得一脸无邪。

姻缘牌。红线。犹记当初三王子亲手剪断他和我的红线，断情断缘，决绝如斯。

月老说：“红线一断，姻缘不复，此系亘古不变的法则，谁也改变不得。”

那时，我并不死心。直到如今，我亦不死心。

“王妃，你别无选择。”牡丹补上一句。

她分明在笑，我却看不真切那笑容里的含义。

我转过身去，不让她看到我脸上的表情。

近日，无量魔王在筹划攻占西方极乐世界，无暇闲杂。

我满足了白牡丹的条件，命人将她和三王子的姻缘牌绑在一起。我自然嫉恨她和他的所谓“姻缘”，祈求魔道被摧毁的那天早点到来，一切发生在魔道中的秩序都将被打乱，包括他们的“姻缘”。

牡丹终于肯为我赶赴冥河，取那摄魄神珠。

可是，她临行前，我忽又舍不得了。曾经，她是小白，我是小青。那时，我们是地位平等的仙子，也是好姐妹。

我活了千百年，只有两个好姐妹，一个白素贞，一个白牡丹。也不知谁欠了谁，非要纠缠个没完没了。

“小白，”我拉住牡丹，把话说得庄严肃穆，“这次靠你了。”

“若我侥幸不死，”牡丹的手指划过我的鼻子，“他就是我的了。不后悔?”

我闭上眼，佯装失明且失聪。

“替我看好这支香，等香燃尽时，我若依然未归，你就别再等了。”她的声音让我的心隐隐作痛。

一阵香风旋过，牡丹走了。

当日，牡丹仙子贵为众花神之首，常伴天后左右，是神仙里的红人。她也是阆苑中第一个搭理我的仙子。

花园里，她一袭素衣如雪。我呆呆地看着她，不知该说什么。

她走过来，柔声问我的名字，尔后，施展法术，幻出一朵牡丹花，笑语盈盈地送给我，道，以后就是自家姐妹了。

从没有人第一次看见我就想和我做姐妹的，连白素贞也没有。

又想到很多很多年以前，我与素贞的相识。山洞中睁开眼，一条白色的影子灼伤了我的蛇眼。她有着蛇类最标准的身材，譬如柔韧，譬如纤细。

素贞问，你是谁。

我答，小青。

小青？她笑了，多么俗气的一个名字!

在妖精的世界里，道行深浅决定了主宰与被主宰。顺理成章地，我从属于素贞。

但她和我都不是甘愿为俗理而拘泥的那类妖，她不想做“主”，我不愿为“仆”，于是慢慢地，做了姐妹。

素贞和我从主仆慢慢地过渡到姐妹。

而牡丹和我从姐妹慢慢地过渡到主仆。

委实可笑。

那支香，已过半。

无量魔王偏巧来了。这个男人有着一张与许若凡一模一样的脸，但却不是若凡。我不知若凡离开“白记兵器坊”以后究竟发生了什么，乃至如今。

他静静地看我，我静静地看那支香。

不知过了多久，我回头看他。他幻化成三王子的模样，眼角眉梢仿佛写尽生生世世的纠葛。我走近，几乎要信以为真。明明知道是假的，却还是扑在他怀中，舍不得放手。

他轻轻拍着我的后背，道：“你可欢喜？”

声音也一模一样。

“如果你欢喜，我每天都用这副皮囊见你。”他用近乎恳求的口吻与我道。

我推开他，苦笑。若我爱的只是那具皮囊，那该多好。

可惜，不是。

他变回了许若凡的样子，从怀中掏出什么，道：“送给你。”

一定又是奇珍异宝，我看也不想看，直接转过身去。

香，快燃尽。牡丹、牡丹她还没回来……

他把东西放在桌上，道：“这摄魄神珠真乃世间奇宝，不仅可以助你冲破魔界封印，还可囚禁妖精的元神。”

我大惊，如此说来，牡丹已经出事了。难道她的元神已被囚禁在这神珠之中？

他拿起摄魄神珠，在我眼前晃了几晃，我仿佛听到牡丹的哀求。我伸手去夺那神珠，他却突然发力，将其捏碎。于是，我眼睁睁地看着牡丹的元神被摧毁。

魔王又将大手一挥，神珠碎末四散，撞上魔王的封印，登时，花香四溢，紫光环绕，封印于瞬间解除。

“这样，你可欢喜?”他仰天长笑。

我拔下头上沉重的王妃发饰，狠狠地扔在一边。三尺清风已然出鞘，刺向他的胸膛。

他不躲不避。我的剑却奈他不得。

剑，被我折成两半。

再明显不过的誓言：今日，我与你，恩断情绝。

我脱下那身光鲜的袍，离开魔王殿。

我知道他在城门口等我回心转意，可是我没有回头。

从牡丹灰飞烟灭的那一刻起，我就知道自己不可能再原谅那个男人，哪怕他曾经和我朝夕相处了五百多年。就算他是许若凡，依然不可原谅。何况，他早已不是。

我来到三王子站立的地方，盘膝而坐。

放眼望去，满目苍凉。

这场无涯的劫，究竟要耗多久？从最初的情动情痴，到最终的情绝情断，似乎走了很久很久，久到不需服用任何失忆的药水，我的记忆已然模糊。我担心总有一天会消失殆尽。倘若每天把它们拿出来晒晒，是不是就不会发霉褪色了？看我，好不容易找回了记忆，却前怕狼后怕虎、不知所措。

记得第一次遇见三王子是在峨眉山巅。那时，我还只是一条蛇，躲在母亲身后偷看一个从天而降的男子。他所到之处，紫岚弥漫，我只依稀辨得他的身形。他口口声声说我母亲残害无辜，然后用法器将她制服。母亲临死前哀求他放过我。

他忽发慈悲，放了我。

死里逃生的我并不知何为仇恨，那时我还是没有血性的畜生，小心翼翼地蜷缩在母亲的尸体旁，舔她冰凉的肌肤。

他走近，将我抓起，我一度以为自己不敢咬他，却一口咬在他的手背上。他吃痛地松开手，我趁机溜走。走得仓促，隐约听到他一声笑。

后来，我才知，因啮了他的血，我得以提前修成人形。

从此，我学会感恩。

他从天界来，我在妖族长。前世、今生、来世，三生三世、生生世世。

我修成人形的那日，他的箫声穿过鸿蒙万丈，传到我的耳畔。我用蛇最本能的舞姿回应他。记忆中，他嘴角的笑容天上无二、天下无双。

他问，你可知道我是谁？

我答，前世、今生、来世，三生三世、生生世世，我都认得你。

其实，初为人类的我尚不懂七情六欲，只是舍不得放开他，每日里想尽方法缠住他。我并不十分清楚他的来历，甚至不知他的姓名，只是隐约觉得他和我不同，和山下的人类也不同。

直到某个夜里，我所居住的山洞突然宾客满堂、祥云缭绕。

他们自称是天上的神仙。年代久远，我已忘记都有谁，只记得他们或好言相劝或出言警告，全都一个意思：离开他。

离开他？我还不懂这意味着什么。

在我迷惑混乱之际，他来了，赶走了所有的神仙。他拉了我的手，轻轻一抚，我的手心出现一个“卍”，逐渐融入血肉，直至肉眼不可见。

他笑着说，有了这个字，天上地下，除了我，无人可以带走你。

他没有骗我。此后，那些神仙们全都无法收服我。我渐渐察觉身边那个不知姓名的男子很是不凡。

终于忍不住问他究竟是谁。

他说，你可以叫我铤。

除此之外，不肯多说一个字。

后来，我学了人间的女子，用舌头舔他的嘴角，并努力地扭动身肢，他们说这叫“勾引”。原以为他会像世间男子般温柔地待我，他却推开我，疾言厉色地训斥道，是从哪里学来这些，以后绝不可如此。

我撇撇嘴，你说不可，我偏要。

他笑而不语，只是牵了我的手，往峨眉山下去。

那时，我初幻人身，道行尚浅，两条忽然生就的腿让我走得不算稳当。走累了，他就背我。我的印象中，他从来不会累，山路水路，如履平地。

沿途看尽世间万象、人情冷暖。他耐心地向我一一解释，从此教会了我爱、恨、情、仇。

渐渐地，我一见他就会情不自禁地脸红。

再也不敢随便靠近他，不敢碰他的手，更加不敢用蛇信舔他的嘴角。

他告诉我，这是人类都有的羞耻之心。

然后，他吻上我的唇，并告诉我，只有相爱的人才亲吻。

我曾喝过他的血，就忘记他伤害过我的母亲。我曾被他吻过，就忘记他害了素贞。从头到尾，我爱上一个不共戴天的仇人，而且不止一次地爱上了。比如，杀母的无量战神。比如，后来的法海。

可是，天晓得为何我不后悔。

…………

在三王子化身的擎天柱下，我靠回忆充饥，不吃不喝如此过了七日。

当七位公主出现在我面前时，我才清醒。

毫无疑问，她们对我恨之入骨。

红衣公主道："青蛇，佛祖念你有悔过之心，特给你赎罪机会。只要你……"

"你们都回去吧。"空中忽然响起三王子的声音。

久违的声音让我忍不住战栗。

"哥！"七位公主唤道。

"回去吧，不要打扰我清修。"三王子的逐客令无情而决绝，就像当初他剪断我们的姻缘红线。

"听佛祖说，只有至爱之人的性命，才能化解我哥哥的劫难。青蛇，如果你肯为我哥牺牲，肯为天下苍生牺牲……"那位素来傲慢的蓝衣公主忽然在我面前跪下。

我亦跪下，道："我因一己之私，铸成大错，原本应当由我来弥补。"

"青蛇，你何需如此？安心做你的魔王妃去吧，我至爱之人与你何干？"三王子的话句句如刀剑捅入我的胸膛。

他似乎失忆了，似乎忘记我们曾那么相爱。

原来不喝那忘川之水，也可失忆。

我默默地坐在云层里看着七位神情窘迫的公主。她们幸灾乐祸地看我。我也幸灾乐祸地看她们。她们终是踩了祥云离去。

而我始终不敢告诉三王子，我已经找回了所有的记忆。

我已经没有颜面和他说任何话。他亦不屑和我说任何话。

僵持着，一直安静。我想，就这样陪他到天荒，也是不错的选择。

可是，他不需要。他再度开口，让我离开。

而我的心中已然有了决定。

“青啊，姐姐能与许官人长相厮守，就是最大的幸福。”

——忽然想起素贞曾经说过的话。的确，能与相爱的人长相厮守，就是最大的幸福。可惜幸福并非人人都可得到，所以素贞宁愿一死。

“我和你赌一把。”我笑着起身。既然决定了，就没有什么好害怕的，否则会被人看扁。我要用性命作为赌注，证明我和他之间仍然有爱存在。

如果可以解救他，我虽死无憾。如果不能，我死也活该。

聪明如他。他看穿了我的心思。

他冷笑道：“既然你执意寻死，我也无能为力。可是你别忘了，无量魔王统治六界，你死了，他照样可以让你死而复生。”

我愣在原地。

回头——无量魔王正立于云端，不知看了我多久。

三王子忽然笑将起来，笑声穿透我的心肝脾肺，成刺骨之痛。

我终于号啕。

魔王走近，抱紧了我。我伏在他胸口继续哭。

等我哭不出声来的时候，发觉自己的咽喉竟被他掐住。

“住手！”三王子的声音如洪钟雷鼓，回荡在耳边。

魔王的手越扼越紧，他狂笑：“无量战神，缩头乌龟！我这就用她的命把你逼出来，我要和你再战三百回合，我要让你——心悦诚服地做我的手下败将！”

“放了她。”是三王子的声音吗？何以他至今仍在维护我？定是幻觉，定是幻觉……

“可笑，原来你还在乎她的生死？”魔王的手突然松开了，我得以喘息。

“只是不愿看你再造杀孽而已。”三王子道。

原来如此。

魔王转身面对我，他忽地拉起我的手臂，狠狠地将我甩在擎天柱上，阴鸷的双眸露出噬血的光：“青，我成全你。”

他提掌，我闭眼——

只见一团软绵绵的白色，像棉花一般越积越多，越积越多。忽然，眼前一黑，身子一直下坠，下坠，落入无底深渊……

第十七章 | 双生花

素贞曾告诉我，人若死了，身子便会变得极轻灵，捏不到，碰不得，犹如一股气息。

此刻的我，即是如此。轻飘飘地游走在黑暗中，感受不到心跳和呼吸。走了许久，方见远处有点星火，仔细一看，竟是冥界勾魂的黑白无常。

在黑白无常的引领下，我悠悠荡荡入了地府。记得上一次到此地，是为护送素贞转世。而今，我却成为阶下之鬼。

黑无常指着前方，道："那便是奈何桥。"

过了奈何桥，就是真正意义上的鬼了。

"可要去地狱？"我笑问。

白无常摇头赔笑："王妃请于阎罗殿稍作休息，待无量魔王亲自接您回去吧。"

“如此说来，我还死不了？”踏上奈何桥，奈何奈何真奈何！

过了桥，冥界使者已出门迎接，冥王也随后赶到。他们面对被魔王亲手杀死的魔王妃，一时之间不知如何处决。

冥界中鬼影重重，哭喊声此起彼伏。

我叹道：“为何都不愿做鬼？”

冥王亦叹道：“其实，他们是想留下，如今谁都不愿回人间。”

“呵，”我冷笑道，“魔王统治下的人间竟连地狱都不如。”

冥王自察失言，慌忙掩饰。

我早该明白，魔界嗜杀成性，魔王又纵容妖魔鬼怪畅行六界，完全扰乱秩序，凡人岂有安生之地？虽然我也为妖，人类曾视我等为异类，一直驱逐我等，然，无休止的冤冤相报，又是何苦呢？

“让我们留下吧，我们宁愿在十八层地狱，也不想投胎转世！”

“我等来生绝不做人！”

“冥王！求你大发慈悲让我留在这里……”

…………

耳边尽是凄切的号哭。如怨如诉。

冥王连叹三声，最后问我：“你也看见了，这如何是好？”

我给了他们建议：找白素贞和白牡丹来。

他应允了我。

首先来的是白素贞。多年未见，她的容颜依旧如昔。

我拉住她的手，却忘了我们都是鬼，根本没有触觉，不由哽咽。

她打量着我，满面狐疑。

“姐姐？”这声“姐姐”隔了千年，成了我内心深处最温暖的记忆。

她冷笑道：“王妃这么叫我，真是折杀我了。”

我愣住，连她也恨我？是了，如今的青蛇，人神共愤。

垂下头，忍住快要流下的眼泪。

“小青！”一声熟悉的呼唤。

我转身，但见鬼使带来了另一个白素贞！

两个素贞？我懵了。

此时，冥王指着后来的白素贞，道：“她才是白素贞。”

“我是白牡丹。”先来的那位明明长了素贞的面孔，却说自己是白牡丹。

“小青，”白素贞上前拉住我的手，道，“不管是谁，死后进入冥界，一切修行、一切法力都将消失，在这里的，都是最本真的自己。没想到，这位姑娘的本来模样与我的一样。”

为什么？我糊涂了，她们竟然长得一模一样？老天又在开什么玩笑？

白牡丹看看白素贞，又看看我，轻笑道：“没想到，我牡丹仙子竟和一条蛇妖生得一样。”

这天机永远参不透。

我索性不想，一手拉了素贞，一手拉了牡丹，只想好好诉说姐妹之情，却扑了空。我又忘了，自己是无形的鬼。

冥王为我们安排了一个比较安静的地方。我们三个得以坐下来聊天。

一坐下来，却是长长的沉默。

无从开口。怕一开口，便牵动那些本已埋葬的回忆。怕痛，怕苦，怕爱，怕恨。我们不约而同地叹息，然后，一同落泪。

我们促膝相对了七天七夜，却未言只字片语。

第八日。冥王跌跌撞撞跑来告诉我：“六界都在传言，是你的命拯救了无量战神。”

是吗？我笑。

“那么现在由谁支撑天庭？”白牡丹道。

“无量魔王已化身擎天柱，代替无量战神之位。”冥王低声道。

究竟怎么回事？魔王怎会轻易放弃？这中间定是发生了什么！

“这么说来，被囚禁的神仙都放出来了？”白牡丹有些激动。

“不错，天帝、天后诸神昨日已经归位，六界正逐渐恢复正常。天帝有旨，重整六界秩序，也请青蛇和牡丹速返天庭。”冥王道。

如此说来，噩梦已经结束？黑暗已被光明打败，世界重新回归光明？

这是否也证明了三王子对我依旧有爱，我的性命才可以解救他？

可是，这突来的转机令我难以适应。

但听白素贞幽幽开口：“这一别，不知何时再见，各自珍重吧。”

“姐姐，你随我一道。”我坚定地要带她走。

可她却摇头，笑得沉稳：“我还是喜欢做个凡人。”

随着她的笑容，我知道，颠倒众生的白素贞又回来了。

我和牡丹服下“还魂丹”，然后，赶赴天庭。

法力无边的神仙们将天庭收拾得看不出一丁点战火的痕迹。灵霄殿上，诸仙照例庄严威武，看不出一丁点大起大落的哀伤。

我和牡丹站在殿中央，听候发落。

道是青蛇因一己之私，误入魔道，念其有悔改之心，恩准其随观音大士重新修行。道是白牡丹牺牲小我，用生命换取无量战神之自由，恩赐其位列上仙。

位列上仙？我哑然。上仙配上仙，倒是不错的选择。接下来，他们二人，便可修得圆满姻缘了吧。真可笑，谁让我将他们的姻缘红线捆在一起呢。我活该。

三王子朝这边走来，我慌忙低下头。

不出所料，他拉起白牡丹的手，温柔道谢。

到头来，救他的，不是我。

到头来，最爱他的，是白牡丹。

“我至爱之人与你何干？”

——原来，他所言非虚。他至爱之人与我无关。

也许早该看穿，从那日亲手把他们的姻缘红线绑在一起开始，就该放弃了。原本还等着魔界衰退，秩序重建，没想到红线一牵，再难更改。原本那点“情定胜天”的幻想也在今时今日彻底破灭。

不如归去。

观音大士已经向我颔首示意。我像抓到救命稻草般伏在大士足下。若没记错，这是观音大士第二次收留我。

我双掌合十，心如深秋枯叶。

普陀山。潮音洞。

我问，何以牡丹和素贞长相一样。

观音答，不必执着。

后来，善财偷偷告诉我，她们本是孪生姐妹，不知因何事，双双饮下忘川之水。

原来，喝下忘川之水的不只我一个，失去记忆的也不只我一个。这里面，究竟藏了多大的秘密？

善财道，天机不可泄露。

我把脸贴在佛经上，懒洋洋地叹息。善财敲了敲我的脑袋，一副恨铁不成钢的架势。

我的师父——就是观音大士——命善财童子敦促我修行。我每日必做之事便是拎着扫帚和簸箕清扫紫竹林的落叶。师父说，落叶无穷无尽，若想彻底清除，必将竹子连根拔起。正如心中烦恼，若想断绝，必须除去根源。

我疑惑地问，如何消除。

师父送我十个字：忘字心中绕，前缘尽勾销。

我道，连忘川之水也不能根除内心深处的烦恼，还能怎么忘。

师父道，事在人为。

我笑，现在想想，找回了记忆还不如失忆的好。

善财若有所思地点点头，他用悲天悯人的同情眼神看我。我忍不住笑出声来，师父便说我犯了戒，罚我抄写十遍《心经》。

抄写经文的时候，心中乱成一团，明明想的是“忘字心中绕，前缘尽勾销”，写出来的却是三王子的名字。

善财叹道，你的颠倒梦想太多，这样修行毫无用途。

我便扔了笔，丝毫不顾身后善财童子的呼唤，决意离开普陀山。

一路腾云驾雾，来到支撑天庭的擎天柱下。

我一直想不通，何以无量魔王突然回心转意牺牲自己。我要问个清楚。

可是，任凭我喊破了喉咙，魔王一直缄默不语，直至天兵天将把我赶走。

我漫无目的地走，不觉来到无因崖上。

那棵不开花的铁树依然桀骜地伫立山崖。白牡丹曾说过，这里是离人间最近的地方。我曾经在这里告诉三王子，红线断了就断了，我就可以名正言顺地喜欢他；我也曾从这里跳下人间，还自以为自己为爱牺牲何其伟大。等到记忆找回来了，才发觉自己才是最渺小的那个，负了别人，还自作聪明地执着。

“小青。”有人在叫我。

转身，回头——

但见铁树下站了位熟悉得不能再熟悉的女子。我惊讶地叫了声“姐姐”，此话一出，立刻反应过来，她不是素贞，而是长得和素贞一样的白牡丹，据说她们还是孪生姐妹。

如今的白牡丹已经由小小的仙子升为一品上仙，穿着自然也是不凡，全身上下隐约笼罩着七彩祥云。她走过来，亲切地拉了我的手，道：“谢谢你，小青。”

她在谢我什么？谢我将她和三王子的姻缘红线绑在一起吗？

“不客气。”我也学她惺惺作态。

她嘴角笑出的虚情假意令我几欲癫狂。实在无法容忍她用和素贞一样的皮相做出让人恶心的表情。

“这天下第一红娘的位子非你莫属了，”她笑道，“白蛇和许仙，我和三王子，都多亏了你呢。”

我转过身，尽量不让她看到我脸上的愤怒。要知道，她也曾帮过我。我不是一条恩怨不分的蛇。

“你甘心吗？”她继续激怒我。

我一言不发地看着云雾缭绕的远山。甘心也好，不甘心也罢，都是我自己的事。

“青蛇，你欠我姐妹俩的，终于还清了。”她突然轻声叹道。叹息声被崖上山风吹散，转瞬即逝。

我欠谁的？我正想问个清楚，她却换了话题：“告诉你个好消息，忘川之水已被破解，所有中了忘川之毒的人都在一夜之间恢复了被消除的记忆……世间再无忘川。”

“如何破解的？”我好奇。

“很简单，无量战神和无量魔王的血一起滴进忘川，便化解了。”

“这样很是可惜呢，”我故意嘲笑道，“那些无聊的神仙们就再也不能随便抹除别人的记忆了。”

“记忆找回了，就真的欢喜了？”牡丹黯然道。

她说中了我的心。有些记忆回来了，只是徒增痛苦而已，最终让人痛不欲生，可是再想忘却，却也不能了。

“听天后娘娘说，近日，很多神仙忽然找回了曾经被消除的记忆，心中魔障丛生，造成修行毁于一旦，不得不从头开始，”牡丹看着我，幽幽道，“所以，你不要以为全世界只有你喝了忘川之水，也不要以为全世界只有你痛苦。大家都一样。”

她的话，让我恍然。失去记忆的不只我一个，寻回记忆的也不只我一个，欢喜的，痛苦的，都不只我一个。世间万物，概莫如是。

牡丹许是见我痴痴呆呆的，担心我还没大彻大悟，便给我讲了一个故事，故事关于两朵花：

很久很久以前，有两朵“曼珠沙华”，即，白色彼岸花。她们是一对孪生姐妹，生长在冥界三途河畔、忘川彼岸。在通往地狱之门的红色花海中，唯有她们是白色的。她们一心向善，潜心修行，希望有朝一日可以修成正果。在姐妹俩快要修成人形的时候，有对恋人来到她们面前。

女子看见这对姐妹花，很是开心，拉了身边男子道："这两朵白花一模一样，我们一人养一朵，时时相对，彼此挂念，岂不很好？"

男子同意了，便将那两朵彼岸花连根拔起，移植到盆中。一盆自己留下，一盆给了女子。从此，两朵彼岸花不得不分离。姐姐被男子带到了一个神奇的地方，后来才知道那里是天庭。妹妹则被带到人间一个山洞中。姐姐在男子的悉心照料下，很快修成人形，并且爱上了那个男子。而妹妹却因女子的不善照料逐渐枯竭，只留下叶子，却再也开不出花。修成人形的姐姐得知此事，偷偷跑到凡间去营救妹妹。

没想到，行迹被女子发现了。女子以为姐姐是贼，不肯让她将花带走，于是双方起了冲突。男子赶来，将姐姐带走。姐姐不甘心，后又跑到阆苑偷取天后的镇妖宝物，想去收服那女子，救出妹妹。

姐姐终于打伤了女子，救出了妹妹。后来，天后得知宝物被偷，大发雷霆，命人将两朵彼岸花带到阆苑。幸亏有男子求情，天后网开一面，只罚那姐姐永世留在阆苑为婢，而妹妹得以继续留在人间修行，姐妹二人生生世世不得见面。为了让她们忘却前尘，天后赐姐妹俩喝下忘川之水。

白牡丹平静地讲完这个故事，最后从容不迫地笑着说："佛说，彼岸花开，花开无叶，叶生无花，相念相惜却不得相见，独自彼岸路。我就是那个被罚永远留在阆苑为婢的姐姐，而白素贞就是我的孪生妹妹。”

而我和三王子就是那对拆散她们姐妹的男女。

我隐约记得我和三王子曾经养过一对雪白的花。三王子曾告诉我：“佛说彼岸，无生无死，无苦无悲，无欲无求，是个忘记一切悲苦的极乐世界。而有种花，超出六界之外，不在五行之中，生于弱水彼岸，无茎无叶，绚烂绯红，佛说那是彼岸花。”

而我们养的那对花，是彼岸花中难得一见的白色彼岸花。我一度以为，那对花是我和他的爱情，每日小心翼翼地饲养，没想到我养的花却日渐枯萎，只生绿叶，再不开花。也没有想到，我因贪图快乐，竟害了一对花中姐妹。更没有想到，那对姐妹中的妹妹成了我的姐姐白素贞！

除了长叹一声造化弄人，还能如何？自己铸成的错，到头来终究是还了，上天终是让我有补过的机会，隔了几许轮回，还是让我阴差阳错地为她们姐妹牵了红线。

忘了在哪一世，三王子曾指着黄泉路上妖冶的彼岸花叹息：“彼岸花，开彼岸，花开时不见叶，有叶时不见花，花叶两不相见，生生相错，相念相惜永相失。”

“对不起。”我为自己不可饶恕的错，诚心地向白牡丹道歉。

牡丹摇头道：“小青，方才我谢你，是真心的。你让我们姐妹在被诅咒的轮回中终于相见，我也得以恢复了本来的相貌。而解救三王子的，自然也是你。你用生命化解了我们姐妹对你的恨，也用至爱解救了三王子，唤醒了无量魔王。所以，这一切功劳都是你的。”

我听着她的赞美，不知是真是假。但无论如何，被六界认可的，是白牡丹；被三王子认可的，也是白牡丹。而我做了什么？我什么都没做。

安慰也好，讽刺也罢，都到此为止吧。

“三王子却以为是我的死让他洗清了前世的罪过，所以……”牡丹停顿片刻，才道，“他才提出要娶我。”

“他现在可以成亲了？”我冷笑。

“如今我和他都是上仙，姻缘牌也被红线束在一起，天帝说，那就顺应天意，成全了这桩婚事。”牡丹道。

我又想起我和三王子的情苗。那时，月老说：“你与三王子的情苗虽有红线相连，但几千年来却从未开过花——”

所以，更不用说结果了。

三王子轮回至第十三世，心灰意冷，亲手剪断了我们之间的红线。

如今，他的姻缘牌和别人的姻缘牌被我紧紧地系在一起。

那么，就祝他们百年好合吧。

第十八章 铤和镞

回至普陀山，莲台上静坐的师父睁开眼，看我，然后又闭上。

我忽然想起罚抄的经文似乎还没写完，便悄悄走开，找了纸笔继续抄写。

善财出现在我身后，道：“师父定然知道你的去向，只是不说。”

这个我自然知道。

他又用那种悲天悯人的同情口气道：“天庭那边送来喜帖……”

“我听说了。”我皱眉，很是看不惯他这样的慈悲。假使他用幸灾乐祸的口吻对我说话，我反倒会好受些。

“只要斩断情丝，就离六根清净不远了。”他双掌合十，再次悲天悯人。

“喂，善财，”我向他勾勾手指，示意他走近一点，“你很关心我的事？”

他拨开我的手，不悦道："是师父叫我多关心你！"

言下之意，他还不屑关心我呢。

我扑哧一声笑了。

他瞟了我一眼，随手拿起我抄写的经文，一看，不由笑弯了眉眼："你这字写得弯弯绕绕的，真有趣！"

"没听过'字如其蛇'吗？"我牙尖嘴利地顶回去。

他拧眉道："不行，写得这般潦草，师父会不依的。"

"我就只能写成这样啊，当初我学字的时候……"当初三王子教我写字的时候，他也没嫌弃我的字难看呀。

"咳咳，你还是多练练吧！"他露出一副"好自为之"的欠揍表情，然后，跑开了。

我把写得乱糟糟的经文揉成一团一团，扔得满屋都是。

偏偏这个时候师父进来了。

"青儿，为师让你抄写《心经》是要你心静如水，不想却适得其反。"

我低头不语。

"你尘缘未了，修行对你而言，实在太难。你仍需再入红尘，等待大彻大悟之日。"师父摇头一声叹息。

从她的慈眉善目中，我看到了超脱的大慈悲，但这种慈悲似乎对我于事无补。

"去吧，等你大彻大悟之日再回为师身边来。"师父的指尖在我眉心轻轻一点，随后微微一笑。

我安静地伏在她脚下，以一条蛇最原始的姿势。

但听师父三声长叹，哀而不伤。

"我今日才明白，痛苦的何止我小青一个。"

师父颔首道："你能明白众生皆苦的道理，也是好事。"

“我更加想通了，当初他轮回十三世并非只为我，也非只为情。”我起身坐直，看窗外风轻云淡好个秋。

“善哉，善哉，”师父合掌微笑，从腕上取下一串佛珠，“青儿，伸手。”

我恭敬地将手抬起。师父将佛珠挂在我的左手腕上。

“当日为师于佛前听法，得佛祖所赐佛珠，现转赠于你，望能助你早日修成正果。”

我跪下，叩谢。

“为师送你一程。切记，无论何时何地，菩提心不可失。”她说此话时，已然隐去法相。只听金声玉语萦绕，不见师父身形。

…………

清醒时，我已身处阆苑内。看来，师父又把我送回此地了。

“是你？”一双手扶起跌坐在路边的我。

我起身，一见身侧之人，身子不由僵直。

那个人——他的鼻子蛮有特点，是一种介乎鹰钩和塌鼻梁之间的完美形状，雕塑般冰冷而真实。他的眼睛幽邃而深沉，仿佛秋夜高悬于银天的星子。他的嘴唇微微扬成漂亮的弧线，恰到好处地牵动着脸际的表情。他那张瘦削的脸似乎用冰山上万年的冰石雕琢而成……

“是我。”我故作镇定地挤出一抹任是白痴也不会相信的灿烂笑容。

他亦笑得风度翩翩，不愧是天庭中人人景仰的无量战神。

我不敢再多看他一眼，转移了目光，环顾四下，这里是阆苑花园。玉树琼花，珍禽异兽，一如昨昔。只是，再也没了我的三王子。

“在想什么?”他挑起了话题。

“没有，不打扰三王子了，赶着去天后娘娘那儿报到。”天可怜见的，我居然拔腿就逃!

跑得气喘吁吁，这才慢下脚步。

小青，你真是个孬种!

孬种又如何，我就是不想见他!

没救了!

没救了又如何，我就是不愿招惹他!

…………

自顾自地对话，到最后，自己忍不住笑出声来。

“很好笑吗?”听到他的声音再次响起时，我无可奈何地转身面对。

他的脸上挂着陌生的笑意，我一度产生了错觉，这个人真的是三王子吗?

“真巧，又碰见了。我的荣幸。”我笑着卖个口乖。

“一直想与你谈谈，”他忽然变得异常严肃，“观音大士说你需要静心修行，不让打扰，今日可算碰到了。”

我的心里登时升起期待的火焰，快乐地畅想，三王子定是要告诉我他解除婚约的事，然后，亲口告诉我，他爱的人是我，想娶的人也是我。然后，白头偕老的人是我们……

“到‘云岩亭’一叙吧。”他指了指附近的亭子。

我满心激动地点点头，欢欣鼓舞地跟着他走进亭子。跟得太紧，他忽然转身，我就撞上他的胸口。糟糕，他又该怪我冒冒失失、没头没脑了。

没想到，三王子只是淡淡一笑，让我坐下。然后，用他蛊惑人心的声音对我说:“小青，你似乎瘦了。”

不要勾引我。我从来不是一条有定力的蛇。

“求你不要恨我。”我一张口竟是这句。

他摇头，却不置可否，只是叹息。

“我嫁给别人，是……是被气昏了头脑，我一直爱的都是你！请你原谅我，请你不要娶别人……三王子，是我错了，我不该因一己之私做出伤天害理的事……求你原谅我！”我再也不要什么尊严，死死地拉着他，像个稚龄孩童般胡搅蛮缠。

记得他在追捕小蝶的时候，曾经半真半假地警告过我：“别说我没提醒你，切莫残害生灵，否则我饶不了你。”

如今，我已然残害生灵，他决计饶不了我。

他轻轻地扯开我的手，沉默许久，才道：“你后悔嫁给他？”

“是。”不假思索，铁定地答道。

又是一阵长长的沉默。

“我很高兴呢。”他忽然笑了。

“你不要娶牡丹，好吗？”我色胆包天地提出了毫无胜算的建议。

“不好。”他温柔地摇头拒绝。

“你真的以为她是你的救命恩人？”我咬牙切齿。

他道：“这并不重要，小青。当日，你为救我，不惜牺牲自己的性命，我很感动。可是，你的性命并没有解救我，却解除了无量魔王所中的忘川之毒。他想起了一切，决定代替我化为擎天巨柱支撑天庭。后来，天帝将我们二人的血一起滴入忘川……从此，世间再无忘川之水。”

“这和牡丹又有什么关系？”我不懂。

“的确没什么关系，”他把话说得轻飘飘，“只不过，我现在想娶的，是她而已。”

如果我有脸再问“为什么”，那么我就不叫小青了。

可他却下定了决心要给我难堪，继续道：“无量魔王叫我转告你，你生是他的人，死是他的鬼。”

“嘿，你在报恩吗？他救了你，所以你报答他？”我苦笑，“好，真是位有情有义的无量战神。”

又是一阵尴尬的沉默。

“没事多去陪陪他。”三王子撂下一句话，走了。

看着他离去的背影，我感觉，我们真的完了。

天后娘娘看见我的时候，依旧带着挑剔的眼光。

我习惯了。

但这次她却颇为诚恳地请我坐下，道是要和我谈谈。

又是谈谈。我勾起一丝讽刺的笑，这神仙们真是闲得无聊，有事没事喜欢找人谈天。

我做好了再次被伤害的准备。

天后命人给我斟了一杯阆苑花雕。我故意露出受宠若惊的表情，连连道谢。

她怎会看不出我的把戏。这次，她不愠不恼，心平气和地给我讲了一个故事。她讲的故事和牡丹讲的故事，让我宛遭剥皮剔骨、五内俱崩。

人人皆知，天帝和天后有三子七女。大王子锴是如来尊者座前听法弟子，二王子铮常伴太乙真人身旁，三王子铤追随天帝左右。实际上，天帝原有四子，三王子铤和四王子镞乃是孪生兄弟。

铤和镞自小感情很好。他们长相一模一样，性格却不相同。铤性情温厚，镞性格刚烈，二人皆有将帅之度，同为天帝面前得力助手。

那年，镞年少贪玩，偷下凡间，在峨眉山上遇见蛇精母女。彼时，蛇母修炼不善，误入魔道，专靠吸取人类的元阳为生。镞本想替天行道，收服蛇妖。但那蛇母泪汪汪地求镞让她最后一次喂养女儿。镞答应了。他跟着蛇母来到蛇洞，看见一条小青蛇蜷成一团睡得正香。蛇母轻轻唤那小蛇，怎么也唤不醒，只是发出嗞嗞的声音，用尾巴缠住母亲，像在撒娇。

镞看她们母女情深，就警告蛇母再莫残害生灵，并未将她收服。镞回到天庭后，对铤提起这件事。兄弟二人拿了天帝的神通宝镜一起看那对蛇母女，逐渐被小青蛇的可爱吸引了。但因蛇母依然危害百姓，铤下凡将其收服。蛇母求他饶小蛇一命，他心一软，放过了小青蛇。

后来，铤和镞从宝镜中得知青蛇已经修炼成了人形，他们都想下凡与她相见。但不巧天帝召见镞。于是，铤一人下凡了。青蛇与铤一见钟情。

此后，铤常与青蛇厮缠，游荡在人间。而镞也在宝镜中看到这一切，他情不自禁地爱上了青蛇，但为了兄弟之情，他默默地祝福二人。

铤和青蛇的事终于被天后发现。天后为了让铤断除杂念，想尽一切方法拆散二人。最后，想了一计。天后假意对铤说，不再反对他们，择日为二人举行婚礼，并且赏赐青蛇阆苑花雕。那花雕中掺有忘川之水，青蛇饮后，忘却前缘。

镞知道后，认定这是铤和天后篡通好的阴谋，否则为何单只青蛇一人喝下那壶酒。其实那日铤没有喝酒的原因是，天后事先交代他前往西天请旨佛祖，故不得沾染酒气。镞看见失去记忆孤苦无依的青蛇，心痛不已，和铤翻脸。二人都在气头上，大打出手。这一战，打了七天七夜，闹得天翻地覆。镞向来冲动，杀红了眼，居然连天帝也打。最后，佛祖用无边法力，将二人镇住。

镞深恨天后随意操控人，一怒之下，饮下忘川之水，并向六界发愿：只羡鸳鸯不羡仙，总有一日要让神仙尝到被人摆布的恶果。

他便坠入妖魔道，永世与天界为敌。

天帝得知后大怒，将镞踢出天界，下令不许任何人再提镞的名字。因此，众神仙都只说天帝有三子。

此时，铤也向六界发愿：广积功德，广修善果，只为争得一世仙凡的姻缘。

从此，他便遁入人间，斩妖除魔。

第一世。

铤降伏妖魔五百四十九只。但却没能与青蛇相遇。

镞转世为妖，重新修行，未能与青蛇相遇。

第二世。

铤降魔六百零九只。与青蛇有一面之缘。当时青蛇与白蛇尚在深山老林中修炼。他化作一个捕蛇人，故意逮住白蛇，用以引起青蛇的注意，不料却被许仙的前世撞见。许仙的前世无意中“救”下白蛇。而青蛇却不知那位苦心的捕蛇人就是曾经的三王子。

镞继续为妖，与青蛇在同一片林中修炼，被三王子收服，修行毁于一旦。未能与青蛇相见。

第三世。

铤降魔六百一十二只。未能与青蛇相见。

镞重新修行，暗中守护深山中修行的青蛇。

第四世。

铤降伏妖魔六百五十二只。与青蛇未有相见之缘。

镞继续修行，暗中守护深山修行的青蛇。

第五世。

铤降伏妖魔五百二十只。青蛇与白蛇跑到西湖底下修炼，三王子则守在西湖边上吹了一世的箫。

镞继续修行，未能与青蛇相见。

第六世。

铤降魔六百四十八只。未能与青蛇相见。

镞继续修行，未能与青蛇相见。

第七世。

铤降魔五百只。此一世，白蛇于西湖遇见许仙，开始了人妖之恋。青蛇与三王子的转世法海相遇。后来，白蛇为负心郎许仙水漫金山，法海将其镇于雷峰塔。白蛇不愿青蛇为她报仇，将“忘”字打入青蛇心脉，模糊了青蛇的记忆。此后，青蛇在人间生活了一段时间，遇见自称“张甄柳胡”的三王子。随后，青蛇的记忆被一瓶名曰“七日”的药水唤醒，使之回忆起白蛇并未死、只是被镇于雷峰塔的事实。然后，青蛇斩断雷峰塔，救出白蛇，但白蛇心如死灰，选择一死。最后，青蛇跪求法海归还白蛇之子，法海遂了她的心愿，但消除了她的记忆，使她忘却张甄柳胡就是法海的事实。

镞转世投胎至白蛇腹中。

第八世。

铤降魔六百零一只。青蛇回峨眉山抚养白蛇之子。三王子暗地保护了他们一世。

转世为白蛇之子的镞与青蛇在峨眉山度过一世。

第九世。

铤降伏妖魔五百只。天帝下令，三王子不得长留峨眉山，打扰山上神灵清修。三王子只好云游四海，这一世未能与青蛇相见。

转世为白蛇之子的镞继续与青蛇在峨眉山生活。

第十世。

铤降伏妖魔六百三十五只。未能与青蛇相见。

转世为白蛇之子的镞继续与青蛇在峨眉山生活。

第十一世。

铤降伏妖魔五百七十一只。未能与青蛇相见。

转世为白蛇之子的镞继续与青蛇在峨眉山生活。

第十二世。

铤降伏妖魔六百零八只。未能与青蛇相见。

转世为白蛇之子的镞继续与青蛇在峨眉山生活。

第十三世。

铤降伏妖魔七百零二只。青蛇与白蛇之子为迎接白蛇元神出地狱而下凡。三王子终于与青蛇相遇。而青蛇记得他是当初的张甄柳胡，于是他们相恋。白蛇转世投胎，做了一个真正的凡人。而此时，一万年一生的无量恶魔即将转世，天庭告急，天帝之女六公主亲临凡尘，请三王子回归天庭。三王子放不下青蛇。六公主用奇药“一日”唤醒了青蛇那段被三王子抹去的记忆。青蛇回忆起张甄柳胡就是法海，遂与三王子反目。观世音菩萨收青蛇为座前听法弟子，并让青蛇饮下忘川之水。青蛇的记忆被彻底消除。三王子也重返天界，为迎战而奔劳。

转世为白蛇之子的镞向青蛇表白，被拒后离开青蛇回到峨眉山继续修行，因急于求成，入了魔道。镞唆使花妖小蝶盗取冥界宝物，并借小蝶之身重新出世，化身为无量魔王。

镞用自己的血解了青蛇所中的忘川之毒，并娶其为妻。天庭沦陷，铤化身擎天柱支撑天庭。

青蛇为救铤牺牲自己，却唤醒了镞的记忆。镞终于想通，青蛇最爱的人始终都是铤，于是他代替铤化身擎天柱。

…………

好长好长的故事。又是十三世。

听着听着，我的眼泪一直流。干了，等等，再流，再干了，再等等，继续流……就像铤和镞与我痴缠的那生生世世，无休无止。

如果我和铤的纠缠还可以用“两情相悦”来解释，那么，我和镞又算什么？他这样不计回报地爱我，而我却没有半点爱过他。这样的感情，可是上天开的玩笑？而这个玩笑足以让我万劫不复。

抬头的那刻，我分明看见，天后的眼角也有泪光。她拍着我的肩膀，尽管装得镇定优雅，但我知道，她定是痛不欲生。铤和镞都是她的儿子，哪一个受伤害了，痛的都是她。

不得不承认，我是那个伤害她儿子的刽子手。难怪她那么讨厌我。

“经过这次劫难，我也想通了，本想成全你和铤儿，可不知为何，他突然请求我对外宣称是牡丹救了他，并且提出要娶牡丹为妻……真是委屈你了。”天后突然摸摸我的头，慈祥得像我的母亲——虽然我早已不记得母亲长什么样了。

我被她和她的两个儿子感动得哽咽失声。

她继续道：“被囚禁在万劫池底的时候，我终于想通了。是我错了。如果当时我不那么执着，也不会落得现在这个下场……说不定，我能听到你叫我一声‘母后’呢。”

我彻底愣住。她到底想说什么？

“铤儿说要娶牡丹，一定是和我怄气，以前我千方百计拆散你们，现在他故意要如我的愿……其实，他喜欢的是你，他怎么可能再喜欢别人？”天后道，“你去劝劝他，叫他不要后悔。”

他不会后悔。他用最慈悲的心成全了他的兄弟。他说：“你生是他的人，死是他的鬼。”

我摇摇头，在天后面前跪下。

“其实，我可以叫您‘母后’，您忘了，我嫁给了镞。所以，母后，我不能嫁给三王子。”

我不能逼铤，也不能对不起镞。

我双手合十，虔诚道：“我小青在此发愿，甘愿坠入轮回苦海，广积功德，广修善果，为镞洗脱杀孽，助他早日归位。”

天后愕然，隔了半晌，眼泪终是落下来。

我想，从这时开始，她再也不会讨厌我了吧。而我叫出那句“母后”也是发自真心的。

我将杯中的阆苑花雕喝了个干净，咧嘴，一笑。

第十九章 | 七七四十九日

三王子的住处——天庭中最寂寥之处——像是掩埋了万年不得释怀的悲苦，静静地伏卧在天之一隅。不似天上，却似置身冥界。

我很有耐心地在这荒凉处待了许久。直到大门打开。三王子和白牡丹双双立在门口，这让我一度以为只是神仙们惯常用的“障眼法”——大概是想刺痛我吧。

牡丹换了一身浅红色衣裙，袖子和裙裾处点缀着淡雅别致的莲花，此刻正笑得如花般嫣然——最要命的是，如今的她长了一张白素贞的脸。而她身旁的三王子着一身轻便金丝软袍，并未戴冠，只将长发挽髻，用水色带子缚了，很是风雅——也很要命的是，他和镲拥有一张相同的面孔。

开场白是牡丹的一句“小青”。

见我半晌无话，她又道：“是来找三王子的吧，正好我回去了，你们聊吧。”她笑得温柔且风情万种，令我想起千年前西子湖畔白素贞遇见许仙时的情景。这样看来，似乎白素贞抢走了我的链；更可怕的是，这样看来，似乎是白素贞和他的儿子许若凡成了双……这一场难以跳脱的荒诞的轮回之苦！

我适时地叫住了她，用一种大彻大悟的口吻宣布："我来向你们辞行。"然后将自己在天后面前发下的宏愿告诉他们："小青甘愿坠入轮回苦海，广积功德，广修善果，为镞洗脱杀孽，助他早日归位。"

说完后，我竟然有些后悔，一方面的确对那永无休止的轮回充满畏惧，一方面则恨自己为何要在三王子面前提别人……留下个忠贞不渝的印象也好啊……可惜，一失足成千古恨，说出去的话，泼出去的水……一切迟矣、晚矣。或许从我嫁给镞的那天起，就已成定局。一切的前缘纠葛，也在那日结束。竹林中吹箫的神仙、念经的白衣和尚、神出鬼没的张甄柳胡、体贴温柔的张诘斌、威严冷酷的三王子……都已离我远去，远到再难企及。蓦然回首，仿佛做了一场梦，梦中的幸福或是痛苦真切入骨，且一梦千年。

不知何时，三王子站到我的面前，他忽然伸出手，示意我将右手摊开。我照做，将右手掌摊开——记得当初，三王子曾将"卍"打入我的左手，后来又将它抹去，仙魔大战时重新打入我的左手，而非右手，看来他是记错了。

"当日仙魔大战时，镞将黑莲打入你右臂，你忘了？"他淡淡道。

我只记得，你将"卍"打入……我在心底深深叹了口气，抬起头道："哦，怎么了？"

"受镞所托，替你解除封印。"他略一凝神，金光拂过我的手掌，但见一道黑气自掌中缓缓飘出，幻成莲花模样，瞬间如烟散去。再一看，手指上生出一枚小小的黑痣。

“还有……”我伸出左手，冲他道，“那次大战，你也留下了印记，请一并消除吧。”

他背转身，莫名其妙来了句：“你去找镞吧，叫他帮你消除。”

我不解，但看着他拒人千里的背影，便连一句为什么都问不出口。真是没出息啊。

但听他低低笑了笑，回头说道：“破坏别人的封印是桩美事，而破坏自己的封印多少有些……难过吧。青，你何不成人之美呢？”

呃，好一个成人之美。

牡丹讷讷地冲我一笑。我猜不出她在想什么，却感觉得到她并无恶意。

此刻的我，该是人畜无害。

三王子牵过牡丹的手，道了声“我送你回去”，便算是告一段落。

我依然很没出息地看着他们双双腾云驾雾地离开，然后蹲在他家大门口学那些人间的小女子一样号啕。我只是觉得这种时候不哭一哭，太对不住自己。哭完以后，双腿已然蹲到发麻，干脆躺在云褥之上休息。

素贞啊，我很快就和你一样，是个真正的凡人了。弄不清六界玄机，糊里糊涂，自以为是，有着七情六欲的凡人啊，我就要加入你们了。然后赎罪，轮回，赎罪，轮回……生生世世，千年万年。素贞你真的喜欢这样活着吗？可是像我这般活着，知晓前世今生，出入六界无阻，到头来还不是痛苦？凡人仅仅记得短短几十年的事，便苦得恍如人间炼狱，而长生不死的神仙岂非更苦？看起来，白素贞才是最聪明的啊。我兀自傻笑起来，以蛇的姿势翻了个身，然后露出一排啮齿。咦，好久好久没有这样大剌剌地躺着，好久好久没有这样自然地流露出原始的自己。

小青，小青……

谁在叫我？

我睁开眼，意外地瞅见吕洞宾的脸。他此刻应在极乐世界，怎么跑这儿来了？我揪着他的胡子，笑嘻嘻地道：“唉唉唉，你私自离了西天？”

“哎哟！住手住手！”他气呼呼地挣脱我的魔爪，重新理理胡子，“劫难已过，众仙重归天庭、按功行赏，你没听说吗？”

“哦，”我恍然道，“那要恭喜你了吕上仙。”

他拿起腰间的酒葫芦，仰头倒进口中，许久才开口：“我说小丫头，你在这里做什么？”

我宁愿语塞也不愿回答这个问题。

于是他自顾自地说下去：“我是来找三王子喝酒的。”

咦？他们俩什么时候已经有了这样的交情？我有气无力地挣扎着起身，露出一副万分遗憾的嘴脸，笑着道：“三王子刚陪未婚妻出去了。”

他摸了摸胡子，亦露出一副遗憾万分的嘴脸，笑着道：“罢了，罢了，那我改天再来。”说着不由分说，拉起我的手，腾起云头就走。

“喂，谁说过我要离开！”挣脱他的拉扯。

“怕你忘记怎么腾云驾雾了。”他倒是一脸认真地为自己的恶行辩解。

“开什么玩笑！”我没好气地丢过一记白眼。这个疯癫的臭道士难道就不知道别人正伤心伤感、伤痛欲绝吗？

“既然没忘，就不要厚颜无耻地躺别人家门口装死。”他说这话的时候眼皮都不眨，口气更是嚣张。

我一时不知怎么去应答，或许只是根本不想说话，闭上眼，搭着他的祥云离开。

“我要下界做凡人去了。”我告诉他结果。

“哦，因为他要成亲了。”他告诉我原因。

我才意识到其实自己自私得可怜。

“青蛇，”他拍了拍我的肩膀，宽慰道，“我最后帮你一次，以后你要好自为之……”

“好残忍啊吕上仙，我还想着等我到了人间，你随时利用神仙的本事助我杀人放火、打家劫舍呢！这么多年的朋友啦，你怎么可以说‘最后’呢？唉，你们神仙真是绝情。”我笑着打断他的话。

他瞪了我一眼，然后很委屈地抱怨：“当初我怎么就会看上你呢，看来神仙当久了真的会变傻。”

他这一句话让我想起，似乎他真的喜欢过我。

可那又如何？连三王子都会离开我，我还能指望什么？

我苦笑着拍拍他的肩膀，同情地道：“吕上仙啊，您真的看走眼了。”

“所以说，你这种妖孽，只有三王子敢要啊。”他释然一笑。

“是啊，”我点点头，又摇摇头，“可惜啊……”

“呸！”他狠狠啐了一口，手指戳着我的额头骂道，“你不会去抢回来？哭哭啼啼有屁用！”

“很明显那不是我的处事风格。”我一摊手，无奈道。

“也许三王子有苦衷呢，你没和他谈过怎么知道？莫名其妙要娶牡丹，想想就可疑。”他叽叽咕咕地替我分析。我塞住耳朵，他就伏在我耳边大声说，那朵超载的祥云一会儿低一会儿高，在九天之上旋转摇摆着，弄得我头昏脑涨，没留神跌下云头，眼看就要栽倒——

一双熟悉的手臂横在我腰际，我幸免于难。

是三王子。

他意味深长地盯着我的脸看了半晌，松手时却对吕洞宾似笑非笑道："昔日吕上仙在灵霄殿上承认与青蛇私奔，说起来这笔糊涂账至今未有结果呢。"

这时候还有心开玩笑？我扶额汗颜。

"非也，非也，"吕洞宾居然也来劲了，笑得一脸奸邪，"我对小青仙子情根深种，在月老那儿都是有备案的。"

说着往我身边靠了又靠，我背地里掐他一把，警告他闭嘴。天晓得他在耍什么花样，竟然一手拉住我，凑到三王子跟前，道："此情可鉴，本仙准备和她一起下凡历练去。"

"呃……"我刚想开口，却被三王子抢了先——

"私奔一次，就有第二次，这没什么奇怪。"三王子若有所思地点点头。

"不好意思，三王子，"吕洞宾勾起嘴角道，"不是私奔，是光明正大地离开。"

三王子愣了愣，脸上浮现出几丝嘲讽之色。

大概是嘲笑我一个有夫之妇光明正大地和人私奔吧。

不知为何，我突然不想解释了，无声地握紧了吕洞宾的手。

三王子脸上的表情一直僵硬着，吕洞宾持续说着一些莫名的话。我的头垂着，快要埋进胸口；两耳嗡嗡响着，听不真切他们在说什么。最后不知发生什么事了，三王子给了我一巴掌。

这一巴掌打得我眼冒金星，却不知为何。

但随即我反应过来，我挨打了。于是我迅速地反手也给了他一耳光。

吕洞宾来不及拦我，正如他来不及拦三王子。

于是两个人都挨了打。委实荒唐。

剑拔弩张。

吕洞宾却在这个节骨眼上开溜。他驾起云头，瞬间便消失了。

我愤愤地摸了摸生疼的脸，狠狠地瞪着眼前那个让我爱不到、恨不得的大神仙。本来还想质问一句“为何打我”，但想想如此一来不就更像个遭人遗弃的怨妇了，还是别问得好。

他脸上还印着我的指痕，红得有点触目惊心。

算了，算了，扯平了。

我心一沉，打算就此作罢，以后天上人间，各司其职，再也没有相见之日。

“该拿你怎么办才是……”他忽然叹息着，闭上眼，一脸痛苦纠结。

见他如此，我的心又软了，恨不能抱紧他，永生永世赖着他，再不放手。

可他要娶别人了。而我也嫁了别人。

看来，不是相爱就能天长地久。这么简单的道理，我早该明白了，为何直到此刻才算彻底了悟？

“当真要和他一起下界？”三王子皱起眉头，如是问。

我愣了愣，想起方才吕洞宾说的帮我最后一次，原来就是指这个。莫非他认定三王子会为我吃醋？

“是。”我也想证实三王子是否还在意我。

他挑起眉头，厌恶道：“你们滚吧。”

我有点得意，并且坏心眼地顺水推舟：“你吃醋？”

“滚之前，别忘了去看看……镞。”他转身之前留下这样的话。

得不到答案，我不死心。锲而不舍地追上他，扯住他的衣袖——他挣开——我再扯——直到衣袖被我扯破了。

终于换来一个结结实实的拥抱。

在他怀中，我得意地笑了。

他却深深叹道：“青，你还真是爱他。”

“一直都是你，不是别人。”我紧紧地抱住他，不敢放手，因为我清楚，以后再也没有机会。

“我也是……一直爱的都是你，不是别人。”他说这话的时候，却似含了黄连，苦得让人心寒。

“那你为何——”为何要娶别人？

他轻轻抚着我的头发，笑得异常温暖：“没想到你会为了镞而下凡，算是对他的补偿吗？还是说，你也有那么一点爱他？”

“对他的爱，和对你的，不同。”我斩钉截铁地回答。

“所以啊，”他将我从怀中拉开，正色道，“我不能娶你。”

“我已将你右手的封印解除了，我们的婚约也到此为止了，你也无须因为对我内疚而下凡。后天我就要迎娶牡丹，算是最好的结果吧。”他继续说着让我迷惑的话。

“当日你为救无量战神，宁愿牺牲自己，你的性命的确救了他，也解除了我们所中的忘川之毒。我和他都想起了前尘，原来铤是我的亲生兄弟。世事难料，到头来我所杀的全是自己的亲人。为此我决定代替铤化为擎天巨柱支撑天庭，铤不愿让我受苦，执意继续做那擎天柱，还让我代替他娶你。嘿嘿，他想得可真周到，如果镞用铤的身份娶小青，小青也开心，镞也开心。可怜他还在那柱子里，独自承受寂寞……我呢，我偏偏不让他如愿，我宁愿娶一个陌生人也不会如他的愿……”

他停下，看定我，一字一顿道：“看清楚了，我是镞，不是铤。”他的脸逐渐幻化成当日许若凡的模样，他哂笑，“虽说都是皮囊，但我宁愿用这张假的，也不愿用和铤一样的那张。”

听毕他的话，我倒退几步。开什么玩笑？闹了半天，他是镞？而铤还在那柱子里！我跌跌撞撞地推开他，驾云直向天之边界去。身后忽然飘来镞的声音：“你肯为我下界，我已知足……有缘再见，青。”

远远望见擎天柱依旧稳稳当当地耸立在云间。如今已设有关卡，有天兵天将守护着，他们拦下我，说七位公主正在和四王子镞聊天，闲人不得乱入打扰。我点头说，相烦通告，小青求见。

不一会儿，七位公主出来。我退在一边，恭送她们。公主们在历经此难后似乎变了许多，她们脸上挂着和气的笑容，冲我点头示意，然后驾起七彩祥云离开。

我得到许可，进了关卡，竟然看见铤坐在擎天柱下自斟自酌。他不是化成柱子了吗？见我诧异，他笑着解释道：“方才七位妹妹带了佛祖的法器来，这法器可以让我每年有七七四十九日恢复自由身。”

“那你想用这四十九日做什么呢？”我歪着脑袋笑。

他一怔，忽然想到什么，道：“你为何在这？不是该和三王子成亲吗？”

他还以为我什么都不知道呢。我咯咯笑起来。

“很开心？”他眯起眼睛看着我，然后缓缓倒了杯酒。在他仰头之际，我抢过了他手中的酒杯，一口饮尽。

“这里有点舍不得？”我指了指他的心口。

他笑而不语，忽然低声说道：“能再次看到你，真好。”

“如今劫难过去了，你为何不回天庭，要在这里装柱子？不能找人替你？”我急切发问。

他轻轻摸着我的脸道：“又瘦了。他没有好好照顾你吗？”说着垂下眼睑，闷闷地再满上酒，倒进口中。我伸出舌头，舔他的嘴角，探进他的唇际。不出所料地，他推开我。

“为什么不回去？”我继续追问。

他像是烦了，站起身，挥了挥手，示意我不要多问。

“三王子，你耍得我好惨。”我冷笑。

他显然为我得知他和镞的约定而惊讶，但立马便换了副理所当然的表情。看起来他并不打算解释。

“好好跟着他，他是真心对你好。”铤发自肺腑的劝告让我哭笑不得。在冰天雪地里坚持了这么多年，最后却死在了阳光地里。真是可笑。

我叹了口气，尽量用可怜兮兮的口气道：“他后天迎娶白牡丹，我被休了。”

铤愣了愣，皱起双眉，没有再说什么。

“或许他想成人之美。”我忽然笑笑，不怀好意地瞅着他。我不怀好意地套他的话，看他的表情，期待他下一句说，“那么，青，我娶你吧”。

可是，他没有。

“你可知，每次仙魔大战都会留下一些难以破解的法咒，譬如上一次的法咒是忘川之水。那次仙魔大战，天界将无量魔王封印在忆川之中，从此忆川变成忘川。后来，你的性命解救了我，而我和镞的血又破解了忘川的法咒。这次的法咒也得等到万年后新一轮的仙魔大战之后才有机会破解。”

我默默地点头，却仍不甘心："这次的法咒究竟是什么？"

"莲生莲灭，缘起缘散。不是我在这里，就是他在这里——我和镞兄弟二人永远不得共存。"他苦笑地揭示谜底。

我忍不住又哭了起来，抱着他，哭得惊天动地。他打趣道："你再哭，人间又要水漫金山了。"我止住哭，求知欲颇强地问："我的修为也可以做到洒泪成雨吗？不是龙王才可以吗？"

这回换他哭笑不得。

"青，我给不了你幸福。"他的叹息声直直渗入我的骨髓。

"不是有七七四十九日吗？"我充满信心地看着他，"你第一日可以参见天帝天后，探望你的兄弟姐妹们；第二日我们可以在阆苑赏花下棋或者喝喝酒；第三日我们去游览天界各门各派，我很想去看南极仙翁养的仙鹤；第四日可以去人间，这次我们可以扮成卖字画的……"

他揽我入怀，轻轻抚摸着我的头发，笑道："或者我在第一日娶你，第二日带你参见父王母后，第三日带你走亲访友，第四日去人间……直到第四十九日再回来。"

我将头点得猛烈，不住地说好。

他将我抱得更紧了，低低地说着一句让我绝望的话："佛祖说，这四十九日是给我下凡度人、广修功德的。"

最后，他拉起我的左手，将曾经几度打入我血肉的"卍"再次抹去。

耳畔忽而响起白素贞昔日赠我的残忍至极的话：

忘字心中绕，前缘尽勾销。

第二十章 | 轮回

那个秘密隐藏在心底最隐蔽的角落，于将醒未醒之际散发出撩人的腐坏气息，初闻起来，像是碎石碾过尸体，细细嗅来，竟透着说不出究竟的古朴余韵，好似夜昙凋零的自然而然，浪打残荷的顺理成章。

当神仙们都以为天界三王子将迎娶白牡丹时，我兀自守着秘密，笑得狡猾又阴森。谁能料到，真正的三王子铤还在苦海里泛舟，四王子镞代替他让六界变得圆满。名誉上，我依然是镞的妻子，而白牡丹则成了人人称颂的三王妃——颠倒黑白、偷天换日、一塌糊涂、概莫如是。

镞和牡丹成亲那日，西天祥云呈瑞，七色菩提光普照六界，数百仙鹤衔灵芝翩跹，珍禽神兽尾随而至。凤引路，龙拉车，九天玄女撒下花瓣如雨，窈窕仙子挥袖起舞，丝竹管器，仙乐飘飘。四方天神尊者纷纷来贺，浩浩荡荡的队伍中有诸佛、菩萨、罗汉、使者、至尊三清及诸尊神、四灵二十八宿、十方诸天尊、灵官太岁诸神、真人仙人等。天帝天后赐座，诸神入席，但见月下老人手持红线，立于“天作之合”的牌匾下。想当初他曾平静地告诉我：“情若无花不结果。”

坐于一角，远远地看月老亲手将红线系住那对新人的手腕。我亦看见佛祖微微合目，低首沉吟。他定是知道偷梁换柱的秘密，或者不独他，整个天庭的人都知道，至少比我早知道，但没有谁忍心揭穿这个秘密、这场骗局。他们修行几千年几万年，何尝不是为了求得一个十全十美的完满？而如是结局，便如了他们所想。

婚宴上的镞饮了一杯又满一杯，他的妻子白牡丹温温顺顺地笑着接受诸仙祝福，很是太平美满。我四下张望，见那吕洞宾抱着酒葫芦只顾畅饮，神色漠然，似乎我与他从未相识。太白金星捋着大胡须笑吟吟的不知道在乐什么。七位公主踩着祥云献唱献舞，亲热地叫着哥哥嫂嫂，一家人好不快活……心里蓦地泛酸，严格说来，我也是她们的嫂子哪！为何受到的待遇差别这么大呢？嘿嘿，我自嘲地摇摇脑袋——如果我还有的话。

我饮下满满一杯喜酒，压下快要涌出喉咙的不适。更要命的是，我并不乐见镞娶别人。他曾经和我不离不弃相伴了五百多年，曾经信誓旦旦地说爱我，他曾经不择手段迎娶我……原本最不该离开我的，是他呀。我却生生逼走他，却又看不得他再找别人。我真是心如蛇蝎……哦，不，我本来就是一条蛇。

后来，隐约听得天帝颁旨说什么“即日起无量战神的宫殿重新整葺，不用再居于荒凉处”。我道了声恭喜。隐约又听得镞在我耳边说什么“我只是替三哥拿他该得的，以后我将替他活下去，这是我对自己最大的惩罚”。我说了声可惜。还听得吕洞宾吹胡子瞪眼说什么“你还相信人世间的情爱”。还有，白素贞和许仙的欢声笑语缠绕耳畔难以消散……

“你醉了。”

“我知道。”我揉揉眼睛，看见一张并不陌生的脸，是吕洞宾。不再是那个背着我逃难的清俊男子，竟是那个无因崖上狡黠耍坏的神仙。

“青蛇，你当真要下界历经轮回之苦？”他不自觉地将两道粗粗的眉毛挑起。

我点头。历轮回之苦，一如当年的三王子。

…………

吕洞宾笑了，笑得令我生厌，他清澈的眼睛里饱含了慈悲。至此为止，我依然固执地以为慈悲总是带有同情的意味。

后来，我跌跌撞撞地跑到无因崖，那棵伫立在崖边的铁树竟然开了一树白花。风中摇曳，美不胜收。我似乎看见白牡丹痴痴地望向崖底，无限憧憬道：“一直等到崖边这棵铁树开花，就可以看见人间了。”

历经沧海桑田、万物变迁，如今它果真开了花。

尾随而来的吕洞宾抱着酒壶仰头痛饮，那副疯疯癫癫的模样不正是我认识的他吗？好一个落拓不羁的吕上仙！我指着他，咯咯笑起来。

“做人也好，做神仙也罢，都图个逍遥自在。”吕洞宾移开我的手指，若有所思地望向崖底。

我顺着他的眼光看去，好家伙，人间景象尽收眼底。千年百年，苍云白狗。时而见那亭台楼榭、繁华盛世，时而又见哀鸿遍野、生灵涂炭。红男绿女演绎着人世间的悲欢离合……我擦了擦眼睛，这是人间！

“当年，无量战神为情坠入凡尘，甘受十三世轮回苦，生生世世斩妖除魔，只为求一世姻缘。如今你啊，又步了他的后尘……啧啧!”吕洞宾又开始悲天悯人地发牢骚。

可惜我是条蛇。任何悲悯之于我，都显得荒唐可笑。

而我许下宏愿，要效仿那天上地上无量大战神兼大情圣，为情一字步入人世轮回，广积功德，为修一段早就尸骨无存、死无葬身之处的姻缘。

也许，我是一条吃饱了饭没事做的下作的蛇。

“青蛇，我送你一程。”吕洞宾这个神仙狠狠地踹了我一脚——我忘记自己是第几次从这无因崖跌落。

再度有意识的时候，我自是到了人间。百废待兴的人间四处充斥着枯木、乱石、火堆和尸体。六界秩序尚未步入正轨，魑魅魍魉依然随处游荡。莫说是凡人，连我这妖精也吃不消。

青锋剑一挥，斩杀害人的厉鬼，血腥之气倏地弥漫。恍惚间，我竟看到法海、张甄柳胡或是三王子，他斩妖除魔的架势凌厉洒脱，他不怒自威，他天人之姿，站着、躺着、坐着、笑着、悲着都很美好……穷极言辞我也难以描述他的千好万好。

到头来，幻影消失，我也只能笑笑。

“小女子多谢女侠救命之恩。”眼前是位丹凤眼女人。她瘦得皮包骨，鹅黄衣裙衬得脸色益发蜡黄，在阳光下竟有着说不出的可怜。臂弯中还抱着个面黄肌瘦的孩童，咿咿呀呀地嚷着“饿饿”。

我愣了愣，感觉不甚对劲，悲悯之心化作眼泪呼之欲出。该死的，被那一群的神仙传染了。罢了罢了，赶紧离开吧。

“姑娘赶着投胎去吗?”蓦地，那女子脸一沉，变了一张清秀的书生脸，居然是吕洞宾，而且这为老不尊的神仙还显了个俊俏的“真身”。

我吁了口气，有一种骂脏话的冲动。

吕洞宾嘿嘿嘿地笑起来，说是要带着我到那冥界投胎，一路上不停吩咐我，不要喝那孟婆汤，否则为人之后法力全无、记忆全无。又嘟囔着，做了凡人就该守凡人的规矩，要孝顺父母，嫁了人就该遵守三从四德。

我一记白眼飞过去。忽又想起当时三王子轮回十三世，应该也是没有喝那孟婆汤，一心只为降妖除魔累积功德。可是，他一世也未娶亲吗？

“他有几世是娶过妻房的，为还在世父母的养育之恩，”吕洞宾似乎洞察我了心思，“可据说啊，都只是娶来当摆设。不过青蛇，你没必要这么三贞九烈，该嫁就嫁，浮生若斯，如梦如幻，谁还管得了谁！”

“青蛇？”吕洞宾在阴阳交界之处停下，阴风阵阵吹得他的衣衫翩飞，颇为风流。

“嗯？”我懒洋洋地应了声。

他给了我个栙子，道：“可有听本仙说话？”

我点点头。

“那你可以滚了。”他挥挥手，一点留恋之意也无。

真令人心寒呢。我促狭地捏了捏他俊俏小生的脸，这家伙变来变去，有时是落拓的臭神仙，有时又是迷倒万千少女的俊男。啧啧，委实……妙哉。

吕洞宾瞪了我一眼，骂了句“孽畜”。我笑嘻嘻地收手，收拾收拾被风吹乱的头发，走了。

独自走了半晌，就有冥界使者来引路。我想和他攀谈几句，但他一直沉默，大半边脸被黑布遮蔽，平添了几分阴森。我不至于饥不择食地捏他的脸蛋，只好按捺住即将为人的窃喜，端平了脸。

我以为怎么着也可以见下冥王，但人家无暇理我，直接派鬼使带我去投胎司结算因果，评判这第一世到底投身何处。算来算去，竟然丢给我一句哭笑不得的话：

“罪不可恕，功不可没。”

于是，我被带到孟婆那儿领汤。那汤盛在一个精美的碗内，香气扑鼻，我承认，我馋了。但吕洞宾千叮万嘱这汤是喝不得的，我使了个障眼法，让他们以为我已饮下。

“喝过孟婆汤，前世皆忘光。奈何桥一过，再回繁华乡。”鬼使例行公事地念叨几句，算是替投胎者践行。

从此，做个凡人，受三王子当初所受的轮回之苦。提起他，如今已不能简单用爱或恨来描述，那种千丝万缕、绵密复杂的关系，更被天荒地老的时光打磨得无懈可击，却又被纷繁无绪的记忆扰得乱七八糟。

这一场无涯的爱，无涯的生，无涯的劫！

在蜡梅吐蕾的季节，我出生在一家药铺。

满铺子弥漫着一股子熟悉的药草味，令我怀疑这六界主宰是故意为之。药铺，白素贞和许仙曾经开过一家，颠倒众生的老板娘也开过一家。我都曾帮过他们抓药。许是老天怕我做不了别的，先给这老行当让我适应适应。

这一遭，我的父亲孔杏林是远近闻名的大夫，母亲徐氏是温婉的贤内助。两个哥哥一个从军，一个帮忙经营药铺。

我糊里糊涂地长到了八岁，那些关于前世今生的回忆才逐渐清晰，并且法力也随着年岁的增长而恢复。从记事起，我也开始被要求习读医书。再大一些，就学着看药方、抓药、晒药、杵药。

当然，这些只是我的兼职。我的主要任务自然是——降妖除魔。咳咳。

我所处的江南小镇有着“竹坞”之称，四处可见秀气挺拔的竹子。修长的竹子令我想起遥远的清风洞的竹林，初遇法海的竹林，普陀山的紫竹林……冗长的回忆令我从小就背上了“少年老成”的包袱，抖都抖不掉。

又一年雨季来临，竹叶在雨中沙沙作响，竹枝迎风摇曳。

在投胎于人世的第一个二八年华，我开始思春了。听说镇上最俊俏的公子是李员外家的小儿子，李家被媒婆踏平了门槛，求亲的人家络绎不绝。而镇上最美的待嫁姑娘，自然就是我了，咳咳，我认真的，只可惜，竟没有一个媒婆敢上门来。

只因……唉，只因我曾单手撂倒城东恶霸王家大少爷，又曾殴打过城西富贾尹老爷的恶犬，踢翻过不知多少客栈青楼茶寮的方桌。方圆数十里的人家，只要一听孔家闺女孔忘忧的名字，便阖窗闭户，不敢吱声。

我叫忘忧。是了，忘忧，一味中药名。两个哥哥，一个叫南星，一个叫南藤，都是药材。父亲一生爱药成痴，在人间，父辈大多希望儿女能够继承衣钵，是谓“传承”。血脉一代一代相传，香火一代一代延续，开枝散叶，好不热闹。只可惜我，注定了孑然一身，承受永生永世的轮回。

说起我在人间的种种“劣行”，父母兄长在屡教未果之后，亦只能怒其不争。虽说管教严厉，但我在孔家得到了从来未有的关爱。这是我做了千年妖精却从未得到过的。

这日晌午，天稍微放了晴。家人都在午歇，我也正想打个盹，却见一股阴风刮过。又是哪方的妖魔扰人清梦？我恨恨地追将出去。

那风最后钻进了李员外宅邸。我施展隐身术，遁形而入。却见艳名远播的李公子正搂着位娇滴滴的女子，确切地说是娇滴滴的妖精。我的修行虽不是很高，但对付这类需要吸人阳气来度日的小妖还是绰绰有余。

李公子天生秀美，唇红齿白，竟带着几许女子的阴柔。也正是阴气过重，才易沾染这类邪物。我心怀鬼胎地想，那些说媒的真是没有眼光，谁家姑娘嫁了这李公子，还不三天两头地遭妖邪侵扰。

待那女妖打道回府时，我一声呵斥，拦下她。

先例行公事地亮出惩恶扬善的招牌，“大胆孽畜!”我学着三王子降妖时常说的话，学着他摆了个潇洒的姿势。

“哟，这是哪里来的女侠，学别人替天行道?”女妖冷笑一声，扬手飞过淬毒暗器。

砰的一声，暗器被我用剑格开，我挽一手剑花，朝那女妖刺去。青光一闪，剑气如虹。她眼见不敌，便使了个遁形术，想溜。我早已料到她有此一招，嗖的在她衣袖上撒下追踪金粉。

我顺着金粉，追至一口幽深洞穴，像是妖窝所在。不出所料，女妖披戴齐整地亮相了。

“你究竟是什么人？老娘与你无冤无仇，何苦来哉!”她又急又恨，不知怎的会惹上我这么个大麻烦。

“吸人阳气，残害无辜，收你，这些理由不充分吗?”我突然明白了法海。即便白素贞无加害许仙之心，人妖结合，终将令人亏损阳气，于天理不容。更何况，还有水漫金山铸成的大错。法海降妖的确是有私心，所有人都可指摘他，唯独我不可。他的那点私心，正是因我而起。

我挥手使了个漂亮的法术，幻出千万带火的银针，针如雨点般刺向敌人。但听阵阵刺耳的叫嚣，随即飘来被三昧真火灼伤的焦味。

女妖被降服，痛苦地缩在地上，现出原形——蝎子。我擦了擦额角的汗，该死，似乎有些不妙。方才不留意，被女妖啮了一口，中毒了。想起当年张诘斌因嫉妒分神，在雪地里吐血，我不由笑了。那个冬天是温暖的，有件温暖的披风，有个温暖的后背。

靠着一些回忆，我勉强走出洞穴，却不争气地倒下了。

我心里期待有神仙来救美，如果是三王子腾云驾雾地来了，那是最好不过。若凡带着白牡丹来也不错，男的帅气，女的漂亮。实在不行，吕洞宾这个不靠谱的神仙也可以，但他要戴着那张俊俏的脸来。我不想看见任何丑陋的东西……

“姑娘，姑娘?”被人摇晃着，我只感觉胸膛中翻江倒海，一口腥甜涌到喉咙口……别再摇我了，别摇了!

我愤怒地睁眼，然后傻眼了。这、这、这是……是个熟人!是那白素贞魂牵梦萦的许相公，是许仙的不知道多少次的转世!虽然容颜有变，但以我能测前世的道行，绝不会看错!

瞧此刻的他，一身绫罗绸缎，非官即商。他简短地介绍了自己运货返回途中，遇上我晕倒在路边，好心带我回府，并帮我解了毒。

“鄙姓陈，这位是我夫人，这是如夫人。”他起身向我介绍他的妻房。

两位都艳若春水，色胜梨花，一个笑起来典雅端庄，一个笑起来媚态横生。如果我并非在梦中，眼前的二位：一位是我那颠倒众生的白素贞，一位是我那颠倒众生的老板娘。一位曾叫我“小青”，一位曾唤我“小哥”。

我怀疑自己醉生梦死得知觉失调。

他们三人，到底经历了多少个轮回，方能修得这个结果？我的泪忍不住夺眶，终究是忍住了。

却不知怎样开口说出第一句话。

前世、今生、来世，三生三世、生生世世，我都认得你们。

我默默看着素贞和老板娘，两个都是为爱痴狂的女人。从当初的爱与被爱，背叛与被背叛，不顾天理的人妖之恋，不顾伦理的婚外之恋，到如今的平平淡淡、相安无事。究竟是幸福，还是堕落？

二位夫人在我灼热的目光下，倒是害羞了，双双告退。她们全然忘记了我，没有忘川之水，她们也忘记了我。如今，我也可以悲天悯人地说，忘记未尝不是一种福气。

“陈公子好福气，今生娶得两位貌美如花的妻子。”我终于说话了。

陈公子得了便宜还卖乖地笑道：“见笑见笑，争风吃醋也是常有的。”

我亦笑了：“眼前的结果总有一段因缘的。”

没有什么好不服气的，若你活得够长，便什么都明了，什么都释然了。大千世界，逃不过因果二字，你找不到因，或是看不到果，只因你活得不够长，记得的不够多。

再同陈公子寒暄几句，我便告辞了。

按照陈家人的指点，出了陈府直走，过了一条“桃花江”，便是“竹坞”。我收起那日行千里的妖精本事，脚踏实地，慢慢走在石子路上。这一路上我竟似失忆了，什么都想不起来，或是，什么都没想。空荡荡的心，随着我的躯壳，一直走着。

行至江畔，正是涨潮时分。潮水拍打着堤岸，白浪激烈，撞击轰鸣，而后化作水沫散去。呆立半晌也不见客船，天色渐晚，星幕低垂，不时有流星划过，状似沉入江底。

我并不着急渡江，索性躺在江边大石上，仰望天际变化莫测的流云和星子。渐渐地，心中空明了起来，也有了念想。不管活了千年万年，经历了几番生杀，此时此刻，我心中小小的念想，只是等待流星再度划过苍穹。

人间，江边。一只千年不死的妖，执意孤等，孤等流星之轮回。

【上卷完】

潇潇翠色和烟老

下

七页禾 著

浙江工商大学出版社
ZHEJIANG GONGSHANG UNIVERSITY PRESS
杭州

图书在版编目(CIP)数据

潇潇翠色和烟老 ：上、下 / 七页禾著. — 杭州 ：浙江工商大学出版社，2019.9

ISBN 978-7-5178-3293-5

Ⅰ. ①潇… Ⅱ. ①七… Ⅲ. ①长篇小说—中国—当代 Ⅳ. ①I247.5

中国版本图书馆 CIP 数据核字(2019)第 129479 号

潇潇翠色和烟老(全二册)

XIAOXIAO CUISE HE YAN LAO (QUAN ER CE)

七页禾 著

出品人 鲍观明
策划编辑 沈　娴
特约编辑 高堰阳
责任编辑 沈　娴
封面设计 林朦朦
封面插图 郑思佳
封面题字 沈建荣
责任校对 刘　颖
责任印制 包建辉
出版发行 浙江工商大学出版社
(杭州市教工路 198 号　邮政编码 310012)
(E-mail:zjgsupress@163.com)
(网址:http://www.zjgsupress.com)
电话:0571-88904980,88831806(传真)
排　版 杭州朝曦图文设计有限公司
印　刷 杭州高腾印务有限公司
开　本 880mm×1230mm　1/32
印　张 14.125
字　数 329 千
版印次 2019 年 9 月第 1 版　2019 年 9 月第 1 次印刷
书　号 ISBN 978-7-5178-3293-5
定　价 68.00 元(全二册)

第二十一章 | 间隙

一只作恶的妖魔在我手中灰飞烟灭，我的一世生命走到了尽头。灵魂幽幽飘出躯壳，起先有隐隐的痛，逐渐轻盈舒适，眼耳口鼻变得异常灵敏。

经历须臾黑暗，一束温暖的光亮围将上来，我缓缓展开身体。我终于可以恢复最原始的蛇身，然后像最初修炼成人形时那样，慢慢地，从头到尾地幻化成人形。关于前世今生的种种记忆逐一掠过眼前，那些喜怒哀乐、酸甜苦辣，悉数堆叠铺张。

——这是此生到下世的间歇，一切都恢复最原始、最本真的自己。每到此时，我总是以蛇的姿势躺好，细细回味，连落泪也浑然不觉。

白云苍狗，时光如梭。我已经历了四世轮回，在每世死亡之后转世之前的“间隙”，我便可不管一切因缘造化，前往天界，坐在擎天柱下。

如来佛祖特许三王子每年有四十九天时间下界普度众生。天上一天，地上一年。天上一年，地上已是三百余年。就如吕洞宾所言，在凡间的每四百年，便有望遇见三王子。

我仔细数过，就快到四百年了，可我尚未遇见他。

啧，又或许，相见不如不见。

吕洞宾是个讲义气的神仙。他拎着酒葫芦，摇头晃脑地来迎接我了，我试图给他一个拥抱，但是他将脑袋一歪，躲开了。我咬牙切齿地瞪着他，他嘿嘿地笑起来："小丫头人间走了几遭就这般不知羞了？"

我正想顶嘴，却见他身后怯生生站了个小哥，低眉顺眼，白净秀气。吕洞宾将他拽到前头，不无得意之色道："吕某之徒。"

一看那小哥便是仙风道骨，吕洞宾这老神仙自然不肯做亏本买卖。

"青姑娘。"那小哥彬彬有礼地唤了声，随即腼腆一笑。

"你叫什么名字？"我饶有兴致地盯着他，他的脸稚气未脱，眼神纯净无瑕，模样儿生涩拘谨，全然不似吕洞宾般落拓无拘，这二人真是师徒？

"鄙姓穆，小字忆楠。"小哥的声音听来甚是悦耳，吐纳圆润，中气十足，修为根基定当不错。

能令吕洞宾青眼以待，想来定有一段渊源，原委究竟，我也怠懒相问。

"再过三日，你便又要到那冥界，奔赴下一场投胎转世。这三日，可愿随吕某回天庭一遭？"吕洞宾做了师父，便端起了架子，时刻拿着把拂尘，甩来甩去。我看着嫌烦，但也不好在他徒弟面前拂了他的面子，只得端着笑道："吕上仙，去天庭所为何事啊？"

“嘿嘿，实不相瞒，是天后娘娘有请。”吕洞宾朝我眨眨眼。我的七窍玲珑蛇心瞬间想出无数种可能，每一种可能似乎都在以我小人之心度她君子之腹，这大概就是人类常说的“来者非善，善者不来”。

“怕?”吕洞宾嘴角扬起，一脸讥诮。那穆小哥也一脸期待地盯着我，我突然觉得做雄性神仙委实不错，个个都长得不赖——纵使嘴贱，也可原谅。

懒得和他多费唇舌，我化作一缕青烟，钻进吕上仙的酒葫芦里——一股呛人的酒气填满了我的眼耳口鼻，真真造孽。那年的阆苑花雕，怕也是这种味道吧。那时和我“私奔”的吕洞宾，血口喷人的牡丹仙子，三王子的一记耳光，竟一幕幕重现。我不由心悸，突然害怕想起从前。

再次立于阆苑，此地的景观竟又是一番新模样了。天后娘娘正与几位仙家议事，一位仙子命我等稍作等待。那仙子也是生面孔，对着我们倒也客气，端来百花茶，甚至还特别问了我的口味。

吕洞宾嫌茶淡无味，摇着空酒葫芦向仙子讨酒喝。仙子也不恼，带他去了。我一回头，发现穆小哥正偷偷拿眼瞄我，被抓包，忙撇开目光。

我疑惑地摸摸发髻整整衣冠，看什么看，没见过这么倒霉的蛇妖吗?

“看什么?”我还是忍不住问了。

穆小哥腼腆一笑，道：“失礼失礼，今日终于得见六界广为传诵的奇女子，荣幸之至。”

“哦，说我什么?千年不死的祸害?”在神仙眼里，我自然不是什么善类。拐骗无量战神不说，还害得天界两位王子自相残杀，甚至还是助纣为虐的魔王妃……种种滔天罪行，被凌迟一万次也不够泄愤吧。只可惜，阴差阳错，我活下来了，并且依然活着。

“非也，姑娘有情有义、敢爱敢恨，是千古难遇的好女子。”他先是用虚无缥缈的词汇吹捧一番，眼瞧着这说法似乎苍白了些，忙补充，“姑娘在人间数载，有所不知，如今这天庭之内，多少仙子仙童都视姑娘为女中豪杰，大都为姑娘扼腕……”

“是在同情我终被三王子抛弃，他另娶新欢，我却在人间受苦吗？”这六界大都以为，被困擎天柱的是四王子镞，娶白牡丹的是三王子铤。怕是只有部分神仙才知晓真相，实际上，受着无尽无涯之苦的，不是别人，正是三王子。那是多么爱逞英雄，多么无私的一个神仙头子。

“这……三王子定有他的苦衷。”说起这位人人赞颂的无量战神，穆小哥也是一副不忍亵渎的痴样。

我笑了笑，没错，他的确有苦衷，可并不是所有人看到的那样。

“青姑娘，你瞧！”他压低了声音，冲我使了个眼色。我顺着他的手势看去，竟发现好多双眼睛，是在偷窥吗？那是阆苑里行走的仙子金童们，一个个不去各司其职，全都跑来看蛇唱戏？

可惜我唱不来戏。

终于有个大眼睛仙子上前搭讪了，她的嘴巴和她的眼睛一样大，单刀直入、直截了当地问道：“你就是让三王子轮回十三世的青蛇？如今为了解开三王子和四王子生生不得相见的诅咒，甘愿下凡受劫？你爱的究竟是三王子，还是四王子？”

我一愣，不知该怎么回答。似乎应该点点头，似乎应该回答是或不是，似乎应该做个选择。

其他仙子见有人发问，一窝蜂都挤过来了。

“她真是青蛇吗？我听闻，青蛇手掌上有颗痣呢。”不知谁扯过我的手，哎哟，轻点！

“呵呵，她也不算绝顶漂亮，腰上也有肉！”不知谁在我腰间掐了一把，啧，痛！

“三王子私底下喜欢开玩笑吗？他喜欢吃什么？”这怕是三王子的追随者。

“青姑娘，人间究竟是什么样子的？他们都吃些什么、用些什么？”这仙子怕是有思凡的潜质。

…………

我被吓得不轻，想我只不过在人间经历了四世轮回，在天上不过三百来天，这神仙们怎变得如此生猛？

忽然，一切喧闹都消退了。我用仅剩的一丝清明看见了一张熟悉的面孔。那是同属于三王子和四王子的。

仙子仙童们见了“三王子”，按捺不住惊喜，但谁都不敢造次，行了礼，乖乖退下了。两个仙子走时还窃窃私语：“她果真是青蛇，瞧，她才到，三王子立马就来了。”“是是是，终于得见真容了，告诉紫玉去。”

穆小哥见了“三王子”也是微微一惊，忙上前行礼，然后竟也贱兮兮地告退了。

“三王子”朝我走来，面无表情，只是眼中有一丝喜色。可我清楚地知道，他不是三王子铤，而是四王子镰。

“三王子。”我很识趣地作了个揖。

他似乎习惯了这样的称呼，和我寒暄几句，无非是问问人间如何啦，转世轮回习惯与否啦，这次来阆苑做什么啦……

当我被问得快要崩溃时，他突然凑到我耳边，低声笑道："昨晚三哥托梦给我了。"

我的眼皮一挑，脑子一荡，竟语出不逊："催你和牡丹早生贵子吧。"

他面露惊色，哈哈笑道："几日不见，你倒是益发出息了，这也能猜中。"顿了顿，他轻叹一声，"三哥怪我不守承诺，并未代他娶你，反倒害你坠入轮回受苦。"

"下次他再到梦里骚扰你，你直接给他一耳光不就结了。"我扶了扶额头，面对眼前这位神仙，曾经的无量魔王，如今的天界王子，我却依旧喜欢将他当作和我相依相偎了五百年的许若凡。说来也怪，心中竟有暗暗期许，希望他还能唤我一声"青姨"。当然，这是不可能的事了。退而求其次，有朝一日，他可以叫我一声"嫂嫂"也不错。

"给他一耳光，这法子不错。"他一本正经地点点头，还想再说什么时，却见白牡丹与众位仙子簇拥着天后娘娘走进来，吕洞宾和穆忆楠也尾随其后。

他立刻与我拉开距离，朝他的母后和发妻走去。我脑子里蹦出来的记忆竟是，无量魔王娶的从来都只是我一个。好吧，那只是他的前世，对于所有神仙来说，那是一段黑暗的、不光彩的历史，谁都不愿意想起，便粉饰太平，假装忘记。若不用忘川之水便可忘得彻底，其实也不错。

这次，天后娘娘很给面子地褒奖我几句，大概是说我在人间降妖伏魔，匡扶六界正义，值得嘉奖。其实，这"降妖伏魔"让本来就是妖怪的我压力很大。然后，天后遣退一干闲杂人等，就留下镞、牡丹、吕洞宾、穆忆楠和我。

天后娘娘体谅我投胎转世前的“间隙”时间不多，表示将长话短说，然后冲吕洞宾神秘兮兮地点点头。吕洞宾便开始传达上级的旨意。听到他说的第一句话，我便如打了鸡血般兴奋起来。

“天后娘娘已然找到了解救四王子的办法。”吕洞宾宣布之时，在场几位都面露惊喜。据我推断，穆忆楠并不知化柱的“四王子”其实是三王子，而天后、吕洞宾、镲、白牡丹都知晓。

听吕洞宾述说，一日，他在机缘巧合下遇见一位云游四海的散仙，这散仙不受天庭约束，来去自由，法力也是高深莫测。散仙贪杯，饮光了吕洞宾的好酒，为表感激，以上古秘籍相赠，书中记载了失传已久的“血凝术”。据载，血凝术极其古怪，虽说六界众生都可修习，但只有特殊体质者方能习成。

“遵循五行相生相克之理，需集天地灵气于五行，借助五行之力，辅以血凝术，以血气重铸擎天之柱，方能解救吾儿于水火。”天后娘娘道，“而分别代表‘五行’的五位使者，将是诸位找寻的对象。”

按照天后的说法，这五位使者可能分散于六界，八字分别属于五行中的一行，且体质特殊——“割肤见血，血凝如珠”，就是说，割破他们的皮肤，血不是流淌而出，竟是如珠子般滚落的。

而穆忆楠便是代表五行中“木”属性的使者，他八字属木，曾是黎山老母座前听法的小仙童，是经由天后确认的第一位使者。天后便命吕洞宾收其为徒，并传授其血凝术。

“青蛇，你在人间轮回，若是得见此类人，需得劝其为善，为匡扶六界正道尽一份绵薄之力。”天后如此说法，便是要我帮忙在人间寻找这类“血凝如珠”的人了。她看准了我对三王子难割难舍，这么好的劳力，不用白不用。

我忙不迭上前领命。接着，白牡丹和她的夫君镞也表明效忠之心，愿意为解救“四王子”而奔波。白牡丹冲我眨巴眼睛，不知何故。穆忆楠老实地垂手而立，看不到他的表情。吕洞宾笑眯眯地瞅着我，不知又有什么花样。而镞，一脸若有所思状。

“此系六界机密，尔等切莫透露一字半句。”天后不忘下达“封口令”，尔后让吕洞宾师徒留下，冲我摆摆手，意思是可以滚了。

我呼了口气，向诸位神仙告辞，便要赶着投胎去。白牡丹尾随而来，道是要送我一程。她广袖长裙上堆绣大朵素色花案，配着华冠宝坠，走起路来铮然作响。昔日在阆苑为婢时，听闻公主们的衣裙都是织女们用冰蚕丝绣制，刺凤绣花，今日细看，竟有些……俗不可耐。

“三王妃，有何贵干？”我恶劣地勾起唇角，讥诮之情毫无掩饰。许是人间待久了，恶念深种，心气浮躁。

“又何必见外？还是你希望我叫你‘魔王妃’？”她牙尖嘴利不减当年。

这家伙，不会是来找我打舌战的吧？我翻了个白眼，指着她身后的镞道：“三王子在等您呢，夫唱妇随、举案齐眉什么的，我就不看了。”

“青蛇，你莫要不识好歹。”白牡丹显是怒了，一把扯过我的领子。

“哦？你要对我好吗？”我笑嘻嘻地握住她的手，一双细腻尊贵的手。她挣开，我使了暗力，她被抓得生疼。

她气得粉脸通红，一巴掌招呼过来，我头一偏，刚刚好躲过。白牡丹气急败坏，转身向镞走去，边走边道：“我不管了，不管了！你跟她说去！”

镞好整以暇地过来，笑道：“几日不见，你竟变得如此流氓。”

我还没有还嘴，他又道：“牡丹是想告诉你个好消息，她从母后口中得知，母后将玉成三哥和你的好事。”

“噗！”这个笑话真不错，我怎么可能再相信白牡丹的话。玉成好事？怎么玉成，把我也变成柱子？

“小青。”镞突然低哑着声音唤我。

“嗯？”我兀自想着心事，在傻笑也不知。

“没事了，告辞。”他朝我挥了挥手，意思是，我可以赶紧滚了。

擦了擦额角的汗，风轻云淡，阳光正好，不缺烦恼。这是一个适合投胎的好日子。我哼着小调儿，奔赴冥界。没错，我按捺很久了！三王子可以获救的消息，对我来说，真是一个比天还大的大好消息。

冥界鬼使见我这么兴奋，也凑过来打听。我推开他们的鬼脸，笑着向奈何桥走去。发放孟婆汤的使者见我笑得诡异，忙闪在一旁，我冲他笑笑，道：“赶明儿再来尝尝你这好汤。”

他道：“孟婆让我带话给你，自从忘川之水被化解，这孟婆汤已经换了做法，不再是曼殊沙华与忘川水熬制而成，如今用的是地狱寒潭中的弱水。你可知道，取这弱水的工序非常麻烦，孟婆每天都忙死了。”

呵呵，看来又是我的不是了。

“喂，这是你的投生牌！”判官扔过来一个牌子。

我接过投生牌，上面记着我下一世投生的时辰及地点：

澄观五年。大康国。

第二十二章 | 司马上卿

人间。大康国。澄观二十年，大康惠帝崩，举国哀恸。

十五年前，我投胎，出生于京城一户严姓大家。严氏祖辈由南方迁徙入京，三代经营刺绣布匹生意，生意日渐做大，已在京城及周边城镇开设绣庄、成衣铺及锦缎房，大大小小共几十家。在京城极负盛名，甚至连皇宫大内的嫔妃也常托人购买刺绣或定制绢帕宫衣。

父亲严继宗娶有三房妻妾，膝下有二子三女。长子及我乃正室所出，二姨太育有一女，三姨太生一子一女。我在家中排行老三，上面有一位哥哥和一位姐姐。大哥严修茂随父亲打理家族生意，二姐严蕊去年已经出阁，平常在家中鲜少见他们二位。剩下就是我和三弟修荣、四妹严茜，三弟和四妹同为三姨太所生，三弟与我同年，四妹则小我一岁，我们三个平日一同玩耍，走得较近。

澄观二十年冬，因惠帝驾崩，京城绣庄、成衣铺及锦缎房暂停营业。父亲和大哥不用外出料理生意，二姐也随二姐夫回娘家省亲，家中难得热闹。我带着修荣和茜儿在后院玩耍，每年此时我们都会放焰火，今年却因国殇，不得燃放，只好央求管家带我们上街玩。可惜街上也无花灯杂耍可看，只得怏怏而回。

一踏进家门，便听大人们说要给我找门亲事，省得成日里浑天浑地地野在外头。我忙说，免了免了，再提我就出家做姑子去。

这已经是第五世，前面几世，每次都以逃婚告终，这次应该也不难，只不过要辜负在世父母的生养之恩了。我暗自试了试内力，如今我已十五岁，法力恢复得差不多了。

“瞧瞧这孩子，现在说着不嫁不嫁，若是遇上了如意郎君，倒贴也愿意呢！”三姨太向来俏皮，逗得满屋子哄笑。

“萱儿，莫要说孩子话。”父亲平素里最疼我，但听我说不嫁人，也不甚欢喜。

我懒得理论，也无从说起，只好溜了。每生每世大抵如此，我在铲除作恶的妖怪之余，还得与我的生身父母为婚姻大事而较劲。经常斗智斗勇到筋疲力尽，一方面固执，一方面内疚，累得我只想早点结束此生。

先帝死后，由太子祁真继位。一晃四年逝去，已是长生三年。

这几年中，三弟和四妹都已成家，唯有我软磨硬泡，穷极办法，赶走了所有提亲的人。最后，父母也认命了，不再管我。我更乐得自在，一门心思斩妖除魔，更是抓紧寻找那具有特殊体质的人。

一日，我正歪在桌前发呆。忽然见一股仙气凝聚，吕洞宾现了个真身，出现在我的闺房。他怠懒叙旧，亮明来意，道是要我混入皇宫，皇上便是要找的五位使者中的一位，但因其现在是凡人，首先要传授其修真之法，令其成仙，再传授其血凝术。

我自身还只是个“半仙”，妖骨还未化全，自然不懂什么修真之法。幸好，吕洞宾又道：“修真之法就不劳你操心了，你只需负责混入皇宫，保护皇帝周全便是。因他体质特殊，是修行的大补药，妖魔鬼怪将群集于此，等着取他性命。”

“如何混进宫去?”我追问。

吕洞宾狡黠一笑：“山人自有妙计，这几日便有人来接你，不用顾虑，你只管跟了去。”

“小姐，小姐!”忽然听到丫鬟云书急切叫唤，我才应了声，回头一看，吕洞宾已遁形而去。这倒霉神仙，话还没说清楚，怎么就跑了呢!

云书匆匆忙忙地跑进来，气喘吁吁道：“不、不、不好了，小姐!”

“慢慢说话。”我敲了敲她脑袋瓜子。

“外头来了几个官，带着圣旨，说是给圣上选妃。京城大户人家的闺女都得给他们瞧瞧，看着满意了，再经过严格审查，然后进献给皇上。”云书跺着脚，“小姐你不是立志不嫁吗?现在还不逃?”

没想到这么快就来了。我赞叹着神仙的办事能力还算靠谱，随后赶紧往大厅走去。

父亲和大哥正陪几位官员絮叨，见我主动出来迎接，都有些纳罕。我照着官员的意思，展示了琴棋书画，他们颔首，记录于册。

没过几日，便有人来接我进宫。家人依依作别，母亲更是垂泪不舍。我心中叹息，却又不知做何安慰，只得压下千言万语。

奇怪的是，我进的并非皇宫，竟是“上卿府”，就是权倾朝野的上卿大人司马萧的宅邸。曾听父亲说过，澄观十七年，当时的大皇子祁晖设计诱杀太子祁真，一路追至琼山，眼看着祁真将毙命，危难之间，司马萧救下太子，并将大皇子击毙。这场“琼山之变”令朝廷势力格局发生逆转，太子尊司马萧为师，倚重司马家，笼络了众多朝臣。后来，太子登基，更是重用司马萧，册封其为“上卿”，司马一门权倾一时。

我被带到上卿府又是为何？思忖间，看见一位女子娉婷而来，登时满屋子香气弥漫，仔细一瞧，来者竟是位故人。

“白牡丹？”我的头开始隐隐作痛，看来天后这次下了血本，连儿媳妇也派下界来。

牡丹不屑道：“奇怪吗？只有你可以投胎？说来这凡人沉重污浊的肉身真是难以习惯，怪不得人人都想做神仙。就只有你这青蛇，想做凡人……”

“呃，我叫严萱，你既投胎到司马家，如今名唤什么？”我赶紧将话题扯到正经上。

“我叫司马玲珑，是上卿大人的胞妹。”她看起来兴味索然。

“为什么将我带来此地？这一切是你计划的吗？”

“你可真啰唆，到时候见了上卿不就知道了。”

…………

和牡丹说了会儿话，司马萧终于从门外进来。他身着官服，像是下朝归来。我一见他，倒是维持了镇静，这不就是镞嘛，天后既然将白牡丹派下来，多加一个儿子也不稀奇。

司马萧原来就是镞，白牡丹是他的胞妹，原本好好的夫妻档，竟变成了兄妹档，委实好笑，我没忍住，扑哧笑出声来。

“笑什么？”司马萧略一皱眉，语气听着有些不咸不淡。

“没啥，没啥，上卿大人，我们来商量春秋大计吧？”我忙做严肃状。

“无须担心，本官自有安排。”司马萧盯着我瞧了半天，像是要将我的皮肉剜下一层来。

我不由感慨，镞可真能装，模仿那些个朝廷大员也是入木三分。

“玲珑，你先带严姑娘回房休息吧。”他说完便踱入内厅，一点故人相逢的面子都不给。

司马玲珑便带着我进了客房，让丫鬟帮忙打点好一切。我累了，洗完澡便倒头大睡。

翌日清晨，我被一股强大的剑气吓醒，推开窗户，是司马萧在院内练剑。果然是天界四王子，昔日的无量魔王，这冲天剑气令人寒从脚起。如此一来，妖邪哪里敢靠近，怪不得好久都捕不到妖魔了。

“上卿大人好剑法！”我在窗内拍掌。

他微微冲我笑了笑，收剑朝我走来。

“辛苦你了。”他一开口，居然是和我客套。这样也太见外了吧！

我拍了拍他的肩膀，笑嘻嘻道：“兄弟，你就别这么见外啦！营救三王子是我等共同的使命，有何辛苦？”

他看了看我的爪子，一愣，像是半晌才反应过来，忙拨开我的手。

“你有什么计划?”他忽然问我。

“吕洞宾让我混进皇宫，保皇帝周全。有什么办法可以进宫，当然是做嫔妃了。”

他听毕，不做表示。

我还想继续探讨，他却抓住我的手腕，道是饿了，想上城东有名的“醉蟹楼”吃螃蟹去。有吃有玩，我只好恭敬不如从命啦。

正是菊黄蟹肥时。“醉蟹楼”座无虚席。

司马萧饮下一杯烫好的黄酒，开始吃蟹。我嫌剥壳麻烦，只看不吃。他倒也不管我，兀自吃得津津有味。我百无聊赖地环顾四下，又百无聊赖地盯着他瞧。啧啧，一副何其漂亮的面孔，与三王子的一模一样，我看着看着，开始浮想联翩。

忽然感觉有东西送到嘴里，回神一看，那司马萧竟然将一勺蟹黄蘸了酱喂到我口中。我一尝，果然味美，便死乞白赖地央求他帮忙剥壳剔肉。转眼，两只螃蟹下了肚。又在他百般劝说下，喝了滚烫的黄酒，道是螃蟹性寒，得靠酒压压。我兴致已起，食指大动，还想继续大快朵颐，眼巴巴央他帮忙。

他摇头笑道:“怎么还是这么不知轻重?这螃蟹虽好，岂是能多吃的?不许再吃，回头得闹肚子了。”

说来也怪，他的话竟像是圣旨，让人不容拒绝。但又不甘心，我便抢了酒壶，自斟自饮，灌起黄汤来，直至不省人事。

后来，我隐约记得是被司马萧背回去的。听司马府的丫鬟说，醉了之后，我一直嘟囔着“救三王子”。

清醒后，已经是次日中午了。司马玲珑穿戴齐整了来找我，见我一副蓬头垢脸的模样，讥讽道:“哪家的烧火丫头，还不打发了出去!”

我尴尬地笑笑。看来，酒果真是穿肠毒药，它能让你在瞬间失忆，可比忘川之水的功效。

“皇帝今日要驾临司马府，你不梳洗准备面圣去？别怪姑娘没提醒你，最好使出看家本事，早一日混进宫去，才好做下一步打算。”

她说完便走，一刻也不停留。明明是已经化解了恩仇的，但不知道怎的，我与她的相处方式竟始终有些别扭。

“皇帝要来？”我心中纳闷，皇帝驾临，怎么司马萧并未告诉我？难道他不想我入宫？不容多猜，我忙沐浴更衣打扮，折腾了一个时辰，终于收拾完毕。

梳洗时，特意回味了司马玲珑方才所言“使出看家本事”，她的意思是，勾引男人的本事吗？这……我还真没什么把握。

这时，传来敲门声，前去开门，是司马萧。他见我画着浓妆，竟有些意外。我懒得和他废话，拉他进屋，道：“来，借你用用。”

“做什么？”眉头一皱。

“皇帝要来了，你教教我如何勾引他，我得抓住这次机会，混进宫去。”我于镜前端详着自己的脸，眉眼分明，唇红齿白，似乎并不丑。

“哎，这眉毛需要再画长几分吗？胭脂够不够浓？皇帝他喜欢什么样的？待会我是多说话，还是少说话？对了，这身衣服会不会太素净了，要换身鲜艳点的吗？还真不知道人间男子都喜欢什么样的女人呢……呃，你怎么了？”我发觉气氛不对，背后冷飕飕的。

他冷冷地盯着我，嘴角勾起一丝嘲讽：“我来是想告诉你，不用忙了，白牡丹会搞定。但凡世间男子，理当被她吸引。”

我一听，这话好生别扭。意思是，我不如白牡丹了？切，是啊是啊，她是你的发妻，她自然是颠倒众生、魅力无穷了。

我翻了个白眼，恰好被他看见。

“上卿大人，您请吧！我还想睡个回笼觉。”我下了个逐客令。

“听好，不得走出此门半步。”他竟然盛气凌人地发号施令。

“凭什么？”我被刺激得不轻，什么意思，他竟然想阻止我混进皇宫，也就是阻止我救三王子。这黑心肠的家伙，也不想想三王子是为了谁而变成柱子。我一怒，便开始口不择言，大骂他忘恩负义，连带着将无量魔王的罪行也全数说了出来。末了，不解气，还狠狠地加了句，许若凡，我白养了你五百多年！

他默默听着，始终面无表情。

看着他那面瘫脸，我更是来气，牙根痒痒，抓了他的手臂，狠狠咬上去——像是要把积了几千年的怨气一股脑儿发作。我刻意将牙齿扎进他的皮肉。他竟然也不躲闪，也不挣脱，生生挨了一口。

血安静流出，我傻了眼。这可不是闹着玩的，万一他翻脸，一掌把我打死可怎么办？他可是杀人不眨眼的无量魔王啊，虽说已经是往事，但谁知道魔界因子是不是还留在他体内。情急之下，我慌忙用舌头舔他的伤口，一下，两下。他的眉头忽地皱紧，我瞧着心里更是后悔，忙低下头吹着他的伤口。

“孽畜！”

未曾想到，他竟会说出这两个字，那不是三王子在被我激怒时常吼的吗？怎么他也会说？啧啧，我委实没出息，这时候也要犯花痴！想着三王子，开始迷迷糊糊，仿佛眼前人就是他，眉眼是他，鼻梁是他，嘴唇是他……他回来了！我使劲抱住他不放手，生怕转眼消失了。

突然，唇边一片温热，腰间被扣紧。耳边听得低低一句“莫要勾引我”，然后唇齿间竟有软物侵入，轻轻细细地扫过我的口腔，我用舌头迟疑地顶了顶那软物，竟换来更为激烈的索取。

电光石火间，脑子嗡地炸开，万千触感，竟像烟花般零星散落。被吻到浑身无力，口中竟然泄出一丝令人无比难堪的呻吟，再也顾不得对方究竟是谁了，恨不能将其拆骨入腹。

我推开他，却又死死抓着他的衣袍，把他当作一根救命稻草，踮起脚，不住用脸蹭摩他的下巴。他眼底似乎燃起火焰，我下意识地退后一步，却被他扣住手腕，一口咬上我的颈项，吓得我以为他要像狼一般咬断我的动脉，不想他只如蚊子般轻轻叮咬，辗转爬上我的耳根。阵阵陌生的酥麻感从耳背扩散，脊椎骨竟像被蝎子蜇了一下，又痛又痒，显然中毒已深！

“严、严小姐，你要的簪子……上卿大人……”丫鬟的闯入让这场糊里糊涂的“舌战”匆匆收场，那丫鬟撞见了这羞人的一幕，吓得不轻。簪子也跌落在地，摔成两段，她也顾不上捡，慌忙离去。

被这么一打扰，我自然清醒过来。看着眼前的司马萧，想到他是镞，心里竟是一阵恐慌和内疚，只觉得自己负了三王子。又想到，多年前的那个冬日，许若凡抱着我亲吻，恰被三王子撞见的那一幕。一回头，瞥见铜镜中的自己已然是只蒸熟的螃蟹。

再一看，司马萧竟也脸红了。他瞪了我一眼，尔后拂袖离去。

待到皇帝驾临上卿府，已是华灯初上时。我自然没有听司马萧的话，拾掇得整整齐齐，面圣去也。进了大厅，我和丫鬟们一起，静立一边。

抬眼望去，那片明黄端坐于上席，皇帝祁真看起来颇为年轻，因久居深宫而磨炼得面部表情波澜不惊，看不出他在想什么。想来也是，“琼山之变”怕是令他对皇族亲情断了念想，皇权从来都是留给有着冰冷手腕和冰冷血液的得胜者。

皇帝对司马萧倒是恭敬，毕竟曾经有过救命之恩。我只听得他一口一个“司马爱卿”，听得我蛇鳞都竖了起来。

听闻一阵琴乐声，司马玲珑被数位舞姬簇拥而至。众人当中，她着一袭飘逸舞裙，蓝绿相间，华彩风流，恍如一只孑然而立的孔雀。孔雀闻乐翩然起舞，轻勾兰花指，昂首翘盼，竟有羽化登仙之妙境。

我呆然而立，啧啧，果真是阆苑的仙子，美得不食人间烟火，是男人都会被她迷倒吧。

果不其然，一曲终了，皇帝起身赞好。一把扶起跪着行礼的司马玲珑，钟爱之色溢于言表。他冲司马萧微微颔首，又勾起司马玲珑的下巴，柔声道：“你叫什么名字？”

司马玲珑嫣然一笑，答道：“司马玲珑。”

“下官胞妹。”司马萧补充一句。

“早闻令妹舞姿天下无双，今日一见，似乎得见九天玄女下凡，司马家果然人才济济啊！”皇帝显然对司马玲珑兴致盎然，又不好表现得下流急色，便拉着司马萧说长说短。

…………

对话越来越无聊，我难以置信，这么容易就搞定了皇帝？

司马玲珑冲我挤了挤眼，我冲她伸出了大拇指。那么我该如何？按照吕洞宾的说法，我得保护皇帝不被其他邪灵所害，我该如何混进宫去呢？我思忖着，想着要不要献唱一曲，卖弄卖弄风骚，抬头间，居然迎上司马萧两道清冷目光，我一激灵，竟迟迟不敢有所举动。

皇帝所有的心思都放在司马玲珑身上，无暇再看别人一眼。这就是所谓“一见钟情”。眼看着大厅里无甚看头，我只好沿着墙根儿悄悄溜走。

第二十三章 | 纤云逐月簪

皇帝册封司马玲珑为妃的圣旨不多久便来了。司马家出了位皇妃，百官来贺，风光无限。人间皇帝纳妃嫔的礼仪很是繁复，挑选良辰吉日，祭天拜祖，接见朝臣，参拜正宫娘娘，上下张罗忙碌了两个月，这才终于尘埃落定。

眼见着凤冠霞帔的新娘子被搀扶着出门去，其兄司马萧执鞭策马，为其引路，浩浩荡荡一队人马于礼炮声中渐行渐远。

这是我第二次目睹白牡丹风光大嫁。每一次竟都隐藏着天大的阴谋。

是夜，我在大厅一直等到司马萧回府。他抬眼看了看我，朝尾随而来的贴身侍者做了个手势，侍者将手中的玉匣奉上，而后退下。

我清了清嗓子，道："上卿大人，您是否还欠我一个解释？"

这两个月来，我想了诸多妙计，想让司马玲珑带我入宫，可惜都被那司马萧阻止。我想到的最好办法便是做一名随嫁侍女，混入宫中，可司马萧称此计不妥，说什么大内宫女由专人遴选，休想鱼目混珠，此事还需从长计议。想想这家伙也太可疑了！堂堂一个上卿加上一个得宠皇妃，怎会连个宫女都安插不了？

在他的千般阻挠下，我败下阵来。末了，司马玲珑给了我一记白眼，独自进宫去也。我读懂了她眼神里的含义，无非鄙夷，无非嘲讽。看来，我只能靠自己了。以我的修为，虽说如今背负着凡人的躯体，法术大不如前，但是对付平常妖邪怕也没什么问题。赶明儿施个“隐身术”，先混进皇宫再说。

我这边念头才起，那边司马萧竟似看穿了，他道：“奉劝一句，别想着混进皇宫。不妨告诉你，觊觎当今天子的，各个法力修为都在你之上。”

不带这样损人的，牡丹的法力也在我之上？她本是阆苑小小花仙，我与她虽未正面斗法，但据我猜测她的修为法力定不如我。

“牡丹是仙，你是妖，所谓‘邪不压正’，”他竟又猜中了我心中所想，“且她懂那‘双修’之法，嫁给皇帝便可传授于他，若修行得当，二人功力都将倍增。”

“双修？你是说人间那些臭道士所说的，男女双修？这……”我脸一红，“这这那那”了半天。

他勾起唇角，似笑非笑：“怎么，你想学？”

我不作声，心里将这市井流氓骂了个遍。忽又想起他方才所说“邪不压正”，心头更是火大，指尖凝了股真气，二话不说，朝他甩将过去——

“啧，”他不躲不闪，生生挨下，竟面不改色地摇头叹道，“就凭这点能耐，你又如何护那皇帝周全？”

我语塞，活了千年，从未对自己的法力有所要求，头一次意识到，自己若能拥有精湛本事，便可救三王子于水火。

怕是我颓丧的表情太过明显，那司马萧终于良心发现地不再挤对我。他将方才带来的玉匣子递给我。

我翻了个白眼，不去接。他也不恼，兀自打开匣子，里面竟是一根玉簪。我瞥了一眼，玉是好玉，做工也甚佳，簪头为流云状。看起来价值不菲，但终究只是一根簪子。

他拿了那簪子，欺身靠近，我不由自主地后退几步。

“你，你……做什么？”我吓得闭上眼睛。

“小青。”他将那簪子插上我的发髻，低哑着声音唤我本来的名字。

这家伙越来越得寸进尺了，竟然摆出一张三王子的深情面孔，连声音都故意模仿得丝毫不差。

“快现出你本来的样子！学他很好玩吗！”我将那簪子扯下，急急塞到他手里，推搡着要他滚。

“这就是我本来的样子。”他似乎有些哭笑不得。

好吧，好吧，算我倒霉，喜欢上孪生兄弟中的一个。偏偏上天让我得不到想见的那个，却又安排另外一个来扰乱我的心神。这是要怎样磨炼心志啊！

“给你两个选择，”他冷着脸，竟像是冲我发号施令，“第一，进宫保护皇帝。第二，嫁给我。”

他在说什么？这是什么选择？凭什么要选嫁给他？他明明知道，我爱的是三王子，他也明明知道，他已在九天之上迎娶了白牡丹……事到如今他怎么还执迷不悟？慢着慢着，他定是在开玩笑。莫非今夜他将发妻拱手送人，心中郁结不爽，这才拿了我来开涮？我倒是忘了这出。失算！

我忙露出个大大的笑脸，拍了拍他的肩膀，安慰道："兄弟，多谢你和牡丹为了救三王子做出的牺牲。其实呢……你也无须太过介怀，这人间数十载，只是须臾，过去了就过去了，你俩还有很长很长的神仙日子呢。"

他听毕，竟是一愣，脸色突然就黯淡下去。

我猛敲脑袋，果然被说中了！我忙拿过他手中的玉簪，装进匣子，继续安慰他："这簪子是你要送给她的吧？不用心急，等事情告一段落，你们回到天庭，再相赠吧！"

他瞪了我一眼，终是叹口气，拂袖而去。

我按住跳得飞快的心，要命，这家伙太像三王子了。再这么诱惑我，我要把持不住了。这司马府怕也不能待了，自从那次被丫鬟撞见我与司马萧的意外纠缠后，府内上下看我的眼神都不对了，恭敬讨好得令我毛骨悚然。还是早点混进宫去吧！

那夜我辗转难眠，耳边像念咒般出现司马萧那句"嫁给我"。最要命的是，我竟觉得是三王子的声音。从不曾听他说这样的话。倘若是真……我执着了千年万年，终究有了善果。可惜是假的……

我一个翻身坐起。窗外，明月高悬。时近深秋，肃杀已起。忽见夜空飞过一道凌厉妖气，我披上外衣破窗而出，虽说这凡人躯壳沉重，但凌空虚度的本事我仍是有的。那妖物显是察觉了我的跟踪，忽而使了个法术，幻出无数影身，我一迟疑，便错失良机，任他逃遁。

次日，我将夜里所见道与司马萧，再度表明我定要进宫保护皇帝的决心。

他瞟了我一眼，语气懒散："皇宫早已被我封在法界之内，寻常妖魔根本进不了。你担心什么?”

原来如此。

“严小姐也不必太过失望,有你表现的时候,”他勾起唇角,“冬至日,鬼门大开,我这法界也不顶用了,到时还得相烦你护驾。”

早说不就结了,要我呢?转念一想,这镞也真够意思,虽然事事不说,却都安排妥帖。

“他有什么好,值得你如此。”他忽然说出这番话,即便刻意压低了声音,但依然没能逃过我的耳朵。

我理直气壮地告诉他,三王子哪里都好,哪里都值得。

他笑起来,是那种暖心暖肺的笑容。我又开始发懵,这家伙,究竟是谁?

“给你个任务,”他收起笑,“京郊城隍庙有位应试的书生,被妖邪所惑,命悬一线,你去救他于水火吧。”

救就救,为何要拍我的脑袋?我忙拨开他的手,那什么,人间有句话,男女授受不亲。

“有奖赏吗?”我脑子显是被他拍坏了。

“有。”他不假思索地答道。

“什么?”厚颜无耻的我问道。

他又拿出昨晚那根破簪子,也不管我是否情愿,直接往我头上插,还语带恐吓:“不许摘下!”

我也懒得争辩,暂且不和他一般见识,一阵风似的出门去。那簪子戴着怪别扭的,总觉得脑袋沉了不只十斤。不会下了咒吧!

以我的功力收拾一只小小树精倒是不费劲。城隍庙内那书生睡得酣畅,丝毫不知自己已然死里逃生。我放了袋银两在他身旁，人间行走，少不了盘缠。

走出庙门，竟撞上疯疯癫癫的神仙吕洞宾。他一脸奸诈地盯着我看，边看边笑。

“吕上仙你不在天上带徒弟，这么得空专程来取笑小女子？”

他指了指我头上的发簪，又指了指天，然后双手抱拳，冲我作了个揖。

打什么哑谜？我莫名其妙。

他似乎以为我在装傻，继续笑道：“恭喜恭喜！”

我不解。

他终于看出我是真傻，方笑道：“我没看错吧，纤云逐月簪？这六界中了不得的大宝贝怎么戴在你这蛇妖头上？”

我愣了愣，取下那簪子，竟是我眼拙，小瞧了它，原来是件宝物。莫非可以撒豆成兵、点石成金？

“当初，天后娘娘为拆散织女牛郎，用这纤云逐月簪轻轻一划，便生出银汉迢迢。”吕洞宾道。

真有这么神奇？我拿着簪子使劲当空一挥，不想非但不见银河，连一丝风也没起。我狐疑地瞅着吕洞宾，这老不羞的神仙不是耍我吧？

他毫不客气地抢过我手中簪子，反复端详，最终神色凝重道：“如假包换！”

莫非还要咒语？我心中嘀咕，这镞也真是的，既然拱手送了我，怎么不交代使用须知。我拿了簪子，背转身去，眯眼看它，如今再看，果真流光溢彩，端的不凡。有了它，我是否就可所向披靡，杀尽六界妖邪？若真有这般神通，便能早日救出三王子了。想到此处，我魔怔般笑出声来。

“啧啧，这丫头疯了。”吕洞宾无奈地摇头，甩甩袖子，这就要告辞了。他的来去匆匆我也见怪不怪，只想着回头向镲讨咒语去。

吕洞宾忽又叫住我，指了指我的簪子，又指了指天，沉默了半晌，欲言又止。

又来这套？

“天界盛传，天帝天后已经成全你和三王子了，当然对外说的是，成全你和四王子。”他憋了半天，终于说了句有内容的话。

这事当日镲也曾提起过，可惜，“成全”什么的只不过说给大家听听罢了。莫非“成全”我抱着柱子直到地老天荒？

“原先我不信，如今见了你，竟有些信了。”吕洞宾若有所思地看着我，“纤云逐月簪是天后珍爱之物，她既然肯转手赠你，想必已经认同你……若没猜错，这算他给你的聘礼？”

越扯越玄乎了，从没发现这神仙的想象力如此丰富。

“得得得，”我打断他，“一根簪子至于吗？什么聘礼？这簪子是四王子的！”虽然那家伙最近又疯了似的，要我嫁给他……

“四王子？”他疑惑地盯着我，“你是指，司马萧？”

我懒懒地将头一点。

立刻换来一记白眼，外加一声叹息。

“司马萧将这簪子给你时，可曾说过什么？”这吕上仙竟然毫无“告辞”的意思，兴致勃勃地打听起来。

“与你无关。”我翻了个白眼。

“啧，小丫头快快道来。”

“不说。”

“不说算了，到时候后悔死你。”他乐呵呵地转身要走，登时，我认为，绝对有诈！等到我要逼问时，他却拿腔拿调起来，直接腾起云头，往那天宫去了。

看来神仙也有别扭小气的时候。

我回到上卿府，已近黄昏。司马府正张罗着晚餐，见我来了，招呼我前往后花园上座，道是今儿府里有贵客。

我怠懒见什么客人，只说乏了，先睡上一觉再说。路过后花园时，竟瞥见司马萧和一位衣着华丽的小姐于湖心亭中相谈甚欢。这家伙该不会为了她，支我去捉妖吧？我心内好笑，识趣地绕开。

没几日，便从丫鬟们的谈话中得知了那位小姐的来历。据说她是皇帝最疼的妹子。皇帝宠幸司马玲珑，由此亦更倚重司马萧，有意将公主许配给他。

“好啊，司马一门，一个皇妃，一个驸马爷。”我吃了个葡萄，甜得嗓子发哑。

寒意甚浓，怕是要入冬了。我添了件衣裳，突然想家了——大康国严家。他们大概会惦记我吧。我使了个隐身术，前往严家看望他们。父亲和大哥依旧忙得不着家；母亲、二姨太和三姨太在家中忙些琐碎，无事便围坐闲聊绣花，处得倒也和洽；三弟自婚后也开始学着打理生意，如今竟在筹备新开分号的事宜。而出阁的姐姐和四妹却是少有音信，像我般，女大不中留。

转而想到，人间男女一到年龄，大都婚配，然后有了孩子，如此便有了“家”。而我，或许注定拥有不了家。

出了严府，竟不知要去往何处。一时愣住。

“严姑娘，这是想娘家了？”司马萧不知为何会出现。

我点了点头。想啊，怎样？

“那便回娘家小住几日。”他不像在开玩笑。

回家自然好，可是又怕被逼婚，而且这不是要保护那皇帝吗。

“改明儿我明媒正娶来提亲。”他面不改色地说出这等屁话。

我终是忍无可忍，抬手劈向他的小白脸。他将头一偏，避开掌风，然后抓住我的手臂，往他怀里带。于是，一幕拉拉扯扯的狗血戏码在京城大街上演。

“上卿大人，您这是强抢民女吗？”我死活不让他靠近。

“对付你这刁民，只能用强。”他皱了皱眉，继续试图拉我的手。

“就快当驸马了，怎的还见色起意？就不怕公主诛你九族？”

他一听，眉头皱得更深几许：“青蛇，你当我是什么人？”

啧，真急了啊。我吁了口气，不准备继续这场无聊的对话。

“这簪子怎么用？”我忙转了个话题，“可有咒语？”

果然奏效。他立马挑眉道：“算你识货。”

我忙将簪子递给他，意思是，演示演示它的威力。

他接了，微一凝神，口中喃喃，将那簪子轻轻一挥，但见天际划过一道银光，登时风起云涌，吓得土地神哆哆嗦嗦显出真身，再三叩拜。司马萧冲他颔首，又将那簪子一挥，顿时恢复风平浪静。土地神这才退下。

“因你修行尚浅，这簪子在你手中，功效有限，但也足可助你降妖除魔。”他将簪子复又插上我发髻，俯身在我耳边传授咒语。

我默默熟记，却没留意他的脸挨着我的脸，手揽着我的腰。反应过来时，他早已离开。

接下来的事情让我瞠目结舌。

司马萧居然真的派人前往严府下了聘礼婚书，说要娶我过门。可我人在司马府，而父亲以为我早已入宫候选妃子。司马萧也不知用了什么办法，竟让父亲同意了这门亲事。不但如此，他还亲自去严府接我父母双亲来了上卿府。

当时我睡得迷迷糊糊，被丫鬟唤醒，说是严老爷、严夫人来了。我以为在做梦，倒头继续睡，后来被吵得实在烦躁，只好出门迎客。乖乖，居然真是父亲大人和母亲大人。我鼻子一酸，钻进母亲怀里撒娇。

司马萧十万分殷勤地带我父母参观宅邸，又陪父亲下棋，又送母亲大礼。看得我浑身直发毛。母亲听说我要嫁人，喜笑颜开，将那司马萧夸得人间地上绝无仅有。我恨不能用眼神盯死那上卿大人。

吃过午饭，父母说要告辞了，司马萧又亲自将人送回，随从将一箱箱不知是什么的东西送往严府。

难道这就是传说中的逼婚？太低级了。我在房内直跺脚，人间女子的婚姻就是如此，什么父母之命，媒妁之言，搞定父母，就什么都好说了。我偏不，我偏不！

还没来得及兴师问罪，外面说是有圣旨来了。听完太监宣旨，我差点没掀了司马家的屋顶。皇帝小儿居然下旨赐婚，要我和那司马萧择日完婚？

司马萧好整以暇看着我一副忍耐模样，挥手遣退下人。

“你这什么意思？”我使出千年修行才勉强压下火气，还生生挤出个笑容。

“娶你过门。”他眯起眼，忽又叹口气。

“你听好了，我、不、嫁！”推开他，不解气，狠狠踩他一脚。

许是错觉，我转身离开时，竟似听到他低低的笑声。

第二十四章 狐狸

自被我拒绝后，接连几日都不见司马萧，听府中人说，他每日早出晚归，怕是忙于朝廷公务。当我自省拒绝得是否太过分时，他竟一脸疲惫地出现在我面前。

张口第一句话竟还是，“想通了吗，嫁不嫁？”

这一回我学乖了，不和他硬碰硬，岔开话题道：“最近不见你，可是皇宫出事了？”

他施施然道：“出大事了。”

三日前，他接到司马玲珑消息，进宫后才知，司马玲珑突患恶疾，卧床不起。按理说，她有仙根护体，且懂双修之术，与皇帝同修后，理当相得益彰，修行大增才是。而司马萧却看出她有真元受损之异相。

“皇帝是否也染病了？”我问。

司马萧摇头：“我问过，皇帝倒是康健得很。只是近几日他并未上朝，说是闭关清修。”

“这可蹊跷了，你见过皇帝没有？不会他也病了，只是我们不知？”

“一直求见，每每被拒，皇帝像是有意避开我。”司马萧面色凝重，“而且很不妙，我的法界，破了个洞。”

“哟，这冬至日还没到，你的法界就顶不住啦？”我的心情突然大好，笑道，“大罗神仙也会有失手的时候嘛！所以这几日你去补洞啦？”

“我的确低估了这些妖怪。”他皱了皱眉。

啧啧，小样儿让我很是心疼呢。我拍拍他的肩膀，道：“不用担心，这烂摊子就由我来收拾吧。”

他哭笑不得地盯着我。

“那就看你的了。”他也学我，拍拍我的肩。

我寻思着该如何进宫，他又道，已经安排好了。司马玲珑病重，御医束手无策，需要找名医。

言下之意，我可冒充个“女大夫”进宫。

“记着，如今你是我未过门的妻子，有何需要，只管吩咐，不可逞强……”他一本正经地胡说八道。

“行了行了，”我打断他，“不知道的还以为你真想娶我。看着你那嫡亲王妃白牡丹病了，担心坏了吧，好几日都不见你人影。”

他不置可否，只笑了笑。

几日后，我背着司马萧准备的药箱，跟着几个管事太监进了宫。进了珑妃娘娘居住的“流光殿”，罗纱帐后，药香四溢。司马玲珑病恹恹地歪在榻上，见我来了，挥手遣退了太监宫女。

她道，皇帝已有十日不见踪影，太监传达旨意说其在“绵生殿”闭关清修，我还得前去探个虚实。

我转交了司马萧为其调配的丹药，并告之服用之法。她点头收下了。

“现如今你我都拖着凡人之躯，与以往自是不同，上乘法力难以施展，行事须得谨慎。”她好心叮嘱，我与她会心一笑。

是夜，我按图索骥，找到绵生殿。殿内灯火阑珊，门外把守森严，竟似围了个水泄不通。这皇帝神神秘秘在搞什么鬼？

我试图使个隐身术混进去，才近墙壁竟被弹将出来。居然有力量强大的法界存在！我大惊，莫非有高人在内？凝神分辨，竟是一股浓重妖气，闻来甚是熟悉。看来司马萧的法界损坏之时，有道行不浅的妖怪趁机溜进宫来。

既然闯不进去，只能静观其变。自那日起，我时常潜在门外打听动静，连续五天那皇帝竟没召见一个人，也没有一个人从里头出来过。

将此见闻道与司马玲珑，她想了半天亦不解。说来司马萧的药丸果然有效，司马玲珑吃了几日精神逐渐好转，已能下床走动了。

等到第七日，那皇帝竟然出关了，还驾临流光殿探视珑妃。我以女大夫的身份在旁边伺候，一见那皇帝，竟有说不出的奇怪。他整个人红光满面，玉般生辉，竟似有成仙的样子。莫非修真之法只对他有效？

那皇帝与珑妃说了几句，转身将目光停留在我脸上。怕是发现我是个生面孔。珑妃忙道：“启禀陛下，这是替臣妾诊病的女大夫，吃了她的药，臣妾感觉大好了。”

皇帝淡淡道：“是吗？正好朕近日身体微恙，待会让她到绵生殿也替朕诊治诊治。”

这是个大好机会，让我可以摸清底细。我忙不迭领旨。

绵生殿内。

皇帝遣退众人，给了我一个“开门见山”。

“这几日在门外蹲着，辛苦吧？”他眯起纤长凤眼，竟是熟悉的兽类的狡黠目光。

被发现了呢。我已基本确定此人已不再是大康国的皇帝祁真，应是只妖怪，可为何感觉不到这皇帝身上的妖气？我一面估摸着真皇帝是否还活着，一面估摸着自己有没有能耐可以逃遁。

“你和珑妃，是一伙的。”他狭长的眼睛让我一瞬间血液倒流。

“你把皇帝杀了？”明知没那么容易得到答案，但我还是不由自主地发问。

他笑了，竟如女子般妩媚阴柔：“放心，我是你这边的，我会全心全意保护这宝贝皇帝。”

没死就好，我松了口气。

“都知这皇帝祁真是滋补的大好汤药，却不知利用他的躯壳可以早归仙班，我借助他的躯体，岂不有趣？”他不无得意，“对了，那珑妃真真是个尤物，吸了她的真元，助我多得百年修行，姑娘你既与她一起的，想必也懂修真之法，不如同来助我？”

他目光猥琐，淫笑着朝我逼近。

“慢着，你的意思是，这躯体是皇帝的，你附了他的身，把他魂魄藏起来了。”

“啧啧，是个见过世面的。”他轻佻一笑，已伸手勾起我的下巴。

我不动声色地拨开他的爪子，笑道：“当神仙有什么好的，我倒愿意自由自在当个妖精。”

他趁机拉我入怀，右手扣住我的颈项。我使了个幻术，化作一缕烟，脱了身。

“劝姑娘识相点，你等助我成仙，否则皇帝的三魂七魄便要作烟而散了。”他倒是泰然处之。

我假装抚鬓，右手拔出发髻上那纤云逐月簪，默念口诀，忽地以雷霆万钧之势朝那妖怪袭去。但见银光一道，真气如蛟龙出海，不想那妖怪有点道行，不慌不忙避开一难。他怕是没想到我会突袭，愤怒之下，两眼幽暗碧绿，深不见底，手里多了一对寒光闪闪的利刺。

不容分说，二人短兵相接。我虽有宝簪相助，但修行不高，连累宝物威力发挥有限。而那妖怪越战越勇，逼得我由攻变守，节节败退。

我两眼全是那利刺乱舞，疾风骤雨般将我团团围住，忽觉肩头钝痛，那利器竟已入我左肩，血喷涌而出。妖怪乘胜追击，将另一根利刺插入我右肩。但见他微微一笑，手一挥，我全身竟似无根之叶般飘起，不一会儿后背重重撞上墙壁，痛得我龇牙咧嘴，喊都喊不出。

好家伙，他竟左一根刺，右一根刺，将我钉在了墙上！谁说血肉之痛不如内心之痛的，我痛得双耳轰鸣，两眼发乌，恨不能立刻早死早投胎。

“姑娘不要想不开，我只求你助我成仙。”他施施然看我血肉模糊地挂在墙上。

“我倒想帮你，可我压根儿不会什么修真之法啊……”我痛得上气不接下气。

他脸色浮起一丝不耐之色，道："脱光了，我来教你。"

竟是只色鬼。我愤愤，想我生生世世为三王子守身如玉，难道今日得栽在这败类手上？谁来救救我啊！

情急之下，我心生一计！"你不就想吸点元气，早日成仙吗？实话告诉你，我真不会修真之术，不过，我认识一个人，他肯定懂。"

"是吗？"他不笨，而且多疑。

"当然，他是个半仙，法力高强，定能助你。"我生生忍住痛，万分诚恳地撒谎，望他中计。

"他是男的？"

我吃力地点点头，司马萧当然是男的。

"修真之法，重在男女同修，你找个男人来搪塞我？"他目光阴鸷，恨不得在我肩上再戳两个洞。

"管他是男是女，总之他定能让你成仙，不信就算……啊！！啊！！！"那丧心病狂的家伙竟突然拔去我肩头利器，我砰地落在地上，血已染红了整个上衣。根据血流的颜色，以及全身麻痹的程度，我能确定，那兵器上淬了毒。

"看来你是真不懂呢，"他笑着附身，拉起我的手臂，看着我的伤口流出黑血，"姑娘修为底子还不错，也有个几千年吧，怎么成不了神仙，却来做凡人？"

"不如，我来教你双修之法，你我现在开始同修，直到双双成仙？"他掏出一个瓷瓶，在我眼前晃了晃，估计是祛毒的药。

这种情况下，还是保命要紧。

我点点头，算是缓兵之计。

他倒也大方，取了药丸，让我吞服，又用真气封住我的伤口，血渐渐止住了。随后，他一手擒住我的咽喉，将嘴唇凑在我耳边，开始传授那“双修”之法。我失血过多，本就虚弱，听得自然不甚清明，但也听了个八九不离十，原来那双修的基础是行夫妻之事。怪不得……司马玲珑要嫁给祁真，才能助他修行。可惜，这便宜竟被眼前这只死妖怪给占了！

“脸红了，姑娘。”他突然哧地笑出声来。

“我……”我还是个黄花大闺女嘛，害臊不是理所当然的，该死！

“你以前也是妖吧，是什么，”他语气竟然放柔了些。

“蛇。”我翻了个白眼。

“幸会幸会，小生乃狐仙。”

狐狸精就狐狸精，还狐仙呢。我腹诽。想骗我同修，他定会趁机吸取我的真元，看看司马玲珑的下场就知晓了。

“你的毒已除尽，伤口也在愈合，就在这歇一阵子，等你好了，我再来。”他笑道，“现在我要去看看你的好友珑妃娘娘了。”

这天杀的狐狸。

次日，司马萧便化身“及时雨”，轻巧地救我出了宫，我倒是一点不意外。看他为我皱眉，我竟笑了。

司马府内，我绘声绘色向他描述深入敌穴刺探到的情况，他喝着茶，听得津津有味，敢情把我当说书的，也不顾及我还有伤在身。当听到那狐狸要与我男女双修，司马萧倒是目光一凛，道：“你答应了？”

“当时那种情况，我能不答应吗！”翻了个白眼，我也拿起茶杯喝了一口。

他瞪了我一眼：“你是我未过门的妻子，怎可有失妇道？”

“你说这狐狸所说的双修成仙，真的假的？”我问道。

“自是假的，玲珑被他吸取真元，功力大损，精神不济。自古以来，男女双修之法都被世人曲解，误入妖邪歧途，终是害人害己。而真正得其法门的，寥寥无几。区区一只妖孽，怎会懂得？”他一口一个妖孽，似有万分不屑。

“是是是，妖孽不懂，”我扬起嘴角，道，“那上卿大人，你懂吗？”

他没有理我，将话题引到如何营救皇帝祁真。我听得云里雾里，竟歪在椅子上睡着了。醒来后发现已经躺在床榻，连肩头的纱布也换了新的。

屋外传来打更声，原来已是三更了。

我起身倒水喝，屋里烛火才亮，就听到门外一串脚步声。接着司马萧的声音在外响起。

“伤口有异样吗？”他的声音和三王子的一模一样，简直让我热泪盈眶。

他这是一直在外头守着我吗？我心里一紧，随即又是一片温暖。

“没事，你进来坐坐吧。”我过去开门。

月光下，他着一身冬衣，于门口看了我半晌，突然将我紧紧抱住，也不管压着我的伤口了。我茫然地任由他抱着。

“是我连累了你。”他低低的叹息竟像是隔了千万年的咒语，生生将我钉在原地，不能动弹分毫。

“三王子。”我头昏脑涨，拍着他的后背，轻轻唤道。

“嗯，我在。”他竟答应得如此娴熟，仿佛他就是他，他就是那个我想了千年万年的他。

后来，我将冬日寒冷关在了门外。锦被中，我与他相拥而眠。

他的手一直扣在我的腰间，我有点痒，轻轻挪了挪身子，却被他抱得更紧。

“有件事情，我想告诉你。”他在我耳后根轻轻吐着气。

我觉着这是在撩拨，转过身子，用手捂住他嘴巴，道：“别说话，我困了。”

或许他也觉着我这是在撩拨，抓住我的手，翻身将我压住：“一定要说。”

“喂，你压着我伤口了！”我漫不经心地戳了戳他的胸口，莫名一股燥热席卷而来。

他挪开身子，与我面对面，侧躺着，然后说出了一句让我吐血的话：“我是铤。”

“哦。”当时我已经很困了，根本来不及分辨他到底是否在开玩笑。但身体却先一步地做出了反应。我狠狠咬上他的鼻子，然后是嘴唇。先是咬，后来转化为细细的舔吻，再后来，我发现自己的脸上一片湿润。眼泪，不知是我的，还是他的。

“小青，这一世我娶你过门。条件是，不许再为我轮回，不许再找学血凝术的使者。你我好好地过完这一世，然后，忘了我。”他揉着我的脑袋，温柔得要滴出水来。

我什么都想不了，什么都说不出，只是死死抱着他，生怕这是一场梦。

后来，在他怀里入眠。一夜无梦。

清晨。我差点被躺在身侧的男人吓得魂飞魄散。这是司马萧？他怎么会在这里？我拼命整理思路，昨晚……他说他是铤？还说……

我愣愣地伸出手，摸了摸自己的额头，没有发烧。他的眼睛微微闭着，睫毛密密长长，额头光洁，鬓角平整，真是好看极了。而这个人，真的是他吗？

“好看吗？”他忽然睁开眼睛，似笑非笑。

“好看。”我很诚实地点头。

“伤口疼是不疼？”他又问。

我摇头。有了你的灵丹妙药，有了你这个灵丹妙药，伤口好得比飞还快。

“想学双修吗？”他忽然促狭一笑，将手抚上我的脸。

色、色、色……鬼。我还没来得及说出口，他已用唇堵上我的嘴。

这太过突然的惊喜，令我难以适应。白牡丹当日在天庭上说天后已经成全了我们，这竟然是真的。而我先入为主地以为司马萧是镰，委实犯傻。如今，他就在我身边，活生生地在我身边，我仿佛在一夜间获得了所有，天上地上所有的所有都尽归我有。

而我也在那一刻，成了真正的女人。

“……谋杀啊！”我浑身无力，骨头快要散架了，究竟是谁说双修有助于修行的啊！

司马萧扣住我的脉门，笑得有如春日骄阳：“脉象稳定，并无大碍。”

我看着他，发现自己真的低估他了，从法海到三王子到司马萧，哪一个不是道貌岸然的禁欲模样？他怎会懂这些歪门邪道……才想着，他又将头凑过来，在我额前落下一吻。

“睡吧。”不容分说，他将我揽入怀中。我闭上眼，听他平稳心跳，这一世，算是彻头彻尾地彼此拥有了吗？

爱和欲，这便是身为凡人的乐趣吧。抵死缠绵，骨血相融，双双坠入地狱，齐齐攀至天堂，哪怕仅有短暂一生，也是值得的了。

可我，太过贪心，我不只要一生一世，我还要生生世世。

前世、今生、来世，三生三世、生生世世，我都认得你。

——我又一次差点没认出他。

第二十五章 | 此生

“你我此生结连理，相扶到老，死后你便饮下孟婆汤，忘了前尘吧。”司马萧，抑或三王子如是说。

这话虽然狠毒，我却被说得有些心动了。长久以来，我们彼此折磨，不得相守，委实太累，倒不如一世贪欢，再彻底忘个干净。我竟开始害怕背负上万年的记忆，那苦苦争取来的记忆，变了个面孔，成了累赘。

“从头到尾你便不上心，所以那狐狸趁机兴风作浪，若真害了皇帝，哪里再去找可以修习血凝术的人？你果真不想一试？”我算是看明白了，这无所不能的战神竟会失手，除了疏忽大意，我也想不出其他解释。

“血凝术的修习，原本艰辛，就算找到了合适的人，修习成功，对我也未必有效，何苦为难他们？而且我亦习惯了当根柱子，乐得清静，天意如此，何必勉强。”他说得轻飘飘，竟像是法海附身。

“那我呢，我怎么办?”我拉着他的衣袖，尽量做一副楚楚可怜的模样儿。

“这一世后，饮下孟婆汤，不要再留恋人世，打哪儿来，回哪儿去，继续修行吧。”他拉着我的手，带我走出门外，指着皇宫方向，“你看那边有什么?”

天穹澄澈，一丝云朵也无。我摇摇头，不懂他何指。

“是妖气。那狐妖盗取了南极仙翁后山的琼枝，掩盖了身上的妖气，所以你感觉不到。我将母后最爱的宝物纤云逐月簪赠予你，可惜你道行不够，不能使其物尽其用。你为我坠入轮回，降妖除魔以积功德，但你修为有限，所做有限。若你放下执着，潜心修炼，有朝一日修成正果，那又将不同了。”他紧紧地抓住我的手，却说出了这么一番混账话。

话是混账话，理却是正理。我被他说得有些沮丧，闷闷地不知说什么。不想他又抱住我，在我脸颊上轻轻印上一吻，笑道：“那些都是以后的事，这辈子，就算你想跑去深山修行，我也是万万不允的。”

“我偏要去。”推开他，我佯怒。

“那我只好跟着你一起了。”阳光下，他眯着眼，嘴角勾起一个完美的弧度。那一刻，我又犹豫了，一生一世太短，我要永生永世和他一起。

宫内派人传旨，道是珑妃病情突然恶化，宣司马萧与“女神医”进宫。流光殿内，那假皇帝正陪在珑妃身旁，挑眉看我。珑妃却不像有恙，端坐桌前翻阅乐谱。

假皇帝遣退左右，招呼我与司马萧入座。但见他右手做了个

“请”的动作，掌心骤然一翻，一道白光嗖地射出，我离他不过数步，眼见就要着道，却觉凉风拂面，凌厉之气瞬间被化。除了司马萧，还能有谁？他将我护在身后，怒喝一声：“孽畜！”

珑妃冲假皇帝盈盈笑道：“不知死活的东西，胆敢在他面前造次？”

看来她亦知晓了这冒牌皇帝的来历。

那妖怪的嘴角挂血，怕是已被方才真气所伤，但依然冷冷道：“来者是何方神圣，说出来，也让小仙长长见识。”

司马萧看了我一眼，见我伤势无碍，示意我坐下。又对珑妃道：“既然你已知晓他是妖孽，留着做甚？”

“大康皇帝祁真的魂魄已被此妖害得灰飞烟灭，如今只能由他继续待在祁真的肉身之内，完成我等的大事。”珑妃道，“我已试过，他的血，依然可以凝作圆珠，他修炼那血凝术应是无虞。”

“没必要了，”司马萧肃然，“我心已决，只求此生，而后不再纠缠。”

珑妃缓缓起身：“我已将情况禀明天后娘娘，她赞同我的做法，你别无选择。更何况，她舍得吗？”她将目光转向我，我被看得一时心慌，忙扭开脸。心中却是怦然一动，舍不得，我自然舍不得！我定要生生世世！

再说那狐妖怕是听得云里雾里，看我们仨唱大戏。

“臭狐狸！”我从珑妃身边走开，揪住狐妖，“你杀了皇帝，还打伤本姑娘，说，你有几条命来偿我！”

那狐妖狡黠一笑：“我助你们成事，你们助我成仙。”

“那倒正好，我们正是要助你成仙。”珑妃道，“你呢，在人间做个皇帝，尽享齐人之福。成仙后，助我等成事，在天界亦当功勋卓越，怎么都亏不了你。只是如今你休想再装凡人，吸取我真元。”

狐妖显然心动了，却被珑妃说得不知所措，如果不吸取真元，那成仙岂非遥遥无期？狐狸与蛇一样，委实多疑，他两眼滴溜一转，怕是在琢磨思量。

“还不去求他？”珑妃向那狐狸使了个眼色，示意他求司马萧。

狐妖对司马萧颇是忌惮，一时竟不知作何言语。我心道，要是你知道他就是杀妖如麻的无量战神，还不吓死你。

司马萧面色不佳，冷冰冰地杵在地上，怕是做擎天柱久了，整个人不说话的时候竟浑似柱子。我又心疼又好笑，轻轻推了推他。

“小生名唤金梓鸣，一心向道，希望修成正果，还望上仙成全。”他溜须拍马的功夫还不赖。

不想司马萧完全不吃他那套，讥讽道：“你一心向道，向的哪门子道？还想修成正果，再修万年也是徒劳！”

我真是错看了他，不想他也有牙尖嘴利的时候。

“还有你，”他突然矛头对准我来，“再不堪的妖孽都有‘向道’之心，唯你不学无术，贪恋红尘，还贪得无厌……不知天高地厚的妖孽，本王迟早要了你等小命。”

他这是……发飙了？连“本王”都出来了？乖乖，我是不是得跪下高呼饶命？他是在怪我贪得无厌，不肯放手吗？他难道只想此生白头，不顾来世吗？

这时，珑妃竟扑哧一声笑了。

我疑惑地看向她，她丢了一记媚眼过来——意思是让我哄哄他？我一凛。

“上、上卿大人，”我赔笑，“消消气，消消气。”

不知是否错觉，竟听得他几不可闻的一声“哼”。

“他们是一对？”狐狸轻声问珑妃，当然逃不出我的法耳。

珑妃笑道：“皇帝，你不如成人之美，赐个婚吧。”

“哈哈，这个……当然当然！哎，此前不是已经赐了？”狐狸笑得花枝乱颤。

我以为司马萧会勃然大怒，不想他面色竟缓和些许，瞥了一眼那狐狸。说来也怪，气氛就这么融洽起来。

于是，我迎来了最幸福的一生。

每隔四百年，三王子便有四十九年的时间出现在人间。他在他的第一个“四十九年”娶我过门。他是神仙，我是妖，我们最终在人间结为夫妻，彼此道出错过千年的承诺。

红绸喜帕金步摇，拜天拜地拜高堂。层层叠叠里里外外的红色，将我包裹。司马萧牵着我的手，相携招待宾客。上卿府内，有人间的帝皇贵胄，有天界的亲朋好友。我没什么朋友，除了人间的亲人，便只有吕洞宾前来捧场。剩下的，都是冲着三王子的面子来的。

整个婚礼，我只听耳畔欢声笑语，紧张得浑身僵硬，生怕走错一步，说错一个字，索性一言不发，直至被喜娘送入洞房。按照人间的规矩，新嫁娘得在洞房内等候新郎挑开喜帕，而新郎还需继续宴请宾客，非得喝个尽兴方可。

我守在房内，竟莫名忐忑。等了半天不见人来，忍不住摘下帕子，想出门侦查一番。时值严冬，呵气成冰，我裹上斗篷，刚打开门，却迎上一双深不见底的眼眸。

“去哪？”新郎官儿拦住我，扑面而来的是雪花之气，还有一股浓重的酒气。

我试图躲开恼人的酒气，却被抓住双手，搂在怀中。他的怀抱好暖和。被他抱着，歪歪扭扭一路挪到屋内，我见他步伐不稳，想是喝多了。

他拿起案上合卺酒，一杯递给我，一杯举起，与我交腕而饮。尔后，复又抱着我，不发一语，二人相拥而立。

过了许久，久到恍似他为我轮回十三世，他才带着浓浓鼻音叹道：“终于娶到你了。”

我还来不及体会他这话的意思，只听他继续低哑着声音道：“当初你嫁给无量魔王，我恨不能毁灭六界，将你拆骨入腹……只要一想到你曾是别人的妻子，我便无法原谅自己。你这该死的、该死的妖精……”

难以想象，三王子竟会说出这样的话，看来“酒后吐真言”说法一点不假。他宽容博爱的心胸也并非能容山容水容人所不能，终究也有小气的时候嘛。我偷偷笑了，坏心地套他话：“可你后来还让你四弟替你娶我？”

他松开我，指着我的鼻梁，忽然笑了。

他因酒醺而脸颊泛起酡色，灯火下更显俊逸。

“后悔了……本王说完就后悔了。”他勾起我的下巴，不分轻重地咬上我的唇。

我痛得直皱眉，推开他，将他扶至床沿坐下。乖乖，居然发酒疯，该不会吐得我满身满床都是吧。还有，凭什么啊，这可是我的洞房花烛夜！

“过来，为本王更衣。”他冲我招手，笑得一脸……邪恶。

我翻了个白眼，准备伺机敲晕了他。

正准备付诸行动，不料被他一推，后脑勺稳稳落在绣枕上，他整个人俯身压过，一时我只顾着喘气。

“青……”他咬着我的耳郭，“此生一过，忘了我吧。”

忘了你个大头鬼。我终于发狠，一掌将这醉鬼敲晕，然后三下五除二剥光了他的衣服，塞进被子里。我也钻进去，本想抱着他入睡，却怎么也睡不着。

辗转难眠，只好起身，将他摆出一个一个不同的样子，捏他的鼻子，扯他的嘴，让他侧着睡，平躺着，蜷着腿，弯着手臂……真是逗人。忽然见他嘴唇动了动，不由心神一荡，用手覆上他的眼睛，将唇贴上他的，细细地舔着，然后将舌头伸入，小心翼翼地勾着他的舌。

味道不错。我满意地擦擦嘴角，正想吃干抹净、倒头就睡——一双黑漆漆的眸子定定地看着我。

被发现了吗？我忙缩进被子，侧过身装睡。

“胆子真不小。”听不出他是否怒了。

“竟敢打晕夫君加以偷袭？”他从背后抱住我，两手开始不规矩。

我被他挠得浑身发痒，笑得快要岔气，忙求饶道：“因为你醉了嘛。”

“夫人。”他忽地凑到我耳边，用最动听的声音蛊惑我。

我被他唤得身子一僵，暗骂一句，烂醉如泥的臭神仙。反转身来，和他面面相对。一手捏住他的脸，一手扣住他的腰，却又不知接下来该做什么。

他也是一愣，随即笑了。不容我反应，便翻身将我压在身下，嘴里说着“春宵一刻值千金”，挥手灭了红烛的焰。

四下暗了下来，不知为何，总觉周围阴风阵阵，仔细辨听，竟似鬼影重重、妖气冲天。我忙掐了身上的人一把，不料他浑然不觉，还让我专心点。依然觉得不妥，我歪过脑袋，冲黑暗处喝道："何方妖怪，胆敢闯入本姑娘的地盘！"

听得暗处一阵窸窸窣窣，我更确定屋内有妖邪之物了。正要起身捉妖，却被司马萧死死压住。

"还不都散了？"司马萧一发话，只觉妖鬼之气迅速散去。

"怎么回事？"我疑惑道。

他低声笑道："那些老不羞的神仙，自己不好意思闹新房，便找了些妖灵来做耳目。我本想睁一只眼闭一只眼，既然夫人这么介意，便逐了他们吧。"

"呸，你这什么话，还没醒酒吗？哪有洞房，让人在一旁看的道理？"我又羞又恼，一口咬上他的肩。

他倒抽一口气，再不给我说话的机会。

新婚生活犹如七彩琉璃般炫目，闪得我分不清东南西北。关于婚姻，我的启蒙老师依然是白素贞。当初她与许仙成亲，还是我做的媒。可惜后来因为"老板娘"与法海，那场婚姻草草收场。这也是我印象最深的一场人间姻缘。

以前我不懂，为何素贞和许仙同吃同睡，却能不腻不烦。以前我也不懂，何以他们能为了鸡毛蒜皮的小事磨叽半天。如今，我终是懂了，夫妻的结合，宛如融为一体，相扶相依，共同生活。

我立志做一个像白素贞那样的贤妻，辅佐夫君，打点内务，虽然我大多数时间依然在除妖降魔。家丁丫鬟们对于他们的夫人灰头土脸地回府，逐渐见怪不怪了。司马萧总是坐在院子里的凉亭中，等我归来，风雪不变。

他此生在朝，官拜上卿，要看数不清的文书，要参写不完的奏本。加上如今狐妖称帝，他担心其贻害苍生，更是不敢懈怠分毫。在他的敦促下，狐妖早早确立太子，并命司马萧为太子师。那狐妖志不在治国安邦，只想借皇帝之躯壳早日位列仙班。不过，司马萧似乎并未尽全力助他。

我是从司马玲珑口中得悉此事。据她所言，司马萧只给了那狐妖几粒固本培元的仙丹，并没有传授修道之法。狐妖心中郁结，却敢怒不敢言，几次三番跑到玲珑面前诉苦。玲珑也找司马萧谈过，但每次都得不到答复。

一日，司马萧照旧坐在亭内等我。寒冬腊月，风雪交加，他披着银灰毛皮大氅，手里捧着杯热茶，抬眼看着归来的我。我被城外的狂风刮得头昏脑涨，一见他，竟是半个字说不出来。

他皱眉递过来热气腾腾的茶，带着梅花的清香。我一饮而尽，暖意横生，嘴角留香。他牵过我冰冷的手，向屋内走去。

“相公，你猜我今日战果如何？”我扬头笑道。

“虎夫无犬妻，你自是益发出息了。”他笑得真是好看。

“可有奖励？”我趁热打铁。

“你想要什么？”他半眯着眼，目光中尽是宠溺。

“不如早日传授金梓鸣成仙妙法吧？”我抱住他的胳膊，死皮赖脸地晃啊晃。

他的唇动了动，却不说一字，留下一个侧脸给我。

看来，他铁了心要食言。这意味什么呢？这说明，他并不想尝试任何解救之法，正如他所说，他只想与我度过此生，来生便一刀两断，再无瓜葛。有时想想便觉心寒，凡人看不到来世，如若得遇有情人，便想着一生一世，至死不渝；而我与他知晓会有来世，却想着今生温存，来世陌路。这样的“爱”，到底显得不诚恳。

我面上神色精彩，他自是瞧出了端倪，却依然半个字不说。

“食言而肥。”我嘟囔一句，甩开他胳膊，径自走到窗前，啪嗒一声推开窗，迎面冷风激得我一个寒战。

他走近，将窗户关上。“夫人，你累了，该歇息了。”他一面低声耳语，一面轻轻揉着我的肩膀。

该死，他是在撒娇。

我定力果然不够，立即丢盔弃甲，什么气都消了。

“夫人。”他眯缝着眼，继续卖乖。

我翻了个白眼，有点想掐他的脸。

第二十六章｜再见

当然，意乱情迷之后，还是要另想他法。司马玲珑也算是半个神仙，想必她有办法。就算她没能耐助金梓鸣成仙，但最起码能向天后娘娘吹吹耳边风。

瞒着司马萧，我便进了皇宫。时值黄昏，珑妃娘娘正倚在贵妃椅上翻阅书籍，我瞟了一眼，是人间诗词。她倒是得了闲。这个女子，在天上是尊贵不凡的王妃，在人间又是尽享荣华的皇妃。与我似敌似友，有着万般纠葛，偏偏抬头不见低头见，可谓造化弄人，想来便泄气得很。

“皇帝呢？”我的开场白向来都是直截了当的。

她星眸微眯，卷起书本，搁在案几之上。“他还能做什么，自是闭门修炼去了。前阵子天天来闹，说你家那位食言，迟迟不传授成仙妙法。我被缠得烦了，就教了几段当初天后娘娘传授的心法，搪塞过去。他便得了宝似的，拿去修炼了。”

我叹道："众人都在为他奔波，偏偏他这个当事人不上心。他拿定主意，只想当柱子，谁也劝不动。还有意阻碍金梓鸣成仙，让我等白忙活。我看，还得有劳你禀明天后娘娘，请她老人家定夺。"

"哟，"司马玲珑挑起细长眉毛，哂笑道，"你这红粉知己温柔乡都没法子让他贪恋红尘？看来，你火候欠佳。"

经她这么一说，我竟恍然大悟。可不是吗，是我魅力不够，留不住他。一时间，我竟愣住，直到司马玲珑推了我一把，我这才回了神。

她似有愧色，拉着我走到她的梳妆台前，铜镜里映出我俩形容。她取出一对墨玉手镯，交予我，道："天后娘娘曾将阆苑底下孕育万年的一方寒玉取出，打造了四块扇坠、七对手镯和一根发簪。那发簪便是你头上的纤云逐月簪。而四块扇坠则分别赐予了四位王子，七对手镯也赐给了七位公主。前儿，六公主托我将它转赠送你，祝愿你和三王子白头到老。"

说起这六公主，我和白牡丹都曾受过她的折腾，当初无因崖上，我与白牡丹被吕洞宾和太白金星两个老神仙逼着盗酒，后被六公主逮了个正着。想想那时，我和白牡丹还是沆瀣一气的。

"小青。"她忽然这么叫我。

"啊？"我抬头，有些措手不及。

"你别担心。"她像是在安慰我，"天后娘娘已经找到了另一位可以修习血凝术的使者，他叫黄若炎，原是紫薇真人座下弟子，娘娘已让吕洞宾带他修习去了。至于金梓鸣，即便三王子不授他成仙之道，吕洞宾也是要来点化他的。如今来看，五位使者已经找到三位，剩下的两位应该也不难寻。"

这对我而言，确是天大的喜讯。我想也没想，严严实实地抱住她，真好，真好，老天终于在帮我了！

她推开我，故意露出嫌弃神情。迟钝如我，也读懂了她眼底隐藏的笑，狡黠又温暖。

离了皇宫，心情愉悦，往城北“清心斋”买些司马萧平日甚爱的素饼。不料，听得后巷一声女子惨叫，我闻声而去，但见一年轻姑娘衣衫凌乱，七孔流血，已然毙命。定是个色胆包天的恶贼所为！我四下寻觅，忽地一股腥臭妖风扑面而来，刺鼻中透着莫名熟悉，我心头一紧，使了法术紧追那股妖气。

追赶至荒郊一幢双层竹楼，那妖气一闪，匿身其中，不见踪迹了。我欲硬闯，却被强大妖力挡在其外。一时恼羞成怒，拔下纤云逐月簪，一发狠力，却只毁了竹楼边上几株新竹。

“何方妖孽，有种出来会会姑娘！”我在外叫嚣，说实话，此生仗着有司马萧一干神仙相助，我斩妖除魔的信心倍增，甚至狂妄起来。

话音才落，四下阴风飒飒，风云色变。阴鸷而轻佻的男声响起：“哪里来的美人儿，追着本公子不放，莫不是看上公子了，上演一出‘千里追夫’？”

“呸！快快滚出来，姑娘给你个全尸！”我怒斥。

片刻之后，竹楼里竟然施施然走出个白衣公子，手摇折扇，衣带翩飞，像足了画卷里的神仙。呸，这个冒牌货！

“怎么，看呆了？”那妖怪勾起一缕异样的笑。

这许是传说中的“蛊惑魅术”。我闭目屏息，心神凝聚，破了他的妖术，扬手提剑便刺。他一闪，躲开剑光。眨眼间，他竟一手破去我的杀招，一手已经治住我的命门。我以为小命休矣，不料，他只使了个定身术，令我难以动弹。

“本公子今日有要事，没空陪你耍，美人儿，再见！”他嬉皮笑脸地冲我挥挥手，摇着扇子，扬长而去。

我恨得牙痒痒，如今这妖邪当道，个个都比我厉害，怎生是好，怎生是好！

回到上卿府，我将早已不成样子的素饼交给司马萧，并将遭遇告之。

司马萧一边听着我怒吼“我要杀了他，杀了他”，一边拿起残碎的饼往嘴里送。他倒是气定神闲得很。

“夫人，你不吃点吗？”他拿着一小块素饼，在我面前摇了摇，温柔地笑。

“没胃口！”我翻了个白眼，“不如你推算一下，那妖怪究竟是何来历，现在何方，我今晚就去灭了他！”

“天机不可泄露。”他敲了敲我的脑袋。

“别啊，”我灵光一现，拔尖拉长了嗓音喊道，“相公，相公，相公，帮帮忙嘛！”

他委实被缠得没办法了，终是透露妖怪的来历。那妖怪竟与我是同类，亦为蛇妖，天资聪颖，道行高深，一直恪守本分，行善救人，本可修成正果，只可惜风流成性，贪恋红尘快意，所以始终留在人间。

“倒是和你很像。”司马萧笑道。

“才怪，我明明见他杀了一个年轻女子。”还很有可能奸淫未遂。

司马萧一副狐疑模样，经不住我央求，最终掐指推算。

“如何？”我问。

“啧，”他摇头，给了我一脑门板栗，“你哪只眼睛看见他杀人了？原是个匪类行凶，那蛇妖是去救人的，只是晚了一步，又被你撞见。阴差阳错，反倒让凶手逍遥。”

呃……我气结。竟然是桩误会。

“不是我说你啊，这些年你斩妖除魔，怕是有不少冤案吧？”他半眯着眼，像是责问，却又饱含宠溺。

“胡说什么呐，我火眼金睛。”被说中心事，我颇为窘迫。真是的，该不会又要摆出一箩筐道理来教训我吧。

“啧啧，还嘴硬。”他笑得更加不怀好意，“要我一一列举吗？洛锡山的树妖父子本是一心向善，差点被你当成恶魔给收了。子龙谷的玉面狐也险些遭你误杀，她本是武德星君的宠物，因贪玩误入妖道，为这事武德星君可是闹到了母后那儿。司禄星君的坐骑、玄武元帅的干儿子，还有……”

“喂，别说了！”我捂着耳朵，打断他。

“小青，你这是在广修功德呢，还是在替我多造罪孽？”他眉头扬起，似怒非怒。

“可我也是为了……”为了救你啊，虽说急于求成了点。

“我知道，你都是为我。所以，你造的孽，我来还。”他拍拍我的肩膀，“别再为我而活，趁早跳出轮回，可好？”

我愣了愣，随即摇头。

“你这孽畜，还死不悔改。”他无奈地叹气，“过来！”

“干吗？”我故作惧怕状。

他见我一脸错愕，不由面色柔和了些许，道：“我自是不敢怪你，当初我轮回十三世，也因急功近利，错杀好人。比如，我身为法海，便害了白蛇一家。一切都是冤孽。看你步我后尘，我心痛得紧。”

“我虽为攻无不克战无不胜的无量战神，也曾雄心壮志一时，可是杀戮战争终归不是上乘之道。”他若有所思地背转身去，“你杀我，我杀你，有因必有果。世间皆由因果所定，可惜，谁能真正看清何为因，何为果？”

一番话，我听得云里雾里，却又另有所思。当初我为妖时，自是替妖说话，而如今，我居然口口声声都是“收妖”。对法海，我一直耿耿于怀，但如今，我又与法海有何区别？为成就自身，将苦难加诸他人。

“你懂了吗？”他轻轻叩着我的额头，想要将我敲醒。

我摇头，又点头。

“懂了，就放手。”他叹道，“再不舍得，也终归是要舍得的。凡事都有个‘度’，你我执着千年，验证了此情不渝，也终究修得圆满一世；如若再去强求生生世世，便不再是‘执着’，而是‘贪念’。”

对于他此番说教，以及此后几十年无时无刻不渗透的说教，我渐渐麻木了。每次想起以往种种，现在种种，即便深知是自己错，是自己贪，却还是义无反顾地做了。三王子啊三王子，你让我拿你怎么办才好？

在大康国的几十年，是我记忆中最鲜亮的色彩。我与他做了二十余年人间夫妻，享尽世间喜乐。因为是凡人，总归要老的。经年过后，不再年轻的他牵着不再年轻的我，缓缓走在郊野羊肠小道。时值初夏，清风拂面，煞是宜人。

那时，金梓鸣已经如愿位列仙班，而司马玲珑亦功成身退，返回天庭赴命。我与司马萧远离京都，在江南一处郊外择居，膝下并无儿女，二人相扶相依，过得甚是悠闲惬意。唯一的波澜便是我时常降妖除魔，不时留下些烂摊子由他收拾。

在我快要厌倦这种枯燥平静的生活的时候，谁料，无可避免的事情终究发生了。那天，司马萧照例提了木桶到河边垂钓，我如常叨唠几句，说早点回来吃午饭。他笑着说好，还为老不尊地亲了我一口，挥挥手，说："夫人，再见。"我口里骂着"老不正经"，将他推出门去，又冲着他的背影喊了声"早点回来"，然后便开始清洗衣物，到园子里摘菜。

午时将至，日头却不见了，转眼变天了。我便戴了斗笠和伞往河边去，走着走着，雨点便落了下来，起初还是零星几点，渐渐变得黄豆般大小，敲得伞面扑扑作响。我心里着急，索性施展法术，瞬间到了河岸。不想，那老神仙一动不动地坐着垂钓，周遭并无一点雨滴，连河面亦是平静如镜。我又好气又好笑，敢情这家伙在周围结了法界，不让人打扰呢。

"老头子，回家吃饭了！"我收起雨伞，走进他辟出的一方法界。

他竟对我不理不睬，像是睡着了。我走近，正欲骂醒他。但真的走近时，才发现，这个糟老头子，我最爱的男人，已经没有了气息。

我的眼泪完全失控，我拼命宽慰自己，生老病死乃是凡人必经之路，今生结束，我与他还有无数个来生。

我静静地坐在他身旁，感觉他的身体慢慢变凉。他织就的法界亦逐渐散去，雨水渗进来，冰凉。

"法海，张甄柳胡，张诘斌，司马萧……"我喃喃地唤着这个男人曾经的称谓。回忆一窝蜂涌上，我不知该先看哪一段，先想哪一出。是竹林里的法海和尚，还是药店门口装神弄鬼的张甄柳胡，是脂粉堆里的张诘斌，还是位极人臣的司马萧……

是夜。我执意守着一具尸体，明知毫无意义。我做了个梦。

梦里，三王子着金甲胄衣，束白玉发冠，火红战袍狂舞，一如朝霞。他向我道别，眉眼尽是温柔，是我新嫁的良人，是我生生世世的寄托。

“这一世，我在人间已有四十九年，算来也是时候了。”昔日，七公主以佛祖法器相助，为三王子争取自由，让他每年有七七四十九日自由身。天上一年，人间约莫四百年。那么，每隔四百年，他有四十九年时间。

他的身后是茫茫云海，紫气袅袅，异香弥漫。眼前幻象种种，无一不在彰显，他是神仙，是六界的无量战神。他不再是我人间的夫君。世人都云，一晌贪欢，梦醒后成空。凡人以为，一夜风流是空，一辈子相守才是真实。可是，面对不生不灭的时光，数十载也是须臾，一辈子也是忽然而已。我贪心如斯，我执念如斯，我要的相守，是真正的永恒。

他挥手送我一场雪花，飘飘洒洒，超凡脱俗。这让我想起很多很多年前，人间一个飘雪的黄昏，他背着犯困的我漫步在长街古巷。

雪精灵缠绕在我眉睫，跳着一种精灵才懂欣赏的奇特舞步，他们欢笑，他们喧闹，他们毫无矜持，毫无保留，像是最初形态的我。

我在梦里哭了，幻成蛇身，蜷在雪地里，以冬眠的姿势。

“这一世后，饮下孟婆汤，不要再留恋人世，跳出轮回，继续修行吧。”他的声音穿过云雾，缠绕我冰冷的身躯。

我想用最伶俐的口舌反驳，但梦中的我一个字也说不出。我露出獠牙，吐出蛇信，毒液滴在雪地里，幻出黑色的花。

他俯身将我抱入怀中，我僵硬的躯体有了些许暖意。

“你要学会忘却。”他在我的耳畔低语。

六界已无忘川水，孟婆又制忘魂汤。为何你们神仙如此执着于让人忘记？

要我忘记，我心不舍。许是“不舍”，才一直“不得”。

“再见。”他在我的蛇头上拍了三下，嘴角勾起一丝笑意。我眯眼看他，梦境中的他，依然美得毁天灭地。

这般美好，我怎肯放手？我甘坠轮回，不饮孟婆汤，为他广积功德，只愿一朝，他可与我携手并肩，享永世之爱。

可惜，他似乎并不领情。

第二十七章 | 夜安

司马萧死后，我在人世辗转数载，终是在一个电闪雷鸣的雨夜，魂魄离体，入了冥界。这一世也走到了尽头。

孟婆坐在凉亭内，看我拖着青色长裙，悠悠走上奈何桥。她舀了一碗忘魂汤，并不假手鬼使，却亲自递给我。

“喝过孟婆汤，前世皆忘光。奈何桥一过，再回繁华乡。”她眼角挑起，示意我莫要使诈。

我默默背转身去，正想如前几次一样，使用障眼法。孟婆咳嗽一声，道：“小神受人之托，忠人之事罢了，还请姑娘体谅。”

原是三王子早有交代。

我靠在奈何桥上，仰头一笑。脚底下，三途河水黑浪翻涌，似要吞噬一切。我拔下纤云逐月簪，在碗内一搅，汤水已被替换。我饮下假汤，平静地看向孟婆。

她颔首，擦了一把并没有的汗。我冲她盈盈一笑，以最袅娜的姿势走过奈何桥。

“投生牌”上写：大康国，祯同七年。

我投生于一户猎户人家，因家中女儿太多，我长到六岁就被卖进乐坊。六岁学歌，十载成名。

身为洗月坊头牌歌姬，我已见惯欢场薄情。公子哥儿拥香怀玉，醉生梦死，情话张嘴就来，借着三分酒意撒痴卖俏，穷尽丑态。

我亦不能免俗。卷袖起舞，露出半截手臂，浅唱低吟，挥洒眼角风情。我笑得谄媚，人人都说我比神仙还快活。

“夜安，你倒是学学灵儿啊，逢人笑脸相迎，生意场上好说话嘛。”坊主又在教训歌姬夜安，责备她刻板愚笨，不懂逢场作戏。

这一世，我叫灵儿。

除了我这千年老妖精，夜安是乐坊中最为奇特的存在。她不穿薄纱衣裙，从不笑，不喜与客人废话。孤傲的性格自是让她在烟花之地麻烦不断，但也博得个“冷娘子”的美名。满城的脂粉客对她趋之若鹜，她与我成为洗月坊双姝。外界的评价是，一冷一暖，两相销魂。双双还得了诨名：小冷、小暖。

我本对她不感兴趣，直到某一天，乐坊里来了一人。

那天，夜安染了风寒，身子不适，唱了三首曲子，嗓子便有些沙哑。坊主让我替她，我正要登台，却有客人不依。道是专程来捧冷娘子的场，怎的临时换人，可是店大欺客？

吵吵嚷嚷，好生心烦。我挥了挥手，使了个法术，那客人立刻捂住喉咙，发不出一丝声音。我起了个架势，开始唱曲儿。

满堂恩客，我一眼瞧见了那人。他剑眉入鬓，面若冠玉，有一张与我意中人一模一样的脸。

是镞。他来得真是时候，我不得不扭动身姿，眼含春色，满腔娇情地唱给他听。他的眼底是忍俊不禁，是“你也有今天”的嘲弄。我咬牙，唱完一首，施术将乐坊内的灯火吹灭，引来满座宾客懊恼怒骂。

坊主忙命人重新点亮灯火，推着我继续。我心头窝火，不情不愿地站在台上，瞟了镞一眼。

镞还不算笨，他立刻会意，施施然甩出一沓银票。

“包场。”他挑眉看我，露出狡黠的笑。

坊主见钱眼开，干净利落地清场。

我立在台上，与镞两两相望。坊主催促我莫要拖沓，赶紧唱曲儿博客人欢心。我张嘴，开开合合，却并无声音发出。镞笑了笑，朝我走来。

坊主拍了拍脑门，很识相地撤了。

“找我何事?”如今的镞取代铤留在天界守护六界太平，他竟得闲来人间走一遭，定不是看我笑话这般简单。

他道：“我为三哥而来。”

你三哥在天上当柱子，既顶天，又立地，你是不是来错了地方？

“这里，有适合练血凝术的人。”他淡淡道。

我眨眨眼睛，等他说完。他却不再说了，只是打量我的装扮——水红薄纱裙，露出半截手臂，银色抹胸难掩风情。他的目光逐渐变得焦灼，这令我想到常来常往的脂粉客，男人最本真、最原始的欲望。

他扬手，我的身上多出一件藕色披风。真不知他这是君子坐怀不乱呢，还是伪君子欲盖弥彰。

“我会在人间待一段时间。”他道。

送走了哥哥，迎来了弟弟。我翻了个白眼，随便吧。

次日，坊主欢天喜地地将夜安带到镞的面前。我正巧在园中吃葡萄，撞上了他们。夜安依然冷冷淡淡，镞却表现得甚是有耐心。他这是要化作暖流，将坚冰融化的架势啊。我窃笑，心中已然明了，夜安，确切来说，水夜安便是可以修习血凝术的凡人。

据说，水夜安本是当朝官宦之女，父亲徇私枉法，锒铛入狱。家中女眷被遣散，有的被逐边境，有的被发配勾栏乐坊。水夜安入洗月坊时正当二八妙龄，短短时间便誉满京师，凭借的是曼妙身姿、清冷气质，以及得天独厚的歌喉。

我对美丽的女人通常都有好感，白素贞、白牡丹，如今多了个水夜安。

我不知道镞到底跟水夜安说了什么，水夜安跪在他脚下，深深一叩，行了拜师礼。我扶额，这些死神仙，做事就是霸道。

不过，我低估了水夜安。

她拜完师，若无其事地走了。镞呆在原地，有些错愕。

我试图接近她，想打探她那比海水还深的内心世界。她根本不予理睬，依然我行我素，该唱曲时绝不吃饭，该睡觉时绝不梳妆。

我悻悻地问镞："你到底跟她说了什么？"

镞道："我说，你若不拜师，我会一直留在此地。"

强扭的瓜不甜，强抢的徒弟不乖。若凡，你还是太年轻。关键时刻，还得你青姨出马。我拍了拍他的肩膀，一副扼腕痛惜的样子。

他拨开我的手，道："你且试试。"

我道："距这三百里之地，有山妖作乱。"

他不解，奇怪地看着我。

“我得先去除妖。”我理了理鬓角头发，一本正经地看看天色。

他挑眉：“你一个妖怪，口口声声说要除妖，却也不怕别人笑话？”

“为了你三哥。”我回答得理直气壮。

说罢，我遁形而去。

青光一道，我猛然落地，打了个踉跄。回头一看，他果然跟来了。太阳底下，他面色红润，显然在天庭的日子过得甚是滋润。也不知他和白牡丹在那方面是否还和谐，咦，我倒真不清楚，神仙和神仙是否也会行那双修之事。

我似乎想太多了，想太过了。

镞替我收了一群小妖，我还沉浸在漫无边际的胡思乱想中。自从上一世与三王子共结连理，食髓知味，懂了世间情欲，我对这方面似乎越来越感兴趣了。这对一个雌性而言，会不会不太矜持？

“你就是这样除妖降魔的？”镞终于忍不住给我难堪。

我呵呵一笑：“这不是有大神仙在吗，小女子偷偷懒。”

他无奈道：“行了，妖怪已除，还是想想如何劝服水夜安吧。”

“只需唤醒她心中恐惧，”我道，“你于一旁消除她的恐惧，她定会对你俯首帖耳。”

我为自己的聪明才智喝彩。做人做久了，逐渐看透了人心。

夜阑寂静时，我摇身一变，成了名猥琐的采花大盗。我潜入水夜安的房间，假意行凶。她从睡梦中惊醒，见了采花贼，只淡淡问道：“阁下有何贵干？”

我狠狠将她压制在墙上，贱兮兮地笑：“好香好软，今儿大爷艳福不浅。”

她依然面无表情，眼眸沉寂如死水。

我有点慌了，只能学着当初司马萧对我的所作所为，一手摸她的若柳细腰，一手撕她领口衣料。她的气息有些急促，却并不挣扎，反是冷冷地盯着我瞧。看、看什么看……莫非我还不够下流？我一狠心，张嘴往她颈项啃去，啃啮是蛇的本能，这一招算是必杀技。果不其然，轮到她慌了，她发出短促的惊呼，将我推开。

“灵儿。”她幽幽开口。

我一愣，怎么可能，凡人怎会识破我的幻术？

“任何人的味道，我都可分辨。”她瞄了我一眼，“为何假装男子戏弄于我？”

她居然能分辨不同人的味道，想来也是天赋异禀。

我笑了笑，并没有给她答复，反是不要脸地提了个问题：“如果真有人对你……你怕是不怕？”

她道：“怕什么，既然身陷风尘，清白与否，又有什么重要呢？”

我被自己的愚蠢惊呆了，是啊，本就是风尘女，为何要怕采花贼？顶多拼个你死我活，再不济躺下享受也好，都不知谁占了谁的便宜。

她见我呆住了，又道：“天色不早，趁早歇息吧。”

说着，将我推到门外，毫不客气地关上门。

门外，镞冲我笑了一笑，我感觉颜面尽损。

我踱步忖思，借着夜色完成一个妖精的变身。如今的我再不是那条只会迎风扭腰的小青蛇，却是一条有着血盆大口、鳞片灼灼的巨蟒。吐出一口腥气，树木瞬间枯萎，摇一摇尾巴，石崩地裂。镰饶有兴致地打量我的真身，看得我倒有点不好意思了。喂，姑娘没穿衣服，流氓你不要再看了！

镰笑着在我的蛇首上拍了两下："去吧，看看是否可能把她吓死？"

昔年我原形毕露，吓死了白素贞的心头肉许相公。水夜安乃是女流，胆子总不见得能与男人抗衡。我得意地吐着蛇信，嘶嘶嘶嘶，欢快地哼着曲儿，朝那冷娘子的闺房游去。

水夜安撞见我的时候，尽管强装镇静，但依旧吓得面如白纸。慌乱之下，她拿起桌上刺绣时用的剪刀，扔向我——作为一只活了几千年的妖，这种小把戏简直是侮辱我。我只顾张开大口吓唬她，正摇头晃脑，得意扬扬，但该死该死真该死，不想那剪刀竟不偏不倚甩进了我嘴里。

哎哟！妈呀！

我痛得猛扫尾巴，将她房中圆桌翻了个底朝天。动静太大，巡夜的冲了进来。见了我，都似见了鬼似的，不止尖声大叫，还拿火把烫我。我嘴里流着血，身体被火烧，一时只顾满地打滚躲闪，却连使个法术的心思都忘了。最后还是镰对巡夜的施了定身术，救我于火海。但水夜安的闺房却付诸一炬。

老鸨为这点损失捶胸顿足，骂骂咧咧了半日才作罢。我嘴里受了伤，说话也不利索，唱曲儿什么的也去不了，老鸨更是气炸了肺："你们一个被蛇吓破了胆，卧床不起；一个嘴里长疮，开不了腔！这是要气死老娘啊？"

我一面病娇状点头敷衍，挤出两滴并没有的眼泪，一面想妙极妙极，水夜安卧床不起了。

当日，镰让我去探病，还让我拎了一篮子时令鲜果。神仙和人类委实有些共同之处，那便是虚伪。

然而，水夜安再度让我颜面丧尽。

她哪里是卧病在床，只歪在床头吃着果子，半点没有吓破胆的症状。她乜斜眼，睐着我："果子留下，人走吧。"

我看着那篮鲜果，恨得牙痒痒，嘴里有伤，吃点东西都不能。她倒好，拿剪子伤了我，还霸占我的果子。

"你不怕蛇？"我忍痛问她。

她淡淡道："怕归怕，但还不是被我吓跑了。"

吓、吓、吓跑了？扯、扯、扯你的淡吧！我堂堂蛇妖会被你吓跑？鼠目寸光的凡人，你让我说你们什么好？

"万一它还来，你怎么办？"我道，"前儿那位公子，他乃世外高人，擅长除邪驱祟，不如咱们请了他来？"

她笑了笑，递给我一颗剔透的紫葡萄，轻歌起来。唱的是素日我爱唱的小曲儿，见了鬼的，唱得竟比我还好。

我翻了个白眼，不想再与她废话。

同在屋檐下，抬头不见低头见。我打算饶她一命。

镲见我铩羽而归，拊掌大笑。

"青姨，还得看我的。"他居然喊我"青姨"，戏谑之意不言而喻。

因这称呼，我愣了半晌，擦了擦鬓角并没有的汗。

镲一挥手，幻出一株桃花树。院落里凭空生出一棵树怕是会惹人议论，但他成竹在胸，我又何必烦恼。

桃花树，神奇的存在。桃木用来辟妖邪，桃花用以招惹情爱。按我说，情爱方是最该辟的邪。

你懂什么？

——我仿佛听见白素贞情动时的嗔怪。

那时我还不懂。后来我倾尽一切，弄懂了。只是，懂了又能如何？

桃花灼灼，是一场绝艳又哀绝的劫。

风过衣角，花瓣似雨散落。镞的脸逐渐化作昔日许若凡的样子，眉眼依旧，笑得温温柔柔。那笑容承载了他与我相扶相依的五百多年，没有爱，没有恨，那是最初的简单。

不多久，花瓣铺满整个院落，直至没膝。

不多久，整个冼月坊都来瞻仰这株妖树。

“这桃花太邪，开一日，落一日，得找个得道高人来破解。”老鸨陷入短暂的沉思，我乖巧地上前解围，将化身道士的镞引荐给她。

镞装模作样地作法请符，如是三天三夜，终于降服了那株妖树。见那桃树枯萎，老鸨忙请人砍了扔掉。镞摆手吓唬她，不可不可，此树与你们有些因缘，砍掉反倒断了此地气脉。

“其实，都是她惹的祸端。”他完全没有天界王子的负担，厚颜无耻地指向水夜安，“此女至阴之命，恰逢白年阴月，故而沾染了邪祟。若想贵处太平，须得将她逐出此地。”

最毒莫过大神仙。

老鸨面露难色，纠结了好些天。水夜安是冼月坊头牌，为了棵莫名其妙的桃树，生生将摇钱树砍了，岂不要了卿命。

然而，廉耻这种东西一旦放下，就会一发不可收拾。镞继续落井下石，一时变团黑气骚扰一下恩客，一时托个梦给老鸨要她舍小取大。折腾了半个月，水夜安终于收拾行囊，被遣走。

嗯，于是我成了冼月坊第一人。

当然，这不是重点。重点是镞为了让水夜安心甘情愿拜师，居然无耻地用起了“美男计”。

那是一个乌云蔽日、凄风苦雨的午后。想必天上的神仙们不想看见他们的王子如此下三烂，索性拿云蒙上眼睛，不见不烦。

为达目的，白牡丹可以下界委身一个凡人，镞亦可以勾引一个凡女。他们这对夫妻也算是古往今来、六合八荒里的一对奇葩。

——但我对此，欣赏得不得了。

不要面子的神仙太少，不要面子的妖精也太少。

镞每日拖着一袭仙气十足的宽腋白袍，梳着最时兴的发髻，潇潇洒洒地在水夜安暂居的木屋外走来走去。嘘寒问暖、劈柴挑水、清理打扫，穷尽一切献殷勤之能事。

而宛如冰山一般的女子，对镞熟视无睹。

那日，我假装来探望故友，想看看镞的进展。水夜安见了我，一点也不意外，指了指厨房，道：“里头那位，和你是一伙的吧。”

我矢口否认，哪里哪里，不认识不认识。

“你想在洗月坊一人独大，故联合此人将我驱逐，这点心思，我不难看穿。”她淡淡道，“只是我不懂了，为何他总想收我为徒。”

我咬了咬牙：“实不相瞒，他爱慕你。想救你出风尘，才和我联手演了这出。这些天，他的所作所为，你当真看不清楚？”

撒谎的时候，我眨了好几下眼。

水夜安摇头：“若爱慕我，只需一曲《凤求凰》，剖白心迹便是。何以他成日要我拜师？我并无心仙法道术，你们还是莫要白白浪费了心思。”

镞算是白忙一场。

有的人天命风流，有的人天生无情，都不是无因可循。我和镞想的一样，必须一窥水夜安的前世造化。

菩萨畏因，凡夫畏果。

究竟是怎样的因缘际会，才会成就这样一个无情之人？

第二十八章 | 无情

我问镞，九重天上最无情的神仙是哪位？

他思忖良久，指了指自己。

恰是人间三月天，早春的暖风轻轻掠过他的发。他的面颊在阳光下微微泛红，竟有些微醺的错觉。

我知他说的是那场因忘川之水带来的浩劫。他忘了前尘，差点酿成杀父弑兄的大错，说起来算得上是“无情”中的翘楚。可那只是旁人眼中的他。我见过温暖的许若凡，宛如阳光里盛开的葵花。长袍曳地，凭栏回眸，是别致而绰约的风流。那时，他的脸上留有白素贞和许仙的痕迹，眼角是素贞的含波顾盼，眉梢是许仙的萧疏淡然。如今，他的模样和铤的一般无二。无论是何时的他，都不该与“无情”有多大关系。

“三王子，你与白牡丹婚后生活可还协调?”我斜眼看他，促狭一笑。无情者，或许不该娶妻。无情者，或许不该戴着他人的面具而活。他顶着“三王子”的头衔娶了白牡丹，几多苦心，几多心意，如何算得无情？

镞牵唇笑了笑，淡淡看了我一眼，挥手幻出一面灵镜。镜中流云穿梭，星移月动，待停下来，但见水夜安在其中盈盈一笑。

一仙一蛇，开始窥探凡人的前世。

那一世，水夜安是一名浣纱女。

清晨邀伴往河边浣纱，女郎们唱着歌儿，说着笑话，好不快活。雾霭渐渐散去，一叶小舟从对岸漂来。

浣纱女郎们停下手中的活儿，笑嘻嘻地盯着水夜安瞧。

水夜安的脸变得绯红，眼睛始终望向河中小舟。

越来越近。

离她越来越近。

“还不快去迎你的大师。”一女郎笑着推了水夜安一把，害她险些栽进水中。

她面红耳赤地啐道：“呸，少胡说八道！”

“今儿咱们几个就劝他还俗，把你娶回家去，好是不好？”女郎们你一句我一句，虽说是打趣，犹将水夜安羞得无地自容。

小舟渐次靠岸，一个白衣和尚缓缓下船。

女郎们背地里顽笑，此刻倒都恭敬地起身见礼。

和尚微微颔首，晨光倾洒在他的脸上。他的鼻子蛮有特点，是一种介乎鹰钩和塌鼻梁之间的完美形状，雕塑般冰冷而真实。他的眼睛幽邃而深沉，仿佛秋夜高悬于银天的星子。他的嘴唇微微扬成漂亮的弧线，恰到好处地牵动着脸际的表情。他那张瘦削的脸似乎是用冰山上万年的冰石雕琢而成。

水夜安痴痴地看向那个本不该沾染俗世的和尚。每日晨起浣纱，都会遇上这个长相隽秀的僧人，她莫名就春心暗动，甚至连一句话都没有和人家说过。

“大师为何每天这个时候都乘舟而来？”一女郎笑问。

和尚道：“为降妖而来。”

“大师这么年轻，就会抓妖怪，好生能干呢！”女郎们哄笑着把水夜安推到和尚跟前，“我们这儿有位姐妹，没事就爱撞妖，还请大师救一救她。”

水夜安的鼻尖几乎要碰到和尚的僧袍，慌忙尴尬地退后几步，抬眼看向他——对方也正看着她。一个看得缠绵，一个却看得凌厉。

“有妖？”和尚的声音不大，却不怒自威。

水夜安迟疑片刻，尔后坚定地点头。

于是，她在前带路，和尚尾随其后。弯弯绕绕行了半个时辰，到了一处荒废的旧宅前。

她指着眼前的旧宅道：“大师，一个月前我途经这里，遇到了桩怪事。当日，好好的突然下起了雨，我进入旧宅躲雨。忽听一阵打斗声，抬头一看，一青衣女子和一墨衣男子飞檐走壁，杀得正酣。突然狂风四起，电闪雷鸣，转眼间，屋檐上的二人竟不见了，但留一只巨鹰和一条大蟒厮杀恶斗。我吓得不轻，慌忙逃出旧宅。如今想来，应当是妖吧？”

和尚闻言一怔，并未作答。他合目催动口诀，抛出玉佛珠，旧宅上方瞬间笼上紫岚。一方土地匆匆出现，朝和尚见礼。

“鹰是距此百里外的‘鹰愁山’的霸主，生性暴戾且好色，不管凡女还是妖女，被他遇上了，都免不得沾上一沾。”土地道，“那蛇是西湖底下修行的青蛇，还有个姊妹白蛇。那天，青蛇遭那鹰怪调戏，愤然出手，两人斗了一日一夜。后来，青蛇渐渐不敌，差点要遭那鹰怪毒手，幸亏白蛇来寻她姊妹，二人联手方将鹰怪赶跑。可恨那鹰怪死性不改，恐怕还会为祸人间。”

闻言，那和尚微微蹙眉。

待土地离去，和尚对水夜安道：“有劳姑娘帮个小忙。”

和尚的眼睛太好看，像是夏夜银汉里的星辰。水夜安想也没想就点头应下了。

于是，在一个莺飞草长的四月天，水夜安打扮一新，撑一把油纸伞，娉婷行走在西子湖畔。水红色的长裙像是霞彩一般，灼灼艳色，吸引了无数登徒子的眼。

突然飞沙走石，遮云蔽日，水夜安被一阵狂风卷走。睁开眼，却躺在一片竹林深处。

巨鹰在她头顶盘旋数圈，然后现出人形——果然是当日旧宅里见到的墨衣男子。

妖怪斜嘴一笑，俯身压住她，口里说着最下流的话，手上做着最无耻的事。她却丝毫不惧，一切都如和尚所料，以她为饵，引敌出洞。

终于，和尚于一道紫光中出现，他单手结了个印，一道真气袭向那鹰怪。鹰怪惨叫一声从水夜安身上翻落，瞬间现出原形，飞上空中。

水夜安起身整理衣衫，却见一青衣女子气喘吁吁地跑近，看起来像是跟着和尚来的。水夜安定睛一看，那女子不正是旧宅里的蛇妖吗？

“站住！”蛇妖嗔道。

水夜安躲在竹子后面，悄悄地察看。

和尚似乎没有听到蛇妖的呼喊，兀自追赶鹰怪——右手当空一挥，鹰怪坠下天来，哀号了几声，便化作一团黑烟散去。

水夜安第一次见得和尚的本领，又惊又惧，一句话也说不上来。那蛇妖显然也被和尚的本事吓到了，生怕自己也被收服了去。

水夜安抚了抚胸口，勉强镇定，正要走上前去——却见那蛇妖抢先一步到了和尚跟前，娇俏的脸蛋写满了勾引。

“和尚，你没看出我是妖怪？不然，你收了我啊！”蛇妖咬着猩红的唇，笑得诚恳又放荡，眼底眉梢尽是妩媚风流。

同为女子，水夜安也被那种妖精与生俱来的气息所蛊惑，一时竟移不开目光。

没想到，那不食人间烟火的和尚居然微微笑了。他看了一眼蛇妖，竟然没有要降伏的打算，只是转身就走。水夜安正要提步跟上，却又被蛇妖抢了先机。

蛇妖飞快地拦住他，用手死死抓住他的衣袖，居然直接赖上了！

不知为何，水夜安的脸红了，许是看不惯如此孟浪的妖，又许是懊恼自己不是那只妖。她的脚生根了似的，挪不开半步，呆呆地望着眼前的男女。

一个得道的高僧，一只放荡的女妖。

是高僧收了女妖，还是女妖吃了高僧？

水夜安能想到的两种结局都没有发生。

“人间还好吧？”

——她清楚地听见和尚对蛇妖如是说。

竟像是故人。

她清楚地看见和尚用温柔如蜜糖的眼神看那蛇妖。

这不是一个无情的和尚。水夜安莫名觉得自己并非没有希望。

蛇妖几乎将半个身子挂在了和尚手臂上，疑惑地抬头看他，或许是不懂他说的话。和尚也看她，唇角挂着天机不可泄露的神秘笑容。

然后，和尚在蛇妖额前印上一吻，然后化作一道紫光消失了。

水夜安的脸变得煞白。

一个月后，水夜安再度遇见和尚，是在金山寺。

和尚作为寺院住持，大开方便之门，登坛弘法。水夜安仰视着讲经说法的高僧，难按心头悸动。她一遍一遍地告诉自己，法海禅师并非无情之人。

法会结束，她寻至内院。和尚正浇着一株蝴蝶兰，见她来了，起身合掌见礼。寒暄几句，无非是多亏姑娘帮忙才得以降服鹰怪。

她趁和尚不注意，拉住他的衣袖——学蛇妖的样子——将半个身子倚靠在他手臂上，然后用吴侬软语轻轻地剖白心迹：“大师，你收了我吧。”

若能如蛇妖一般索得一吻，也算此生之幸。她是这么想的，自己再怎么不济，也是个堂堂正正的人，妖精尚能依靠撒娇耍赖求得一吻，她总不至于比不过一只妖吧。

不想，那和尚抽出手臂，退后数步，淡淡道：“佛门重地，休得造次。”

她没有反应过来，傻傻地问道：“那……换个地方？”

见和尚没有说话，她急得话都说不清晰了。她努力回想着那蛇妖如何行勾引之事，她豁出去了，将和尚推至墙边，用舌头舔他的脸。

和尚撇过头，面露讶色：“女施主是否对贫僧有什么误会？”

她愣了一愣，以为勾引得不到位。尴尬地笑了笑，然后宽衣解带。和尚淡淡地看她行事，也不吭声。

她已脱得浑身光洁，少女冰肌雪骨，妖娆动人。她微微发抖，强忍羞赧，抱住那和尚。和尚的袈裟摩擦着她的胴体，她全身麻麻酥酥，已然情动。

和尚漠然地瞥向她，像在打量一件物品。

“大师，我的身子好看吗?”她咬唇，问出了这一生最不知廉耻的问题。

和尚手一挥，地上散落的衣裙瞬间回到她身上，将她裹得严严实实。

“你此生亵渎僧侣，生生世世都将沦落风尘。”和尚合掌叹道。

“是吗?”她泫然若泣，“那蛇妖呢？她引诱你，她又将如何?”

听到“蛇妖”二字，和尚的眉头微微蹙起：“她是她。”

她低头嗫嚅：“你对蛇妖尚可大发慈悲之心，我这般爱慕于你，为何不遂了我心?”

和尚看也没她看一眼，冷言道：“你竟以为，什么人都配我大发慈悲?”

她的眼睛逐渐模糊，耳朵嗡嗡作响，寺院里阴冷的穿堂风一刀一刀割她的脸。

你不配。你不配。

“送这位施主下山。”和尚吩咐寺里的小沙弥。

下山时，她问小沙弥，法海禅师是否真的是得道高僧。

小沙弥无不崇拜地答，自然，降妖伏魔，无所不能。

她又问，法海禅师当真六根清净、无欲无求。

小沙弥迟疑了片刻才说，听大师兄提过，住持也会被心魔所扰，每年中总有一个月是要闭关的。

他的心魔是什么，她问。

小沙弥摇头，无人知晓。

水夜安乘上归去的小舟，回头眺望金山寺。寺院隐现在雾岚中，如梦如幻。那里有个大和尚，白衣翩翩，相貌堂堂，身在空门，却非无情之人。他捉妖，他也亲吻妖，不知图什么。

她此生最后一次在西湖边踟蹰，竟遇上了那只蛇妖。

一袭青衣与柳树融为一体。青衣女妖口中衔着一根柳枝，调皮地躺在西湖边的垂柳上打盹儿。一个白衣女子袅娜而来，口里唤着："小青，你又躲在这儿偷懒了！"

青衣女妖跳下树来，笑嘻嘻地说："姐姐，那和尚又亲了我。"

白衣女子捏起她的脸，眯眼吓唬道："不想死你就去寻他。"

二人说着，一扭一扭地沿湖而去，乌黑的秀发一甩一甩，甚是可爱。

水夜安叹了口气，低头涩笑。

若郎有情妾有意，即便是死，寻他又何妨呢？

…………

水夜安最后一次见法海和尚是在一场惊天浩劫中。钱塘县连下三天三夜暴雨，乌云蔽日，江水倒灌横流，洪水骇浪摧毁了无数良田民宅，哀鸿遍野，灾民成患。她侥幸抱住一棵枯木漂荡在污浊的水里，听老人说，有妖怪同金山寺的大和尚斗法，妖怪太过厉害，连和尚都不是对手，大和尚可能要死了，整个钱塘县的百姓会跟着陪葬。

洪水过后，她带伤赶往金山寺，一路所见，皆是浮尸和哭丧者，触目惊心。

金山寺山门外，法海禅师披着红火袈裟，左手持禅杖，右手托金钵，与一白一青女妖缠斗。

水夜安看不懂神仙妖精的斗法，电光火石间白衣女妖瞬间被吸入金钵。青衣女妖被禅杖所伤，从天上摔下，直直落入水中。

法海禅师直接用指尖真气劈开洪水，将青衣蛇妖拉至身旁。

昏睡中的蛇妖浑身湿透，事已至此，和尚还不忘施法给她一件干燥衣裳。

水夜安听到和尚说，白蛇水漫金山，触犯天条，压入雷峰塔，永世不录。

和尚环顾金山寺，满目疮痍。他低首合目，叹了一声。尔后，他俯下身抱起那蛇妖，起手结印，紫光缓缓笼上蛇妖。

水夜安正感慨和尚为了天地大义，要毙了女妖。不想，那和尚竟然在女妖额前吻了一下，然后脱下袈裟，丢进水中幻出一艘法船，任船载着女妖离开。

“我度你。”他望向法船的方向，忽然抚胸咳嗽几声，腿一软，跪倒在地。

即便是得道的大和尚，也是会受伤的吧。水夜安上前扶住他，却迎上一双冰冷的眼。她吓得收回手，喃喃道：“大师，你可无恙？”

自然得不到回答。

她还能问什么呢？是问他双妖作乱，何以捉一只放一只；还是问他既然有情，为何乱入空门，徒增烦心？

和尚打坐调息片刻，忽见天上云头显出雷公电母的神像。

“法海，汝与白蛇斗法，错造杀孽，滥伤无辜，于天道不容。下官奉天帝之命，前来行雷霆灭顶之刑。从今往后，汝每月初一自行往雷山领罚。”神仙的话连同一道旨一起飘落。

和尚接旨，叩拜领刑。

但见一道银色闪电划开云层，伴着轰天巨雷直劈而来，和尚生生挨下，一口鲜血喷将出来。一道道天雷陆续砸下，受刑的和尚血肉模糊地倒在地上。他始终没有吭声，咬牙忍受，手中的玉佛珠随雷电一一碎裂。

水夜安扑身上前，为他受了一道雷刑。她瞬间被弹出丈许之遥，只觉五脏六腑一并炸裂，口中甜腥涌动，眼一黑，晕厥过去。

不知过了多久，她醒转过来。雷刑还在继续，和尚依然一声不吭地硬扛。她捂住双眼，不忍再看，只歇斯底里地哭，泪水与血水混在一起，污浊不堪。她委实想不通眼前这和尚来世间到底图个什么。

从今以往，和尚每个月必受四十九道天雷，直到此生终结。

她拖着躯壳爬向他，伏在他身旁哭泣，却听他在昏迷中喃喃："还好……"

都这样了，还好？皮开肉绽，鲜血淋淋，焦枯的身体像一块老树皮。

很久之后，她常伴青灯古佛时，不经意间忆及此时此景，恍然悟了——那时和尚是在庆幸，还好不是那蛇妖受雷刑之苦。

四十九道雷刑终于全数受完。和尚无情至斯，看也未曾看她一眼，兀自遁形而去，从此消失在她的生命中。

她满是鲜血的手捡起一颗残破的佛珠，缓缓按进胸口。

…………

影梅庵内。

水夜安换上缁衣，摸着新剃度的光头，怅然望向金山寺的方向。

“从此无情。”她闭上眼睛，暗暗发誓。

从此无情，晨钟暮鼓，了此余生。

第二十九章 | 半个故人

浮生一世，作烟云过。此后的生生世世，都如法海当日断言，水夜安皆沦为风尘女子，这是她亵渎佛门的因果报应。

灵镜内的人像渐次模糊，直至消失。

镞托腮叹道：“不想三哥还欠了这样一笔情债。”

我内心翻涌，虽非有意，但仍觉亏欠了她。

“不过，如此好办多了，只需唤醒她那一世的记忆，她定会为了三哥而学习血凝术。”镞拊掌一笑。

我心想，这岂非利用别人的感情？转念一想，人活着，如果连被利用的价值都没了，想必也没什么滋味。

作为大神仙，镞唤醒一个凡人的记忆，自是不费吹灰之力。水夜安醒来后，记起了那个叫法海的和尚。她再度见我和镞时，花容失色。

镞和她印象中的法海有着一模一样的面孔，她自是惊讶非常。

她的记忆中也有一只青衣蛇妖，虽然我对她一点印象都无。

“禅师，你为何在这？你们、你们……”她一张口，无数个问题涌到唇边，到底无从问起。

她低垂着头，眼角挂着雾气。

镞很有耐心地告诉她，很多人，并非没有存在过；很多事，并非没有发生过。只是，你都忘了。

前世今生，凡人只拥有短暂的记忆。

镞说，他并非法海，只是法海的孪生兄弟。法海早已遇难，需要血凝术方能救他生天，而水夜安的体质正适合修习此术。

她听毕，低头不语，也不知相信与否。

“如果是为他，做什么都可。”她最后是这样说的，决绝又坚定。蛰伏了千年的情愫并未退减丝毫，反倒如尘封的酒愈存愈香。

我竟有些不爽，凭什么要她救我的心上人。

镞相当了解我的狭隘心胸，在我作死之前，当机立断收了水夜安为徒。

“我是个护短的神仙，做我的徒弟，只有好处没有坏处。”镞大发厥词，摆出大神仙的架势，招来祥云瑞兽，大模大样地带着爱徒升天去也。

我被丢在地上，凤凰赏了我一头屎。

神仙大抵是没人性的。我愤愤道。

…………

镞走后，我独自于人间度过二十余载，此生才算终结。我坐在冥殿，听判官清点这一世我清除的妖魔，心中有些恍惚，无尽的轮回何时有尽头？迄今金、木、水、火四位修习者相继寻获，还差一位土系修习者，又该往何处寻呢？

奈何桥上，孟婆照例为我舀汤，我照例没有饮下。

孟婆并不揭穿，我歉然一笑。

孟婆道：“听闻姑娘轮回是为降妖伏魔，既是善举，老婆子岂能不帮。”

我更是无地自容，讪笑道：“世间那么多降妖伏魔的，成佛的少，成魔的倒很多。什么善不善的，我可当不起。况且，我也是妖。”

她并不与我理论，指了指我头上的纤云逐月簪：“这簪子看着不错，老婆子在冥界待久了，多少年不曾见过这等稀罕物。”

“定情信物。”我笑得张狂。

身后排队领汤过桥的魂魄已经不耐烦了，嗷嗷叫唤催促。

孟婆朝我一挥手，示意可以滚蛋了。

我信心满满地领了投生牌，祈祷这是最后一次轮回。只要找到最后一位血凝术修习者，三王子就能获得解脱。

这一世，我投胎，出生于大茫山脚的农户，一出生就被遗弃，被道观的玄静知观收养。十五年后，法力逐渐恢复，却对最后一位土系修行者没有丝毫头绪。金系修行者金梓鸣为白牡丹点化已经位列仙班，在阆苑潜心修习血凝术；木系修行者穆忆楠乃是吕洞宾的徒弟，随吕上仙在洞天福地修行；水系修行者水夜安被镞收为徒，虽然根基较差，但在镞的亲自提点下修行，也算事半功倍；火系修行者黄若炎为天后收留调教，自不用担心。如今就差一位土系修行者，吕洞宾有一夜托梦给我，道是“远在天边，近在眼前”。

因这一句，我神经兮兮地怀疑观内大大小小的道姑。玄静知观为人和蔼，是远近闻名的大德。若愚师姐沉稳冷静，观中大小琐事都被她打理得井井有条。若初师妹聪明玲珑，在观内最受欢迎，我与她走得较近。其他的师姐师妹相对平平无奇，乏善可陈。我日夜观察这三位“嫌疑者”，时刻辗转于无聊世事，郁闷至极。

打破这一世无聊生活的，却是半个故人。

犹记三王子转世为司马萧的那一世，我误会了一个同类。我误以为他强抢民女，不分青红皂白与他厮斗，可恨的是，我还输给了他。后来铤告诉我，那也是只蛇妖，天资聪颖，道行高深，一直恪守本分，行善救人，本可修成正果，只可惜风流成性，贪恋红尘快意，是以始终留在人间。

那条公蛇和素贞一样，是条白蛇。白蛇在我类中，总是倍受欢迎。原因无他，就是天生长得好，公的帅，母的美。铤说得一点没错，这公蛇风流成性。

为何会遇上他，还得从若愚师姐说起。若愚负责采购庵内物资，那天她带了几个小道姑往镇上采办。不得不提，我所在的绝尘观盛产美人。我见过九天阆苑上的仙子，见过凡间章台楚馆里的歌姬，也见过妖娆魅惑的女妖精，而这些小道姑深居简出，不染俗世，各个端方可人，毫不逊色。

然而，人美是非多。

若愚虽然如往常一般，戴着薄纱斗笠出行，却被那条公蛇相中了。公蛇施了个法，吹走了道姑们的斗笠，二八年华的少女们鲜妍如花，公蛇抚着胸口，口水直流，号称他坠入爱河。他一路悄悄跟着若愚她们来到绝尘观，不巧被我发现了。

当时的场景甚是好笑，一群没见过男人的道姑将公蛇团团围住，又羞涩又好奇地指指点点，几个胆大的还上前碰了碰他的头发。我没好意思打扰她们观赏的雅兴，并未拆穿他不是人。等玄静知观来了，众人作鸟雀散。公蛇可怜巴巴地跪在观外求收留，什么丧父丧母丧家之犬，什么自幼习武可以住在观外的木屋里保护观内安全……

我托腮不语，看他装。

没想到，玄静知观竟然答应了，允他住在观外小木屋内，负责保护观内安全，协助若愚采购物资。后来我才恍然，公蛇对玄静知观使了迷魂之术。

真正保护观内安全的，是我不是他。

鉴于此前对他的误会，这次我与他达成君子之约——男欢女爱可以，不许伤人。

他眨眼表示赞同，那双眼睛生得太过漂亮，深如潭水，多看两眼便会被吸进去一般，是常年修习魅术的结果。

他拨弄着鬓发，调笑道："一只捉妖的妖，本公子第一次见呢。等我和若愚成了好事，再同你发展一段情缘，如何？"

我抿嘴笑了笑，拔下纤云逐月簪，青光一道划向他俊俏的脸颊——他飞身躲闪，冲我露出獠牙。

从此，绝尘观再也不绝尘。

公蛇姚垚见一个爱一个，将观中道姑们调戏了个遍。当然一个愿打一个愿挨，我也不好干涉人家。可苦了玄静知观每日垂泪，痛诉观内不洁，自己再无脸面见祖师爷。

玄静知观自尽的那夜，姚垚照旧左拥右抱，软玉温香。那时，我刚解决了一只行凶的妖怪回观，路经姚垚居住的木屋，往里瞥了一眼。姚垚一手揽若愚，一手抱若初，饮酒行乐，放荡不已。他显然看到窗外的我，眉头挑了一挑，我用口型"呸"了一声。

他突然推开双姝，朝我走来。我忙使了个隐身术往观内跑，他竟紧追不放。一路追逃，到了玄静知观住处。灯光摇曳，映出屋内人意图上吊的身影。姚垚比我手脚敏捷，他冲进去，救下玄静知观。

玄静知观红着眼，怨自己无德无能，管不住观内弟子。始作俑者笑嘻嘻地抱拳赔罪道："道长勿怪勿怪，我在这里不会久留，我走后，你们照样过清净日子。"

我瞪他，他不以为意。

玄静知观看向我，又看向姚垚，扼腕哭道："若华，原以为你是道心最坚定的，我已留字将知观之位传你，不想你竟也与这登徒子……"

若华是我此生的道号。显然，玄静知观误会我了。

我笑了笑，也不解释，扶起玄静知观，将她的遗书撕毁："师父，知观还是由你当。这个登徒子，我来解决。"

论修为，我并非姚垚的对手。此前我也吃过亏。但这次我们有 个约定，不许伤人。他间接害玄静知观自尽，也算有悖约定。我本以为像他这种放浪形骸之人不会遵守约定，不想他爽快地认了。

我想起铤说过，这姚垚虽然风流，但生性良善，从来只救人不伤人。如今有些信了，六界当中，果真奇人辈出。

"你也无须崇拜我，"姚垚道，"我只是腻了这群姑子，听说长盈镇来了位绝色舞姬，我得去会会。"

"四处留情有何意思?"我委实不解。

他看了我一眼，不屑道："不如你说说看，什么是专一?"

生生世世，只爱一人。

他冷笑一声："凡人何来生生世世？一生一世专爱一人，便是他们的‘专一’。可谁能确保他生不爱上别人？此生与一人白首，他生又与另一人齐眉，可算是专一？”

我挑眉道：“我们并非凡人。”

“凡人饮下孟婆汤，便可忘却前尘，继续换一个人‘专一’。可我们妖怪寿命太长，漫漫岁月里非要对着一个人到天荒，烦是不烦？凭什么凡人可以与不同的人相恋，我们反倒不能？”他问得我哑口无言。

理肯定是歪理，却歪得我心里痒痒，无从辩驳。

“你才活了几千岁，又懂什么？”他嗤笑着看我，“你那簪子，是那位送的吧。你可知那位活了多少年岁，在没有你的年岁里，他又是如何度过的？纵使他恋你千年万年，那又如何？蛇妖的寿命远远短过神仙，他生时你未生，你死时他还有大把年岁可过。你当真以为你不生不灭，当真以为你们可以生生世世？”

我这才发现眼前之人绝不简单，他不但认得三王子，似乎还知道我的过去。我不清楚他是否知道铤依然化身为柱，却不敢多言，只能静观其变。

“既然迟早都会两相忘，在一起十年、一百年，与在一起一万年、十万年，都是一样的。若执着于相守的期限长短，便是贪。我与她们露水姻缘，你与他厮守一世，其实都是一样的。只是我不贪，而你太贪婪。”他像个高僧，对我谆谆教诲。

我半晌才回神，呸，歪理邪说！

“你不过没有遇上让你贪心的人而已。”我为自己的辩驳拊掌称赞。

“那你有所不知了，”他淡淡笑了笑，“本公子活了十几万年，六界最为精彩的万年一次的仙魔大战也都看腻了。我曾名列仙班，曾坠入魔道，曾投生为妖，天上地下，我所经历过的你想破脑袋也想不到。你以为你活得很久，经历了很多，其实等你活得再久一点，经历更多一点，你会为自己如今的浅薄而懊悔。”

“你活了那么久，经历了那么多，最后竟就是这副模样？”我翻了个白眼，鬼才信他。

他勾唇笑了笑，风情四溢。他抬手抚上我的脸，轻轻摸了一摸：“本公子说了这么多，你还不明白？”

我挡开他的手，冷笑：“真没明白。”

“暂时忘了那位，这一世和我逍遥快活，岂不好？”他眯起眼睛，伸出舌信，用蛇类的气息引诱我。

暂时忘了，这一世……

听起来很是美妙，只是暂时，只是一世。他靠近我，越来越近，同类的气息扑面而来，只觉舒服得很，亲切得很。像是雪花落在眉睫，像是荷香扑向鼻尖，像是柔云轻触嘴唇……我被他的魅术迷得晕头转向，在彻底失去清明前，我狠咬自己的舌头，腥味弥漫开来，我破了他的法术。

该死的公蛇。

“切，真无趣。”他悻悻地甩手，遁形而去。

我摸着跳得飞快的心脏，咒骂那公蛇无良无耻无下限。

姚垚是条言而有信的蛇，他离开绝尘观后再也没回来。若愚和若初在经历情窦初开的思念后，终于心灰意冷，认命了。我越来越觉得观里没有我要找的人。

有一日，吕洞宾不知受了什么刺激，现了个真身，降临道观。玄静知观正带着弟子们做早课，刚刚敬完尊神吕上仙，却见神像摇了几下，金光闪闪处显出个神仙来。道姑们吓得跪在地上喊祖师爷爷，吕洞宾捋着胡子道：“本仙不爱吃瓜啊果啊的，你们少供奉那些个。那个弟子若华啊，你多替本仙寻些好酒来呗。”

我想上前揍他一顿，但当着同门的面，不好动手。

待人走后，吕洞宾甚是满意地喝着我献上的酒，终于道出了一个好消息：姚垚就是最后一位血凝术修习者。

“不过，你要有准备，此前天后娘娘已经找过他了，他拒绝修习。”吕洞宾道。

的确，这公蛇想法怪诞，就爱流连红尘，怎肯避世修行呢。

“他并非凡人，自身修为深不可测，不会心甘情愿听凭安排的。”吕洞宾道，“你可以试试，不行的话，再想他策。”

他爱美人，便以美人诱他？可是从来都是他诱美人，他怎会为人所诱呢？

我思忖着，千头万绪，百般烦恼。

吕洞宾临走前不忘带走几坛酒，他说，奇了怪了，阆苑的酒竟没人间的好喝了。

是吗？我闻了闻剩下的酒，心中有了计较。

第三十章 | 众妖之王

我提着酒，循着气息，找到了姚垚。

他正准备与凡女行云雨之事，我施法丢了块石头到他们红绡帐内。

他哭笑不得地提了裤头，走出帐外。

“来，喝酒!”我把酒往桌上一放。

他扭头看了看床幔里的美人，又看了看我：“有屁就放。”

我很老实地放了一个屁。他捂住鼻子，匪夷所思地看着我。我又放了一个响屁，最近偷食了太多肉，不太消化。他做了个呕吐的样子，随即遣退了美人，专心地闻我的屁。

“叙叙旧。”我为他满上酒。

他嗤笑道：“臭丫头片子，也配与本公子叙旧？本公子纵横四海的时候，你还在哪个石头缝里当蘑菇。”

“你是如何认得他的?”我举杯敬他，他不理睬，我兀自饮下一杯。

“求我也没用，”他冷笑道，“我已同那天后说过了，什么狗屁血凝术，什么合力救人，本公子统统没兴趣。”

“若为修成正果，你在凡间救人千百，却抵不过救一位上仙，这买卖你倒算不清了？”我有些冒火，纳闷这家伙的脑子到底是什么做的。

“本公子想救谁就救谁，你管得着吗？”

“镟同你有仇？”我故意试探他，看他是否知道化身天柱的究竟是谁。

他瞥了我一眼，淡淡道：“你们要救的，是真正的无量战神。”

呵，他果然什么都知道。

“你和铤有仇？”若无仇无怨，举手之劳，为何不肯？

“算故友。”他叹了口气，举杯饮下。

“朋友有难，怎可坐视不理？”我气结。

他打了个哈欠：“本公子乐意。”说罢指了指窗外悬天的月，“三更了，你是留下来陪我呢，还是现在就滚？”

我还没来得及怼上一句，竟被一股强大真气弹出屋外，摔了个四脚朝天。

失败是成功的娘亲。我深深吸了一口气，重整旗鼓，改日再战！

事实证明，我低估了这个老妖精。

他软硬不吃，冷热不忌。无论我是屁颠屁颠地溜须拍马，还是银牙咬断地拼死搏命，或是泪流满面的服软哀求——以情打动不了，以理说服不了，威吓他不怕，蛊惑他不上钩，他就像无缝的蛋一般，严严实实，密不透风。

一次次铩羽而归，我累得瘫在地上，突然觉得自己活得好生窝囊。越想越气，越气越想，于是我在一次捉妖的时候，真气走岔，走火入魔了。

走火入魔是一种什么样的体验？

凡人以为走火入魔是体内真气不受控制，胸闷气短，吐两口血而已。实际上，神仙和妖怪一旦走火入魔，就会被魔界生灵侵扰，若及时驱魔，便相安无事，若赶不走，即入魔道。

我在感慨自己倒霉之余，每天都得花好几个时辰来赶跑魔物，委实疲惫不堪，根本无暇再去劝那姚垚。

持续了一个月，我依然没能将魔物彻底驱除，且发觉越来越不对劲，半夜总是梦见自己被一团黑影吞噬。惊醒后，便又是与魔物无休止地缠斗。

一日，我在早课时，呕出一口乌血，吓坏了师姐师妹们。她们寻来郎中替我诊病，自是没什么结果。我自知不能再留在道观，留下一封信便离开了。

我寻了一处山洞清修，不想一闭眼就是三王子满脸是血的模样，我方寸大乱，益发加剧了入魔速度。心魔将我困于幻境。与三王子的几世纠葛缓缓上演，苦痛有如凌迟。他决绝弃我，他另娶他人，似幻似真。我哽咽却哭不出声，亦无眼泪，呆呆看他掀起别人的红盖头。

“他负你，何不杀之？”幽暗处一个声音反复提醒我，一把剑已然握在手。三王子就站在我面前，以心口抵住剑尖。我尚且没想明白为何，他胸前已经绽开一朵妖艳的花。他满身满脸都是血，用阴鸷的眼神看我，我分不清他到底是铤还是镞。眼前一团黑影愈逼愈近，我眼睁睁地看着黑影覆上头顶，任凭如何反抗也无济于事……

不知昏睡了多久，醒时我躺在一张陌生的床上，姚垚眨着桃花眼向我说早安。

我看了看手指，并未长出墨色指甲，幸亏没有入魔。

“不用太感激，以身相许就行。”他撩起额前刘海，漫不经心地道。

竟是他救了我。

“看你那么痛苦，顺道救你一救呗。”他说得轻轻巧巧，“你心中生出的幻境，还真是可怕。”

他居然能看到我心中的幻境？

“也不是故意要偷看的，偏偏在你的幻境中看到了。你俩在一起，痛苦多过欢喜，这并不是一场美好的爱情。”他不屑地耸耸肩，像是在谈论中午的菜烧得太咸。

又来了。我挣扎着起身，却被他按住肩膀。我惊讶地看着他逐渐放大的脸，他咬住我的耳朵，轻薄戏谑：“我给你一场只有快乐、没有苦痛的爱情。”

我推开他，揉了揉睛明穴，腰酸背痛，实在怠懒同他废话。

他也不恼，将我的脸掰过，正对着他的眼睛。他那双媚眼又在暗施蛊惑术，我闭上眼不同他对视。

“你在人间如此无聊，何不练练血凝术，放松一下自己？”我叹道。

这可怜又可恨的老妖精，无聊到要戏弄一条心有所属的蛇。

他道：“劝你死心。”

“你此刻不答应，天上的神仙会逐个儿来烦你，软硬兼施，总会让你投降。”我说的是事实，当初神仙们为了拆散我和铤，穷尽所能。

他笑道：“听闻天界七公主各个美艳端方，能会上一面，岂不美哉？”

果不其然，没多久，神仙们就轮番上阵了。

太白金星打头阵，吕洞宾随之而来，七公主们竟也赏光驾临。奇的是，神仙们对姚垚相当客气，连素日傲慢的公主们在被姚垚调笑后也忍气吞声。在人间，姚垚一一回绝了那些大神仙们，瞧着他们吃瘪的模样，我竟有些暗爽。毕竟，我在神仙身上吃过太多太多亏，有这样一只同类替我出口气，委实痛快。可惜这一次，我的立场却和神仙们一致。公主们败兴而归，还不忘取笑我的道姑打扮。

吕洞宾临走前透露了一个天机，姚垚并非普通的妖怪。他指了指大茫山顶，说出匪夷所思的两个字："妖王。"

我那时才知晓，姚垚乃大茫山上群妖之首，六合八荒的妖灵皆拥他为尊。

我身为妖，自是知道妖界也有首领，但为了躲避猎妖者，妖王的身世和行踪通常是极隐蔽的，外人不知妖王是谁也并不为奇。我们妖界在六界中是最自由散漫的一类，平时各活各的，没什么集体生活。只有当妖界遇到灭顶之灾时，妖王会以献祭自毁的方式抵御外敌，以确保妖界一脉得以延续。我曾听素贞提过，历届妖王在危难之时都会用自身的元神抵挡外敌，以助同族逃命。

三王子当日说姚垚是一只"恪守本分、贪恋红尘"的妖，真是对我极大的误导。明明是一只妖王，在他口中却像是山野田埂里放牛的小喽啰。当然，他作为天界王子，昔日的无量战神，骨血里都流着骄傲，的确鲜少看得上谁，更遑提是妖。

我忽然有点懂了，姚垚不肯修习血凝术，怕也是一代妖王的骄傲在作祟。妖也是要面子的，凭什么修炼他们天界的法术，也没理由救一个外族神仙。

我把自己的推论告诉姚垚，他瞟了我一眼，道："你这么想也没错。”

“大王啊，你乃咱们妖界第一人，同族有难可会倾心相助?”我打算再赌一把。

“你才大王，本公子不是土匪。”他嫌弃地瞪了我一眼，“倾心相助绝无可能，最多搭把手，妖界生灵千千万，每一个有难都去‘倾心’，我嫌命不够长?”

这公蛇倒挺坦率。

“我是妖，那我夫君也算半个妖界成员。如今他有难，你身为大王，难道不该搭一把手?”我眨眨眼睛。

“夫君?”他笑得眼睛都找不着了，“六界谁人不知，天界三王子的发妻是白牡丹，你又算哪一位?”

“你明知那不是真的三王子。”饶是如此，我心头仍有了些酸楚。

“哦，我倒忘了，你说的是那根柱子。”他打了个呵欠，“他何时娶你了?”

“在人间，做过一世夫妻。”我低头叹道。

他道：“他以凡人的身躯娶你，你以凡人的躯壳嫁他，这算哪门子成亲？等他诏告六界，娶你过门，这才算坐实了两界联姻，懂吗？丫头，你这样没名没分，委曲求全，是在给咱们妖界丢人知道吗?”

这狡猾的公蛇，寥寥数语便撕开了我内心深处的伤口。我本想游说他，反倒被他将了一军。

“以我的经验，神仙和妖，没结果的。”他像个老人家一样，一字一顿，缓缓说道，“神仙不会娶妖，他也不会娶你。你帮他做什么，他出来了，你们接着痛苦，就让人家安安静静的当根柱子不挺好？你们一厢情愿救人，没准人家就爱当柱子。”

我心内一紧，三王子的确劝我莫要插手寻那修行者，劝我饮下孟婆汤忘记前缘重新开始。也许，他真的厌倦了与我在一起带来的无尽痛苦。也许，他宁愿孤寂地顶天，也不愿与我做无果的纠缠。

“想通了吗？”他用修长的手指勾起我的下巴，轻佻无比，“想通了就与我做一对露水夫妻。”

我直接用纤云逐月簪刺向他的眼睛，他轻松地躲闪，发出一串刺耳的笑声。

“你是一只自私的妖，根本不配做众妖之王！”我恶狠狠地道。

他不以为然，对镜理了理头发，又端详自己的脸，满意地点头。这副样子，铁定是要出门勾搭良家妇女了。

这自私且好色的妖！

“你的意中人曾说过，如果我是女的，他会爱上我。那么，就没你什么事了。”他促狭一笑，一时幻出女人的模样，娉婷袅娜，万种风情。

他的模样，连同他的话，皆难辨真假，但总能让人情不自禁地相信。

我完全被他带进了一个他预设好的世界，他说什么，我都无法招架。

他扶了扶额头，像是在苦苦回忆：“距今大概十二万年前吧，你还没出生呢，铤和我就认识了。他是天界尊贵的王子，那时他司掌天界官衔，每年二月初八都会接见受封的仙官。我那时是个散仙，无意救了天后娘娘的神鸟青鸾。那青鸾赖上了我，非要让我在天庭谋个官职，然后和她双宿双飞。她瞒着我，求天后娘娘成全，天后应了她所求，给我册封了一个阆苑里的闲职。我被天官带到一年一度的册封会上，三王子正要册封我，我严词拒绝了。拒绝封仙，据说这是古往今来头一遭。当时，天上的神仙怒了，要以抗旨罪治我，三王子却放了我。他坦言欣赏我勇气过人，邀我到他府上饮酒，这算是正式认识了。但是，天后娘娘不肯放过我，要拿天规严惩。我不愿受制于人，索性弃了仙道入魔。

“入魔后，三王子托梦给我，道是切勿为祸人间，否则绝不饶我。青鸾知我入魔，仍不肯罢休，隔三岔五往魔界跑，说是要感化我。当时我正与魔界公主相好，青鸾甚不甘心，偷了天后的纤云逐月簪，将魔界公主击毙，最终酿成仙魔大战。三王子率领众神将以杀止杀，因此一战成名，天帝赐其称号——无量战神。后来，天后用忘川之水尘封了青鸾的记忆，将她永困昆仑山。而我，背负了联手伤害魔界公主的罪名，为魔界痛恨；又因得罪了天界神仙，永世不录仙籍。只好避世人间，虚度岁月。在我最消沉的那段时光，三王子竟成了我唯一的朋友。他指点我修行，闲时从阆苑带两壶酒往人间与我共酌。

“后来，他身负保护天界的使命，无暇游历会友，与我见面的时间从十年一次变成百年一次、千年一次……再后来，我听说他爱上了一条蛇妖。我没想明白：这蛇有什么好？妖怪又有什么独特之处？我百思不得其解，索性就把元神附在蛇身上，转世成了蛇妖。为此，他还取笑过我，说我正道不走，偏爱那些歪门邪道。我也取笑他，笑他不是喜欢蛇妖吗，为何不爱我一爱。”说到这里，姚垚捂嘴笑了起来，笑得露出蛇的獠牙，吐了吐蛇信，喷出一团毒雾。

我很想知道，铤是怎么回答他的。我也想知道，为什么偏偏是蛇妖。天上地下生灵无数，为何他偏偏中意一只蛇妖？冷血的动物，难以驯化的孽畜，与正道背道而驰的歪门邪道，究竟有什么好？

姚垚看穿了我的念想，他故意卖了个关子，并不说下去，又开始了另一个话题：“他转世为司马萧，我们在人间再次遇见，那时他告诉了我一个秘密。”

他狡黠一笑，并不说下去。我翻了个白眼，既然是秘密，他自是不会轻易说出。

“不如你说说，你这样的人，如何能成为众妖之王？”我揶揄道。

“十万余年的修为，与生俱来的智慧，万众瞩目的绝世容颜，这三样还不够吗？”他挑起眉头，微微扬起下巴，不可一世的傲慢。我突然觉得，他能和三王子成为朋友，定是因为二人都有谜一般的自信，都有唯我独尊的天生傲骨。

“他与你是故友，甚至对你有恩，为何你不肯助他？”我终于忍不住再次问这个。

他低头沉吟，半晌方道：“你懂什么？”

注定是一次无果的问答。

后来，姚垚带我去了他大茫山的洞府，看他接受众妖朝拜，一呼百应的威风。我以为他只是单纯显摆，没想到天上赤云翻滚，万千天兵天将率坐骑齐聚云端。

神仙说，大茫山妖孽成群，奉旨除妖。

神仙说，若妖王肯考虑先前提议，天界自不与妖界为难。

姚垚望着遍山瑟瑟发抖的同族，不由一声苦笑。

“狗屁神仙！”

——我与他异口同声地骂。

神仙已经取出法器，万道金光从天直射而下，大茫山上道行低的小妖太多太多，哪里经得住法器一照。小妖们纷纷现出原形，四散逃命，一时哀叫声连绵不绝。

我幻出长剑，施法保护同类们撤离。妖不行恶，何罪之有？神若造孽，与魔何异？

姚垚催动口诀，将整个大茫山笼罩在他的结界之内。

“你也快走吧，撑不了多久。”他看了一眼云端紧随而来的援兵，叹道。

我摇头，望向天空——

天后娘娘现出了仙身，她下了最后通牒：“姚垚，你考虑得如何了？”

姚垚摊手，无奈一笑：“我答应过他，绝不救他。”

天后慈祥地笑了：“你乃众妖之王，应以妖界为先。”

姚垚转身对我道：“司马萧曾告诉我一个秘密，若他被血凝术修习者救出，他将会彻底忘却挚爱。他不想忘了你，故而请求我不要修习血凝术。青蛇，他的心，你懂是不懂？”

我的眼泪瞬间决堤，原来如此。他宁可孤独万世，也不愿忘记我。他宁可我饮下孟婆汤忘记他，也不愿看我为他痛苦轮回。他爱我如斯，我该待他如何？如果我的心肝脾肺可以做成汤药，救他出苦海，我也愿亲手剜心割肺，亲自熬汤送到他嘴边。

“求你救他，”我跪在他脚下，哽咽如稚子，“即便他忘了我。”

“你不必求我，我乃众妖之王，需以妖界为先。”他望向空中，看那祥云涌动，香花散落，神仙们各个相貌庄严，抿唇颔首。

最后，他提出以三日为期，天后应允。

第三十一章 殊途

我原以为姚垚会利用宝贵的三日寻欢作乐，毕竟这才是他。雪衣公子身长玉立，摇一把折扇逡巡于万花丛中，风流却不下流，引得姑娘们连连招手——那才是他。

可是，我万没有想到，他居然用这三日把毕生的修为传给了我。我懵懂地睁开眼，忽然发觉自己变得不似自己，随随便便一挥手便是飞沙走石，我吓得连喷嚏都不敢乱打，生怕引发一场海啸。

为何要传我修为？他漫不经心地道：“也怪我这么些年只顾恣情快活，身旁也没别人了，来得早不如来得巧，就你吧，反正找谁都差不多。”好像只是让出了一斤米面，轻飘飘的，没有原因，不问后果。

“你既有了我的修为，顺便把妖王之位也袭了去吧。”他取出万妖令，像丢一块石头般，丢到我面前。

我才不愿接这烫手山芋，多大的官儿就得负多大的责任，如我这般散漫之妖，怎甘愿受这等束缚。

“我断然不会以妖界之王的身份去练他们神仙的法术，兹事体大，有关妖界尊严。如今让位于你，也不至让我妖界落个青史骂名。”他难得严肃，一本正经地说道，“你承袭了妖王之位，需以同族安危为首要，护妖界万世之周全。莫要成日里沉迷于情情爱爱，如此才不枉我……算了，反正三王子获救后他对你的记忆会自行消除，你也不会有机会亲近他，还是好好地在妖界做个自由自在的王吧。”

顿了顿，他换了惯常的嬉皮笑脸：“像我一样，做个风流的王。”

我不忍和他拌嘴，默默地捡起万妖令。很久之前，他便与天界结下梁子，改入魔道，如今为神仙所逼迫，不得不放下尊严去修习天界法术。原本答应了朋友不插手此事，却为了维护同族不得不悔诺。

“当日我取笑三王子，竟然喜欢蛇妖，如今我是蛇妖了，他何不爱我？”姚垚忽然笑道，“你猜他怎么说？他说，‘我爱的不是蛇妖，她是神仙，是凡人，是魔女……对我而言都一样。’青蛇，你可感动？”

我忍着泪，拼命点头。

“那就懂事点，放过他，也放过自己。”他拍了拍我的脑袋，叹了口气，“从此各活各的，各玩各的。万年之后，新的仙魔大战时，你站在大茫山远远看他一眼，看他披坚执锐，英姿飒爽，然后对你的蛇子蛇孙们说：‘瞧，那是我的前夫。’啧，岂不快哉？”

“我呸！”我一边骂，一边拿袖子揩眼泪。

他说了那么多，无非素贞的十个字：忘字心中绕，前缘尽勾销。

“好了，我这两头不是人，三王子若是知道我食言了，定会怪我。”他指了指天上，“我得走了，一年后你的意中人就该回来了。你也跳出轮回，好好做你的妖吧。”

送别了姚垚，我弃了凡胎，恢复了妖身，回到清风洞。那里是我的老家，我在蛇窝酣睡了一整天，忽听得一片嘈杂。我揉着惺忪的眼，蠕动着躯干，游出洞外。空空荡荡，不见一人，何来嘈杂声？后来，我才想明白，由于继承了姚垚的修为，我的听觉也变得敏锐，方圆百里的动静皆收耳底。

等候的日子最为难熬，既盼望着三王子早日脱离苦海，又为他即将忘记我而心灰意冷。但总是抱着侥幸，万一他仍然记得我呢？

那段时间，我在清风洞和大茫山两地奔波，既想做一条安安静静的隐居蛇，又不想辜负姚垚所托，做一个有担当的妖界的王。于是，戏弄戏弄刚成人形的小妖，安慰安慰老去的妖精，和寻衅的魔界打打架，号召妖精们对讨厌的神仙的画像或雕像吐口水。

一年光阴很快，那一日到了。金、木、水、火、土五位修习者聚集在擎天巨柱下，镞和吕洞宾在旁护法，我方得以入场，有幸看这场营救。来的天兵神将不多，反是很多手提花篮的仙子列队而立。我心说，神仙就爱讲究排场，救人还要搞个欢庆法会。

五人盘膝围坐，镞的结界笼罩五人，旁人近不得。我起初以为只是确保他们不受打扰，后来才知晓，老谋深算的神仙们从来不做多余的事。

不多时，红光将五人包围，我屏气细细观看，忽见五人的元神缓缓离窍，飘浮在半空。镞见状，眉头紧锁，冲吕洞宾使了眼色。吕洞宾双手结印，真气幻作万千利剑刺向五人元神。登时，惨叫声四起，我还没弄清楚发生了何事，镞手持一方不知名的宝镜，大喝一声："合！"

五人的元神吸入镜中，片刻工夫，又破镜而出，化为一颗血红的球飞快地朝擎天巨柱冲去——地动山崩，风云变色，天柱渐次变得通红如血，于云海中若隐若现。冲天的血腥气味熏得在场者几欲作呕，早已安排好的仙子收到指令，腾空飞起，洒下香花宝雨。

仙乐飘飘，花雨吉祥。天香终是掩盖了腥臭，一派升平景象。铤终于完完整整地立在柱前，金冠赤袍，眉目如昨。

我下意识地走近，却被镞的结界弹开。我站稳身形，正要作法冲破结界，铤却已经站到了我眼前。我伸出手，正要抱他——他对我视若不见，直接越过我，走向镞和吕洞宾。

我听到他的质问——为何牺牲五人救我？

原来神仙们早就知晓救出铤，势必牺牲五位修习者。他们避而不谈，只顾达到自己的目的。姚垚也许早就从铤那儿得知，五人最终的命运是以元神生祭天柱，故而他提前将毕生修为传与我。而铤自始至终都在阻碍我们寻人，我一心执着于救出铤，根本不会考虑所要付出的代价，最终成了害死五人的帮凶。我真是天底下最最糊涂的蛇！

镞笑着将我推到铤跟前——三哥，你们聊。

看来，镞只知其一不知其二，他并不知晓铤会忘了我。

铤看了看镞，又看了我一眼，眼底闪过一丝疑惑。

"你是……妖？"他打量了我一番，得出这个结论。他似乎在思考，为何一只妖可以登上天界，参与这场营救。

镞愣住，吕洞宾显然也是懵的，他们看向我。

可惜，我也不知如何介绍自己。

三王子毕竟是三王子，沉吟片刻，他似乎想通了，叹息道："你是姚垚的人吧。他身为众妖之王，为我白白丧了性命，你来送他一程，也是应当。"

我苦笑着背转身去，飞快地揩干快要掉出的泪。

"你说得没错，我恨透了你们这群假仁假义的神仙。"我告诉自己，我是十恶不赦的妖，与天界永不往来的妖。

铤诧异地看向镞，镞也一脸不解，他们双双看定我。

"仙有仙规，妖有妖道，希望他日永不再见。"说完，我猛吸一口气，施法离开。

前世、今生、来世，三生三世、生生世世，我都认得你。

——言犹在耳，活到如今，竟如笑话一场，连我自己都觉讽刺。

从此，我是大茫山上的妖王，他是天界王子，永生永世，老死不相往来。我暗暗下定决心，回到大茫山，为姚垚、水夜安等五人立了衣冠冢，令小妖们每年的今日前往祭拜。

后来，镞和吕洞宾相继来寻我，起初安慰，后来劝解，最终归于绵长的沉默。他们带来一些关于铤的消息，无非是天帝诏告六界，嘉奖三王子自我牺牲的救世之心，终将无量战神名号归还，镞也终于不用戴着铤的面具而活，一切归于正轨。

只有白牡丹的处境变得尴尬。听吕洞宾说，当日镞以铤的身份娶她过门，天帝封她为三王妃，如今铤正式归位，却不认这个王妃。天后怜她，有意请旨天帝，让她从三王妃变成四王妃，可惜不知为何，镞也不肯认账。于是她成了有封号却无王夫的王妃。

"难道他们成婚后，镞却从来不曾碰她？"我叹道。

吕洞宾摇头道："据我所知，不曾。"

恩爱夫妻，到头来却有名无实，诓骗众人。真看不懂大神仙们到底在想什么。

我仰头，饮下一杯水酒。忽有小妖来报："大王大王，我已率二十妖众往新修的蓬瀛宫，每人都朝神像吐了口水。"

我笑了笑："做得好，赏。"

吕洞宾哭笑不得，戳着我的脑袋，破口大骂："开天辟地以来，第一无聊的妖王，除你无他！"

我翻了个白眼，对小妖道："见到吕洞宾的神像，记得多吐几口。"

"报告大王，蓬瀛宫里并没有吕洞宾的神像，供奉的是无量战神。"小妖挠挠脑袋，"凡人的香火倒很旺，说是可保家宅平安。"

吕洞宾闻言促狭而笑："嗯，多吐几口。你们大王最恨那位战神了，最好把神像给砸了，方是干净。"

…………

是夜。

我独自潜入人间的蓬瀛宫。主殿内无量战神手持金戈，目光如炬，神采奕奕。我揉了揉眼睛，恍然才发现，这竟是我第一次这般仔细地看他的神像。他原本就是存在于殿宇内受人供奉崇敬的尊神，我却不知死活地想要亲近他、亵渎他，还贪婪地想要永生永世。

一束馨香，我低头拜他三下。

第一拜，曾经沧海难为水。

第二拜，伤我如今，留你不住。

第三拜，一别两宽，各生欢喜。

三拜过后，殿内忽然灯火通明，神像动了一动，紫光闪过，那个我梦中亵渎了千遍的神仙就站在我的面前。

他穿着家常软袍，挽着发髻并未束冠，淡淡地看我，开了金口："所跪何人，深夜焚香礼拜，究竟有何求？"

我一愣，倒是忘了，如今我修为不俗，焚香礼拜势必会惊动天上神灵。

见我久不说话，他走近我，借着烛火看清我的脸。

"是你？"他顿了顿，淡淡道，"新任妖王何以礼拜神族？你心中何求？"

我心中何求？说出来怕吓死你。

吸了口气，我换了副笑脸，拍了拍膝盖上的灰尘，道："求姻缘。"

他知道我在胡说八道，踱步打量殿内，见环境不错，脸色稍稍缓和，又指了指殿外，对我道："城西月老庙，可求姻缘。"

"听说有人将我的姻缘线剪断了，这可如何是好？"我撩了撩头发，步步逼近他，他退了几步，退到神台边，退无可退。

他推开我，与我拉开距离："此事不在本王辖内，你自行与月老商议。"

好大的官腔。

"那你白白受了我的香火，不替我排忧解难，岂不是失信于人？"我笑着撩他，以一只妖该有的姿态。

"本王只会降妖除魔。"他歪头躲过我的手，答得甚是老实，"其他的，一概不会。"

呵呵，若不是见过他情动的样子，我还真信了。想到司马萧那一世，他与我的耳鬓厮磨、百般恩爱，脸不觉红了。

他奇怪地看向我，不知我为何突然噤声又莫名脸红。

"若无他事，告辞。"他略一点头，准备离去。

我如千年之前，色胆包天地挑衅他："我是妖，不如你收了我？"

他淡淡道："放心，你不作恶，本王不会无故收你。好自为之。"说完，他于紫光处消失，干脆利落，毫不拖沓。

我走出殿外，悻悻地踢飞脚下石子。

三王子突然又出现了。

突然折返的大神仙站在我面前，欲言又止。

难道，他想起我了？我激动地扑进他怀中，鼻子酸溜溜的，泪水绷在眼眶里，受不得一点刺激。

他推开我，有点疑惑地道："你何故伤心？"

挚爱站在面前，却不能相认，我因此伤心。你懂是不懂？

"差点忘了……"他低头笑了一笑，"本王有一事相求。"

有事求我？我惊讶地抬头看他，他说得一本正经，全然不似玩笑。

"本王需要为人聚魄造仙身，需要天界的聚神灯，冥界的追魂盏和妖界的混元伞，如今只差你们妖界的混元伞。"他道，"昔日听姚垚提起过混元伞，那宝器应该还在大茫山。"

"你为谁造仙身？"我奇道。

"昔日，本王下凡历劫，曾做错一事，遭受雷霆之刑。有一凡间女子舍身为本王挡下一道天雷，不想，她又为本王修习血凝术，元神俱灭。恩情未报，于心何安？"他叹了口气，委实伤怀。

原来是为水夜安。

"姚垚也为救你元神俱灭了，怎不为他造仙身？"我反诘。

"本王自然想将五人悉数救活，可惜本王手里只有那凡女的一魄。聚魄造仙身必须有一魂或一魄，否则回天无术。"他道，"昔日本王为报凡女之恩，往冥界取了她一魄封存。如今本王想凭这仅存的一魄救她。还望高抬贵手，借混元伞一用。"

明明是有求于人，也说得云淡风轻，一副爱给不给、你不给我也不勉强的模样。

他静静地等我答复，而我脑子里飞快地想着各种讨价还价的条件。

他久久等不到答案，似乎懂了，略一拱手，便要离开。

“借!”我扯住他的衣袖，不让他走。

他微微颔首，不露声色地抽手：“多谢。”

“七日后来大茫山找我，不见不散。”我飞快撂下一句话，遁形而去，留他一人在原地。我才不想当被留下的那个，这是我仅剩的尊严。

回到大茫山，我吩咐小妖们打扫洞府，张灯结彩，准备迎接贵客。在他面前，我再次出尔反尔。明明决定忘记前缘，却又不舍，抱着一点幻想，也许、如果、万一我能唤醒他的记忆呢？我不战而败，以后定会后悔。何不努力争取一次，再争取一次，就最后一次？

我对小妖们笑道，本大王抢个压寨夫人如何。

小妖们高声叫着，好好好。

备最香醇的酒，奏最动听的乐器，采办最红的绸缎，缝制最合身的衣物，再抢一个最爱的人。我望着混元伞，兀自沉浸在甜蜜的幻想中。

大茫山张灯结彩的某一日，镞大驾光临了。我还在气包括他在内的臭神仙，对他没什么好脸色。他见我黑着脸，就变幻出许若凡的样子哄我。那是他作为妖的模样，与我相伴五百岁，是素贞的骨血，看在素贞的面子，我也不好再生气了。

他询问我的计划，我和盘托出。

利用混元伞与铤谈条件，他娶我，伞归他。他不能在天界娶一只妖，那就在妖界娶我。他不记得我没关系，感情可以慢慢培养。

镞闻言叹道："你觉得他会就范？"

"不就范，我就毁了混元伞。"我狠狠道。

"除却那段记忆，他就是个无心无情的神仙，白牡丹的下场你也看到了。"他说，"但凡他有半点人情味，白牡丹也不至于此。"

我愣了一下，白牡丹不还是个挂名的王妃吗？怎么就"不至于此"了？

"白牡丹原本钟情三哥，我以三哥的名义娶她，也是为了稳住天界众神之心。他们的无量战神并没有为了情爱与妖界女子厮混，终是择偶天仙，琴瑟和鸣。可三哥回来以后，对此不认账，白牡丹又能如何，只能忍下这哑巴亏。"镞道。

"你娶了她，不挺好？"我揶揄。

他瞪了我一眼："我同她有半点关系？"

你和铤一样，都没有人情味。

"白牡丹搬离了三哥住所，独自居住在天界冷宫，前阵子私自跳下无因崖。母后为此大怒，断其仙根，罚她十世轮回。"镞叹道。

呵，你们神仙都一样，都没有人情味。

"你以为，三哥会为了一把伞受制于你？"镞嘴角勾起的笑意，无不嘲讽。

我泄气地看着他，臭神仙真讨厌，连做梦的时间都不留给我。

第三十二章 | 抢亲

我打算抵死一搏。

铤出现在大茫山上，看着漫山遍野的红绸，略略一惊。路过的小妖说，我们大王要成亲了，来喝杯喜酒呗。

是以铤一见我时，还拱手道了声：“恭喜。”

我身着喜服，手持混元伞，开门见山地告诉他：“要想拿伞，必先娶我。”

他以为自己听错了，我重复了一遍。

然后，他无奈地笑了笑：“若我不允呢？”

我摆出一副指天咒地的蛮横模样，指着他，狠狠地道：“那就明抢。”

他思忖片刻，指了指我手里的伞：“那本王也明抢。”

“你是神仙，顶多暗夺，怎可明抢？”我愤然。

他不再多言，右手结印，一团紫气于掌心缓缓凝聚。我退后数步，挥手幻出万千利剑，催动真气朝他刺去。他单掌推出，破去我的剑雨，飘至我身边，伸手要夺混元伞。我把伞抛向空中，雨伞徐徐打开，泻下琉璃华彩。他欲飞身收伞，我大喝一声："巧取豪夺的臭神仙！"

伞已稳稳落入他手，他收伞看了一眼我："多谢。用完定当归还。"

我冲他眨眼一笑，取下纤云逐月簪，轻轻一划，满堂青光四射——他显然认出了那簪子，微微怔了怔："这是……母后赐予你的？"

我已懒得废话，将周身真气凝聚于簪，万道光芒以雷霆万钧之势朝他袭去。这簪子原本乃天界上古神器，配合姚垚传授我的修为，威力大显。铤勉强接下两招，第三招选择了躲避。我将他逼至墙边，用簪子抵住了他的颈项。

他的鼻息温热，目光却冰冷。我为自己占了上风而洋洋自得，放肆地勾起他的下巴，迫他看着我。

"娶是不娶？"我咬牙切齿。

他叹了口气，拨开我的手。我突然发现，自己的小腿部缠上了金色的藤。藤慢慢地往上爬，渐渐地越收越紧，不久便蔓延到了胸口。我被缚得喘不过气，只能对着他横眉竖目，以示愤懑。

锁妖藤。

他居然用锁妖藤对付我。

我不信，我不甘。

他弯腰捡起混元伞，正要收入囊中，却见伞倏然消失。嘿嘿，那不过是我事先以法术幻出的假货。

他无奈地摇摇头，瞥了一眼在地上痛苦呻吟的我："真物在何处？"

“要想拿伞，必先……娶……我。”我被该死的藤缠得开始干呕，藤爬得越来越快，快要没至头顶。

“色胆包天。”他如是评价我。

姑娘向来如此。我在内心肯定了他的评价。

他见我下半身已经现出蛇形，似乎动了恻隐之心，将锁妖藤收回。我抚胸咳嗽了数十下，方才缓过气来。

“允了我呗？”我恢复人形，嬉皮笑脸地凑上前，挥手为他变出一身喜服。

他抬手看满身的红，哭笑不得。

这时，门外已经一片喧闹。我打开门，大茫山一派喜庆。小妖们已经摆好酒席，鸣放礼炮，敲锣鼓，奏喜乐，欢天喜地，好不快活。年长的妖精对我说，真好真好，大茫山很久没有这么热闹了。

我将铤推到门外，任小妖们看他，恭喜他，议论他。

大神仙却仿若遭遇奇耻大辱，他冷哼一声，幻出锁妖藤。他将法器抛向空中，藤蔓飞速生长，遇妖即缠，见妖就锁。吹唢呐的、抬喜酒的、点炮仗的，小妖们一个接一个被锁妖藤捆住，摔倒在地，人仰马翻。

“伞。”他横眉瞪我，吐出一字，字正腔圆，冷冷清清。

我怒火中烧，凝气于纤云逐月簪，虚空一划——铤所站之处平地拔起，四周岩壁轰然断裂。再将簪一划——陆地凭空喷出万丈水柱，将他困于水墙之内。昔日天后以纤云逐月簪划出银河，拆散牛郎织女，可见此物威力无穷。如今他被我困住，一时找不出逃脱法门，只得盘膝打坐，伺机破解。

隔着水墙，我深吸一口气，对他道：“你曾为我十三世轮回，我亦为你轮回七世，只为圆一个神仙与妖精长相厮守的梦。天理不容也好，不共戴天也罢，只要你出现了，我就是你的。你曾说，前世、今生、来世，三生三世、生生世世都会认得我。如今，你忘了我。忘了我不要紧，我也曾忘记你，但又如何呢？只要遇见你，我仍会爱上你。神也好，魔也好，他们拆不散你我……如今，我跪在你面前求你娶我，你可信我？你可愿意？”

我跪在他面前，求他。

漫山小妖或许不懂，他们的大王为何如此卑微，如此不要脸。失去记忆的他或许更不懂，素昧平生的妖精，何故厚颜无耻地百般纠缠。只有我自己知道，他值得我如此，若我这次留他不住，他会拿着混元伞救活另一个女子，然后还她旧日恩情，他们可能会因此良缘缔结。

他看着我，脸上写满了震惊。但仅仅也只有震惊，看不出半点温柔情意。他忘得太过彻底，他的心变得比坚冰还冷硬。渐渐地，他的脸上竟还浮现狐疑，他疑我有计谋，他疑我骗他哄他。

我继续道：“你看着我，我对天发誓，方才所说，句句属实，绝不骗你。若有半点虚言，五雷轰顶——”

话音将将落地，头顶蓦地滚过一串响雷。

朗朗乾坤，明日高悬，竟然电闪雷鸣？我目瞪口呆。

委实见了鬼，才发誓就遭雷劈？这算是应了誓？

趁我出神，铤飞速结印，借天雷之力，劈开了水墙。

我抬头瞧见云端站着的雷公电母正对铤拱手施礼，想必是铤召他们来救驾。

“信口雌黄的妖孽！”铤厉声斥道，“休要再胡言，当初本王的确下凡历劫，但仅经历一世，何来十三世之说？本王活了十余万载，从不认得你，何谈嫁娶姻缘？本王不知你为何百般戏弄，若再纠缠，休怪本王手下无情！”

我依然跪着，腿有些发麻。小妖们看戏看得入迷，几乎忘记自身被锁妖藤所制。我想我应是古往今来最丢人的妖王了，没有之一。

“大王，求他做甚！世间男子千千万，何必挑个臭神仙！”

“不解风情的臭神仙哪有我们妖怪好，大王在妖界找一个体贴温柔的俏郎君呀！”

“大王，改明儿小的帮你在凡间物色美男子，不但知情识趣，还可采补哩！”

…………

小妖们高声嚷叫，想为我挽留最后的颜面。

他们的叫嚣，传到铤耳中无异于污言秽语。他皱起眉，念咒将锁妖藤收得更紧，一时惨叫声四起。

我起身，从怀中取出混元伞。

“放了他们，伞带走。”我深深吐出一口气。

再死缠烂打就没意思了，面子总还是要的。我突然想到，从前我忘记了他，他定也如此刻的我，心被刀剜成一小片一小片，血连着肉滴滴答答地流。他是怎么忍过来的，他竟从未跟我提起过。

他接过伞，淡淡道谢，随即撤了锁妖藤。

走时，他震碎身上的喜服。碎布纷纷扬扬地飘落，像下了一场红雨。

我看着他的背影，究竟没忍住，哭得眼如核桃。

一切的一切都告诉我，他与我，再无可能。一个是天上的云，一个是地里的淤泥，隔了比银河还要远的距离。千不该万不该，总之不该，不该，不该。

可我不甘心。

我狠狠地吸了吸鼻涕，咬牙忍住泪，内心却在期待他归还混元伞的再相逢。

小妖们建议我去人间走一遭，逛繁华的集市，睡香软的床，看如花的美人，结一段无须负责的尘缘。他们说，前任妖王也是如此这般。

他们说，姚垚的意中人被神仙害死，从此他消极玩世，混迹于人间，成了最滥情寡义的妖。我似乎也听姚垚说起过，他曾与魔界公主相恋，遭到仙子青鸾嫉妒。最后，青鸾设计杀害公主。

如果魔界公主未死，姚垚断然不会说出“漫漫岁月里非要对着一个人到天荒，烦是不烦”这样的话。

后来，我并未前往人间，只寻吕洞宾饮酒。他在庭院内摆开桌台，好酒好菜地款待我。周围云海涌现，仙鹤成群，不时可见神仙们乘着坐骑飞过。仙魔大战后，天界百废待兴，如今也兴得差不多了，可享万年太平盛世。

我怀了私心，试图从吕洞宾口中套出可以恢复三王子记忆的线索。

可惜他一无所知。

他告诉我，三王子已铸成水夜安的仙身，如今九天之上又多了一位婀娜仙子。她成了三王子的随行仙婢，顺理成章地入住铤的宫殿。

有时候，报恩是最香艳的辞藻。前有白素贞和许仙，今有铤和水夜安。报恩，报着报着，就抱在一处了。我想用纤云逐月簪划一道银河，生生拆散他们。

吕洞宾见我失魂落魄，安慰道：“也许可以请教孟婆，她既能调配忘魂汤，没准知道如何恢复记忆。”

这时，一条黑龙盘旋而下，张牙舞爪，好不神气。镟从龙身上飞下，冲我颔首。他说，来得正好，三哥托我将混元伞还你。

很好，他连见我一面都不愿，假手他人归还伞。

镞见我一脸悻悻，解释道：“叫你孟浪抢亲，雷公电母已将三哥在妖界被逼婚的事传开了，搞得三哥好没面子，他怎敢去寻你，再惹一身灰吗？”

吕洞宾一口酒喷将出来，拍腿哈哈大笑：“抢亲，逼婚？可以啊青蛇，益发出息了！”

“听那雷公说，无量战神差点当了妖王的压寨夫人，我也是头一次见三哥这般出糗。”镞毫无形象地笑将起来。

我哼了一声，咬牙道：“姑娘敢抢一次，就敢抢第二次。”

吕洞宾笑道：“择日不如撞日，今儿再抢一次，让我们开开眼界。”

见我犹豫了一下，镞笑道：“敢在天界造次，你不要命了？”

是的，不要命了。我抿唇笑了笑，心中有了计较。那水夜安可以在三王子殿当仙婢，我为何不行？公平竞争，不是吗？

我将所想告之镞，央他替我安排。他爽快地答应了，说什么明抢不得，再来暗夺，步步为营也算是好棋。

吕洞宾赠我一壶酒，祝我早日抱得王子归。

可没想到，镞的安排出了点差错。我本该在三王子府邸做个近身服侍的仙婢，不想却因名额满了，被调配到了坐骑饲养部门。

铤出行时通常由七条神龙驾驭车辇，七条神龙的居处在宫殿西北方，休憩时它们盘踞在七根玉柱上，以仙果仙草为食。据仙官说，龙的脾气都不太好，饿了会喷火烧光饲养者的眉毛，冷了会喷水把人当花浇，兄弟七个打起架来更是毁天灭地。总之，这份差事不好当。

短短七日，我被三昧真火烫过，被冰雹砸过，被狂风刮过，仙官交代过万万不能伤害神龙，凡事只能忍耐。后来，我没忍住，给了它们点颜色看，捉了一条带头捣乱的龙，用法术将其定身，假装要切断它的龙角。神龙们总算认栽，乖乖地接受我的饲养。然而，它们跑到仙官那儿告了我一状，说我虐待神兽。为此，我挨了罚。

仙官其实挺赞同我的做法，毕竟他也被神龙戏弄过无数次。但天条摆在那儿，他只能罚我。罚得算是很轻，采割仙草饲料。

银河的两岸便是天界的草海和花海。一岸是茫茫的草，一岸是绝艳的花。我背着篓筐，弯腰割草。衣裙上沾了些仙露，亮晶晶的，甚是好看。我低头舔了舔露水，甜丝丝的，像是春日的蜜。起身时，看到一个熟悉的身影，鹅黄衣裙，娉婷而立，宛如一朵怒放在草海的美人蕉。

水夜安。

她也认出了我，对我淡淡一笑。她脱了凡骨，入了仙籍，周身环绕着幽幽天香。她俯身将仙露滴入水晶瓶，用以为三王子泡茶。她小心翼翼地跪在草中，不知疲倦地收集，看起来贤惠极了。我呆呆地站着，嫉妒地看她，忘记自己是来做什么的，直到她离开。我懊丧不已，觉得自己快要入魔。

每天清晨，她都会来此采集仙露，我则收割仙草。虽是故人，却没多少话可聊，兀自低头弯腰各忙各的。她大抵算是个好女人吧，不理是非，安静贤淑，甚至有点与世无争的韵味。我不知道她同铤朝夕相对，会不会互生情愫，心里憋得委实难受。她显然发现我的怏怏不乐，好心地送我一些仙果，她对我的印象停留在人间那世。那时，我爱吃瓜果。我咬着她送的仙果，勉强挤出笑容，谢了，还挺好吃。

她说在天界没什么朋友，除了三王子以外，她鲜少同其他神仙说话。我很能理解，倘若我长久地留在天庭，怕也是寻不到什么知己好友。

“那你有什么打算？何不离开天界?”我不怀好意地提议。

她摇了摇头：“不，三王子说，我只能生生世世跟着他。”

生生世世？我脑袋像被巨石撞了，嗡嗡作响。他这是承诺与她永生相伴，白头到老了？为什么感情发展得这么快，为什么不等等我？我气得双拳紧握，将仙果砸得稀烂，顺带一脚踢飞了采了一天的仙草。

我现出原形，张开血盆大口，在她面前吞云吐雾。我欲吓破她的胆，我欲吞她入腹，我的獠牙距离她的头只有一寸之遥，可始终下不了口。

她花容失色，瘫坐在地，冷汗淋漓，瑟瑟发抖。我怒气冲冲地卷起一阵腥风，往南天门飞去。天兵天将闻见异动，集结出动。我已被妒火蒙了双眼，俨然一只狂暴的兽。神仙们的法器砸在我的身上，我浑然不觉痛。鲜血顺着鳞片流淌，我只感觉到眼眶里灼热滚烫，也许是血，也许是泪。

镞及时赶到，助我摆脱了天兵的纠缠。

冥界。

我化为人形，蓬头散发，满身污血斑斑。我揪住孟婆，歇斯底里地咆哮：“给我解药！给我解药!”

孟婆稀里糊涂，不知我所为何事。待我冷静下来，把所求讲个明白之后，她方挠挠头，让我稍等几日。她说不敢保证有效，但会尽力配制能唤醒记忆的解药。

试一试也好，我拼命点头。孟婆，你要快点，不然姑娘的意中人就要跟别人生生世世了。她说放心放心，老婆子手脚很快的。

我在冥界等。

巧的是，我遇到了白牡丹。她披头散发，憔悴不堪。我看着她一身凄惨，她看着我一身狼狈，双双愣住。

她哭着对我说，三王子太无情，九天之上的神仙都太狠心。对此，我深表赞同，我们同病相怜，彼此抱头痛哭。

三日后，孟婆调配好了解药，但她要以纤云逐月簪为交换。那簪是威力无比的上古神器，但也是三王子赠我的定情信物，如今我与他的联系，就只剩下这簪子。我犹豫不决，由衷不舍。孟婆变了脸，收回解药，转身离开了。

我急得团团直转，舍也不是，不舍也不是。白牡丹见我煎熬，出了个主意："我帮你盗药。"

她说，小青，你我总得有一人幸福。

我们二人相视一笑，俨然一对阴暗姐妹花。

我与她的恩恩怨怨在那一笑中得到了质的飞跃，升华成患难友情。当然，这一切自始至终都是我一人的想法。

按照计划，我负责与孟婆纠缠，白牡丹负责盗药。

孟婆铁了心就要那簪子，我同她废话了半天，她也乏了，我也累了。算算时辰，白牡丹理当得手，我佯装气急，拂袖离去。

孟婆叹道："姑娘啊，慢点走！"

很久之后，我才反应过来，那时我走得太急，看漏了孟婆眼角的遗憾和同情。

第三十三章 毒

白牡丹将一只紫晶瓶交到我手中。

我对她的喜爱在那一刻达到顶峰。她曾与我阆苑做伴，与我在无因崖边思凡，也曾翻口驳舌，栽赃我和吕洞宾私奔。或许有过龃龉的朋友，才算得上真朋友吧。素贞也曾与我反目，但我们是最亲的姐妹。

白牡丹理了理散乱的发，冲我挥手作辞，转身踏上轮回的路。

我也理了理蓬乱的发，突然想到，我似乎大闹了南天门。当时现了蛇身，惊动了守门的神仙，还好镞赶到，遣退了神将。我要回到天界，寻找机会将解药给铤服下，恐怕还得找镞帮忙。

离开冥界，我回到大茫山。

才到山脚，我便看见了镞，也不知他在此地候了多久。

他托腮，饶有兴致地欣赏我的狼狈。我挡住脸，确实丢人。

他移开我的手，看我受伤的脸，微微皱眉，伸出一根手指，在我的伤口轻轻划过，伤口瞬间愈合。他疗伤的手法很利落，我道谢的时候，他却笑道："活该。"

我刚想替自己辩驳，数一数三王子的无情。但话到嘴边，却觉得自己确实活该狼狈。既然选择了逆天而行，执意要勉强，受苦受累也在情理之中，为何到了如今反要抱怨他人无情？

"你潜入三哥府上，每天就只喂喂龙、采采草，然后眼睁睁看着他和别人相守？"镞一边施法治疗我手臂上的伤，一边笑着在我心口补了一刀。

我吁了口气，道："我再试一次。"

"正好，你的机会来了。"他勾了勾手，示意我靠近些。

我凑上前，他低声笑道："三哥生辰快到了，届时天庭大开盛宴，你在宴席上献献殷勤，譬如跳个贺寿舞，博他一笑，岂不很好？"

明明是好心，他非要加上一刀："总比你默默饲养他的坐骑来得体面些？"

去他的坐骑，我翻了个白眼。

坐骑？我眼前一亮，忽地福至心灵。

镞带我回了天界，我依然在铤的府邸饲养神龙，静候那场盛大的宴会。

等得不耐烦了，我也曾偷偷溜到三王子的书房，试图窥他一眼。可惜，一次都没看见。每次都见到水夜安在整理房室，我嫉妒得发狂，恨不能冲进去咬断她的脖子。她越发美了，周身仙气缭绕，已然换了命、成了仙，还得了他永生永世的承诺。

半路杀出个水夜安。我叹了口气，晃了晃手里的紫晶瓶。

铤的生辰终是来临。

镞安排我献舞，本想让我跟着仙娥们一道练习。我推辞了，行了一招自认为可以一箭双雕的险棋。

当日，我化身七条神龙中的一只，拉着三王子的车辇往昆仑山接受朝拜。昆仑山是天界和凡间相通之地，每逢大事，天界将开启通天梯，凡人将循梯而上，顶礼朝拜神仙。虽然知道神仙们最重排场，当我真的看到时，还是惊叹不已。

七色霞光萦绕整个天际，凤凰、仙鹤各分两路，迎接宾客。仙子们或弹琵琶，或吹横笛，或抚古琴，仙乐飘飞，令人沉浸其中。云端裂开巨缝，天梯旋亘而下，直达昆仑山顶。

山顶的观礼台已坐满了天界神仙，地仙和凡人们则早已跪在天阶上，恭迎天界王子降临。我和其他六条神龙拉着车，绕天阶飞下。甫一落地，恭迎礼赞声，有如山呼海啸。

与此同时，我看见镞从七头麒麟驾驭的车辇中走出。他和铤皆着华丽盛装，在众目礼敬下，缓缓登上高台。

我这才想起，镞和铤是双生，他们的生辰在同一日。今日是铤的生辰，也是镞的。

他们站上了高台，祭天地。观礼台上的神仙皆起身稽首跪拜，天阶上的凡人们磕头叩拜，俯身不起。

随后，天界司仪带领众人吟诵贺词和赞颂，众仙井然有序地献上贺礼。但听“东海龙王奉上夜明珠十八对”“湘沅水君奉上松鹤贺寿玉雕一件、麒麟戏珠玉雕一对”……随着司仪点报礼品，仙鹤衔着贺礼，列队而去。不多时，成群的凤凰口噙玉如意，飞至众人身旁。那玉如意是天界给宾客的回馈之礼。

我抬眼看高台之上的两位神仙，皆着金色战袍，袍甲在阳光下熠熠生辉。铤头戴赤红金冠，镞戴玄墨玉冠，双双神色庄严，不怒自威。天阶上传来喜极而泣的哭声，凡人们得见他们的神，激动到难以自持。那时，我才意识到，他们是天界举足轻重的王子，是生杀予夺、永葆六界太平的战神。

我望着铤，鼻子一酸，可你为何许别人生生世世？

我此刻幻作神龙，同其他神仙的坐骑在一处观礼。当冗长的朝拜结束时，我振作精神，准备放手一搏。

天界两位王子从昆仑山驾车返回天庭，按照计划，他们将宴请九重天上的尊神，以及西方净土的佛菩萨。

宴席之上，难免一番许久不见的客套寒暄。神祇们言笑晏晏地彼此恭喜，尊神们的谈话带着机锋，小仙们小心翼翼地在旁伺候，唯恐出错。我在角落里看见为天后倒酒的仙子毕恭毕敬，双手微微发抖。尽管谨慎，但酒还是洒了些在桌上，天后只瞪了她一眼，吓得她跪地不起。

我心说，尊神们果真反复无常。昔日听白牡丹说，天后已经成全了我和铤。但如今看来，她并没有对他儿子的失忆上心，反倒缄口不提曾经有过一个我。听说，天庭已经下了禁令，不许再提起青蛇。大神仙们要的圆满结局，就从三王子回位并且忘记我而开始。

贺寿的群仙陆续登场，欢笑声连绵不绝。我拍了拍身旁的神龙们，笑道："待会儿机灵些。"

神龙们哼唧两声，表达不屑。

我和六条神龙终于登场，表演七龙戏珠。照我的安排，神龙盘旋起舞，时而衔尾成圈，时而交颈成环，时而喷火，时而纳珠。众神仙连声称好，我心中扬扬自得。我纵身一跃，龙角撞上火珠，珠子急速朝铤的方向飞去。

珠子在他面前停下，他笑了笑，正想挥手将珠子弹开。那火珠突地裂开，幻作一根玉箫，安安静静地悬在空中。铤迟疑片刻，接过了那箫，放在唇边，按孔吹奏起来。

箫声乍起，我喜极，疯狂摆动龙身，于庭中起舞。众目睽睽之下，一条张牙舞爪的神龙渐渐没了龙角，收起龙爪，变成一条青色的蛇。

很多很多年以前，我在修竹林中扭动蛇肢，迎风起舞。蛇皮随风蜕下，鳞片撒落在翠竹之间，金光闪闪。

很多很多年以后，我在天庭变幻成龙，再化成蛇，献一出拜寿舞。蛇皮渐次褪去，现出天憎神恶的人形模样。

很多很多年以前，在化成人形的一刹那，我看见一个抚箫男子，静立于阳光下，衣袂飘飘，神采飞扬。他幽幽笑着，嘴角漾成一道完美的弧线，天下无双……

很多很多年以后，抚箫的神仙忘记了我，尽管他吹的曲子与我们初相识的那次一般无二。他淡淡看向我，眉眼间似笑非笑，依然是我心底的天下无双。

歌舞声渐渐止歇，我独自站在庭内，认识我的神仙已经开始窃窃私语。

——原来是她！

——如此吉日，竟有妖界中人来扰？

——听说三王子早与这妖女断了往来，她怎还敢前来？

——她活该。

…………

天后正要开口圆场，镞已经率先开了口，道我是他邀请而来的。众神仙这才噤声不言。

铤抚了抚玉箫，对我道："多谢。"

镞撇了撇嘴，笑道："青蛇，我的贺礼呢？"

我总不能当着众神仙的面，遗憾地告诉他，你的没准备，以后补上？我挠了挠脑袋，正想诡辩几句，却听一声短促的咳嗽。

铤的嘴唇发黑，踉跄退后两步，在他身后侍奉的水夜安忙搀扶住他。神仙们面对突如其来的变故，倒显得冷静异常。医仙忙上前诊视，片刻工夫便启禀天帝：“是毒，三王子中毒了。不过，小仙已让三王子服下解药，并无大碍。”他用丝绢裹起我送给三王子的玉箫，继续道：“箫孔中有毒。”

话音刚落，天后已放出天罗地网，将我困住。

“大胆妖孽，为何下毒？”天后厉声质问。

明明是孟婆调制的解药，为何成了毒药？我绞尽脑汁，这一切只有两种可能。一是孟婆故意调制毒药害我，二是白牡丹根本没有盗解药，她想用毒药嫁祸我。在没查清之前，我自然不能供出她们。

我只能喊冤，但无人信我。

除了镞。他为我求情，可惜势单力薄。

我看向铤，还好他没事，否则我就是死千次万次也不足惜。我惭愧又悲哀，好好的表现机会竟又被我搞砸。

“三王子，我怎会下毒害你……”我毫无底气的解释，就连自己听着也觉可笑。

铤冰冷的目光让我无地自容，我叹了口气，忽然觉得洗脱罪名与否，都没什么关系了。

被关进天牢后，每日必受二十道雷刑，直到供出所图。

天雷劈在身上，却让我格外清醒。我想到昔日法海受罚，想到他也曾这般痛过，我对他的想念竟然更添几分。我不哭不闹，连冤也不喊了。三日后，镞来看我时，我遍体鳞伤，蜷缩在牢狱一角。

镞将我抱在怀中，施法替我疗伤。天雷之刑岂是容易好的，眼见他的真气越来越弱，嘴角流出鲜红，仍不知疲倦地为我续命。

“别救我。”我叹了口气，我活该。

他捏住我的手掌，柔声道：“你老实说，毒是谁下的？”

我摇头，是我求孟婆配制解药，是我让白牡丹盗药，是我将药抹在玉箫上亲自喂给铤，是我的贪恋才导致这般下场。我活该。

镞见我不肯松口，气道：“都何时了，你还袒护谁？就算你不说，本王也誓要查个清楚明白！”

他鲜少在我面前自称“本王”，他此刻双目发红，狠狠地握住我的手。我咳嗽数声，示意他别捏我的手，疼。他松开手，将我脸上凌乱的发拨开。

“为什么……”他看着我的脸，突然喃喃道。

我不明白他的意思，等了半晌也没听到他继续往下说。我伸手擦他嘴角的血，白白为我浪费了，多可惜。我低头看自己被血染红的衣衫，为了替他贺寿新做的衣裳，多可惜。

“他可无恙？”我问道。

镞叹道：“他没事，有事的是你。谋害尊神，你以为受几道天雷就完了吗？既然不是你下的毒，何必扛？老实交代了，快！”

我歪着头，咬唇玩笑道：“下毒的就是我，我恨他不娶我。他不娶我，我也不许他娶别人。”

镞恨得牙痒，一把揪住我，将我压在牢内冰冷的石面上，不顾一切地吻。我咬他的舌头，不让他得逞，他无视那点疼痛，拼命地吮我的唇。

他吻得太专心，连铤的气息都没有闻到。

铤不知在我们身后站了多久，不知听到了什么，看到了什么。他冷冷地看着我和镲，眼里露出一丝嘲讽。

我能听到他的心声——这水性杨花的妖孽，迫我娶她不成，便下毒害我，还顺带勾引我兄弟。

镲回身看铤，叫了一声："三哥。"

我这才看清，铤的身后还跟着水夜安。

"母后已将犯人移交我处置。"铤对镲道，"方才她既亲口认罪，谋害尊神之罪即属实。按照天规，三日后处决于斩妖台。"

镲苦笑道："她何时认了罪？呵，她怎会害你？"

"众妖之王究竟在酝酿什么，你我皆不得知。"铤淡淡道，"四弟，离她远些。她本身就是毒。"

没错，我是毒，都需远离我。

我笑了。

"我偏爱饮鸩止渴。"镲拉起我，就往牢外走。

铤拦下他，道："四弟，休要胡闹。"

镲眯起双眼，冷笑道："我曾入魔一次，就不怕第二次。"

他兄弟二人剑拔弩张，我夹在中间有些难堪。

我笑道："你俩为我打一架呗，谁赢了我嫁谁。"

"青蛇！"镲怒不可遏，"快说到底谁下的毒！"

铤抓住我的手臂，想将我带入天牢，镲不肯放手。拉扯间，水夜安被我撞到，她闪到一旁，揉着肩膀，静静地观察我。

"本王再问你一遍，可是你下毒谋害本王？"铤道。

我看了看水夜安，道："我也问你，你可是许她跟随你生生世世？"

铤一愣，沉吟半晌方道："是。"

天雷再厉害也没有将我撕碎，他的一句话，比世间任何法器、任何刑罚都管用，生生将我撕得粉碎。

我挣开镞的手，缓缓回到天牢中。我背对着他们，泪水止不住地流，我尽量控制自己的声音：“我认罪。”

三日后。

斩妖台上。

铤再度问我：“青蛇，你可认罪?”看得出，他心存慈悲，只要我说不认罪，他兴许会调查一番，再做打算。

我点头，认罪。

他叹了口气，下令行刑。

曾听说，在天界处决的妖，死之前会被钉上诛心针，为了防止元神生怨，聚集成魔。诛心针将打在周身要穴，令人痛不欲生。

该来的总归要来。第一根针刺入我的眉心时，我眼前一黑，呕出瘀血。我看着他，忽地想起仙魔大战时，他一字一句地将我遗忘的记忆告之。我咬住牙关，开始讲述：“我们初次相见时，是在峨眉山。你奉命降妖，收服了我的母亲，却放过了我。”

第二根针刺入我的左肩，第三根、第四根……

“你看我长成，看我化成人形。在我蜕化成人形的那日，我跳了一支舞……前几日我在你寿宴上也跳了。”我仰头笑了笑，再也没有气力说下去。

左眼忽然一阵钻心的痛，一根针入眼。

似乎听到了眼珠迸裂的咔嚓声，霎时，鲜血模糊了整张脸。我想用手遮挡，我不想让他看见如此丑陋的我。可是双手被牢牢缚住，无计可施。

失去意识之前，我用尽毕生气力喊他的名字。

…………

“青!”张甄柳胡在古巷深处喊我的名字，他弯起的唇角漂亮，他眯起的眼睛漂亮，那是我喜欢的样子。

张诂斌接过我递给的药水，笑道：“只要谁喝下这药，就会爱上给他喝药的那个人?”我心虚地点头，他仰头一饮而尽。

法海抛出玉佛珠，我摔倒在竹林中。他俯身压上，在我眉心印上一记吻。

锦被之中，司马萧的手覆上我的脸颊，轻轻抚摸，促狭笑着：“想学双修吗?”

“赖不掉的，这是我在你身上做的标志，”铤指着我手心的“卍”，郑重其事道，“前世、今生、来世，三生三世、生生世世，我都认得你。”

…………

“青，青!”

别吵，让我继续一场接一场的美梦。那人偏不让我如愿，我被粗鲁地摇醒，正想发火，却觉左眼缠着纱巾。

意识渐次清明，咦，我竟没死。

一张熟悉的脸跳入眼中，我心中一喜，但随即便知自己错了。眼前之人是镞，不是铤。

我幽幽叹了口气，以手捂脸，不想见人。

第三十四章 | 正果

在镞的府邸，孟婆跪在地上，接受镞的审问。天后娘娘和铤等神仙皆在场旁听。

我迷迷糊糊听了个大概，原来是吕洞宾往冥界请了孟婆来替我洗脱罪名。孟婆当着众神的面不敢胡言，和盘托出当日我曾求她配制唤醒记忆的解药。她为证自己清白，忙取出药瓶，请医神鉴定。

“当时小仙和这位姑娘并未谈妥，是以最后并未将解药给她。”孟婆道，“不过，当日冥界失窃了一瓶毒药——无伤紫露。”

“你是说，青蛇窃了冥界毒药，用以加害三王子？”镞问道。

孟婆摇头：“那瓶毒露并非青姑娘所盗。我听到她和白牡丹在商议，要盗取唤醒记忆的解药，白牡丹自告奋勇去盗药。当时我心想，解药就在我身上，倒要看看你们怎么偷走。我便悄悄跟着那白牡丹，不成想她进了丹药室，直接取走无伤紫露，并且交给青姑娘。”

“青蛇与白牡丹二人本想窃取唤醒记忆的解药，却一时糊涂，错把毒药当成了解药?”镞继续追问。

孟婆又摇头：“药瓶上写有‘剧毒无伤紫露’，白牡丹撕下了字条，她有意想将毒药交给青姑娘。”

“如此看来，青蛇并不知情，一直以为白牡丹所盗之药是解药，”镞朗声道，“罪魁祸首便是那借刀杀人的白牡丹。”

我因受伤太重，勉强靠椅背而坐，用仅剩的一只眼睛看镞为我脱罪。我早就猜到是白牡丹，她恨三王子，恨这群神仙，她想假手于我，不顾后果地进行报复。

真相大白后，神仙们陆续散了。

吕洞宾留下一罐伤药，也走了。

铤是最后离开的，他因误伤我而深感内疚，执意留下为我疗伤。他想看我左眼，我拒绝了，一个黑窟窿有什么好看。

“你素喜什么颜色?”铤道，“本王可为你打造一只眼眸。”

我摇头：“我要活的眼睛，譬如她的。”我随手指了指水夜安，如愿看到铤不可思议的眼神。他嫌恶的神情在眼底一闪而过，虽然只有一只眼，我还是看得一清二楚。

气氛变得微妙，镞送完宾客刚刚回来，见我们一言不发，干咳一声，打破沉默：“孟婆留下了唤醒记忆的药，三哥，给你吧。”

他将解药交到铤手中。

铤打开瓶塞，放到鼻前嗅了嗅。他看着镞，迟疑道：“我当真失忆过?”

镞指着我，道：“你只是忘了她。”

铤看向我，缓缓将药瓶放到唇边——我屏住气息，心中重新燃起了希望。

看他仰头饮下，闭目，睁目，平静得恍如晴日无风的湖面。

上天怎肯如我所愿？

药水无效，铤什么也没记起来。

我苦笑，拔下头上的纤云逐月簪还给他。

不知为何，想起了昔日老板娘所说——爱需浓烈爱，恨需彻骨恨，生要洒脱生，死要悲壮死。爱不得，恨难恨，我该如何是好？我捂着左眼，蜷缩在角落。爱不得，恨难恨，那就算了吧。

后来，铤为了弥补我，将佛舍利化成了我的左眼。是以我的眼中总能观见世间苦楚，流下的每一滴泪都是因为慈悲。他欲感化我，我却对他的苦心感到莫名心寒。如今的我，在他眼中，和那些迷途知返的妖孽没有两样。

而我，也打算彻底忘了他。

那日，我从天庭回到大茫山，在山腰遇见一个陌生女子。修长蛾眉，细长凤眼，身段高挑婀娜，着一袭皂色长裙。

她问我可知大茫山的主人。

我指了指自己。

她冷笑道："又是个蛊惑他的贱人。快让姚垚出来，否则我铲平了这大茫山。"

原是来找姚垚的。我打量着她，不知她究竟是谁。怪只怪姚垚也太风流，欠下的情债数不胜数。

女子见我没反应，幻出一对蝴蝶环，双环相扣，金光四射。她在吓唬我。

我擦了擦汗，笑道："姑娘贵姓？"

她冷淡道："青鸾。"

原来是青鸾。昔日姚垚曾提起过，青鸾钟情于他，一直纠缠不清。姚垚入魔后，青鸾盗取了天后的纤云逐月簪，杀害了魔界公主，引发了一场仙魔大战。后来，天后以忘川之水封印了青鸾的记忆，将其囚禁于昆仑山。

忘川之水在上一次仙魔大战时被化解，世间再无忘川，是以她恢复了记忆。可是，她不该囚在昆仑吗，何故站在大茫山？

我见她情绪不够稳定，心中犹豫到底该不该将姚垚已元神俱毁的事实告之。

“今日见不到他，我不走。”青鸾的眼神太过犀利，似乎全世界都是她的仇敌。

我叹道：“他死了。”

我飞快地整理思路，想将姚垚舍身救人的事情原原本本地告悉，甚至想带她去姚垚的衣冠冢，可她兀自呵呵呵冷笑三声。

“他死了没有百次也有千次，少拿这些烂路数来哄我，”她道，“叫他出来。”

看来姚垚为躲避青鸾，也是经常装死。

“这次是真的死了，”我取出万妖令给她看个清楚，“前任妖王舍身成仁，为救天界尊神而魂飞魄散。死前，他将妖王之位让给了我。”

青鸾瞥了一眼万妖令，冷笑不止：“他为救神仙而死？拜托你说大话也说得逼真一点，他会救神仙？哈哈哈，你说他为女人而死，没准我就信了。”

我扶额，正要开口解释。

她抢先道：“接下来是要带我去看他的墓碑？”

还真猜对了。我语结。

“少废话，我没时间了，让他来见我。”她狠狠地瞪我。

姑娘啊姑娘，你让我上哪儿变一个姚垚给你？

“告诉他，傍晚之前他若不来见我，我定要让大茫山满山的妖死无葬身之地。”她撂下狠话，遁形而去。

本以为这只是一名骄傲仙子的气话，为了见心上人而大开杀戒，恐怕只有魔王才干得出。可我低估了她，她已为爱成魔。

后来，天庭司刑是这么写她：王子寿辰，大宴群宾于昆仑，罪仙青鸾趁乱逃脱，为祸六界，造不赦之恶。剔其仙骨，毁其仙根，永坠畜生道。

我亦永生难忘。那日傍晚，我同小妖们正玩闹，忽就乌云密布，雷电交加。那个场景似曾相识，昔日素贞强行作法，水漫金山，那瓢泼的淫雨，阴沉的天，恰与此时一样。

大茫山东面邻海，山脚下有凡人聚居，渔民众多，傍晚时分皆打鱼归来。不想泊岸时，突遇飓风，数百渔船被骇浪打翻，满船的人悉数葬身大海。

我很快察觉异常，慌忙施法救水。诛心针的伤势尚未痊愈，我的法力大打折扣。我催动法咒，展开结界，勉强护住山下凡人的房屋和渔船。青鸾鄙夷地笑我不自量力，她一面叫嚣着让姚垚来见，一面引海水往大茫山灌。我的结界护住山下凡人，却再无气力护山上群妖。灵力稍高的同类可以自保逃离，法力低的小妖则凶多吉少。

突然就想到当年法海为阻止我与素贞祸害无辜凡人，不得不将水引至金山寺，一时满寺浮尸。他的无奈和悲哀，如今我总算懂了。姚垚将万妖令交予我，嘱我倾尽一切护妖界太平，如今我却要食言。与山上的妖灵相比，山下凡人太过弱小，且数量庞杂，若舍大取小，委实太过残忍。

我抵死与青鸾抗衡，以最后的法力幻出一艘大船，让山上的小妖们逃命。我的旧伤发作，口吐鲜血，怕也坚持不了多久。我让他们快逃，不想他们并不离开，各自以微薄的法力救助山下凡人。

施法引水淹山何其容易，退水救人又何其困难！山下洪水肆行，妇孺的哭声不断，我捂住那只慈悲的左眼，不忍多看。我的结界已经被数十丈的惊天海浪撞破，洪水猛然灌入，凡人仓皇失措，嘶声尖叫。我忙纵身跳入水中，现出巨大蛇身，将凡人驮于背上，飞往高处。其余小妖们也纷纷效仿，现出原形，救助落水灾民。

青鸾寡不敌众，终是筋疲力尽，她嘶哑着嗓子喊“姚垚，快滚出来！”

我气愤难当，一剑刺向她。她也不躲闪，任凭胸口窟窿血流不止。

“让他来见我，我没有时间了，”她跪倒在地，低垂着头喃喃自语，头发被风吹得如海藻般凌乱，“他们知道我逃出昆仑，迟早会抓我回去……姚垚，你见我一面可好？”

我揪住她的衣领，让她看山下的人间炼狱。

我在她耳边轻声道：“可知他为何不选你？”

她摇着头，神情凄苦。

我说不出诸如“你为一己之私置众生于不顾”之类的冠冕堂皇之辞，只抓着她去看。她是仙，她的各种修为远在我之上，她比我更懂恻隐之心，比我更懂天下苍生。

我知道姚垚为何不选青鸾，却不知道铤为何不选我。

天上的神仙终于发现青鸾逃脱，前来抓人归案。她始终不相信姚垚已经死了，被戴上镣铐时依然心心念念要见姚垚一面。

我累到虚脱，血一口一口地吐出来。

有个可爱的小妖说：“大王，你看起来像婴儿吐奶。”

“不，”另一个可爱的小怪说，“像极了金鱼吐泡泡。”

我想，我需要闭关养伤。

一养就是五百年。

…………

作为最爱瞎管人间闲事的妖王，出关之后我去了趟人间。我见到了轮回的白素贞和白牡丹。她们此生是一对孪生姐妹，白素贞嫁入官宦人家享得一世清福，白牡丹却被歹人拐卖为奴为婢。锱铢必较的神仙们决计不会放过任何一个因果，我摇头笑了笑。

我咬着狗尾草，坐在西子湖畔的柳树上，天光正好，不寒不暖，四月的微风吹在脸上，痒痒的。我望着天上的云，想到与青鸾一战后，天帝居然颁旨，列数了数万年来我的功绩，道是我已修成正果，可以名列仙班。我想也没想就拒绝了，开什么玩笑，姑娘乃众妖之王，怎会接受封神？那夜，我还梦见了姚垚，他夸我做得漂亮。

人间沿海的庙宇有了我的神像，或蛇身或女身，出海的凡人常喜欢酬拜我。面对这个人崇拜，我颇不适应。

小妖们怂恿我往人间找一个“压寨丈夫”，我来到了西湖。看世间红男绿女，或爱或恨，匆匆百年而已，奈何桥上一走，孟婆汤一饮，前缘忘清，为此我提不起半点兴趣。我逐渐发现，天底下有太多有趣的事情。譬如，为祈雨多时的人降一场甘霖，为久病沉疴的人寻一方良药，为无依无靠的孤寡建一处茅舍，为渴求和平的人献一则妙计，为伤情失恋的人觅一壶好酒……

说到酒，吕洞宾时常从天界带些酒相赠，或浓烈，或清淡，我照单全收。大梦三生谈不上，饮到微醺时分，眼前总会有各色美好，朦朦胧胧，清清楚楚，令平日不躁动的躁动，平日安宁的不安宁。

我不让他提起有关三王子的任何事，在我心中已将他当作妻儿成群的那一类。相安无虞，各活各的，多好。

可惜，天大地大，我还是遇见了他。

那日，我追着一只入魔的妖进入了魔界疆域，新一任的无量魔王尚未出世，魔界相对低调，轻易不敢出魔界。那只妖却堂而皇之地在人间害人，我看不下去，一路追他至此。魔域布满阴霾，我行得很慢，一会儿就跟丢了。

只好折道而返，行了数里路，却被一片紫光吓了一跳。

原是铤在人魔交界处调伏浊气。按他所言，每一任的无量魔王都因吸食六界污浊之气而生，每一万年，就会聚集成形，骇然临世。若能调伏六界浊气，可限制出世后的无量魔王的法力。

我本想打个招呼就走，却被一股浊气撞个正着，摔了个狗啃泥。我“呸”了一声，活动活动筋骨，开始与那浊气斗法。

印象中，我与他正邪不两立，鲜少有并肩作战的时候。如今放下私情，何等轻松，一起杀杀浊气什么的，竟也不错。

当然，我后悔了。那浊气太过霸道，见我加入，欺我修为不如铤，索性只缠上我，害我走也不是留也不是。

我与他一动不动，盘膝斗浊气，已经过了七日七夜。浊气丝毫没有减退，反而在周围魔物的助威下，越显猖獗。

“还要多久?”我欲哭无泪。

他合目道：“短则数日，长则数百年。上一次，本王调伏东海浊气，花了整整两百年。”

大神仙们的日常果然不同，杀个虚无缥缈的浊气花上两百年，变个擎天柱子熬个几千年，换我可不得闷死。

“不闷吗?”我自言自语。

“闷。”他答得很诚恳。

我擦了把汗，真的有汗。浊气趁机绕上我的颈项，铤一挥手，为我驱散。我不去看他，兀自施法。

他道：“估计还有三日，浊气即可被调伏。你可先走，这里交给我。”

我沉吟片刻：“不急，调伏了再走。”

于是，对坐无言，各自闭目作法。

快要成功时，我前几日追踪的妖带了一群魔物前来捣乱。我从未调伏过浊气，累了十日本就头昏脑涨，一时无暇应对。而铤耗费的功力显然比我更甚，临近成功，他也不好轻举妄动。

魔物乘虚而入，化作黑雾在我们身畔穿梭。更有魔女千娇百媚，对铤实行勾引。曼妙女体，攀缠厮磨，看得我有点心痒。铤似乎感到我的邪念，他微微睁开眼，看向我。那魔女回眸看我，然后在他唇上轻轻一咬。我心头火焰腾然蹿高，几乎就要起身。

“心魔而已，莫要理它。”铤提醒我，“浊气即将调伏，不想前功尽弃，且忍一忍吧。”

我闭上眼，不去看。不承想依然能看见魔女光滑如白玉的身体缠挂在他身上，解他的衣带，抚摸他的肌肤。我睁开眼，魔女咯咯笑着，躲在铤的身后，挑衅地冲我吐舌。

我气得青筋爆裂，完全将铤的话抛诸脑后，起身扯住魔女的头发，正要将她拖走，却发现自己手中空空，哪有什么魔女？

铤叹了口气，忽然使了个法，我被一股强力拉至他身侧。他在我眼前晃了晃手指，道：“睡吧。”

…………

我舒服地翻了个身，擦了擦流出的口水，继续睡。忽觉一阵淡淡的香，熟悉无比。我伸手胡乱抓，抓住一个软绵绵的枕头，开心极了。

不知睡了多久，久到我醒来时，已经是晚上。甫一睁眼，发现自己躺在别人腿上，双手还抱着别人的身子。

听得一声略显尴尬的咳嗽，我忙松手，飞快地起身。原是铤怕我受制于心魔，施法让我熟睡，尔后他一人将浊气调伏。

“若修习仙法，或对心魔有益。”他颇为好心地给我忠告。

他说得隐晦，实则在问我既已修得正果，何故拒绝成仙？我只低头笑了笑，不想同他解释。

他起身作辞，道是还有多处浊气需要调伏。我心想，如此忙碌，岂不辜负了府上佳人。水夜安住在他府邸，也不是什么秘密了。不过，倒是没有听闻他们大婚，许是太忙了吧。我专心地想啊想，不知不觉竟尾随他行了数百里。

这就尴尬了。

他回头看见我，眼里满是疑惑。

我舌头打了个结：“教……教我成魔。”

其实，我想说，教我除掉心魔。

他哑然失笑：“这个，本王教不了。”顿了顿，他道，“问四弟吧，他有经验。”

这……算是大神仙在讲笑话吗？

我打了个寒噤，他随即于一道紫光中消失。

第三十五章 | 垂笑花

有一就有二。

我再次偶遇铤，是在天界银汉河畔。是时距离调伏浊气那次已有两百余年。

那次，吕洞宾研制出一种新酒，邀我往天界共饮。对于天界，我敬而远之；但对酒，我沉溺其中。据说吕洞宾的新酒加了银河飞瀑下的“垂笑花”，那种花甚是稀罕，五千年开一次，本是仙家用来入药的极珍贵的材料，却被他大材小用，摘了来酿酒。想也不用想，这酒只能私下品尝，若张扬出去，吕洞宾势必又要挨一顿罚。

好酒配好友，吕洞宾深谙此道，他邀了八仙中的其余七位，连带我和镞，一共十人，还颇讲究地在风景优美的银河畔临时搭了座云亭，聚座畅饮。

杯酒入口，初觉温润爽口，甫至喉咙，又觉烧心之痛，再入腹中，一股清香自丹田袅袅升腾，回甘无穷。众人连叹妙极，纷纷抢着再满上一杯。镞不似我这般贪杯，饮了三杯就作罢，在一旁看我抱着酒坛不肯放手。他也不拦我，反倒指着银河畔道：“五千年一开的垂笑花，见过吗？”

极目之处，姹紫嫣红，哪里辨得出哪朵是垂笑花？我打了个酒嗝，他嫌弃地摇手扇走酒气。吕洞宾凑过来笑道：“这里看不清，你大可往近处看去。云灵树下，蓝色星状的就是，不难辨认。可惜，没剩几朵了，这花一开，就被争抢着入药，我好容易谋得一朵。”

“哦，”我流连贪杯，慵懒道，“花有什么好看，还是酒好。”

镞朝我挑眉道：“你去采一朵，于你旧伤有益。”顿了顿，又道，“这花一入酒，便失了药性。”

他指的是诛心针的伤，说来也是，每逢阴寒天气，我浑身便痛得厉害，左眼尤甚。只是，这神仙们都争着想要的稀罕花儿，怎轮得上我一介妖精去采？

“叫你去就去。”镞道。

我喝光酒坛里最后一滴酒，意犹未尽地瞟了一眼吕洞宾眼前的酒葫芦，他警惕地将葫芦抱紧，扭过身去懒得搭理我。

小气！我笑着起身，从云亭飞出，借着酒意，在空中开心地转了个圈。花海无边无际，我寻了半天也没找到蓝色星状的花，反是越走越远，茫茫不知方向。

花海中蹲着个白衣人。墨发未束，闲闲披着，身穿一袭象牙白软袍，手握一把弯月小镰，小心翼翼弯腰采割。他显然发现有人接近，抬眼看向我这边，微微颌首，算是打了招呼。

我一眼瞥见他的竹篮中躺着一株垂笑花，蓝紫色，星形，无叶，拳头大小，隔了数步都能闻见一阵异香。这香味与方才的酒香很像，想必正是垂笑花了。

“三王子，”我虚心请教，“这花，何处寻得？”

铤道：“若你指的是垂笑花，恐怕寻不到了。最后一朵，就在这篮中。”

哦，那算了吧。我摸了摸微微发烫的脸，这酒后劲不小，晃着身形走了几步，只觉头晕晕乎乎，索性躺在花海里，仰观九霄云海。

“你要垂笑花做甚？”他的声音飘进我耳朵，有点朦胧不真切。

我喃喃道：“拿来泡酒啊。”忽又意识到似乎说错了话，这么金贵的天界药材怎么可以拿来泡酒呢？我赶紧改口：“镞让我采的……”好像还是不对，我脑子嗡嗡作响，打了个酒嗝，翻了个身，笑嘻嘻地指着他篮中的花：“不如，你送我呗？”

他愣了一愣，半晌才道：“此花，本王要用来续命救人。”

酒壮怂人胆，我哼了一声，翻身滚到他跟前，仰头道：“我也快死了。”

他嘴角好像勾起了一丝弧度，拍了拍我的蛇头，我这才意识到自己现出了蛇身。然而，我并不介意自己醉酒后的得意忘形，反倒恬不知耻地盘旋在他脚下，久不肯离去。他以为我惦记那垂笑花，叹了口气，在花海中坐了下来，细细讲与我听。原来那花是为水夜安而采。她的仙身是由仅存的一魄造就，每过百年，其仙身就会出问题，必须及时修补。垂笑花乃续命聚魂的良药，五千年一遇，若错过了就要多等五千年。

我虽酒意上头，心里却澄明清澈得很。他对水夜安的宠爱，何其真切。亲自为她采药，不惜耗费真元为她续命凝神，将她带在身旁教养。或许等她身子好了，便是他们大婚的时候吧。我慢慢地摆动蛇身，渐渐与他拉开了距离，尔后恢复了人形，站了起来。

他道：“你想要泡酒的材料，可往我府上取。”

我心说，去你家看你俩浓情蜜意，这倒霉事可别拉上我。

“不用，不用，”我尴尬地笑道，随手指了个方向，“那个，镞还在那边等我……”

他顺着我指的方向看去，空无一人。

“走吧。”他拉起我的手臂，驾起一朵云，不容分说就往他府邸去。

当初他因我轮回十三世，被天帝惩罚，彼时他的府邸建于天界最荒凉之处，空空荡荡，凄凉无限。如今，他成不世功臣，光华盖顶，天帝重新赐其住宅，侍婢如云，热闹非凡。我站在他家门前，酒也吓醒了大半，出了一后背冷汗。深吸一口气，让自己不要胡思乱想，硬着头皮，随他入内。

铤先进内室，让我大厅稍坐片刻。不一会儿，水夜安端了茶水来。与她寒暄几句，便没了话，我左顾右盼，心里早将镞骂了个狗血淋头。好好的要我采什么花，现在多尴尬。这时，一行仙娥端了大小七个锦盒，放到厅中。铤也自内室走出，道是那些锦盒中是几味泡酒的好材料，原是仙友所赠，如今转赠给我。

我忙推辞婉拒，想必酒还没醒，讲着讲着就把真话和盘托出：“这些东西镞也有，都吃腻了。”

他眼底闪过一丝难得的窘迫，半晌才憋出一句：“随你。”

水夜安意味深长地看了我一眼，她似乎想说什么，但平素冷清惯了，或许觉得这时候说话有失身份，最后还是没说。我觉得她命真好，什么都不用说，就有人替她寻来各种宝物，什么混元伞，什么垂笑花，别人想都想不到的东西，她不用开口就有人拱手送上。我是知道铤的，他表面看着高高在上，冷漠刻板，对所爱却是笃实诚挚、掏心掏肺。

果然喝多了，又胡思乱想起来。我揉了揉睛明穴，起身作辞。刚要走，就见镞匆匆进了门来。他道，方才听路过的仙子说我来三王子府上了，怕我喝多了闹事，就过来瞧瞧。

“花呢？”镞挑眉问我。

我冲他使个眼色，要他闭嘴。

他熟视无睹，故意大声道：“没有垂笑花，你活不过一个月。说好的长相厮守，你死了，我怎好独活？”

拜托，姑娘酒还没醒，跟不上你的节奏。

铤脸色一凛，看向我。

“别听他胡说。”我窘迫极了，顺手拿起一个锦盒往镞脑门上一丢，啪的一声，漂亮命中。

镞“哎哟”一声，叫得无比浮夸，嘴角却勾起笑。

铤似乎看懂了，叹了口气。他脸上挂着惯常的漠然，比之前带我进府时阴沉了不只一点。我觉得，如今的他对我是有些内疚的。先是因拒绝我的求爱，然后误用诛心针伤了我，这次又抢了我想要的垂笑花。饶是脸皮再厚的大神仙也会有一丝丝的内疚吧。是以他想补偿我，从昔日用佛舍利为我造左眼，到此时送我一堆泡酒材料，都是出于弥补之心。我能做的，或许不该拒绝他的好意，让他心里因内疚而不够痛快。想到这里，我捡起被我当武器乱丢的锦盒，谢过铤，将所赠悉数收下了。

走的时候，镞为我理了理凌乱的刘海——人间时兴的新发式，自然卷曲而不失优雅与神秘。铤的目光停在我脸上，冷冷冰冰。我习惯了这样意义不明的冷淡，平静地冲他和水夜安挥手告别。

离开之后，我对自己的表现还算满意。之前对他避之不及，是怕自己定力不够，到头来又惹得彼此不欢喜。如今我再也不惧见他，出于考验定力、锻炼心志的目的，多见几次也无妨嘛。五百年、一千年、一万年，总有一天我面对他会宠辱不惊，云淡风轻。

半个月后，我从人间买了一袋新鲜玩意，准备给大茫山上的小妖们开开眼。一路化雾疾走，忽觉口渴，稍作驻足，寻了一处山泉饮水。

此地离大茫山不远，以前却鲜少停留。环顾四下，山林郁郁，泉水叮咚，别有一番幽静韵味。时当酷暑，我一时贪凉，褪了鞋袜于泉中濯足。洗着洗着，竟歪在大石上睡了过去。忽觉大地摇晃得厉害，我勉强睁眼，被眼前景象吓了一跳。

我躺在一头巨鼋的甲背之上，那巨鼋驮着我在泉水中走了不知多久，我已经不识周遭景致。细想起来，应是中了此物的瘴气，昏迷了半日。

“你想带我去哪儿？”它暂时没有伤我，但不代表接下来不会。

巨鼋不语，默默地背着我逆水而行。它的脚程很快，想是有些道行的。我逐渐发现，它带我进入了一个幻境。我使不出半点法术，以前听三王子提过，修行者坠入幻境将失去法术。通常修为臻于化境者方能制造幻境，用以困住敌人，但同时造幻境者也会受到反噬。因是伤敌自损的举动，修行者万不得已才会造出幻境。我搜肠刮肚，我得罪谁了我，要造个幻境来害我。

行至夜晚，巨鼋带我进了一个山洞。山洞幽深不见光，我失了法术，幻不出灯火，也不敢轻举妄动，在幻境中被害，真元即被损毁，不修个千年是出不了关的。但听阵阵淌水声，行了约莫半个时辰，洞内有了星星点点的光，竟是萤火。萤火越聚越多，照得整个水洞恍如白昼。

我这才看清，水洞尽头有一处高台，以鲜花铺就，灵光闪耀。巨鼋将我送上高台，我环视周遭，却见高台正中长了三株垂笑花。蓝花低垂，若星辰悬空。我心想，镞说这花于我旧伤有益处，不知我在幻境中吃了，会不会有用?

忽见巨鼋游了过来，它背上驮着三坛酒，示意我取下。我狐疑万分，打开酒坛，一股清香扑面而来。我心头奇痒难耐，回想起吕洞宾以垂笑花酿造的酒，不由猛吞口水。既然是幻境，就算服下此花也未必对旧伤有效。还不如入酒美上一美，管他幻境还是真实。

我采下三朵垂笑花，放入三坛酒中缄封。我在幻境中等了七日，也不见有妖魔鬼怪来害我，也懒得猜想谁这么无聊设个幻境来困住我。

七日后，我开启酒坛，浓烈的香气熏得我脑袋一嗡。入口的瞬间，也想过万一是圈套，万一酒中有毒……但转念一想，尝过了再说，哪怕是穿心毒药，要闭关疗伤修上个千年万年，这酒也不能不喝。

一坛入口。

幽黑水洞蓦地消失，碧海青天，霞光满照。我约莫被祥云裹着，远处传来一阵箫声。太熟悉了，是铤最爱奏的曲子。我抱着酒坛，靠着云头，看四面八方飞翔而来的龙、凤、鹤、鸾。珍禽异兽翩然起舞，只舞给我一人看。我拍手叫好，仰头痛饮。

两坛入腹。

一只鸾扇动七色羽翼，口中衔着纤云逐月簪，绕着我旋转。它为我戴上发簪，发出一声欢快的鸣叫。神龙随即飞来，将我驮在背上，带我看天界风景。我摸了摸发髻上的簪子，哑然失笑。这幻境，该不会是我自己所设，不然何以如此知我所思所想？

三坛入心。

云海中，铤站在三步之遥，我正要迎他，却觉自己左眼痛得锥心。一抹，双手全是鲜血。我疑惑不已，但见他将手插进自己的左眼，挖出眼珠，要安入我的眼眶。我惊慌失措地转身，抱住手里仅剩的酒。

我已能确定，这并非我自己造的幻境。我怎会要他的眼睛？我摇着空空如也的酒坛，再也倒不出一滴琼浆。我心中幽幽起了邪念，他在幻境中会不会娶我？既然这么迎合我意，怎会不知我心中最想要的？于是，我日复一日地等，直到巨鼋催促我离开，还是未能得偿所愿。

我拍着巨鼋的背，笑道："我不想走了。"

它没理我，将我甩下云端。

…………

然后，我醒了。

山林郁郁，泉水叮咚。我的鞋袜好好地搁在草地上，我依然在泉水里濯足。我扶额沉思，应当是铤造出的幻境吧？他以为我要以垂笑花泡酒，便在幻境中还我三朵垂笑花。他生辰时，我以龙身献舞，他便在幻境中命龙凤鹤鸾为我起舞。我给他纤云逐月簪，他就在幻境中托鸾鸟还我。他奉旨行刑，误以诛心针伤我，便在幻境中自剜左眼。他自以为还清了欠我的一切，从此他应当可以心安了。他可以心安理得地同别人举案齐眉，再也不会为曾亏欠了一条蛇而心生戚戚。

可他在幻境中依然不肯给我半点情爱，哪怕是一场虚假的婚礼。他能给的，都给了；能还的，都还了；不能给的，还是不能给。

但还是要谢谢人家。我拿泉水洗了洗脸，更加坚定了想法，定要当面谢谢人家。毕竟，耗损功力造一个幻境，也是一片诚心。

然后，我在泉水中看到了他的脸。

起身，回头看他。白玉束发，银丝长袍，还是一派风流模样。

“听镞说，你需要垂笑花疗旧伤。”他叹了口气，几不可闻，“我似乎总是误会你。”

我摆手，咧嘴一笑：“谢谢你的酒。”

奇了怪了，今日他倒是没在我面前自称“本王”。

忽觉脚下微凉，原来鞋袜还没穿。我小心地把脚往后缩，用裙摆遮住。我尴尬地背过身去，弯腰匆忙穿鞋袜，竟也忘了施个法术。

不知何时，他手里多了一朵垂笑花。

他将花递给我，道：“从母后那讨来的。你且拿着，我看着你服下。”

我疑惑地看他，果然是个恩怨分明的神仙，一朵花的人情也不愿意欠。话说回来，为什么要看着我服下？

他淡淡一笑：“你会忍不住拿去泡酒。”

幻境中的一切，他都看在眼里。我暴殄天物地将三朵花全都泡了酒，他大概很不屑这种浪费的行为。作为最洁身自爱、最端庄肃穆的天界王子，他监督我也在情理中。

我挠挠头，将花放入口中，咀嚼两下。苦得我拧眉眯眼，呸呸呸，还是泡酒好喝！

猛灌几口泉水，才缓过来。我半蹲着，抬头看见他一直在看我，眼神很奇怪，似在看一只受伤的可怜野兽。是怜悯。

我拳头握紧，去你的怜悯，不用你个臭神仙滥发慈悲心！

“三王子，有些话我不得不说啊，”我喝饱了水，起身道，“你别老觉得亏欠我，千万不要同情我。今天你送我一朵花，明天我还你一根草，这还来还去的，没完没了不是吗？”

他淡淡道：“因果偿还，也是理所应当。”

好了，知道你有恩报恩，重情重义。我默默翻了个白眼，对你的水夜安报恩去吧，我不需要。

忽然想到，大茫山上的小妖们还在等我带人间的新奇玩意儿回去，忙不迭要告辞。没想到，大神仙来了句：“明日还我一根什么草？”

我以为听错了，启了启唇，不知怎么作答。

他继续语出惊人：“那我明日再来讨。”

要不是他脸色漠然，我几乎要以为他在调戏我。我突然一拍脑袋，该不会是镞变了他的模样来戏弄我？呸，他俩长得一样，正好省却变来变去。

还没等我弄个明白，他便腾云而去了。

第三十六章 | 桂花糕

镞不知从哪里收到小道消息，兴冲冲地跑来大茫山寻我，一直八卦他三哥是不是把垂笑花给了我。

我翻个白眼，没什么好气道：“你家三哥向来不愿欠人家的，还清了就一了百了。”

他道：“真给你了？”

见我不作声，他露出意味深长的笑。

“看来，他独自前往魔域夺花的传言是真的了。”他拍了拍我的肩膀，笑道，“恭喜了，怕不是他记起来了？”

那花，难道不是他从天后那儿得来的？我愣了一下。

“前几日，三哥满身鲜血地出现在南天门，吓得一众天兵天将以为巨敌来犯。后来，才知三哥只身往魔域，杀了四头魔界圣兽。”镞叹道，“三哥府上传出消息，三哥从魔域带回了一株垂笑花。”

我抿了抿唇，想笑却笑不出来。若是没有那个幻境，我怕是会被感动得一发不可收拾，然后重新燃起可笑的信心，复又追着他跑。可人家只是一片好心肠，和其他大德一样的慈悲，还我一片衷情，怜我为情受的苦。他能给我的，竭尽全力地给，不能给的，半点也不会给。

我喜欢你啊，但是一点不爱。

我喜欢你的蛇身，你的鳞，你冰冷的血和锃亮的牙，我会寻世间最精美的镣铐，最精致的牢笼，囚禁你，饲养你。但是，我怎会爱上你，我怎会爱上一条蛇？

“喂，我饿了。”镞嫌弃地看着大茫山上的大妖小怪，捂了捂鼻子，他说受不了太多妖气，但他又偏爱吃妖精们做的食物。

比天界的食物更有滋味。他如是评价。然后，毫无形象地狼吞虎咽。

看着镞，我突然想到，我是否也要向铤对我那样，把能偿还的都还给镞？呃，还是算了吧，说不定镞也会误会我同情他。那样我会死得很惨。

“这是什么菜？”他指着一盘青椒炒蚕蛹，奇怪道。

“蚕蛹。”

他淡定地起身，屋外传来一阵干呕声。

这时，小妖来报，道是又来了个神仙。

铤一进屋，我和镞正在啃螃蟹。

“来得正好，三哥，一起吃。”镞像个主人，招呼他入座。

铤的脸色看着不太好，我抹了抹嘴上的酱醋，起身给他让座。这位尊神很是讲究，不占着上座决计不会坐的。我忙命小妖添了碗筷，倒上姜汁酱醋，满上黄酒，他的脸色方缓了一缓。我问他为何大驾光临，他并不回答。我讨个没趣，只好同镞闷头啃螃蟹。

铤喝了半杯酒，也不吃菜，默默地看我们吃。

“让你们新来的厨子做些三哥爱吃的糕点?”镞提议。

我惋惜地摇头：“新来的厨子不善做糕点，以前那个厨子做得才好吃。”

“香掉牙的桂花糕嘛，你一次能吃十块。”镞笑道。

见铤依然黑着脸，镞又补充道：“我记得三哥也爱吃桂花糕，可惜了，那个厨子走了。”

“哎，不如我自己试试。”我叩了叩桌子，笑道，“从前常看厨子做，也不算难。”

关键是，去厨房做桂花糕，就不用对着那张意味不明的冰块脸了。

“我帮你。”铤突然起身。

我揉了揉眼睛，是铤没错。可是这种时刻，怎么会是他?

厨房里的小妖们见我来了，争着把食材和厨具准备好。等到我卷起袖子要做的时候，发现也没什么可做的了。我拿着他们做好的糕粉团捏了个形状，有点像兔子，有点像猪。尴尬地把它揉碎，再捏一个。铤安静地在旁边站着，说好的“我帮你”，其实就是帮我看着不要着火。

“你来做什么?”我又捏了一个四不像，心说算了，捏得再好看也要吃到肚子里。

他不可思议地看着我，好像我有多么健忘。

我这才想起，他昨日说要来讨要一根草。等等，难道不是玩笑话吗?我这里除了狗尾巴草，再无其他。

“那就还你桂花糕吧。”我认真想了想，还是努力捏一些像兔子的兔子、像猪的猪吧，这样显得心意诚恳一点。

他拿手戳了戳我捏的动物，又嫌弃地收回了手。

“我多做些，你还可以带回去给她尝尝。”我大度一笑。

“四弟常来你这儿？”他漫不经心地问道。

我点头，时常来混吃混喝。

“没听他提过你们的事。”他淡淡道。

有什么好提的。我将捏好的糕点放进蒸笼，看着剩下的糕粉团，打算再做一笼。

“说来听听。”他居然咬着我和镞的往事不放。

我道：“你关心我和他做什么？”

“上一次仙魔大战，镞投生为无量魔王，你是魔王妃。”他淡淡道。

我抹了把汗，惊道：“你想起来了？”

“没什么印象，近来听公主们说起。”他看了看我，“你和四弟这样也好，既无姻缘，做做朋友也不错。”

是是是，不用你开导。我知你想说，同我不能做夫妻，做做朋友也不错。我心中有些烦乱，又将手里的兔子捏成了猪。

“能帮忙生火吗？”别杵在一旁分我的心啊。

他点头，施法将火生旺。但是太旺了，火苗一下蹿到屋顶。我惊呼一声，他忙将火焰压低。我的手还是被火烫到，他即刻握住我的手，查看伤势。一道红痕罢了，我正要抽回手，他却幻化出一块冰，用冰面轻轻敷我的手背。红痕渐渐消失，他歉然一笑。

笑得我头昏脑涨，赶忙退后两步，继续捏我的兔子还是猪。

“青蛇。”他忽然在背后喊我。

我回头看他。

“我被心魔所扰，”他面露愧色，“还需劳你助我。”

他也会生心魔吗？竟需我来帮助他？我区区一条蛇，何德何能？转念又想，如今的我也算是一代妖王，保不齐人家看上了我的无边妖力。

“自两百年前，你助我调伏魔界浊气之后，我便为心魔所困。两百余年不得清净，我想，解铃还须系铃人，只好来麻烦你。”他淡淡道。

我想到，调伏浊气，是有这么回事。但是当日勾引他的是个魔女，与我有何关系？但人家神仙都开口了，不能不帮吧。

“帮你也行啊，”我摸了摸鼻子，道，“不过，我每天必须睡足五个时辰，冬天睡得时间还长些。不会耽误我睡觉吧？吃得也多，喜欢吃荤，你们管饱吗？”

按照我的想法，定是打坐传功，助他修行。这样一时半会还回不了大茫山，吃住都得随他，一日三餐的，可不能苦了自己。

他哑然失笑，欲言又止。

“若要闭关，一年半载可以，长了不行。我好歹是个妖王，不能丢下一山的小妖精们不管啊。”我把丑话说在前头，“我能助你最好，万一不行，你也莫要怪我。”

他叹了口气，扶额道：“知道了，此事待我安排吧……桂花糕可以出笼了。”

待我将糊成一团的桂花糕端进屋内，铖已经走了。他留了张字条，道是还有要事，先走一步。我撇撇嘴，怎会不知他的意思。

铤因有求于我，今次格外好说话。不仅违心夸赞惨不忍睹的桂花糕“不错”，还赏脸地全给吃光了。我思忖，他的心魔或许只有众妖之王能解。

他回天界后，过了三日，一名仙官前往大茫山拜谒，道是奉三王子的旨意请妖王过府议事。既然他这般郑重其事，我也“拿了个乔”，特意换上小妖们早就准备的盛装华服，端着装着，随那仙官往天界去也。

入了王子殿，四下曦晖朗曜，云淡风轻。仙官将我安顿在言竹轩，交代几句便离去了。但见院落里种满修竹，朴拙幽静，倒是他喜欢的风格。南面有个池子，池中伫立一座别致的小凉亭。亭子被紫藤萝花瀑覆盖，隔着水流都能闻到馥郁的花香。若没记错，水夜安尤喜紫藤萝。我似乎看到他二人于凉亭对坐饮茶，细细商榷在这处建一座假山，那处搭一座云台，种点花，养点珍兽……

远远看见水夜安和几个仙子走过来，我咳嗽一声，上前打个招呼。之前变蛇吓过她，挺尴尬的。水夜安见我此刻人模人样的，淡淡笑道：“三王子命我做了桂花糕给你尝尝。”

这是礼尚往来。我拿起一块桂花糕，咬了一口——花香扑鼻就不提了，味道也是清淡可口，甜而不腻。我偏又小心眼地往牛角尖里钻了一钻——他这是拿水夜安的好厨艺糗我？

“味道淡了些许。”我故意拧起眉，端庄地摇头。

“还有。”水夜安也不恼，笑着让仙子们将各色仙果佳肴一一端上。我两眼露出猎食的绿光。

不到晌午，我已吃得大腹便便，打着饱嗝，瘫在床上。奇的是，铤一直没有露面。听仙官说，太正常不过了，几百年不见三王子都是常有的。看来，尊神不好当，为天下苍生忙得团团转，无暇家中妻小。这大概也是他迟迟未娶水夜安的原因吧。我一边啃着猪肘子，一边想象无量战神到底在忙什么。从前他被我拐带得流连红尘千余载，如今彻底将我这毒瘤刨除，想必正是励精图治、大展宏图的好时候。

我在他府中吃喝玩乐了半个月，脸都圆润起来了，忽觉得这份差事挺合算。水夜安每天送来各色不重样的食物，好酒好菜地将我奉为上宾，仙子仙童们争相与我攀交情。我有些飘飘然，找不着北。

当铤回府时，我正同仙子们大谈人间趣闻。铤一声咳嗽，吓得诸仙子低头退下。借着月华，我看清他的脸，几日不见竟似消瘦了些。

他自斟自饮了一杯茶，略略挑眉道："可还住得惯？"

吃人嘴软，我颇不好意思地卖了个乖："要我怎么帮你驱除心魔？"

他从怀中取出一本书递给我："先把这心法练熟。"见我疑惑，他又补充道，"练熟了，方能助我。"

我翻了两页，是仙家的心法。不太妥当吧，我一个妖王，怎可修习神仙族法术？

"明日一早，我将往北海平定魔界之乱。"他淡淡道。

我点了点头，一路平安，早日凯旋。我一边吃桂花糕，一边等你归来。

他瞥了我一眼："你随我一道。"

我摇头笑道："别，我帮不上忙……留这儿挺好，有吃有喝，不劳挂心。若实在烦了，就找镞聊聊天。"

他脸色暗了一暗，道："时间紧迫。你随我一道，修习心法时若遇到问题，可以问我。"

正说着，一仙子来报，道是水夜安有急事请三王子过去一趟。我看了看窗外的月，快三更了，这会请人过去，能为了什么？

他听到水夜安有请，问都没问原委，拂袖匆匆离去。我托腮看着他的背影，发了半晌呆。算了，再看也不能看出一朵花儿来。我收回目光，打开他留下的心法翻看起来。

看到兴起，一宿未眠。

翌日，水夜安前来为三军送行。她作仙官打扮，细皮嫩肉的，挺俊。我从她身旁经过，轻佻笑道：“好俊的仙君。”

她面无表情地递给我一个瓷罐，打开一看，竟是桂花糕。

“这回多放了些糖。”她淡淡道。

我哦哦呃呃了半天，忽觉自己也太小心眼了。她在天界本没什么朋友，因曾在凡间与我相处了好些年，到底是把我当朋友的。更甚者，我和镞还哄诱她修习血凝术。她本被我们害死了，我又有什么理由怨她、嫉恨她？的确没理由，但知易行难。我抱着瓷罐，尴尬地撇过脸，望向云中的点兵台。

天兵天将已点卯完毕，整装待发。铤在众仙君的注目下，登上战车。他身披猩红战袍，着赤金铠甲，威风凛凛地指挥三军。我站的云头离他不远，察觉他脸色有些苍白，不知是否同心魔作祟有关。我在心底默默背诵昨夜的心法，时间紧迫。见到铤往我这个方向瞟了一眼，我很快明白过来，水夜安在我身旁。见鬼，眉目传情什么的，我假装没看到，忙不迭跳上战车，心里五味杂陈。

抵达北海后，铤稍作休憩便率军迎战。天界和魔界的战争，作为妖王，我更适合在岸边袖手旁观。他在六界战功赫赫，出了名的以杀止杀，仿佛天生为战场而生。此刻，他带着天界将士愈战愈勇，魔物的残魂掉入海中，海水变得幽黑。

我在云端吃着桂花糕，看铤手起刀落，干脆利索地伏魔诛怪。今次的桂花糕甜得齁人，我吃两块便难以下咽。铤正好追着一只魔界逃兵朝我这边来，随着一道紫光，魔兵在我眼前化为黑烟。我手里的桂花糕颤了一颤，铤看了我一眼，无比淡定地拿走一块糕点，放入口中。

鸣金收兵的号角声吹响，旌旗摇曳飞舞。太过轻巧的一战。天帝为何要派无量战神前来？我尚在忖度，忽听一位神将对铤道："三王子，活跃在北海周围的魔界兵将已基本清剿，海底浊气还需殿下亲自净化。"

怪不得，又派他来调伏浊气。这茫茫北海，没有百余年怕是除不清吧。随即，我也恍然大悟。当初他因同我一道净化浊气而染上心魔，如今定是想借同样的机缘化解魔障。

天界将士皆班师回朝，唯留铤在北海。见他形单影只地立在黑色巨浪上，我眼睛不觉发红。有些事，总要有人做。可偏偏总轮到他。我飞下云头，脚踏大海，站在他身后。他已然开始施法驱除浊气，周身紫气萦绕。我的影子和他的重叠在一起，随着黑色海水晃晃荡荡，我低头看着，兀自出神。

"不必在此陪我，你先去修习心法。"他道。

我往他嘴里塞了一块桂花糕，他微微凝眉，迟疑片刻，终是吞入口中慢慢咀嚼。这般辛苦，吃些心上人亲手做的糕点，应当会开心吧。

之后，我于礁石上研习心法。咸腥的海风，炙热的阳光，我擦擦汗，目光瞥向铤。他恰好也望向我，腾出一只手，竟变了座凉亭让我避暑。我心里一暖，摸了摸被晒得通红的脸，似乎更烫了，赶紧挥手幻出一柄伞，飘飘荡荡往他去。岂料，那伞一靠近，就被浊气弹开，在空中碎成粉末。我甚是不甘心，又幻了一把接一把，到头来都是徒劳。

他微微摇头，示意我不要浪费法力。我见他脸色益发苍白，忙飞到他身旁，轻声道："是心魔发作了吗？"

他剧烈咳嗽数声，猛地收了法术，浊气趁势反扑，黑浪将他冲出数百丈。我大惊失色，纵身跃起，踩着云头追了好一会儿才赶上他。他抚胸闭目，疲惫不堪地躺在礁石上。我搭上他的脉，一下就看出他受了很重的内伤。

“昨夜替水夜安修复仙身，耗损了些许法力，并不碍事。”他淡淡道。

原本我心疼得快要哭出来，忽听他这么一解释，赶忙屏住泪。人家替心上人疗伤，我又有什么立场掉眼泪?

叹了口气，我提掌运气，消耗真元替他疗伤。他挥手施法打断了我，淡淡道：“只需休息一日，明日可继续调伏浊气。”

我看了看天色，太阳竟没了，狂风四起，竟像要下雨。

“去他的浊气，”我咬牙骂道，“你不要命了!”

还有一句我没骂出来，去他的修复仙身，去他的！我红着眼角，气鼓鼓地在他身边坐下，挥手变出一把大伞，为他遮光蔽日。

他看向我，眼神复杂。

第三十七章 ｜ 心魔

海上天气变化莫测。烈日瞬间不见，大雨夹着冰雹气势汹汹地来了。我织就一张结界，二人于礁石上盘膝而坐。

不知经历了几个日出与日落，他似乎调愈了内伤。那日，他突然睁开眼，对我道：“想看看我的心魔吗？”脸上满是尬意和犹豫，像是不愿将自己最隐蔽的伤疤暴露人前。

我也犹豫了，一个爱面子的人忽然在你面前露短，要么是自裁前的其言也善，要么是灭口前的不屑一顾。他是哪一种？不等我回答，他拿手在我额前一点，但觉眼前亮光一闪——

人魔交界处，大雾弥漫，我艰难地拨开迷雾试图看得更清楚些。忽见铤和我盘膝而坐，屏气凝神，正是当年调伏浊气的场景。是了，他曾说心魔始于彼时。当时我为心魔所扰，看到的幻象是他被一魔女引诱，却不知他也出现了心魔。他，看到了什么？

我站在不远处，以他之眼观看昔日景象：镞从蜿蜒的分岔口缓缓走来，满面笑容，他闯进了铤布下的结界，在我身旁坐下。我尚在助铤对付浊气，见镞忽至，不由疑惑地看他。镞二话不说，只将手放在我的脸上轻轻抚摸。我瞪大眼睛，示意他别闹。铤也诧异地看过来。镞似乎看不见铤，只一味地在我脸上乱摸，逐渐将唇凑近，细细地啄我的额头、鼻梁、眼睛、脸颊和唇角。我竟没有推开，纵容默许他的得寸进尺。当他的吻逐渐往下，一路啃噬颈项，舔咬锁骨，我闭目仰头，发出一声嘤咛："讨厌！"

得见如此画面，我大惊失色，被自己的口水呛得连连咳嗽。原来，铤在调伏浊气时，和我一样，不慎入魔，但他看到的幻象竟是我与镞亲热?！不承想，在失忆的他眼中，我竟是一个人尽可夫的妖艳贱货。我将一口毒牙咬得快要碎裂，恨不得喷出一股毒液，毒瞎他的双眼。

"看到了?"他闷闷地问道。

我哦哦呃呃地搪塞，没看到，没看清，看不清，不想看，没脸看。

"自那之后，我每夜都被此心魔所扰。"他叹了口气，泄气地垂下了头。

长发未绾，慵懒地披散在肩头，我似乎头一次见他如此落寞的样子。忽觉鼻子酸酸的，深深自责起来——都怪我，怪我扰他清修，怪我坏他道行。人家也算有家室的神仙了，还担负着保护天下苍生的伟大使命，偏被我这个不入流的心魔所累。我迟疑着，要不要诚恳地抱住他的大腿哭诉道歉。但转念一想，不对啊，他把我想象成骚浪贱，难道我不该找他索要名誉损失赔偿?

"你对我有误解。"我正襟危坐，肃然道。

他依然低垂着头，沉吟半晌才道："你曾迫我娶你。"

我总觉得他这话只说了一半，等了老半天，却不见他继续说下去。我一愣，这是一句完整的话？什么意思？

搜肠刮肚之后，我能想到的最贴切的意思大概是：我对你没有误解，我都不认识你，你竟敢强迫我娶你，就足以见得你是个随便的、放荡的妖精。

“该怎么帮你清除心魔？”自知很难逆转他对我的看法，我便努力弥补吧。

他忽然抬头看向我，眼睛亮得像星子，苍白的脸也有了些血色，许是雨过天晴后绚烂的彩霞。

被他看得有些发怵，我挠了挠头，心虚地四下张望。他忽然道：“四弟心中有你？”

我坐着，托腮看他，多难回答的问题。你四弟心中有没有我，你不去问你四弟，却来问我。

他抬头看了看我布下的结界，淡淡道：“雨停了。”

我挥手撤去结界，正想关心一下他的伤势，他目色冰冷地看着我道：“过来。”

我一惊，猛地挪动身子，拉开与他的距离。

礁石并不大，此时我与他隔开两米，我便到了礁石边缘。一个海浪拍过来，我的裙角被打湿。他见我忽起防心，嘴角微微勾起：“不是要助我除心魔？”

我支吾了一下，这怎么助啊，你内伤甚重，我这修为虽然拜姚垚所赐，但也无力逆天啊。不如改天呗，这茫茫东海，风吹日晒的，以后找个鸟语花香的好去处，高高兴兴地除心魔不好吗？

他有些不耐地挑了挑眉，嘴唇的动幅和形状显然是在说——“快”。

我跪在礁石上，朝他的方向挪了几步。他忽然施法将我直接拉到他身侧，不等我惊呼一声，直接用嘴封住了我的唇。海水几乎在瞬间倒流，乌黑的浊气从深海跃出，直冲云际。从来没有一个吻，让我如此心思澄明，又让我如此胆战心惊。

他在做一件可怕至极的事情。他似乎用了一个以毒攻毒的方法，利用我助长心魔，伺机杀死心魔。浊气遇魔而生，遇魔而狂，铤此刻纵容心魔蔓延，造成整个东海的浊气沸腾、狂暴。他吻我的方式和幻象中镞吻我一模一样。我努力回想在铤的幻象中的我是如何回应，好像是……闭目仰头，嘤咛娇吟。闻得我一声矫揉造作的“讨厌”，铤身子一僵，差点被后方突袭的浊气钻了空子。他似乎生气了，在我脖子上咬了一口，痛得我嗷嗷大叫。他低头轻笑，突然抱着我跳入海中。也不知他用了什么妙法，他周身发出强烈的紫光，周围乌黑的海水渐次变得清澈。

我和他沉入海底，他紧紧揽着我的腰，我紧张地快要现出原形，尾巴才露出来，就被他一个冷眼，吓得缩了回去。他全神贯注地对付我的嘴唇，舔完咬，咬完吸，也不知他的心魔到底还要膨胀到什么时候。我绝望又期待，仓皇失措又欣喜若狂，双手双脚死死缠着他，生怕做错一步就元神俱灭。

等到他带我回到岸上时，我依然保持着四肢挂在他身上的样子。他看着一脸惊恐的我，笑道：“好了。”

好了？

“心魔除了？”我脱口而出。

他沉吟片刻，摇了摇头。

“这一片海域浊气已除，”他指了指附近的海域，“接下来我们要去那边。”

“我们？”我一愣。

等等，他和我做幻象中的事，不是以毒攻毒，清除心魔吗？怎么浊气清了，心魔反倒未除？如果不为除心魔，为什么和我……就在我几乎要开口问出干吗亲我的问题时，他心有灵犀地意会了。

“调伏浊气太闷，做点别的，消遣一下。”他面不改色心不跳。

我哑口无言。

失去记忆竟然可以让一个正经端方的大神仙变成吊儿郎当的登徒子？我欲哭无泪，跳脚不平，表示要各回各家各找各妈。

就在我准备甩袖离开时，他忽然低声道：“也好，那心法你需勤加修习，于你旧伤有益。”

我反应了半天才想明白。敢情他赠我的心法不是用来助他驱除心魔的，只是为了疗我昔日诛心针的旧伤？我心神一荡，脚被贴在原地。

“我还需在此待上百年，你若有不懂之处，随时来问。”他淡淡说着，又恢复了惯常的冷冷清清、无欲无求的大神仙模样。

这副模样，让我如何也不能将方才与我厮缠亲热的人联系到一处。仿佛都是我白日发大梦，杜撰出的旖旎春色。甚至我还陷入了自责，该不会是我兽性大发，主动勾引了人家？该不会是我死缠烂打，人家退无可退，勉强配合我？

他正要说什么，却见空中飘来一人。麒麟坐骑，七色霞光，正是天界四王子镞。

镞道明来意，为寻我而来。

我也正想离开，忙将头点得飞快。

铤与镞寒暄几句，便不再多言。镞笑着冲铤拱手作辞，拉着我的手臂，跳上麒麟。铤淡淡地瞥了我一眼，我忽就想起海底那个绵长的吻，心虚地低头垂目，耳边也听不到镞在说什么了。我一遍又一遍地提醒自己：铤的记忆里已经没有你了，莫要自作多情，害人害己。

“你脖子怎么了？”镞不经意瞥到我脖间红痕，我立刻反应过来，忙扯谎掩盖，这个那个，海蚌所伤，没事没事。忽然想到铤说的“消遣而已”，心头被针扎似的一痛，但痛感很快便消失，随他去吧，大不了互相消遣。

镞露出一副暧昧表情，笑道：“带你去个地方。”

我将领口拉高，又羞又恼，一边把那个失忆狂登徒子骂了个狗血淋头，一边心不在焉地尾随镞。

没想到，他把我带到了天界公主们的住所。此刻七位公主都在，爱着蓝衣的六公主与我相对熟识些，从前是恨不能将我削成肉泥，如今大概没什么仇怨吧。我一直都没想明白兄妹之间的情意，不明白她们从小被四位兄长疼爱是怎样的体验，但心中或许是羡慕她们的。从前我在阆苑当差，成日里见她们追打嬉闹，蝴蝶般无忧无虑，天塌下来有父母和兄长们顶着。后来我渐渐发现，我并非蝴蝶，又怎知蝴蝶的烦恼？譬如，那位六公主，听闻她不满意天帝安排的婚事，跑到月老那自断姻缘线，宁可孤身到老。

六公主曾托白牡丹将一对手镯转送我，道是祝福我和三王子。那手镯被我藏在清风洞，既然做不成她三嫂，还是把礼物奉还吧。走进大厅，我尽量昂首挺胸，努力维持众妖之王的气度。

“青蛇，你似乎胖了些。”皂衣公主绕着我转圈，掐了掐我腰，若有所思道。

“黑了，胖了。”六公主皱起蛾眉，略嫌弃地瞟了我一眼。

镞笑着推开围观的公主们，请我入座。九人围桌而坐，我趁她们七嘴八舌聊家常的工夫，吃光了面前的仙果，喝光了两壶酒。当我招呼仙婢再上一壶酒时，镞终于忍不住打断了他的妹妹们："先说正事？"

哟，正事。我咬了一口蟠桃，洗耳恭听。

六公主道："青蛇，我们让四哥把你请来，是要告诉你一件事。"

我做了个"请说"的手势，又咬了一口蟠桃。看她们的表情，铁定不是什么重要的事，作为天界最多产的八卦制造器，她们难道会找我商量拯救苍生的大计？

果不其然，她告诉我，前阵子铤来询问她们有关我和镞的事。我倒吸一口凉气，他可真闲。六公主面露愧色地笑道："你也知道，母后下了死令，谁都不得提起你和三哥的过往，我们不能抗旨。"

我点头，挺好，提了反倒尴尬。

"他问得紧，我们只好把你和四哥曾结为夫妻的事告诉他了。"她道。

我点头，挺好，这确是事实。

"三哥突然问这个做什么？"镞道，"他是想起了什么？"

六公主促狭一笑："三哥似乎有些介意你们的过去，会不会是吃醋了呢？青蛇，我们让你来，是想帮你和三哥，不如你且和四哥激一激他。"

呵，只怕到头来受刺激的只会是我。我严词拒绝了她的馊主意，拂袖告辞。拜托，小姑奶奶们，你们的两位哥哥，我哪一个都惹不起。

"喂，青蛇，你变了。"六公主喝住我。

我转身看她，她蛾眉微蹙，满脸都是难以掩盖的倨傲神色。我从前最看不得这样的神仙，高高在上，自以为悲天悯人，实则不解众生哀苦。可如今看得多了，也就懒得和他们计较。我勾唇笑了笑："是，我变了。"

镞也看着我，忽然幽幽道："变了吗？"

我听懂了他话里的意思，并不打算回答，只笑了一笑，权当敷衍。

回到大茫山后，我有三天三夜辗转难眠。一躺下便看见铤在深海里吻我，他吻得太专注，我辨不清他眼里的温度，只能压住就快重燃的贪念。对他的执着和疯狂，早在几百年前就该终止，何故又来反复？

我一连几日都顶着黑眼圈出现在大茫山，小妖们跑来关切，劝我去人间寻欢作乐，莫要太闷了。更有几个知事的老妖孽直白地说我欲求不满，亟须阴阳协调。我照着镜子反省，难道我真的长得一脸放荡，以至于他认为我和镞苟且？

我思前想后，想了一个月，终于带着六公主赠我的镯子上了天庭。还给她，从此各不相欠，彼此自在。不想，在去阆苑的路上碰上了水夜安。她勾着头，有些心不在焉地走路，也对，三王子还在东海，她自是无法开怀。

"一百年很快的。"我安慰她道。

她看着我，浅浅笑道："嗯，我刚从东海回来，为他送了些冬衣。"

我低头笑了一笑，不知该怎么接话，莫不是要赞叹一声：你们好恩爱？

"他要我留在东海陪他，我特来向天后娘娘请旨，"她忽低头叹道，"可惜，今日娘娘不在阆苑。"

我的嗓子忽然被硬物堵住，噎得慌。心下又暗暗庆幸，好险，还好没有头脑发昏留在东海陪他，还好没有采纳六公主的激将法，否则又要自作自受，掉入深渊万劫不复。

她何时走了，我也不知道。我如何将手镯还给六公主，我也记不太清。浑浑噩噩地回到妖界，心中石头忽然落地，大笑一通，喝了不知多少坛酒，倒头呼呼大睡。

梦里，再也没有他的身影。一片碧绿的竹林，我和素贞相依而眠。那时我明明是冷血的蛇，却感觉温暖。原始的、最初的懵懂和天真，大概才是最值得珍惜的。

被小妖喊醒时，已是三日之后。

我揉揉惺忪睡眼，看清来者的脸。一张白皙漂亮的脸蛋，小兽般的眼睛纯净无辜，玫瑰花瓣色的唇——呵，是雁尘，大茫山最新选出的最美妖精。据说是姚垚从人间青楼选花魁收获灵感，从此定下规矩，每一千年选一位最美妖精，夺魁者将成为妖王的宠妃。姚垚是男妖，参选的自然都是女妖，而这一次，终于轮到男妖们激动了。我在闭关修炼的那段时间，闲得没事做的小妖们选出了最美妖精——雁尘。他是一只鹿妖，生得比女子还美，眨眼撒娇的时候格外迷人，用小妖们的话说就是，任何人都想把他抱进怀中加以保护。此时此刻，他躺在我的床上，用他那双鹿眼看着我。我摸了摸他的脸，比我的还嫩，我叹了口气，翻身坐起，寻思着是不是该寻些美颜圣药去。

雁尘是个聪明孩子，他从袖中取出一盒胭脂递给我。我正要打开闻闻，但听他瓮声瓮气地说："大王为何不宠信我？是嫌弃我不好看吗？"

我揉着隐隐作痛的睛明穴，苦口婆心地告诉他，那是姚垚定下的规矩，到我这儿不适用，你长得好看极了，可以另寻其他人欢好。他并不理解，一口咬定既是最美的妖精，就要和众妖之王在一起，方能显示他的超凡地位。我说得口干舌燥，他还是坚持他的。我终于被饥饿打败，垂头丧气地求他先让我吃过午餐再接着说。

他兴高采烈地亲自下厨，为我做了一桌美食。我发现他特别适合做厨子，但不知怎么开口。雁尘啊，你当男妃不合适，不如当个厨子？雁尘啊，你这么美，当什么男妃啊，不如当个厨子？雁尘啊，比起男人，我更喜欢吃吃喝喝，不如当个厨子？……

终于，我把心里话和盘托出，他的漂亮鹿眼眨巴眨巴就掉下珍珠般的泪来，我慌了手脚，劝了老半天，他依然眨巴着眼，最后以死相逼。我看着他手里的小匕首，忽然觉得因果报应啊报应，当日我逼迫铤娶我，现今可好，小妖精长江后浪推前浪。

第三十八章 迁怒

在雁尘的百般劝说下，我换了件丁香紫的裙子。穿惯了青裳，习惯了随处可见的颜色、可有可无的颜色，忽然改变，跳目且张扬。他同着一袭紫袍，衬得明眸如寒潭之水，肌肤胜皓皓冬雪。

我去到哪儿，他跟到哪儿。

途经人间，他的绝世容颜引少女们驻足欣赏。许是虚荣心作祟，我并未赶他走。多一个长得好的小跟班，似乎没什么损失。

但我终是失算了。

一个长得好的小跟班不算讨厌，但一个嘴巴大的小跟班就要人老命。雁尘的嘴巴少了道门，冷热不忌，逢妖、逢人、逢魔、逢鬼都要炫耀。没多久，六合八荒都知道他是我的男妃。

一头鹿和一条蛇，听起来可圈可点。

但我确实只把他当一头鹿。

我命中缺坐骑。他倒也心甘情愿地现出原形——一头肥瘦恰好的梅花鹿。我骑着他，稳稳地在云里穿行。趁我打瞌睡的时候，他将我驮到了东海。我曾在酒醉后同雁尘提到过铤，看来他默默记下了铤在东海。

若没记错，我与铤最后一别已有五十载。他应当还在东海调伏浊气，没有百年时光他无法脱身。但是茫茫东海，竟没有他的身影。我颇觉纳闷，细细察看海域，发现整片东海都被涤荡得干干净净，再无一丝浊气。怎么可能这般快？我一面惊叹铤的修为之深，一面恍然大悟，他等不及了，迫切要与水夜安团聚。

雁尘恢复了人身，失望地看向我："传说中的无量战神呢，不是说在东海吗？"

我朝他吹了口气，他头顶长出一对漂亮的鹿角。他气愤极了，念个咒诀，鹿角消失。我轻笑一声，索性将他整个变成鹿身，套上缰绳，牵了离开。

回到大茫山，我方让他现出人形。他气呼呼地跑来找我算账，我一次一次地将他丢出门外，任他在屋外呼天抢地。最后，我被吵得烦了，布下结界，让他再也进不来。正想洗个澡，却发觉结界被破了。

我将披上外衣，一道紫光便落在我面前。

几步之遥，铤看定我，淡淡道："沐浴呢。"

如此蹊跷的开场白，饶是牙尖嘴利如我，亦无言以对。五十余年不见，他清减了些，锋利的侧脸愈显冷淡。我推算不出此时此刻他为何会出现在我的房间，索性懒得去想，转身倒了杯茶，递给他。客气、温和、友善，大概是我能为他做的最后的事了。

他并没有接茶，不露声色地瞥了一眼我的手，涂满了雁尘新制的蔻丹。

我讨个没趣，讪讪道："不知尊神驾到，有何指教？"

"你去了东海。"他用的是肯定的语气，根本不容我狡辩。

我一愣，消息够灵的啊。只是那并非我本意，都怪那头鹿。我故作镇定地将茶水倒入自己腹中，将外衣裹得更紧实些，忽然察觉他的脸色黑了不止一点。我忽就明白了，在他眼中，我是那种强迫他成亲，转身又勾引镞的放荡妖孽，此刻衣冠不整地站着，自然是讨端方正派的他嫌恶的。他见惯了空谷幽兰般的仙子佳人，委实看不得我这等异类。

我也懒得理论，睁大眼睛听凭他发话。他蓦地欺身而上，将我吓得连连退后。我惊讶地看着他抓住我的衣领，他的眼底流淌着莫名的怒火，神情冰冷地吐字："你穿的什么？"

这个啊，款式新颖的时兴货呗。前阵子我带雁尘往人间玩，他受人间绣娘的启发，制了件外裳给我。面料轻薄，裁剪简洁，做工精巧，最关键的是穿着凉快极了。我又怎的不知眼前神仙并非赞叹我的衣裳华美，他只不过诟病我的衣不蔽体、惊世骇俗。那外裳确是有别其他，材质如半透明的蝉翼，银丝金缕，贴身垂地，且露出半截臂腕。我暗笑一声，大惊小怪，没见过世面的老神仙。许是脸上的蔑笑太过明显，激得他眼底怒气更甚，一下将我推至墙壁。霎时，他浑身紫光乍见，好一个威风至极、霸道至极的无量战神。我相信他接下来要拿法器收了我，听闻尊神发怒将连累一方水土，我不由担心起大茫山的小妖们来。

"呃，我换一件。"为了小妖们的安危，我轻言细语地讨好他。我匆匆施法，换了件丁香色的长袍，将自己遮得严严实实。他鼻间发出几不可闻的冷哼，吓得我一身冷汗，昔日从未发觉他如此喜怒无常。我忙不迭又换了一件，两件，三件……他始终阴沉的脸色，让我无所适从。他将我桎梏在角落，一声不吭地瞪着我，直到我换上一身旧青裳，他眼中的怒气才算消散。

我无法想象，九天之上最忙碌的尊神会闲得看我换衣表演。到底哪里开罪了他，他要这样吓我。他突地俯身在我耳畔低语道："好。"

好？他这是在肯定我的衣品？太过暧昧的气息再一次侵蚀我的心。我几乎以为他想起来一切，恨不能立刻抱着他大哭一场。

不想，他拉开与我的距离，一本正经地问道："心法可练全了？"

哦，果然还是自作多情了。他赐我诛心针，他赐我佛舍利眼，他赐我心法，皆因歉意而起。我还在幻想什么？我苦笑着，狠狠咬自己的下唇，提醒自己别再犯傻。

见我唇渗出血渍，他讶异地看向我。我冷冷地看他，他抬手似想替我擦拭嘴角，我将头一歪，完美躲闪。

"大王！"雁尘匆匆闯将进来，他还在因我强行将他变为鹿身的事生气，气势汹汹地要讨账。

见房中多了一个男子，雁尘愣了一愣。

我也愣了一愣，正想着怎么介绍。

"谁？"雁尘挑眉扬颌，语气不善地指着铤。

铤背转身去，根本不屑理睬来人。

雁尘争宠之心特别旺盛，以为又来了个分羹的妖精。他飞快地调整姿态，理了理一头瀑布般的长发，昂首挺胸地摆弄风情，并且不怕死地冲铤叫嚣："有种转过身来，让大王评评，你与小爷孰美？"

我屏住一口老血，开始为雁尘默哀。

铤居然真的转身，幽幽瞟向雁尘，又若有所思地看了我一眼。我咳嗽一声，道："雁尘啊，你去做点桂花糕给尊神尝尝呗。"

我冲他挤眉弄眼，希望他会意后跑得天远地远，毕竟保命要紧。不承想，雁尘愣了一愣，恍然大悟，指着铤“哦哦哦”了半天，然后兴奋道：“不知阁下是哪位尊神？可识得那六合八荒第一负心汉无量战神？”

铤面目表情地看了我一眼，我心说要完。

果不其然，铤一挥手，雁尘像个麻袋一样被抛出，门外传来一声杀猪般的惨叫。紧接着，铤的紫色结界升起。

那恐怕是六合八荒最坚不可摧的结界，这一回雁尘再也无法进来烦我。但见大神仙在屋内踱了几步，挑眉冲我道：“你养男宠？”

“哪里，哪里，”我摇头道，“坐骑而已。”

他眸色一沉，发出一声冷笑，我的后背起了一层薄汗。

此次他明显负气而来，他到底在气什么？

我疑惑地看着他。怪我这五十年没去东海请教他如何修习心法吗？但那心法我都练会练熟了，旧伤也好得八九不离十。莫非怪我没有遵守诺言，助他驱除心魔？但以我这道行，爱莫能助啊。

他的脸色愈来愈难看，一步一步朝我逼近，我退无可退，又被他禁锢在墙角，急得额上也起了薄汗。见鬼，该不会他心魔发作了，无法控制自己？我忙一矮身，从他手臂缝隙处钻出，飞快地与他拉开距离。他看着我，像在看一只逃不出他手掌心的昆虫。我自觉事情没那么简单，悄悄往门口挪去，才摸到门闩，就被一股强大的吸力吸住，整个人直挺挺地被拉到他身边。

我别过脸，不敢与他视线相对，讪讪道：“尊神的心魔可驱除了？”

他冷笑一声，道：“依然为其所扰。”

“不是我不帮你，只是能力有限，委实、委实帮不了……”我支吾道。委实见了鬼，他的心魔是我和镞亲热，我还没怪他把我想得那么下流，他倒先气上了。

“你倒善忘得很。”他语气冰冷。

我一愣，不知他指的是什么。按说善忘的，也不该是我吧。我搜肠刮肚，勉强觉得领会他的意思。他果然还是介意我出尔反尔，不助他驱除心魔。

“行行行，我帮，我帮。”我打了个呵欠，乏了一天，真累了，“可你也得明明白白告诉我，到底怎么帮才是啊。”

话音刚落，他忽就搂住我的腰，将我带到他怀中。没等我做出反应，他直接亲上我的唇，灵巧的舌探入口腔，仿佛寻到蜜糖似的辗转不舍。很快我的外裳被他粗鲁地扯下，我头一次见到这样失控的他。他发红的眼像极了入魔的前兆，我忙暗暗运气，往他后背送真气。他反握我的手，将我拦腰抱起，直接丢到床上。我“嗷”地唤了一声，他并无一句废话，只顾在我颈脖上啃咬。酥酥麻麻的痛感，诡异至极的愉悦，让我整个身子都炸开。

“想起来了？”他忽然停下，修长的手指在我额前一点。

我的耳边嗡的一下，忽就听到他当日在东海所说：“调伏浊气太闷，做点别的，消遣一下。”也是如此刻一样的暧昧缱绻，但他却说是“消遣”。那无疑是对我的侮辱与鄙弃，宛如恩客对烟花女子的欢情青睐。那绝非是想同我携手到天荒的情意，他的记忆不完整，他的人也变得残缺不全。

我冷冷地看他，平静地吐出一个字：“滚。”

他的目光渐次黯淡，沉吟良久方道：“你恨我？”

我使劲推开他，从他身下逃离。呸，你当我是无聊时的消遣，我还得感恩戴德吗？你有一个红颜知己、救命恩人养在府邸，还不够吗？还是说，你们尊神有三妻四妾，毫不稀奇？

“为何？”他不肯放过我，誓要追问到底。

我不打算说实话，随口诌了几条理由敷衍他：“那时我当着众妖的面跪下求你娶我，你当众拒婚，让我颜面尽失。还有，毕竟是你亲手将诛心针刺入我体内，我失了一只眼睛，却也是铁板钉钉的事实。我恨你，并不过分吧？”

他沉默了许久，缓缓点头，似是认同了。

“既然恨我，为何装得若无其事，对我摆出一副友善的面孔？”他淡淡道。

你只是忘了我，你并没有错。我心底叹道，我无法对你仇恨，无法对你漠视，只能对你友善，像对待一个许久不见的老朋友那样。以后你有了妻儿，我可能会嫉妒得发狂，但绝不会让你知道，你看到的我，大概永远是那副友善的面孔，哪怕是没人喜欢的假面孔。

“听你一口一句‘尊神’，叫得礼敬尊重，却不知你内心恨我入骨。我自以为已经尽力弥补了，没想到……”他苦笑一声，叹了口气。

可笑的弥补。他果然是想用情欲来弥补。他因水夜安对他有恩，就对她许下永生永世的承诺；他也可因对我的愧疚，而对我柔情蜜意，假意温柔。好一个悲悯众生的大神仙。

“尊神，你的确想错了。”我将凌乱的发捋至耳后，“我是个记仇的妖。”

“明明修成正果，却不愿位列仙班，也是因恨我？”他道。

我心说，当然不是。这是我对姚垚的尊重，一代妖王怎可背弃妖界，改修仙道？更何况，我向来与神仙八字不合，何必自讨没趣。

“是。”我打算将他气走，他最好永远待在天庭陪他的水夜安，不要再来烦我。

他淡淡笑了，唇角勾起的弧度带着三分萧索。

紫色结界瞬间消失，我又能听到雁尘在门外哭诉。铤打开门，提步走出去。我没有相送，远远见他唤来七条神龙，乘辇驾云而去。

雁尘看着远去的神仙，目瞪口呆。

“以七条神龙为坐骑，他、他该不会是……”雁尘把“无量战神”吞进了喉咙深处，我拍了拍他的肩膀。

铤离开后，大茫山电闪雷鸣，暴雨连下七天七夜。天雷是修行之初的小妖精们最怕的劫难之一，我帮助他们避难，忙得焦头烂额，不由腹诽那大神仙心胸也太狭隘了些。不得不提的是，雁尘的鹿角被雷劈断了一根，哭唧唧地躺在我床上求安慰。我取了药材替他包扎伤口，他一边撒娇喊疼，一边不知死活地咒骂铤。

我扶额劝道：“别骂了，当心明儿你另外一只角也被劈了。”

门外又响起一声闷雷。

我望着山上四处逃窜躲避的小妖们，忽觉有必要去天界讨个说法。素来公正不阿的三王子，因私事迁怒妖界无辜，吃错药了吧。

坐在镞的宫殿，我将此事同镞一说，他竟拍腿大笑道：“不是吃错药，是吃醋了。”

我起身就走，吃错药的是我，居然忘了神仙们官官相护，各个不讲道理。

镞拦住我，正色道：“你难道不好奇，三哥如何提前从东海回来了？”

见我不说话，他继续道：“明明一百余年的差事，他偏强行缩短到五十年。其间付出了多大的代价，想必只有他自己知晓。你看他表面无风无浪，实则受了内伤，前儿才从我这儿取了疗伤丹药。他一直替水夜安修补仙身，本就耗损元神，如今强行加速调伏浊气，本该闭关清修才是，他倒好，从东海回来就一直没闲过。”

“佳人在侧，受点伤也开心。水夜安不是往东海陪他去了吗？他又有什么想不开的？”我讪讪道，“修补仙身什么的，很耗神吗？……你怎不替你兄长分分忧？”

镞瞪了我一眼，道：“我修为比不过三哥，有些事非他不可。你又信口胡说，水夜安何曾去东海陪他？以三哥的性格，调伏浊气怎会带个累赘？他从东海回来就郁郁寡欢，时常到元始天尊处一坐就是一整天。你大概知道吧，元始天尊那儿有面‘景幻明鉴’，可以窥看六界琐事。三哥经常看那镜子，也不知在想什么。后来，六妹收买了元始天尊身边的道童，那道童来报，道是三哥常从镜中窥看妖界。”

我心咯噔一下，转念又让自己冷静，看看妖界，许是看一下有没有妖怪作孽。

“肯定在看你呗，”镞轻笑一声，“三哥也是奇怪，宁可对着镜子看，又不去相见。哦，定是在恼你不守妇道，养了男宠。”

养男宠？看来，神仙们也爱八卦。

“听六妹说，三哥得知你养了个小白脸，气得在东海待不下了，是以一百年缩短为五十年。”镞淡淡道，“懂了吗？”

怎么可能。我叹了口气，不过是你们的猜想。他完全没有有关我的记忆，怎会钟情于我？比我更值得爱的，是水夜安才对。

“你让三哥受了气，他才迁怒大茫山众妖。”镞道。

我心说，他的气有些莫名其妙。公报私仇，哪里像个受万人敬仰的尊神。

“你若真要闹到父王那儿，这事的确三哥理亏，父王定会降罪于他。依照天条，三哥少不了挨受雷刑。他原本旧伤未愈，你当真舍得?”

大概人人都知我舍不得，偏他不知。我挠了挠头，讷讷道：“我总得给小妖们一个交代。”

“没见你这般仗义过，”镞取笑道，“我取些仙药你拿去给它们分了，各个都能增长百年修为。不知妖王意下如何?”

我见好就收，忙不迭点头。

“你三哥呢?”临行时，我多嘴问了句。

他叹道：“闭关呢。五百年、一千年，或者直接闭关到下一任无量魔王出世。”

卍 第三十九章

镞一语成谶。

无量战神宣布闭关，直到下一任无量魔王出世。

每一万年一次的六界大劫，少不了无量战神。他的存在，似乎只为这一刻。

日夜颠倒，山崩地裂，星辰逆行，江河倒流——都是无量魔王出世前的征兆。我数数日子，差不多到了万年之期。我仰望苍穹，想到那位闭关的无量战神，眼圈莫名就红了。我也曾不自量力地找过他，也想问问他的伤势是否痊愈、他的心魔是否已除，但在府邸门口就被拦下。水夜安以女主人的姿态劝我回去，莫要打扰殿下清修。我得到了预想中的答案，觉得一切都不算太坏。

如今，他不得不出关了吧。这六合八荒，也只有无量魔王能劳他现身一顾。我竟有些羡慕起那魔王来。

这一任的无量魔王法力式微，归功于神仙们孜孜不倦地调伏六界浊气。我在大茫山布下结界，并以万妖令号令妖界不与魔道为伍。

雁尘跃跃欲试，吵着要与无量魔王单枪匹马对决。我望着天际，滚动翻腾的云，喧天的战鼓，绚烂的流霞，转瞬即逝的落星……又是一场激烈而残酷的仙魔大战。我似乎看到铤带着万千天兵天将冲锋杀敌，战袍如血，刀泛寒光。

“咱们也去看看?”雁尘指着天上，笑眯眯地瞅着我。

不待我答应，他就显出鹿身，用仅剩的一只鹿角轻撞我的手臂。我迟疑片刻，骑鹿飞向天河。

银河两岸，仙花铺就，一望无垠。我和雁尘藏在花海中，默默观战。天界与魔界两军相会，不知酣战了多久。铤金冠赤袍，威风凛凛，他手起刀落，干脆利落地结果了一众魔军。无量魔王放话，让铤三日后单枪匹马至银河来一次殊死对决。

此战暂歇。

我拉着雁尘正要潜回妖界，才走了几步，却被一股霸道的仙力捆住。

“大王，怎么回事……”雁尘惊叫起来，回头便看见无量战神英姿飒爽地行将过来，脸颊血迹犹未干，手中兵器散发着淡淡腥气，举手投足，依然英俊得无法无天。

雁尘不争气地红了脸。

没出息，我瞪了一眼雁尘，却发觉自己的眼睛莫名红了。许是太久太久没见了，一时没把控住自己的泪腺。

“奸细，带走。”铤轻启薄唇，我和雁尘就被绑着带到了三王子府。

雁尘兀自沉浸在无量战神的英姿中，情不自禁地赞美他家布置得超凡脱俗，十分有品位。我对他说变就变的立场感到很头疼，昔日骂铤骂得最狠的就是他。

铤一边擦拭刀身，一边审问奸细。水夜安替他斟茶，却被他遣退。我和雁尘跪在地上，但好像尴尬的只有我一个人。雁尘兴致勃勃地环顾四下，有一搭没一搭地与铤套近乎。什么天上的景致真不错，贵府的装饰挺合我心意，不知府上缺不缺侍童……铤很有耐心地听他废话，也不打断，也不插话，任由他发挥。

“尊神见笑了。”我讪讪笑道，“我们本是来观战的，并非奸细。”再不说点什么，妖界的面子怕是要被雁尘败光了。

铤淡淡道：“你是说本王断错了？”

我一愣，这声“本王”听得我头痛。他还在气我吗？这都快一万年了。

雁尘伶俐过人，忙扑到铤脚下，抱住他的膝盖求饶：“尊神饶命，尊神饶命，小妖只想瞻仰您的神姿仙容，绝不是奸细。如今得见，只恨相逢太晚，愿终生侍奉尊神左右，绝无二心。”

这就算良禽择木而栖了？我暗骂雁尘没骨气。

铤低头瞥了一眼，冷笑一声：“喜欢你便留下吧，他日赐你一个仙籍便是。”

雁尘忙不迭磕头谢恩，完了还撇头冲我做了个鬼脸。

我语结，这厮也太识时务了。

“你走吧。”铤淡淡说了句。

我突然意识到他是在对我说话。

看了他一眼，气色比万年前好很多，想必旧伤已愈，心魔应当也除了吧。我吁了口气，转身离开，走时狠狠瞪了雁尘一眼。

没想到，那厮突然道：“启禀尊神，我们大王对您日思夜想，尤其是醉酒后，她和小的一样，也想侍奉尊神左右。”

好好好，好一个奸细鹿。

铤的眼中出现一抹亮色，衬得他脸上的伤口更加鲜艳。

我一窘，正想出言辩解。却听铤道：“妖王日理万机，时刻以治下族人为重，怎会屈尊陪伴本王？”

这话听着格外礼敬疏远，挑不出毛病，却索然无味，让人格外恼火。

我止住脚步，转身回敬他一句：“尊神美人在侧，如何轮得到我陪伴？”

他愣了一愣，似乎在揣摩我的话。我趁机遁形离去，不管那个多嘴的雁尘了。

出了天界领域，我深吸一口气，匆匆往大茫山去。不想一阵狂风袭来，我在云头绊了个跟头，直直摔出丈许远。但见一团黑气在眼前聚集，倏忽散开，黑雾中渐次显出人形——戴金银双色面具的无量魔王。他将将才与铤恶战一场，应该也受了些伤，此刻正在山峦间吸食凡人凝聚的浊气，用以调息伤势。

我暗叫一声不妙，忙转身绕道。那魔王显然发现了我，幻出一只黑鹰朝我猛冲过来。我挥剑将鹰击毙，一招到位，干脆利落。魔王似乎觉得低估了我的能耐，“啧”了一声，幻出成千上万的吸血蝙蝠，我无心恋战，使了个隐身遁形之术，试图逃之夭夭。那魔王不肯罢休，破去我的隐身术，猛然出掌，但听掌风猎猎，仿佛夹着狂风暴雪朝我袭来。我持剑格挡，试图倾力一搏——

凌厉掌风突然在半路被人破去，电光火石间，一道赤色身影护在了我身前。金甲赤袍，英姿勃发，不是别人，是铤。

“本尊与妖王切磋，干你何事？”无量魔王施施然收了法术，傲慢道。

没想到他竟然识破了我的身份，那么他切磋是假，定是想毙了我，夺了万妖令，尔后将妖界收入麾下。我暗自捏了把汗，幸亏铤来得及时。这种大难临头的时候，无论是妖还是人，都想得到天界神仙们的庇护，也不枉平时供奉的香火。我一脸“求保护”的表情，也不知铤是否看懂了。

“妖王不妨考虑一下，率妖界入我魔道，你我共享齐天之福。”无量魔王发出阴恻恻的笑声，这是在策反我。

我“呸”了一声。倒不是我多么正气凛然，只是我经历过万年前的魔界治下。彼时四海暗不见天日，恍如炼狱。

铤并不打算同无量魔王废话，直接操戈而上。他的身影宛如疾风劲雨，魔王化作黑雾四处躲闪。但见紫光黑气混作一团，看得我眼花缭乱，忽觉背后一阵冰凉，转身一看，铤已护在我身后。我摸了下后颈，竟是血。我几乎不知道自己何时受的伤，见鬼，是谁说此任魔王的修为不高的？

铤的眉间已有了怒气，他放出斩魔刃，刀刃在空中飞快旋转，幻出千千万万，雨点般砸向魔王。刀刃刺进魔王身躯，他似乎察觉了什么，仰头放声大笑：“无量战神，原来如此！三日后，便是你的死期！”

言毕，他幻作黑色蝙蝠，瞬间消失。

我忙拱手朝铤作揖，谢他救命之恩。他也不吭声，只定定地看着我。我被看得有些窘迫，他别过脸去，装作若无其事的样子。

“本王送你一程。”他唤出神龙车辇，请我共乘。

我没有推拒，我担心再遇上无量魔王，吃不了兜着走。车内，我小心翼翼地坐着，闭目装睡。

然后，就真的睡着了。

醒来时，铤早已不在。听小妖们说，我是被无量战神抱回来的。我随手探了探后颈的伤，果然已被治愈。入夜，服侍的小妖惊道："大王，你的后颈好像有个红色的'卍'印记，哎，怎么又看不见了?"

我一怔，鼻子一酸，眼泪不受控制地淌下。

昔日他曾数度将"卍"打入我的身体，上一次仙魔大战后，他终是将"卍"抹去，意在同我斩断情丝。他曾说过，有了这个字，天上地下，除了我，无人可以带走你。这是他作为无量战神设下的结界，神仙也好，妖魔也好，都无法伤我性命。他看懂了我"求保护"的表情，他不愿让无量魔王伤我。

三日后。

我赶到银河畔观看无量战神与无量魔王的生死对决。天界兵将和魔界兵将黑压压地挤满了银河两岸，一向矜持的尊神们无惧抛头露面，纷纷显出真身。我站在角落里，几乎看不清战况。但见一红一黑两团云彩飞来飞去，时而狂风大作，时而暴雨倾盆，时而艳阳高照，时而清风徐来……身旁的禄存星君滔滔不绝地讲述他们的无量战神何其骁勇，从十几万年前讲到十几万年后。一众神仙们拍手叫好，我看见雁尘也混在其中，听得认真至极。

忽然，天色暗了下来，日月蒙尘，星辉尽失。众神仙猜出无量战神遇险，屏息凝神望向空中——黑魆魆的一片，什么都看不见。神仙们纷纷施法点燃明灯，银河上空飘着无数灯火。

众仙尚在为战神着急，忽听无量魔王肆意张扬的笑声："妙哉！好一个无量战神，成日斩妖除魔，到头来竟入我魔道，哈哈哈哈!"

神仙们大惊失色，齐齐望向那团赤云。赤云边缘隐隐泛着黑气，情况看起来甚是糟糕。镞头一个飞向赤云，却被铤的结界弹回。神仙们相继上前察看，皆遭强大结界抵挡。

眼见着赤云越来越黑，我心中凉了半截，莫非铤的心魔竟延续了万年，至今未除？我深知修行者有了心魔，若不驱除，迟早要入魔道。他此刻面对的是魔界至尊，心魔势必成为破绽，遭魔王利用并控制，搞不好真的会走火入魔。他若入魔，一切就全完了。

耳畔忽又响起他昔日的话："自两百年前，你助我调伏魔界浊气之后，我便为心魔所困。两百余年不得清净，我想，解铃还须系铃人，只好来麻烦你。"

难道我真的是那个解铃人？

我卷起衣袖，仗剑腾空飞起，直向赤红云彩而去。奇的是，诸神都无法闯入的结界，我竟轻松地进来了。后来才知道，铤将"卍"打入我身体，我与他的仙法相生相应，故而他的结界并不排斥我。

此时此刻，铤盘膝而坐，眉心一道黑气涌动，显然他正与心魔展开角逐，额上密密麻麻布满汗水。战胜心魔何其之难，且道行越深，心魔越难除。我爱莫能助，只能在结界里干着急。

外面，沸反盈天。天界兵将已与魔界士卒短兵相接。无量魔王正施法试图打破铤的结界，我已能感受结界的动摇。

没有时间了。

可我到底要如何帮他？

我急得面红耳赤，唯一能做的，只是施法输些真气给他。

铤缓缓睁眼，见是我，居然微微笑了一笑。

"切莫再胡思乱想了！"我抓住他的衣袖，咬牙切齿道。他的心魔幻境中，我与镲交颈缠绵，我怎么会呢？他到底在胡思乱想什么？

他疑惑地看了我一眼，复又闭上双目。

“看仔细了，我没和镞在一起。”我将他的脸扳正，强迫他睁开眼直视我，“从始至终都是你这臭神仙!”见他毫无反应，我连说带吼，重复了三遍。

我也不知这样会助他，还是会害他。他忽然把手指放在唇上，“嘘”了一声。我愣了一下，他竟嫌我聒噪?

当是时，一道黑气汹涌闯入，成千上万的蝙蝠瞬间充斥了整个结界。

无量魔王得意扬扬地朝铤勾了勾手指，赤裸裸的挑衅。铤无动于衷，只顾闭目打坐，俨然入定的僧侣。我幻出青锋剑，挡在铤面前，想为他争取一点时间。

无量魔王故作惊讶道：“本尊与无量战神的决斗，妖王竟来多管闲事?难道二位都迫不及待想入我魔道?”

我捏剑的手已然出了一层薄汗，侧目看了一眼铤，他眉心的黑气若隐若现，似乎又深了不少。我暗想，打不过就跑，留得青山在不愁没柴烧。于是我矮下身来，偷偷掖了掖铤的衣角，希望他能会意。不想，他睁眼看向我，眉心的黑气蓦地加深，瞳孔也变成妖异的暗红色。我心道大事不妙，剑也吓得掉落在地。

“无量战神，就让本尊助你成魔。”魔王狂笑一声，抬掌聚气，黑雾在他掌心凝聚成球状，猛地朝铤推出——

我慌忙释放出剑气抵挡，岂料魔王唤出黑鹰，直接冲我面门袭来。一晃神的功夫，黑鹰幻作一道利刃刺向我的眉心。我已顾不上护住铤，眉心挨了一刺，直直摔落在云头，痛得三魂七魄都要离窍。

我愤然，正想骂那魔头几句，一张嘴却呕出一口血，落在雪白的衣裳上，刺目异常。

此刻，魔王已懒得理睬我，化身黑雾直接朝铤袭去，不多时，黑雾将铤完全笼罩。

我咬紧牙关，提剑上前，试图挑破那团骇人的黑雾。不想每一接近，就被弹开。在试了第一百零八次的时候，忽听一声短促的惨叫。紧接着，惨叫声一声比一声大，一声比一声凄厉，直到归于寂静。

铤周围的黑雾慢慢变成白雾，袅袅缠绕，渐次散开。然后，整个天地拨云见日，星辉重现，光明重返。原是铤一直假意入魔，引魔王入瓮，趁其不备将其净化。这份果敢决然，真真叫人钦服。

我抚着胸口，剧烈咳嗽，抬头时却见铤起身拂袖，朝我伸出一只手。另一只手一挥，撤去结界。

是时，神仙们的山呼海啸声此起彼伏。

我虽瞎了一只眼，但仍能察觉四面八方有万千道目光朝我射来，好奇的、惊讶的、审视的、嫌弃的……许是不堪其重，我竟不由得显出蛇身来。想我修行经年，如今还是个“众妖之王”，此时此刻当真丢脸丢到了姥姥家。

情急之下，我慌忙化成一道青光钻入铤的衣袖。他倒也不赶我，任由我在袖中藏着。好在神仙们沉浸在胜利的喜悦中，也无暇看我笑话。

“三王子，天帝已在灵霄殿设下庆功宴，有请殿下及诸神前往庆贺。”但听一仙官来报。

神仙们的宴会向来烦冗浮夸，我正想溜之大吉，却听铤道：“劳烦转告父王，我受了重伤，暂不能赴宴。”

我松了口气，忽闻耳畔风声猎猎，知道铤已经离了众仙。

“出来吧。”他抖了抖袖管，我落在地上，正欲显出人形，却觉浑身使不上气力，试了几次便作罢了，想是被无量魔王所伤，元气受了损，怕是要回洞里调理一番。我昂起蛇头，嘶嘶吐了吐蛇信，周遭僻静得紧，竟是无因崖畔。此地人迹罕至，唯有一株老铁树万万年屹立不变。

他俯身蹲在我身旁，仔细察看我的伤势。饶是一条蛇，我还是被看得有些发窘，别过脸去，四处游走起来。

他结了个印，紫光将我笼罩，是他施法为我疗伤。

约莫过了一个时辰，他收了法术，静静地看着我。

我突然想起他将将驱除心魔，且力战无量魔王，此刻又耗损元神为我疗伤，委实辛苦。

“尊神，你伤势如何?”我努力想开口发问，可是老半天没有声音。我这才意识到，自己仍是蛇身。

他已为我输了一个时辰的法力，不应当啊。我还不信邪了，忙不迭念咒，铆足了力要恢复人身，直到累得两眼翻白。

“不急，慢慢来。”他幽幽看向我，眼神里竟有一丝几不可见的促狭。

我以为自己看错了，瞪大蛇眼，再看时，他已经背转身去，站在了铁树下。他将手一挥，铁树上徐徐开出白花。我还没看个真切，眨眼间，白花已经不见了。哦，原来是做梦？我甩了甩漂亮的尾巴，喂，醒醒，青蛇！

“为何特意跑来同本王说那些?”他用手指轻轻戳了戳我的脑袋。

他指的应该是结界内我让他莫要胡思乱想之类的话。

呵，还能为什么，助你清除心魔呗，我向来不是食言的妖。

曾答应过助你，我做到了。

他自然听不到我的回答，兀自笑了笑，摇头道：“本王的心魔早已清除，方才只不过诱敌之计罢了。”

我愣了一愣，敢情我被耍了。我愤愤张嘴，冲他露出尖利獠牙。

“不过，你的心意，本王知道了。”他将我拎起，摸了摸我的头，顺带把我的嘴紧紧合拢。

呸，堂堂妖王就这么被你看穿取笑，也太没面子了。此刻又被他钳制，浑身不适意，正想挣扎一番以示不满，但听他又道：“其实你不说，本王也知道。”

你知道个屁。

“青。”他突然这样叫我。

无因崖上，老铁树真真切切地开了一树白花。清风拂过我的鳞片，我闻到最沁人心脾的花香，听到最蛊惑人心的叫唤。

青。

他轻轻唤我，这一声似乎隔了一个天荒地老。

我迟疑着抬起头，正想用蛇信舔一舔他，他却将我放在铁树下。

一句告别都无，他于一道紫光中消失。

我呆呆地盘在树下，周遭静得恐怖，与我相伴的唯有一株光秃秃的老铁树。树何曾开过花？他何曾唤过我？仿佛只是光天化日发了一场梦。

第四十章 | 天荒

与铤白无因崖一别，已过了一个月。

我是如何回到大茫山的，说来很可笑。铤离开后，遣了雁尘来将我送回妖界。雁尘面对一条不会说话、只会一丁点儿粗浅法术的蛇，倒算得上极有耐心。他用木石花草为我打造了一个舒适的蛇窝，有花园假山、亭台楼榭，看着颇有情致。

我闻了雁尘的气息，天人独有的异香钻入鼻间。看来铤并未食言，赐雁尘入了仙籍。他到底是背叛了妖界，但我除了用獠牙吓唬吓唬他，也没其他办法。

“大王当真以为我背叛了你?”他拿着一把刷子一边帮我洗刷鳞片，一边笑道，“天大地大的冤枉呀，我不过替大王刺探军情去了。”

我舒服地翻了个身，示意他可以刷另外一边了。

“三王子跪请天帝赐婚了。”雁尘舀了一瓢水倒在我身上，幽幽叹道，“天帝也允了。”

他和水夜安终于要男婚女嫁、琴瑟和鸣了吗？也对，魔王已除，六界安定，是时候玉成好事了。

我扬起尾巴将水瓢打落在地，再不想听下去。

我挪动蛇身，对着铜镜盘坐昂首，镜中的自己多么可爱。明眸善睐、袅娜风流、牙白舌红、青翠欲滴，好一条颠倒众生的蛇呀。

“大王，有神仙求见。”门外小妖来报。

雁尘为我戴上他亲手做的小玉冠，虽然压得我脑袋都要断了，但看着倒挺不错，我咬牙忍了。他托腮忖思半晌，又替我取了一条绣花布料，系在我七寸之处，然后拊掌大赞自己的品位和眼光。

来的神仙竟是个意想不到的组合，吕洞宾和水夜安。

这两位怎么撞一块了？

水夜安薄施粉黛，依然一副朴素清冷的样子。我总觉得哪里不对劲，后来经雁尘提醒，才发现她穿了身道袍。

吕洞宾笑着介绍：“新收的女弟子，准备带她往凡间历练历练。”

我搞不懂这些神仙在下什么棋，难道新婚前必须下凡历练？我勉强收起好奇心，当然今时今日，我也没办法八卦，只能甩甩尾巴为那准新娘献上祝福。

吕洞宾变了。他非但没带来助我恢复人形的妙方，反倒落井下石取笑我肥了不止一圈，劝雁尘少喂点食。

雁尘说大茫山来了个新厨子，手艺尤佳，诚请两位神仙尝尝他的拿手菜。吕洞宾道是不便久留，此次来其实带了件东西给我。

这倒霉神仙，有宝贝怎么不早说？

但见他从宝葫芦中取出一样物什，我一瞧，乐得嘴都合不拢。

琉璃盒中装了各种六合八荒最为稀罕的酿酒食材，好几味都是六界禁药，也不知他从哪儿谋得的。我吐出蛇信，嘶嘶地欢叫几声，吕洞宾拱手作了个假揖，冲我眨眼。

我忽想起什么，回到房中，示意雁尘将墙上的拂尘取下。大茫山上有头九尾小狐妖，浑身雪白，每年褪的毛被雁尘收集起来，做了柄拂尘。吕洞宾总爱装成道士的模样，拂尘倒是很衬他。

吕洞宾扬了扬拂尘，若有所指地瞟了雁尘两眼："狐狸毛太轻了，用着不称手，鹿尾倒很不错。"

雁尘急忙退到我身后，一脸紧张。

吕洞宾见状，更是黑着脸唬他："还委屈了你不成？"

"小仙不敢，"雁尘慌忙跪下，哭丧着脸求饶，"只是……小仙已没了一只角，如再缺了尾巴，岂不是更丑了……"

"本来就丑，再丑点没事，来来来，让我看看你的尾巴。"吕洞宾故意作势要去抓他，他吓得整张脸拧作一团，像个皱巴巴的小包子。

吕洞宾见把雁尘逗得不轻，也就作罢了。他称还有要事在身，也不多留，带了水夜安离开。那水夜安从头到尾都没有与我说一句话，犹记她将我拦在三王子府外的决绝，如今见了确是尴尬。可最后赢的是她，她终是要嫁给他了，何以对一条蛇耿耿于怀？

吕洞宾前脚才走，天际出现一大团七色云彩，看样子是尊神们浩浩荡荡地经过。我打了个呵欠，正要转身睡个回笼觉去，不想那云彩竟然向大茫山方向来。

我暗暗吃惊，天界和妖界近千年来都无甚梁子，他们来大茫山做甚？正忖思着，但见尊神们列队降临。为首的是天界四王子镞，他左侧是六公主，右侧是太白金星，身后跟着元始天尊、混元道君、斗母元君、南极仙翁等天界尊神。我大致数了数，竟有三十六位大神仙。除此之外，另有两队仙子仙官分列两队而立，香花宝雨洒遍整个大茫山。

“奉天帝之御令，今行纳征之礼。”太白星君笑眯眯地宣读帝旨，月老垂手立在他身侧，颔首微笑。

纳征礼？我的脑子嗡了一声，尚没反应过来。但见镞对仙子仙官们一点头，众仙会意，手捧礼品朝我走来。雁尘将我抱起，轻轻拍了拍我的脑袋，我方如梦初醒。

镞干咳两声，欲言又止。让大神仙对着一条蛇说话，也是难为他了。

“三哥命我等送聘礼来了。”镞轻声道。

我尚未理清思路，但听月老扯着嗓子诵道：“今四海平定，六界康宁。奉天帝天后之命，依天界礼制典范，天界三王子铤择今吉日良辰，纳征送聘，愿同大茫山妖界之主赤绳牢系、良缘永缔。”

纳征送聘、良缘缔结？我蛇目圆睁，瞬间呆住。此话怎讲，此话当真，此话该不是儿戏？他不是许了水夜安永生永世，何以突然变卦？他既已失忆，又怎会对我倾心？难道天界想招安妖界，特意安排一场联姻？

在我恍惚之际，雁尘已带神仙们将聘礼悉数放入屋内。我粗粗看了一下，神仙们的聘礼太过霸道，我拿什么还礼是个问题。

我偷偷游到镞脚下，希望他能看懂我的眼色。这一切发生得太过突然，能不能向我解释解释？但碍于诸多长辈尊神在场，镞也不好放肆，从头到尾板着脸扮矜持。

神仙们走后，我依然感觉头重脚轻。后来，将雁尘抓来质问一通，他才贼兮兮地讲明了一切。铤向天帝请婚迎娶我，这一次无人反对，甚至有神仙说若与妖界世代修好，也可彰显天界恩典。我心说，这个神仙有前途，到底是哪位？雁尘说，吕洞宾。

“大王，你得感谢我，要不是我把你的小心思告诉了三王子，恐怕他到死也不知你究竟在气他什么。”雁尘得意地邀功，“不就一个水夜安吗？三王子为了报答她旧时恩情，给了她一个仙身，那仙身极易毁坏，若不时时修补，她便会元神俱毁，是以她需要一直跟着三王子。不想你误会了他对别人许下永世之约。”

原是如此。我不好意思地扭过身子，还好是蛇身，旁人看不到我羞愧神色。

“当然，水夜安对三王子的确存了男女私情。她在三王子闭关清修时将你拒之门外，此事三王子并不知情，后来我同他提起，他才知晓。”雁尘笑道，“然后三王子就让水夜安跟着吕洞宾修行历练去了。”

切，偏他话多，屁大点事也值得拿去搬弄。我腹诽道。

“绝对不能让我的大王受委屈。”他眨巴鹿眼，用那张天妒人怨的脸蛋撒娇。

“大王，你说三王子是不是已经恢复了记忆？”他突然拍手道。

他亦道出了我心中所惑，可谁知道呢。

“大王啊，”雁尘忽然瓮声瓮气地发嗲，“你和三王子圆满了，可不能亏待我啊，人家也要雨露均沾！”

我龇牙咬住他的衣袖，恶狠狠地瞪着他。他立马做出一副被吓破鹿胆的模样，捂着脸哭唧唧地跑将出去。

待他一走，我再也按捺不住，嗖嗖两下蹿到房梁上，用尾巴卷着梁，荡起了秋千。

翌日。

我还在睡梦中，忽然被一阵急促的敲门声吵醒。

雁尘兴冲冲地冲将进来，眨眼道："贵客到。"

我来不及睁眼，就被他装进一个竹篮子，拎出了门。

阳光灿烂，却见一人青衣宽袍，乌发玉冠，大剌剌跪在门外，里三层外三层围满了小妖。

任由小妖们指指点点、议论纷纷，他始终不发一言。

这无量战神是想折我的寿吗？我咬牙切齿地挪动身子，靠近他。我轻轻缠绕着他的手臂，示意他快起来。

他却不肯。

"跪得。"他眉眼里尽是温柔神采，看得我蛇血沸腾。

一个天界尊神，平白无故来跪大茫山，又想招天雷害我们？我咬着他的衣角，试图拉他起身。

他面上清冷，眼底却藏不住笑意："我说跪得就跪得。"

我气得龇牙咧嘴，嘶嘶嘶嘶地吐着信子。见我急得更甚，他方道："昔日你跪下求我娶你，我竟不解风情，委实该罚。"

原来是为了还我这出，真是个一板一眼的老神仙。我哭笑不得。

这时，天际飘过几朵祥云，不知是哪路神仙路过，大抵是看到了他们的无量战神跪在大茫山下，纷纷驻足围观。

我衔了根树枝，吃力地在地上写：不记恨你。

他看罢眯眼一笑："甚好。"说着，缓缓起身，理了理衣衫，拂去膝盖上的尘土。

我有太多话想问，他为何突然下聘娶我，他是否恢复了记忆？可不知为何一直不能恢复人身。

铤似乎读懂了我的心，忽然瞥了我一眼，淡淡笑道：“小生姓张，姓甄，姓柳，也姓胡。”

一如万余年前，他微微俯身，向我行了个人间的儒生礼。

他亮如繁星的眼眸看定我，看得我头皮发麻，这是全都记起来了吗？

他告诉我，今次的仙魔之战解封了他所中的咒，记忆终于得以恢复。

“按理说，我们在人间是成过亲的，本就是我的妻，”他摸着我的脑袋，轻声低语，“但念及你在妖界遭我当众拒婚，这次让你挽回面子。下个月，我们大婚。”

可是，可是，我现在只是条蛇，下个月说不定我还是条蛇啊。

他叹息道：“每一次仙魔大战，都会留下一个难以破除的诅咒。此次，你助我击退魔王，却遭受重创，是以无法恢复人身。”

仙魔大战留下的诅咒非得等到万年之后才能破解，这意味着，我得回炉重造一万年？好一记晴天霹雳，劈得我头焦尾糊。

或许他知道我要一万年之后才能恢复人身，才打算迎娶我，这算是大神仙的感恩和悲悯吗？我思量许久，默默地垂下了头，想悄悄地逃走。

他无比利索地捞起了我，戳着我的脑门，恬不知耻地威胁道：“你若敢逃走，我便坠入魔道，将这大茫山屠得寸草不生。”

这样的无量战神，也是震古烁今了。

“区区万年而已，我陪你。”

这句话萦绕在我耳边，瞬间让我落泪。

我轻轻缠绕着他的手，他的十指修长有力。

——这一次，我抓住了天荒。

很多很多年之后，行至西子湖畔，他将柳枝编成环儿戴在我的头上。他是法海，我是妖孽，偏要为色相着迷，知错不改直到天荒。

很多很多年之后，他于天界练兵，我在云端细细看他。待他忙里偷闲，喂我一块糕点，我吃下了一整个地老天荒。

…………

一万年后。

仙魔大战结束，天帝让贤于镞，新帝登位，万象更迭。

在镞的继位大礼上，我如往常一般躺在铤随身携带的篮子中。宴席太过冗长，我百无聊赖地游出篮子四处闲逛。这么些年来，众神仙们早已习惯一条蛇终日无所事事地游荡在天庭重地，更可恨的是，他们碍于无量战神的颜面，见了那蛇，还得见礼。

这一次，神仙们的排场太大，免不了忙中出乱，一行仙官正急匆匆地往殿内奉仙果，不留神接连踩了我几脚。我痛得昂首叫唤，倒吓坏了一干仙人。

闯祸的仙官慌忙下跪认错求饶，我不想出风头，正想偷偷溜走，却被人轻轻抱起。我心说，铤素来不喜旁人抱我，哪怕我是条蛇，整个天庭已没有神仙敢造次了，这次会是谁？我抬头一看，大吃一惊，竟是她。

白牡丹！不对，不是白牡丹。

竟是与她生得一模一样的白素贞。

我激动地说不出话来，当然不激动也说不出话。

“你这青蛇，长得倒与我一个故人很像。”白素贞笑靥如花，用手在我额前轻轻弹了一弹。

我被她的笑容钉在原地，一时如入幻境。

——青啊，姐姐能与许官人长相厮守，就是最大的幸福。

——小青，你闭眼数七下，奇迹就来了。

素贞之于我，宛如一盏启明星。她教会我如何做一个妖，如何做一个人，如何以身试法尝尽凡人七情六欲。总之，我生命中所有所有的启蒙都来自她。

“看你灵力深厚，怎的还不幻作人形，却要偷懒做条蛇？”素贞笑道。

“哪里来的仙婢，恁地放肆!”仙官呵斥素贞，命她将我放下。

素贞轻轻将我放到地上，我忽觉脑袋一沉，浑身胀痛，不多时竟然现出人形来。

仙魔大战后，铤说我就快恢复人身了，可究竟是哪一天却要看机缘。不承想，是这般美妙的机缘。

我起身与素贞相顾一笑，一句“小青”，一句“姐姐”，竟是酝酿了数万年的因缘造化。世事变化，天机无常，如今白素贞和白牡丹双双成为南极仙翁座下弟子。

彼此正叙旧，铤见我许久未归，便走出殿外寻我。

我存了戏弄之心，忙变作蛇身，蜷缩在地。他将我抱起，白素贞向他见礼请安。他先是一愣，尔后微微颔首。

“白素贞多番历劫，终是入了仙籍，”铤一边走，一边叹道，“你呢，什么时候变个人样我瞧瞧？”

我心内好笑，急死你。

“刚听太上老君说，将你放入炼丹炉里炼上一炼，怕就变成人形了。”他淡淡道，“不如我们现在就去一试。”

炼丹炉，开什么混账玩笑，我又不是孙悟空。

我忙不迭从篮子里溜下，落在地上乖乖显出了人形。

他半眯着眼，似笑非笑看着我。

这老狐狸怕是早就知道了。

“惊喜吗？”我冲他眨眨眼。

“还是做蛇好，”他笑道，“这才化成人形，就想兴风作浪。要不是仙官来报，我倒要被你戏弄了去。”

我吁了口气，活动活动四肢，拉伸拉伸筋骨，再不管此刻行至第几重天，对着他的脸颊吧唧亲了一口。

他推开我，板着脸劝诫：“九重天上，尊神面前，不得造次。”

言罢，吻住我的唇。

曾经的心伤、心忧、心痛，都在此时化为乌有。曾经忘过、弃过、逃过，都在此刻归于虚无。

若你是你，我是我，我即便忘了你，你即便忘了我，总是能重新爱上，重新忆起。只要你是你，我是我，是蛇也好，人也好，是神仙也好，是花草、石头也好，都值得倾尽一切守候。若你在身旁，须臾是爱，百年是爱，千年是爱，万万年也是爱，何须争个长短高低？

——所谓天荒，不外如是。

——所谓忘却，不过如是。

【全书完】